中轴线盛世情缘
——『东城故事』二〇二二

韩小蕙 杨建业 / 主编

世界知识出版社

图书在版编目（CIP）数据

中轴线盛世情缘："东城故事" 2022 / 韩小蕙, 杨建业主编. — 北京：世界知识出版社, 2022.12
ISBN 978-7-5012-6614-2

Ⅰ.①中… Ⅱ.①韩…②杨… Ⅲ.①中国文学 — 当代文学 — 作品综合集 Ⅳ.①I217.1

中国版本图书馆CIP数据核字（2022）第254215号

责任编辑	张迎辉
责任校对	张 琨
责任出版	赵 玥

书　　名	中轴线盛世情缘——"东城故事" 2022 Zhongzhouxian Shengshi Qingyuan——"Dongcheng Gushi" 2022
主　　编	韩小蕙　杨建业
出版发行	世界知识出版社
地址邮编	北京市东城区干面胡同51号（100010）
电　　话	010-65265923（发行）　010-85119023（邮购） 010-85118128（编辑）
网　　址	www.ishizhi.cn
印　　刷	北京虎彩文化传播有限公司
经　　销	新华书店
开本印张	787毫米×1092毫米　1/16　21¼印张
字　　数	358千字
版次印次	2023年4月第一版　2023年4月第一次印刷
标准书号	ISBN 978-7-5012-6614-2
定　　价	68.00元

版权所有　侵权必究

目　录

序··张志勇　001

第一辑 ｜ 古韵筑情

中轴线：时间的宫殿································侯　磊　002
故宫六百年（节选）··································祝　勇　016
嵌在中轴线上的彩珠································胡玉枝　040
我对人民大会堂的记忆······························韩宗燕　049
永远的记忆
　　——中国国家博物馆····························陈家新　054
那庙，那宫和那个文学班的敲铃人···············许　震　058
养心殿和慈宁宫·······································杨　征　069
四季景山···韩宗燕　080
景山寿皇殿的迁移与雍和宫万福阁···············李立祥　085
老北京城墙的两个豁口，见证了长安街的变迁··········李　哲　089
万宁桥：朴素的七百年华章························韩冬冬　091
从钟鼓楼到景山公园································何羿翯　097
中轴路沿线的公园风情······························华　静　104

鼓楼、什刹海、胡同和桥……………………………… 吴冰峰　109
会馆的别样风景……………………………………… 甘晓帆　115
旧时先农坛…………………………………………… 刘永加　124
永定门，风景旧曾谙………………………………… 杨　征　129

第二辑 | 岁月融情

奏响时代的洪钟大吕
　　——记北京景山公园牡丹苑的"牡丹高峰论坛"…… 韩小蕙　134
天安门前留个影……………………………………… 杜　染　148
三上钟鼓楼…………………………………………… 李　强　152
中轴线上展风采……………………………………… 秦景棉　162
红墙·原点·我们
　　——记我的至亲、母校和师友………………… 上官卫红　171
中轴线两旁的百年记忆……………………… 张世仪　陈　揆　185
一生难忘中轴线……………………………………… 李　相　203
国庆，我站在天安门广场…………………………… 马占顺　215
情系什刹海…………………………………………… 张大锁　219
银杏树下话"育英"………………………………… 张小屹　223
红墙绿瓦寄情思
　　——记故宫修缮中心主任李永革………………… 王俪颖　228
鼓楼庙会中走出的"鬃人白"……………………… 高锋霜　232
从鼓楼前的后门桥到前门外
　　——"爆肚冯"的辉煌…………………………… 马占顺　237
皇城根遗址公园素描………………………………… 韩宗燕　242
皇城根遗址公园的设计往事………………………… 魏　科　245

52年，我围着天坛绕了一个圈…………………………… 刘永卫　248

寻访李大钊在北京的红色足迹……………………………… 冯　雷　256

第三辑 | 街巷风情

漫步珠市口………………………………………………… 史　宁　266

雍和宫大街………………………………………………… 吴京华　272

复原东四街景……………………………………………… 姜宝君　277

南锣鼓巷与五道营，老胡同里的新生机………………… 梁　霄　285

第四辑 | 诗书寄情

家在北京中轴线

——《协和大院》写作断想……………………… 韩小蕙　290

北京鸽哨，为你述说

——北京中轴线上空的声音……………………… 尚利平　297

一本《天坛传说》展示不同维度的天坛………………… 李俊玲　303

《技艺：巧夺天工》

——在中轴线上行走的非遗故事………………… 杨建业　309

后记………………………………………………………… 杨建业　329

序

北京是一座具有三千多年建城史和八百多年建都史的文明古城。东城作为首都功能核心区，是全国政治中心、文化中心和国际交往中心的核心承载区，是历史文化名城保护的重点地区，是展示首都形象的重要窗口地区。传承、保护和宣传好这项珍贵的中华民族历史文化遗产是我们每个人的责任。

不知不觉间，东城故事系列图书已经出版了十部，过往的九部全景式地展示了东城区的政治、经济、文化、社会和生态环境的发展变迁，同时也积累了不少热爱古都文化、红色文化、京味文化、创新文化的读者群体。"十"在中国传统文化中寓意"圆满"，也是新计数的开端。第十部东城故事的主题同样颇具新意，它以北京中轴线申遗为主脉，谈古论今、纵横捭阖，以更宏观的视角、更细腻的笔触描绘"文化东城"的图景，带领大家感受不一样的古都京韵。

在首都功能核心区，有这样一条雄伟而壮观的城市脊梁——南起永定门，北至钟鼓楼，历经700多年风雨，纵贯京城，历久弥新，这就是北京中轴线。岁月荏苒，中轴线亲历着、见证着、记录着北京城的时代变迁。有人说"不了解北京中轴线，就搞不懂北京城"。这条长达7.8公里的南北中轴线，穿越全城，气势雄浑，如一条强劲有力的主动脉，统领着城市功能与空间格局。除此之外，作为城市的精神轴和文化轴，它也串联起了星罗棋布的古今建筑和人文故事。

近年来，东城区加速"崇文争先"，做实"六字文章"，立足区域文化资源优势，以中轴线申遗为抓手，多措并举，推动老城保护与复兴。近年来东城区以腾退太庙、社稷坛等文物古迹，推进皇史宬、曹雪芹旧居的开放利用，开展永定门、钟鼓楼的保护修缮和活化利用，完成北大红楼周边综合整治等一系列强有力举措，助推北京重现古都风貌，书写历史文化名城保护篇章。

在第十本东城故事《中轴线盛世情缘——"东城故事"2022》中，东城作家们介绍中轴沿线上的建筑，书写中轴线的古今故事，回忆红色经典，描绘胡同街巷文脉，讲述自身生活经历，描绘"活态"北京文化，发掘和展现中轴线和周边的历史韵味及现代气象。"古韵筑情""岁月融情""街巷风情""诗书寄情"，透过一个个以"情"入题的章节名，配以"画说京韵"的一幅幅中轴美景，令北京城的人文风貌穿越八百余载岁月的烟云扑面而来，再现了古都神韵，彰显了中华气派。

十年来，东城作家协会始终坚持深入挖掘东城区的历史文化资源，守正创新，笔耕不辍，使文艺创作硕果累累，文艺惠民活动蓬勃开展；组织会员深入生活、扎根人民，创作出一批生活气息浓郁、具有北京文化特色、洋溢时代色彩的文学佳作，其中多篇作品发表在全国主流文学刊物上，陆续获得"冰心文学奖""三毛散文奖""北京群众文学奖"等重要奖项；编辑出版《东城文苑》和东城故事系列图书，使其成为东城文艺家交流新作、展示创作成果的窗口和平台；积极投身文艺惠民活动，丰富群众文化生活，线上线下开展周末文学系列讲座……厚植东城文化沃土，将这片土地上日新月异的变化讲给更多的人听。

"文章合为时而著，歌诗合为事而作。""东城故事"是从生活中"走"出来的"故事"，是文学作品，也是生活纪实。为人民讲故事，讲人民的故事，是东城文艺工作者始终坚守的理想信念。我们坚信，在现实主义的沃土上绽放的文艺花朵将会更加沁人心脾。80年前，毛泽东同志发表《在延安文艺座谈会上的讲话》，鲜明地亮出了党的文艺工作旗帜，为中国革命文艺工作指明了正确方向。党的十八大以来，以习近平同志为核心的党中央高度重视文艺工作，先后就文艺工作发表了一系列重要论述，这些论述与《在延安文艺座谈会

序

上的讲话》精神一脉相承又与时俱进。眼纳千江水、胸起百万兵，文艺为人民的精神脉络一以贯之，以人民为中心的时代命题历久弥新。走在新时代为人民书写的道路上，东城作家们弦歌不辍、步履坚定，持续增强"脚力、眼力、脑力、笔力"，用心用情创作出一篇篇有温度、有筋骨、有力量的文学作品，记录时代脉搏，彰显信仰之美。

东城故事系列图书凝聚了东城广大作家和文学爱好者以及编委会的辛勤劳动，是他们智慧和心血的结晶。这套"开放式"的文化丛书，记录着东城的发展变迁，也将续写首都功能核心区更加美好灿烂的明天！

谨以此书向党的二十大献礼！

张志勇
2022年6月30日

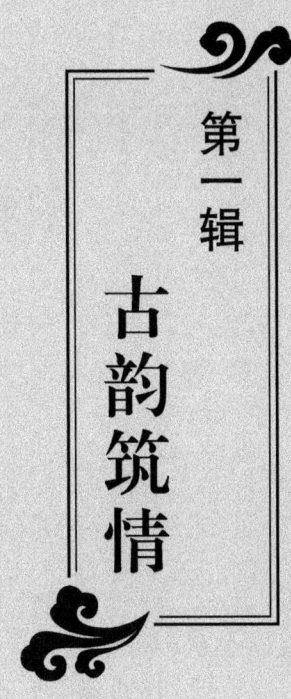

第一辑 古韵筑情

中轴线：时间的宫殿

侯 磊

一

无论在地图上还是在空中看北京，你面前都是一座能够从中间对折的城市，而这条对折线便是北京中轴线——一条纵贯北京城南北、把城市主建筑群串起来的线。北京中轴线从南到北穿过或途经的地标建筑和景点有：永定门、先农坛、天坛、正阳门城楼及箭楼、毛主席纪念堂、人民英雄纪念碑、天安门广场、天安门、社稷坛、太庙、故宫、景山、万宁桥、鼓楼及钟楼等。它几乎串起了北京城中所有代表古皇城的国家象征性建筑和承担礼乐、礼宾等职能的功能性机构：城楼、祭坛、宫苑、朝堂、宫殿、政治机构、报时台……这些处所是北京城历代帝王祭祀天地、发布政令、出兵征伐，以及赐爵封号的地方。

如何能快速地认知北京？沿着中轴线走一遭是最高效的。

梁思成说："一根长达八公里，全世界最长，也最伟大的南北中轴线穿过全城。北京独有的壮美秩序就由这条中轴的建立而产生……"

在这条线上，你能感知到时间的汹涌脉搏和空间的规范美学，能走进时间的宫殿。你要思考的不是每一处建筑有多么伟大，而是要思考它们连成的这条线和北京的关系，思考北京城的营建与定位，思考什么是宫殿，什么是时间。

因为中轴线，北京和别处不一样。

二

元代、清代时，北京是中华版图的中心；明代时北京却成了边塞，都城离长城不过数十里。北京城西北高东南低，西面、北面是山，东面、南面是水，它有自己的水性和土性。每当蒙古大漠的风沙刮来，西伯利亚的冷空气混合着胡地牛羊的腥膻也席卷而来，好一派塞北的衰草斜阳之美。北京又是一座依水而建的水乡，从西苑三海（南海、中海、北海）到颐和园、圆明园，都有江南杨柳依依的秀色。全世界独有一种属于北京的美感，叫作塞外的、放大版的江南。古人没有中轴线这个词，但却实现了这组全世界唯一的古城烫样：最中间有一片宫殿、一座山，并被一片湖环绕着，宫殿、山、湖几成一线。

元代是三都制：元上都、元大都和后修建的元中都。元大都是模糊的大都，我们始终在猜想它的宏大，但无法弄清楚它的每个细节（部分巷坊的位置至今无考）。元大都没有模拟、照搬历史上的任何城市，它最特殊的设计，在于它首先如砸钉子一般确立了城市的几何中心——中心阁与中心台，首创了城市中报时的钟鼓楼；又将辽金时期的宫廷别苑——西苑三海定为太液池；根据太液池的位置建造了皇宫：东面是皇宫，西面是隆福宫、兴圣宫、太子宫等。皇宫被称作"斡耳朵"，也称"金帐"，有"中间"的意思；中心阁和往南的皇宫两点成一线，被确定为中轴线。

中心阁建于元朝至元四年（1267年），元大德元年（1297年）被改成大天寿万宁寺，另建有万宁殿以祭祀忽必烈的孙子元成宗孛儿只斤·铁穆耳。中心台紧挨着中心阁。《析津志》记载："中心台在中心阁西十五步。"这两座建筑可算作一个整体，在中心阁西边大约几百米是元代的鼓楼，又名齐政楼，鼓楼的正北是钟楼。钟鼓楼是在一条南北向的直线上，但与元大都中轴线并不在一条线上。也可把钟鼓楼算北中轴线，中心阁、皇宫算南中轴线，中轴线从南而来，在中心阁往西拐了几百米的弯儿再向北。中心阁的正北面是不通的。

元皇宫以内的主要建筑，南面是大明殿，北面以延春阁为主（如今景山的位置），合为前殿后廷。北海公园里的琼华岛是座从辽金时期开始修葺的、半天然半人工的岛，它恰恰位于太液池中，在元代叫万寿山（或万岁山），是由一位来自花剌子模（位于今乌兹别克斯坦及土库曼斯坦两国境内）的建筑师亦黑迭儿丁组织修建的。岛上的太湖石是金人自宋徽宗的艮岳掳来的。万寿山南面有个更小的岛，就是现在的北海团城。一直到明代，才将团城东部填为平地，又在西侧建起了金鳌玉𬗟大石桥，并环岛砌起了城墙。

《礼记·中庸》中说："致中和，天地位焉，万物育焉。"之所以造中心阁、中心台和琼华岛，是古人在模拟天宫和海上仙山。天上众星拱卫着北极星，地上群臣簇拥着皇帝；天帝住在紫微宫，皇帝住在紫禁城。琼华岛象征蓬莱，犀山台（在中南海里）象征方丈，团城象征瀛洲，加上象征"太液池"的北海，形成了一池三仙山，寓意一切都是奉天承运。另在皇宫以南建造通天大道，以供外国朝拜、万民敬仰。

1368 年，明军攻占元大都，元顺帝带着后妃出健德门逃往应昌路（位于今内蒙古自治区赤峰市克什腾旗），后来元顺帝即死在了那里。如今北京的东土城、西土城和北土城围绕起来的夯土边界，是元大都北面的城墙。位于长安街的南城墙，则早已无存了。

三

始建于元朝的中轴线是北京的脊梁，故宫是它的心脏，太和殿便是故宫的心脏。相传明中轴线是刘伯温和姚广孝造的，什刹海还有个读法叫"十窖海"。刘伯温造北京时，曾命活财神沈万三捐银子，沈万三不捐，便把他拉出去打，打得他受不了了才捐的。他被官兵架到地安门，在今天地安门外大街的位置，指了指脚下说："挖！"官兵在此挖出了十处窖藏的银子共 480 万两，挖出的十窖积水成湖，便叫十窖海。银子被用于修建中轴线。这里藏着古代的风水观：背山面水为大吉，没水就挖个湖引水，挖出的土正好堆成山。

历史上，明中轴线是从永乐皇帝迁都开始建设的。

朱棣，是一位在文艺作品中被反复转换正反派身份的皇帝。在《千忠戮》中，他杀害了方孝孺等江南士大夫，是反派；而在《燕王扫北》中，他又开疆拓土，是正派。他集征战、营造、篡位与杀戮于一身。大明洪武三十一年（1398 年），废除了宰相和三公制度的太祖爷朱元璋驾崩，建文帝朱允炆即位。第二年，

第一辑 | 古韵筑情

图 / 南中轴线
赵瑞 / 摄

朱棣从其就藩的北平起兵"靖难",又上演了如辽、金、元南下,从北打到南的征战案例,同时,他又是少有的马革裹尸还的皇帝,在第五次出征蒙古班师回朝的途中,他病逝于锡林郭勒盟多伦县境内的榆木川。

比起夺权,更重要的是他下令迁都。他先后将北平升为行在,建立了六部,又将北平府改为顺天府,将北平改为北京,将直接隶属于北京地区的京津二市、河北的大部分以及河南、山东的小部分划归北直隶。随后,他要在北京建社稷坛,将祭祀礼仪搬来,遭到了大臣的反对。此时北京常住人口不过数万驻军,他只好将河北、山西和江南地区的富户迁移过来。《明实录》载:"明永乐二年

（1404年）九月，迁徙太原、平阳、泽潞、辽、沁万户以充实北京……"在接下来的永乐三年、四年、五年、十四年、十五年，都有大量关于移民的记载。大略那些叫"某辛（新）庄""某辛（新）村""某家铺"的地方，便是之前安置过整个移民的村庄。

他想做的，是集大权于一身，重用翰林院的学士，组成以自己为中心的内阁，做元大都中轴线的继承者，将中轴线延伸到他能统治的地方。

从1406年至1420年，世界上最大的工程，便是在这十几年里修建北京城。1420年，北京被确立为首都。这期间，京城布满了数以万计从南京、浙江等地聘来的工匠和上百万被征用的民夫。山东临清负责烧砖，苏州负责烧太和殿里的金砖；民夫被派到湖广云贵地区深山中采伐天柱般的木材，并将木材存放于崇文门外的神木厂和朝阳门外的大木厂；京杭大运河被修整与疏通。陶然亭地区的前身黑窑厂在烧城砖；琉璃厂在造琉璃；房山大石窝的汉白玉被源源不断地供给京城。大臣、太监会担任监工，负责检测建筑材料和监督工期。对苏州造太和殿金砖的要求，是"敲之有声，断之无孔"。真正主持修建中轴线的工匠多是名不见经传的（如故宫的总工程师和天安门的设计者蒯祥），都是家族化、世袭且不考科举的，往往也难以做大官。蒯祥做到正三品工部左侍郎，已经属于官位很高了。另有太监阮安（一说名为阿留），是交阯人，非常善于谋划，他参与了大多数北京古建筑的建设。

在元大都的基础上，明代北京内城的东西两端没有被改动，北墙往南压缩了五里，从北土城挪到北二环路；南墙向南拓展了两里，从长安街挪到前三门大街，并夯实起层层的土墙，在外面包上城砖。最"暴力"的是，朱棣猛拆元代建筑，将元代的皇宫连带中心阁、中心台、钟楼、鼓楼一并拆除。负责拆元宫的是至今生卒年不详的工部侍郎萧洵，他写了本笔记《故宫遗录》，记载了元代故宫魔幻般的辉煌，直至187年后的万历三十六年（1608年），这本笔记才被人在地摊上发现。

在元朝后宫延春阁的基址上，明朝用拆元宫的渣土堆成了煤山，力图镇压退回草原的元朝政权尚存的一息王气。煤山是明朝人心中的镇山，即今天的景山，它与西苑三海一起构成皇家的休闲宫苑。站在景山上，正好能近观故宫全景，远眺中轴线。

第一辑 | 古韵筑情

图 / 北中轴线
赵瑞 / 摄

明朝修建故宫，造九坛八庙，在中轴线上规划了皇城、宫城，修建了奉天殿、华盖殿、谨身殿（即清太和殿、中和殿、保和殿），以及乾清宫、坤宁宫，将其划分为前朝后寝、左祖右社。前三殿是办公区，后两宫是生活区，与元代大不相同。

元代帝王、后妃和太子分开住在太液池的两侧，朱棣把他们聚在一起安置于紫禁城内太液池的东边，由此中海、南海、北海才合称西苑。元皇宫外朝和内廷是一体的，朱棣把二者区别开来。元大都的各个官署、宗庙比较分散，太庙建于齐化门（朝阳门）内，社稷坛则建于平则门（阜成门）内，朱棣把它们都集中在中轴线两侧,更在元代原中心阁一线上,建成新的钟鼓楼,用晨钟暮鼓来提醒内城百姓新生活开始了。又在紫禁城修建了筒子河,在琼华岛上修整了艮岳石,这便是将宋徽宗的宫苑之物回收了;在南郊修建了天坛和先农坛,种植了大量的松柏,以苍碧礼天,好似北京城的两片肺叶。从前门往南造好一条笔直的大道跨过天桥,穿过天坛和先农坛之间,直通永定门,使人可从前门看到永定门。京郊尚有大量的原始森林,权贵们开始在城外修建私家园林。至此,全城有了这样一条从永定门到钟楼、纵贯南北的中轴线,使京城中心明显、左右对称。"凡庙社、宫殿、门阙,规制悉如南京,而高敞壮丽过之。"(《明太宗实录》卷二百三十二)

明朝初始的政治中心是在南京,而军事中心是在北京,迁都北京是将政治与军事中心合二为一。南京有太多的"建文遗老",远不如北京的根基深厚。但迁都是很多人都反对的:南京的金陵水乡多好,来北京这塞北酷寒之地,那不成充军发配了吗?不足百日,一个雷劈了下来,故宫三大殿奉天、华盖、谨身殿被一场大火烧为焦土,直至20年后的1441年才得以复建,朱棣之后的明仁宗、明宣宗、明英宗都没能在奉天殿里举行登基大典。有位叫萧仪的大臣上疏提出迁回南京并得到群臣附和,朱棣将其下狱并诛杀,开创了明代大臣因言获罪而被诛杀之先河。朱棣宁可没地方办公也不回去,在修建北京城期间,他不仅把自己的坟地(十三陵开端的长陵)直接建在了昌平,还把死后葬于南京的皇后挖出来,重新埋在北京。

朱棣的任务,正是来捋直中轴线的:中间是帝王之家,两端是平民百姓,它们时刻穿插在一起。京城百姓和皇帝做了街坊,或远或近地为皇家服务,仿佛自己便是皇上的那三家穷亲戚了。

以后的明英宗、明世宗继续修建北京,世宗嘉靖皇帝建造了外城,将北京建成了今天的"凸"字形。

四

中轴线上几乎是北京自明清以来所有重大历史事件的发生地,比如午门是每年十月初一皇帝颁布来年历法(后因避讳乾隆爷名"弘历"而改叫"颁朔"）、打胜仗凯旋后向皇帝献俘和明代廷杖大臣的地方。嘉靖有一次廷杖上百人，打死若干大臣，以致民间衍生出"推出午门斩首"的戏词。天安门是皇城的南门，也是新中国举行开国大典的地方，太和殿是中国在抗日战争胜利后受降的地方。

前门楼子是皇帝为出征的大臣饯行之处。明末李建泰自散家财组织军队抵抗李自成，崇祯皇帝赐予他兵部尚书一职，并在前门下赐予他三杯御酒和尚方宝剑，为他披挂红色战袍。但李建泰出征没多久，其队伍就溃散了；崇祯又在此为洪承畴出征饯行，不久传来洪承畴阵亡的消息，崇祯亲至前门瓮城内的关帝庙祭祀，还在庙对面修建了一座祠堂，祠堂中的一副对联上写着："君恩深似海，臣节重如山。"随后却得知洪承畴没死，而且投降了。

相传有一天，崇祯帝吃完饭身着便装去鼓楼下遛弯儿。他出了神武门，沿着中轴线一路向北来到鼓楼下，见一位摆摊的测字先生道骨仙风，便请先生测字。先生请他写下一字，崇祯提笔写了"友"字。

先生说："这是反字出头，有人要造反。"

崇祯说："字错了，是'有'。"

先生说："这是一个'右手'，一个'月'，'大明'去了一半。"

崇祯说："字错了，是'酉'。"

先生说："这是'尊'字去头去脚，当今圣上没希望……"

崇祯帝最终在1644年的那个夜晚，没能逃出北京内城的新几何中心——祖先下令堆成的煤山。

再往后，八国联军进城、两宫回銮、日本人侵华进北京、北平和平解放后解放军进城……哪一次不是走的中轴线呢？特别是慈禧太后从西安回来后，在马家堡火车站下车，坐轿从永定门沿着中轴线到了前门。在老照片中，前门楼子被炸毁了，箭楼的顶子被掀了，当时的人们只好在城楼上扎了个彩牌楼（这门手艺早已失传了）。

中轴线不完整，北京的脸面就没了。

五

清王朝倒台后，皇宫成了故宫博物院，皇家园林成了公园，老百姓可以踩着帝王的足迹，来到当年奏折与朱批流动的地方。

每个时代对文物的观念都是不一样的，民国时的人不一定把清朝的东西当文物，20世纪50年代的人也不会把民国时的东西当文物。新文化运动时搞"庙产办学"，菩萨被打碎，神像被推倒或掩埋，墙上的壁画让人用锅底灰一抹，再招三五十个学生，立刻就在庙中成立了识字班，哪天办不下去了就再换个庙。至于那塑像是明是清、是什么风格，壁画上是三国故事、水月观音还是佛祖成道图，都顾不得了。

北京城一直有重大的拆改。光绪三十二年（1908年），汉白玉的天桥被改成一座低矮的石板桥。1927年，除了少部分被保留，北京皇城的东墙、西墙和大部分北墙都被拆完了。国民革命军北伐成功后，于1928年6月中抵达北平，接收了故宫博物院。国民政府委员经亨颐交了个提案：取消故宫博物院，将故宫作为"逆产"处理，宫中物品可以拍卖或移置。一时舆论哗然。这并非身为教育家、书画家，并曾担任过多所名校校长的经亨颐不知文物金贵，而是适逢战乱之际，文物为军阀觊觎，政府无力保护，学者无力伸张，才不得不出此留下千古骂名的下下策。当然这个提案最终被拦住了。国家无力保护国宝，则为民之不幸、国之大悲。

1949年1月31日，北平和平解放，傅作义的部队全部出城到指定地点接受改编，这座绝世古城远离了炮火的威胁，几近完整地保存了下来。1948年底，在海淀清华园刚刚解放，北平还未解放之时，学者张奚若带着几位解放军干部，来到住在清华园的梁思成家，请他绘制北平文物地图，并在地图中注明不能炮击之处，以备被迫武力攻城时保护文物之需。梁思成立刻主编了《全国重要建筑文物简目》一书，从1948年12月到1949年3月历时四个月编成。书中首项即为被列为最高等级的"北平城全部"。毛泽东也曾多次起草电报，要求保护北平工业区及文化古迹。他在1949年1月16日的电报中写道："此次攻城，必须做出精密计划，力求避免破坏故宫、大学及其他著名而有重大价值的文化古迹。"

六

中轴线上的一块琉璃瓦，能有多大的价值？

第一，是它作为"物"本身的价值，即这块瓦的价值；

第二，是这块瓦所展现出的"性状"的价值，比如它有多少年，有多大、多重，有怎样的纹饰，是哪朝的风格等；

第三，是它上面的文字、图案所展现的文献价值；

第四，是它文字、图案所展现出的书法及美学的价值；

第五，是它所处位置见证历史的价值，太和殿的一块瓦肯定比其他寺庙的瓦更重要。

如果还有，那就是我们尚未发现的价值。文物可以有市场价值，但若只按钱算，那就是贱卖。保护文物就是保护文化，没有保护就没有研究，没有研究就没有应用。保护文化是维护国家记忆——它们可以证明我们曾经怎样地存在过。

中华人民共和国成立后，政务院先后颁布了一系列禁止珍贵文物出口、古文化遗址及古墓葬的调查发掘办法、保护古文物建筑一类的法令条文。郑振铎在 1957 年第一届全国人民代表大会第四次会议上，做了《党和政府是怎样保护文物的？》发言，特别指出：中央成立了文化部（今文化和旅游部）下属的文物局，各省、市成立了文物委员会、研究所、工作队等；培养了大批的干部和文物工作者，保护了大量古建筑和革命纪念建筑，组织了文物收购、普查等工作。

从 20 世纪 50 年代开始，在我国还不是很富裕的情况下，文物部门派人到香港重金收购了《伯远帖》《中秋帖》《五牛图》《韩熙载夜宴图》等千古神作。郑振铎、陆定一、王冶秋、梁思成、朱偰等大批学者及干部，都为保护文物做了大量实事，习仲勋还特意指示保护了西安城墙。

1961 年，我国公布了《文物保护管理暂行条例》和第一批全国重点文物保护单位名单，对文物采用了分级保护的制度：国家级、省级、市级、县级，都会挂牌明确；没挂牌子但有记载的叫记点，准备以后申报挂牌，并要做到"有物可看，有事可讲"。即便是在"文革"期间，中央还不断下达文件，要求加强文物保护和考古工作，使得中山靖王墓的金缕玉衣和长信宫灯、马王堆汉墓里的"老太太"、秦始皇兵马俑、银雀山竹简和睡虎地秦简，都得到了保护。

文物不可再生，它只能重新形成，每个年代形成的文物都不一样。有价值的文物会升级，国家级再升一级，便是世界文化遗产。文物不仅是一国的，更是全世界的。同样，文物保护工作也要升级。习近平总书记对做好考古工作和历史研究工作提出要求，指出要"继续探索未知、揭示本源"，中轴线的地图是一幅藏宝图，它藏着世界上最大的古代宝藏。

七

2021年的正月初一，是永乐皇帝定都北京六百年的日子。

北京是农耕文明与游牧文明的分界线，它和罗马一样都不是一天建成的。它有什么，没有什么，既有先天生成的，又有后天的移山填海般的营造。用"营造"一词是为了区别"建造"。中轴线的整体态势，无不是被"营"出来的，它见证着建城史和百姓生活史，也让人明了北京城的设计思路——活在皇权之畔、山水之间；入则朝堂，退则江湖；皇权与市井，不过是隔着一条前三门大街罢了。十年造园，千年养园，古人用山水把北京造成了一座千年古园。

当你去过欧洲很多街道狭小的古城后，才会明白为什么林语堂写北京的书叫《大城北京：七个世纪的中国》或《辉煌的北京：七个世纪的中国》。当你站在天安门广场，站在人民英雄纪念碑前，面向着毛主席纪念堂，你的左手边是当年的宗人府、吏部、户部、礼部，其后面是刑部、兵部、工部、鸿胪寺、太医院、翰林院、理藩院；右手边是当年的銮仪卫、太常寺、都察院、刑部、大理寺。它们都曾是办公和存放档案的地方。秋季，刑部会同大理寺在此审核死刑犯的卷宗，并由皇帝终审。如今放眼东西，是分列于太庙（今北京市劳动人民文化宫）、社稷坛（今中山公园）对面的中国国家博物馆和人民大会堂。

北京文物保护的故事不胜枚举。在1954年夏季的一天，下午3点多钟，周恩来总理亲自登上北海团城。当时团城是文物局的办公地，局长郑振铎、副局长王冶秋都不在，周恩来总理没有让人去找他们，而是自己游览了两个小时，并指示保留团城。20世纪60年代，北京为修建地铁一号线，要拆掉建国门的古观象台。时任文物局干部的谢辰生、罗哲文等人执意给周总理上书，呼吁要保留仪器，更要保留古观象台，因为那里记录了几百年的观测结果，拆了就再也没有了。周恩来总理为此特批地铁绕行，还批了经费。

自20世纪80年代以来，北京市加强了文物保护工作，尤其在进入21世纪以后，对北京城的保护有了很大起色，并很见成效：王府井商业区东方广场的古人类文化遗址、房山的金代帝王陵墓、海淀区地铁四号线圆明园站的正觉寺、在北京西面一施工总能挖出的太监坟等各种古迹都得到了妥善保护；划分了33片历史文化保护区，进而为各项"申遗"打下了基础。

大约自2012年起，北京开始对中轴线进行全面保护和重建。现如今，对中轴线上的文物古迹，如太庙、景山、皇史宬已进行大批量的腾退，对社稷坛、先农坛、天坛、贤良祠正在推进腾退，东、西二城区共腾退近百处文物。北海医院和天意商城被拆除降层，永定门城楼、天桥已经完成复建，永定门瓮城和地安门的复建一直在讨论中，沿线的违建已基本被拆除，明确了中轴线保护的缓冲区，并基本上保存了明清以来的格局，令人感受到国家对历史文化的尊重和对中轴线总体规划的用心。2013年，我国正式向联合国教科文组织递交中轴线进入世界文化遗产名录的申请。近年来我国几乎每年都有文化遗产项目申报成功，中轴线整体申遗是一种"一加一大于二"的申遗方式。中轴线上在不断地被营造与修建，但这条线数百年来始终未变。进入社会主义新时代，中轴线沿线文物得到了更完备的保护，并且不断扩大对外开放。比如天坛，在古代的用途是皇家祭坛，用于冬至祭天、孟春祈谷、孟夏求雨，现在其作为文物还是祭坛，作为城市功能则是公园。鼓楼在1924年叫明耻楼，里面的鼓曾被八国联军拿刀给捅漏了，这个漏鼓至今还展示在旁边。上述这些历史信息都会被永久保存，中华儿女对此将永世不忘。

中轴线是北京城的轴心，是国之轴、城之轴，也是民之轴，它可以在空间上延长，北达奥林匹克公园，南至团河行宫与德寿寺，甚至更远的地方。它水深土厚，养活了无数的人。一座大殿是文物，那么活化它最好的方法是将其改为博物馆，而整座老城若都是文物，则保护它的最好方法便是让百姓在其中安居乐业。

八

中轴线在北京人的头脑里种下了"东富西贵"的概念。东西二城区以中轴线为界，明代北京归顺天府，下辖东大兴、西宛平二县，至今东城人有东城的购物习惯，西城人有西城的上学地点。东西城不仅口音有区别，在清代唱子弟书的曲调也不一样：东城调（东韵）如高腔（弋阳腔），古朴高亢；西城调（西韵）近似于昆曲，婉转低回。明代四大声腔为余姚、海盐、弋阳、昆山，其中有两种都流传于北京，如古歌遗响。当年，百姓连通婚都在自家门口的几条胡同里来回串，跨东西城的都不多。

不越界，皆因为中轴线。

中轴线像一条隔离带或一堵高墙，将东西二城分开。明代天安门广场是"T"字形，长安街只限于长安左门和长安右门两端之间的"一横"，"一竖"是千步廊，"竖"的尽头是大明门，"横""竖"都不能通行。故宫与景山之间的景山前街、中海与北海之间的北海大桥，以前都是皇帝走的地方；北海也不能随意进入，只有在北面什刹海景色秀丽的沿岸，才能看到日落紫禁城时的反光。这里首先是出行的道路，然后才是游玩之处。古代从东城到西城串门要走一整天：南走前门大街，北绕地安门外和鼓楼前面，所以这两片区域才形成了大规模的商业街。走前门外更方便，人更多，因此前门外的大栅栏商业街才非常发达。

在钟楼与鼓楼之间曾是含有北京小吃摊的菜市场，而地安门外大街上从古玩铺、书店到炸鸡店等各种商铺也是应有尽有。马凯餐厅的京味儿湖南菜，望德楼的羊肉泡馍，特别是把角儿（北京话，意为"处于边角位置"）地安门小吃店的炒疙瘩，以及峨眉酒家里的晾肉（就是《报菜名》里"松花小肚、晾肉香肠"的晾肉，其位置再早是一家狗不理包子店），都是中轴线给我的最初印象。前门大街上全聚德总店的火燎鸭心，都一处里塞满虾仁儿、蟹肉的烧卖，一条龙羊肉馆里的红烧牛尾和闪着红光的油焖大虾，泰丰楼里单为了耍手艺的油爆双脆和明晃晃的糟熘三白，还有天桥附近各个不上台面儿的小店里的炸糕和豆面丸子汤……那是多少北京孩子的南北两极，向北最远去过钟鼓楼，向南最远去过永定门。白天在中轴线上连吃带玩，晚上躺床上都盯着墙上的北京地图，琢磨着这世界之大，不过是在钟鼓楼与永定门之间。

在中轴线的左右徘徊，你会把北京这座城当作一个人来看待，北京城是美的、活的，它庄重威严、灵巧俏皮、能哭会笑。

（作者为中国人民大学文学硕士、青年作家、诗人、昆曲曲友，长于研究北京史地民俗、碑铭掌故）

故宫六百年（节选）

祝 勇

一

六百年前（永乐十九年，1421年）的正月初一，明成祖朱棣的身影出现在奉天殿（后改名皇极殿、太和殿）上。那应当是紫禁城落成后的第一次朝会。我没有查到之前的文献，对此我不敢确认，但可以肯定的是，在他眼前，文武群臣已按照木牌（清代改为铜铸品级山）标定的位置，按文东武西的顺序排成十八班，又匍匐成黑压压的一片向他朝贺。那一年，他已62岁。

写到这里，我突然关心起明朝皇帝的寿命问题。我们不妨列举一下明朝皇帝去世时的年龄（按中国古代年龄算法，皆以虚岁计）——朱元璋（太祖）67岁，朱允炆（建文）25岁（假如他真的死于朱棣的军队攻入南京的战火中），朱棣（成祖）65岁，朱高炽（洪熙）48岁，朱瞻基（宣德）38岁，朱祁镇（正统、天顺）38岁，朱祁钰（景泰）30岁，朱见深（成化）41岁，朱祐樘（弘治）36岁，朱厚照（正德）31岁，朱厚熜（嘉靖）60岁，朱载垕（隆庆）36岁，朱翊钧（万历）58岁，朱常洛（泰昌）39岁，朱由校（天启）23岁，朱由检（崇祯）36岁。

明朝16帝，平均年龄不到42岁。其中，20多岁和30多岁去世的，多达10人；40岁至50岁去世的有二人；活过50岁的，竟只有朱元璋、朱棣、朱厚熜、朱翊钧四人。这让我想起清代康熙大帝57岁那年，突然生出几茎白发，有人进乌须药，康熙笑曰："古来白须皇帝有几？朕若须鬓浩然，岂不为万世之美谈乎？"

62 岁，对于明朝皇帝而言已经算得上是高寿了。那时的朱棣有些老了，目光有些浑浊，双鬓也已染上微霜，不再像发起"靖难之役"、决策迁都时那样雄姿英发、决胜千里了。纵然，他身体里的雄性荷尔蒙尚在，但体力与心力都已成强弩之末。所幸，他的诸项大业，此时已基本完成。

于是，在接受朝贺的第二天，志得意满的朱棣就发布了一道谕旨，动员朝廷的群臣，要敬天爱民。敕谕的内容如下：

> 上天之德，好生为大。人君法天，爱人为本。四海之广，非一人所能独治。必任贤择能，相与共治……尔文武群臣，职无崇卑，体朕斯怀，各尽其道……

我不知朱棣那天是否曾抬头看天，不知他眼里的天空是否像我看到的一样碧空如洗、天高云淡。天像一个巨大、无边的屋顶，罩在紫禁城之上，这是建筑之上的建筑——其实整个宇宙，都是一座设计精美、结构严密的建筑，大地上的山川也是建筑，疏密有致、大气磅礴。或许，只有深邃无穷的天空，会给他带来无尽的底气，就像他当年跨上战马，冲向南方的江河与平原时心中升起的战栗与激动一样。在他看来，自己能够站立在奉天殿的中央，体验至高无上的王者荣耀，并不是因为他的强悍（所谓的"霸道"），而是因为他顺应了天意。他用"奉天"来命名紫禁城的前朝正殿，就是为了彰显他的王朝"奉天承运""天命所归"的性质。

二

在中国人的心里，天的重要性不言而喻，以至于我们度过的每一个日子，都要用"天"来命名。中国人对事物的最高级感叹是："我的天啊！""天"是中国人视线的起点，一如故宫的建筑，首先提醒我们的就是天空的存在。

葛兆光先生说："天"的意义，在经过了形形色色的占卜与祭祀仪式反反复复的确认、强化之后，已经深入中国人的宇宙观，转化为一种无比神秘的支配力量，"连掌握了世间权力的天子与贵族也相信，合理依据和权力基础来自于'天'"。"这种对'天'的崇敬与效法，成了一种不言而喻的合理性的来源。"

于是，在秦汉年间，"天"成为一个复合的概念："天是自然，是天象，是终极的境界，是至上的神祇，更是一种不言自明的前提和依据。"

那时的中国人，没有听到过爱因斯坦的理论，但他们所认为的与爱因斯坦的宇宙论不谋而合，即宇宙中千千万万个规律都是自洽的，能够互相包容，仿佛有人给出了一个"宇宙终极法则"，一切都被"设计"得那样完美。他们不相信宇宙是杂乱无章的，他们坚信它有一个秩序。他们要找到那个秩序，因为那个秩序里，暗含着世界的真理。

有意思的是，中国人对"天"（宇宙）的认识，被归纳为一组数字式的概念，如孙子所说，"凡治众如治寡，分数是也"，纷繁复杂的世界于是被拆分，化繁为简，被概括到数字关系中，中国人对宇宙世界的认知，早在两千多年前就进入了"数字化时代"。比如战国末期的名著《吕氏春秋》，就构筑了一个以太一、两仪、阴阳、四季、五行、十二月为基本构架的时空网络，对宇宙秩序做出诠释。

于是，古人眼中的宇宙世界，不再混沌、无序，而成为一个由太一、阴阳、四时、五行、八卦等概念编织起来的大网，人就在这张大网中生老病死，王朝也在这张大网中盛衰兴灭。一切事物都变动不居，又都井然有序。

在所有的数字中，第一重要的当然就是"一"。老子说，"道生一，一生二，二生三，三生万物"。这个"一"，就是《吕氏春秋》里的"太一"，它是万物的起始、宇宙的本源、至上的神祇，以及天下一统的终极依据。葛兆光先生说："宇宙空间是有一个中心的，这个时空中心被看成是神秘的'道'，它是'一'，也是'太极'，它拥有其他一切现象世界中各种事物都不具备的绝对性和终极性。"

"一"是那么的抽象，但古人为它找到了一个具体的形象，就是天空中的北极星。早在殷商之时，中国人就发现天空中的星群在有规律地转动，但在所有转动的星群中，有一颗星是永恒不动的，那颗永恒之星就是北极星。"三垣"中的紫微垣，居于北天的中央，由十五颗星组成，而居于十五颗星中央的，就是北极星。因此北极星被看成是整个宇宙的主宰者，传说中的

第一辑 | 古韵筑情

图 / 故宫
赵瑞 / 摄

天帝，就居住在那颗星上。

与"天"相对的概念，是"地"。"地"就是大地，但古人不称它为"大地"，而是称其为"天下"。显然，古人是以"天"为参照物来定义我们居住的大地。

"天下"有多大？它是否会有一个边界？我在故纸堆里寻找答案，发现不同时期的回答是不同的。在战国中后期的《吕氏春秋》《礼记》《孟子》等著作里，人们看到的天下只是方圆三千里的"中国"；到了战国后期至汉代，《论衡》等著作里的"中国"，就扩展为方圆五千里的领域；而在汉代的典籍里，我们看到的"天下"已然是由九州（中国）和四海（夷狄）所构成的方圆万里的浩大疆域了。中国人视野里的"天下"，像一棵树，在大地上舒展着自己的根须，日益枝繁叶茂。我们也可以感受到先祖们筚路蓝缕、上下求索，将大地揽入怀中的那份舒畅与豪迈。

无论"天下"的面积有多大，一个不可动摇的中心是绝对需要的，有了它，"天下"的一切事物才有了法脉与根源。在中国，"中"的观念至关重要，否则我们的国就不会以"中"来命名。中原河南人表达肯定的意思，至今仍然只用一个字"中"，显示出果断豪迈、确凿无疑。《中庸》曰："中也者，天下之大本也。"《盐铁论》曰："古者天子立于天下之中。"只有通过"中"，身为"天子"的皇帝也才能找到自我的定位，如《孟子》所说的，"中天下而立，定四海之民"。

问题是，"天下"广袤无疆，它的中心——也就是那个至高无上的"一"又在哪里？"天下"范围的变化，让那个中心在大地上一直变动不居。秦始皇曾经认为，他营造的信宫（后改为阿房宫）就像北极星一样是世界的元点。后来北魏洛阳、隋唐长安、北宋汴梁的皇宫又先后被确定为世界的中心，比如在唐代的长安城，皇帝的正殿太极殿、太极宫被置于都城中轴线之北，以与北极星的位置相合。到南宋时期，朱熹终于无情地抛弃了长安和汴梁，认定冀都（北京地区）为天下的中心，是理想都城的所在地，这一想法在当时足够大胆，因为冀都当时还在金朝的统治之下，并不在"中原"的范围内，但这并不妨碍朱熹用"大中国"视角考虑问题。在他眼里，冀州曾是尧都所处的位置，那是儒家知识分子魂牵梦萦之地，而冀都的东南西北四方，有泰山、嵩山、华山、燕山拱卫，构成青龙、朱雀、白虎、玄武四象，这简直就是无可争议的大地之心。于是朱熹画了一条线，穿过冀都，向南直达五岭，就那么任性地重构了大地的轴心。

朱熹一定不会想到，那个灭亡了南宋的元朝，最终被他们老朱家给灭了；而他定都于冀都的梦想，也被他们朱家的后人朱棣实现了。在朱棣的北京城，从钟鼓楼到永定门，一根长达7.8公里的中轴线穿城而过，成为城市和宫殿的"一"，更是全天下的"一"。在北极星的投影点上，故宫奉天殿（太和殿）傲然伫立，体现着无可置疑的权力意志。明代以"奉天"命名这座金銮殿，当然是强调王朝"奉天承运"的正统性，而清朝以"太和"名之，则是宣示它统御万物的大和谐，朱熹说："太和，阴阳会合冲和之气也。"

这条中轴线，不仅穿过北京城，而且可以无限延长，在人们的想象中，穿过万里江山——它的正北方，是天寿山，来自昆仑的气脉，经过秦岭、太行山、燕山等几大山脉，一路到达天寿山，使它成为王朝基业的靠山；而在中轴线的正南方，泰山、淮南诸山和江南诸山依次排列，黄河、长江、淮河及江南山水在皇帝视野的远方横向展开,皇帝坐在奉天殿上,看到了江山如画,看到了云乱山青,而群臣们趴在地上,抬头看见的,是坐在世界中央的皇帝,以及皇帝背后的浩瀚天空。

站在紫禁城巨大的庭院里,除了眼前的建筑让人感到震撼,头顶上的苍穹也令人动容。它是那么浩大、沉静、一尘不染。我想起李白的诗:"危楼高百尺,手可摘星辰。不敢高声语,恐惊天上人。"

天空原本无垠,紫禁城的建筑为它勾勒出一个边际,耐人寻味的是,紫禁城内有限的天空,非但没有缩小天空的面积,反而还凸显了它的广阔无边。这是存在于建筑中的相对论。紫禁城的色彩同样让天空有了存在感,因为紫禁城的主色是红色,在色彩学中,红色与青色是补色。正是紫禁城的红,突出了天空的青蓝。

尼采说:"建筑是一种权力的雄辩术。"在我看来,建筑凝聚了先人的智慧,昭示了历史的沧桑,彰显了一个时代的文明剪影,不可否认,不容置疑,它们在沉默中透露着历史的威严。每一个走进宫殿的人,面对那浩大的建筑群,以及宫殿顶上的蓝天,心中的敬意都会油然而生。

三

在古代神话中,上天(宇宙)的统治者是天帝,在不同时期上天还有其他的名字,比如天公、玉皇大帝,我们最熟悉的称呼,是"老天爷"。"老天爷"授权他的儿子,也就是"天子"统治人间。按《周礼正义》的说法,老百姓(生民)是没有能力统治和管理自己的,要通过君主来进行统治,并由贤者进行辅佐。我们通常把这个天之子称作"皇帝"。圣旨的开头总是说"奉天承运,皇帝诏曰",意思是皇帝办的事、说的话,都是按老天爷的意思办的。如何证明皇帝是上天之子呢?祭天仪式就显得无比重要。为此,朱棣在城南中轴线的两侧,分别建立了天坛和先农坛;嘉靖时又在城北设立了地坛,在城东建立了日坛,在城西建立了月坛。皇帝会在固定的时间祭祀天、地、日、月。这些坛庙,围绕紫禁城,与午门广场两侧的太庙、社稷坛一起,构成了北京城的皇家祭祀系统。每年冬至,皇帝都在天坛举行祭天大典,通过祭天向老天爷汇报工作、检

图 / 故宫三大殿
赵瑞 / 摄

讨错误，这个人间的"唯一"才能与全宇宙的"唯一"处理好关系，也才能证明他是货真价实的天之子。

钦天监也是负责沟通王朝命运与上天意志的核心部门。据传，在紫禁城朝会后不久，朱棣就下令钦天监漏刻博士胡奫占卜三大殿的吉凶。他没有想到，胡奫竟然回答他，三大殿不久要被烧毁，还准确预报了三大殿毁灭的时间——四月初八午时。朱棣听了，一生气把他下了大狱。照朱棣的习性，胡奫早就死了一百回了。之所以还让他活着，是朱棣要等到四月初八日，看他预言破灭时的尴尬。

四月初八，永乐帝惴惴不安地等待着午时的到来，终于，报时官员奏报：现在是午正时刻！三大殿一片静寂，什么事情都没有发生，朱棣心头一阵窃喜，心想这漏刻博士果然不靠谱。胡瀬在监狱里也知道了这一消息，想到自己的名声毁于一旦，心头一阵绞痛，不等皇帝来收拾他，自己就服毒身亡了。

但胡瀬尸骨未寒，正午刚过三刻，一阵滚雷突然从晴空里劈过，接下来，一股股的青烟蹿出了奉天殿，变成红色的火苗，开始很柔弱，后来不断发展壮大，很快，奉天、华盖、谨身三大殿变成一片火海。

这是紫禁城历史上的第一场火灾，距离紫禁城建成，仅仅过去了97天。

火灭时，壮丽的三大殿已荡然无存，变成一片焦黑的废墟。有风吹起，残渣就如黑色的蝴蝶，在空中乱舞。从废墟上走过，不知朱棣是否会想起自己率师冲进南京时，南京宫殿里燃起的那场大火，想起活不见人死不见尸的建文帝朱允炆。为了这座金銮宝殿，自永乐三年至永乐十八年，他付出了15年的努力，自己也从壮年步入了老年，但等待他的，却是眼前的一片虚无。

三大殿被焚毁给朱棣的打击不言而喻。这位建长陵，修长城，建北京城，建报恩寺，建武当山道教建筑群，亲征鞑靼、瓦剌，收服安南，修《永乐大典》，铸永乐大钟，派郑和远赴西洋，无所不能的强悍皇帝，第一次产生了一种无力感。

是他在"靖难之役"中杀人太多了吗？据不完全统计，那场战争，导致数十万人战死沙场。攻入南京后，建文帝宫中的宫人、女官、太监被杀戮殆尽。他曾一次枉杀1.4万多人。他还将忠于建文帝的旧臣如方孝孺等人全部杀死。仅对方孝孺一人，朱棣就采取了"诛十族"的惩罚，所有与方孝孺沾亲带故的人全部被杀掉，以至到了杀无可杀的地步。

明代符验所撰的《革除遗事》考证，方孝孺一案，朱棣共杀847人，该书后来被编入《四库全书总目提要》。明代李贽的《续藏书》记录的死亡人数则是873人，此外还有大量无辜者因受方孝孺案牵连而被充军发配。御史大夫景清，不仅本人被剥皮实草，系于长安门示众，还连累他的村邻都遭到血洗，《明史》上的记载是"村里为墟"，一个活生生的村庄，变成无人的废墟。

整个永乐元年，朱棣都在毫无节制地屠戮，以至于几年之后，在金陵城中都能闻得到那股浓重的血腥味。明史研究者李洁非先生说："方孝孺案仅为大屠杀的开端，被灭族灭门的，还有太常寺少卿黄子澄、兵部尚书齐泰、大理寺卿胡闰、御史大夫景清、太常寺少卿卢原质、礼部侍中黄观、监察御史高翔等多人。每案均杀数百人。如黄子澄案，据在《明史》中主撰'成祖本纪'的朱彝尊说，'坐累死者，族子六十五人，外戚三百八十人'。胡闰案，据《鄱阳郡志》所载，'其族弃市者二百十七人'，而累计连坐而死的人数，惊人地达到了'数千人'。《明史》亦说：'胡闰之狱，所籍者数百家，号冤声彻天。'遭灭门之祸的总数，已难确知，但仅永乐初年经过著名大酷吏陈瑛一人之手，就'灭建文朝忠臣数十族'。"

对建文朝臣的妻女，朱棣展现出变本加厉的疯狂——下令把她们全部送进浣衣院（官营妓院），供他的朝臣将士"享用"，一个女子一日一夜要受二十余名男子的凌辱。一旦有人被摧残致死，朱棣就下圣谕将她们的尸体喂狗。

2002年，我把这一段历史，写进了我的跨文体作品《旧宫殿》中。

在三大殿遭雷劈的第二天，朱棣就下了一道罪己诏，称"朕心惶惧，莫知所措"，还说"朕所行果有不当，宜条陈无隐，庶图悛改，以回天意"。

火是一种自然现象，但对于中国传统木建筑而言，火始终是最大的天敌。《说文解字》说："火，毁也。"紫禁城不怕水，却怕火。火表面上柔弱无骨、轻盈似梦，但它有万钧之力，可以摧毁人世间一切看似强大的事物。我写《旧宫殿》，就是从火开始；写《血朝廷》，依旧对火有浓墨重彩的描写。紫禁城，就像它代表的权力一样，其本身就是一个巨大的易燃物，权力越大，危险性就越大。

朱棣不会想到，即使五百年后，到了科技发达的 20 世纪，对于传统建筑而言，火依然是最大的威胁。日本京都的金阁寺，1950 年被大火烧毁，著名作家三岛由纪夫将这一事件写进他的小说《金阁寺》。就在金阁寺被烧毁的那一年，日本颁布了首部《文化遗产保护法》，并从 1955 年开始，将 1 月 26 日定为全国文化遗产防火日。尽管有着严格的防火措施，大火还是在 1993 年烧毁了奈良的橿原神宫，五年后又烧毁了奈良的东大寺。2019 年，在法国巴黎圣母院大火半年之后，被列入联合国世界文化遗产名录的冲绳首里城（古琉球王国都城遗址）在大火中消逝，包括黄金御殿等在内的城内共七栋建筑物大约 4800 平方米范围内全部被大火吞噬，包括绘画、漆器在内的大约 420 件文物也一同被烧毁。由于熟知首里城瓦片的土料配比、烧制温度的匠人都已去世，现在想要复制正殿使用的 5.5 万枚瓦片，基本上已无可能。从这个意义上说，那5.5万枚瓦片也是文物。至于起火原因，至今也未调查清楚。

在紫禁城的历史上，不知道发生过多少次火灾。紫禁城的历史，就是从一次火灾走向另一次火灾的历史。但在中国古代帝王看来，火不是火，火是天意，尤其是雷火，它从天而降，代表了来自天空的神秘力量。天命，它好像真实存在，但又是那么抽象，抓不住，摸不着，却又总是在某个至关重要的时刻不期而至。天命不可违，天意又那么不可控。朱棣像每一个皇帝一样，都试图增加对天意的可控性，这让他陷入极度的焦虑中。

"天命"到底是什么？我的理解，它不是天上掉下来的大馅饼，谁的运气好谁就能接住它，也不是谁凶谁就能得到它。"天命"对它的承载者是有要求的，这个要求，就像唐代《通典》里所说的，"是以一人治天下，非以天下奉一人"，天子（皇帝、君主）是为天下人服务，他手里的权力是天下公权力，而不是一己私权。

"天下"不只是一个空间概念，更是一个政治的、道德的概念。《吕氏春秋》早就对天下做出了定义："天下非一人之天下也，天下之天下也。"《六韬》中也表达了类似的意思："天下非一人之天下，乃天下之天下也。"天下乃天下之天下，这话说得有点像绕口令，其实无非是突出天下的公有性质。这就要求天子要"躬行道德，承顺天地，博爱仁恕，恩及行苇"，勤勤恳恳地为天下人服务。

对《礼记》里那段关于"天下为公"的论述，葛兆光先生在他的皇皇巨著《中国思想史》中有很好的翻译，现抄录如下：

> 统一的天下应该有一个统一的领袖，联盟的首领是推举出来的，象征公正的伟大人物。他没有私心，就像传说中的尧、舜、禹一样，能够举贤任能，主持正义，拥有权威。他依靠一种象征的暗示与示范，使得联盟内秩序稳定；他以他个人的魅力，使美德成为不言而喻的规则。人们相信，他的权力来自他的人格，所以权力并不是私有的东西，当一个更适合承担首领责任的人出现，权力就会被愉快地移交。

正如施展在《枢纽——3000年的中国》一书中所说，虽然"历史的深处不都是煌煌天命的顺畅流转，不都是垂拱而治的不怒自威，血光与权谋是历史抹不去的底色。但即便是暴虐之辈、权谋之徒，在忝登大位之际也必须要行受禅之礼。他们似乎在用自己的凶狠与无耻嘲笑天命的暗弱，戏弄正统的威严；但受禅之礼的不可或缺，则在隐隐中表达了天命与正统的不可违逆，倘不行此礼，登大位者无法宣称承受天命，势必'名不正，言不顺，事不成'。正是在一次次看似暗弱的无奈当中，天命与正统反将自己一步步深植于民族的灵魂当中"。

四

无论宫殿，还是整个世界，都可一分为二，有一就有二。在古代中国人的观念里，"二"就是阴阳，世间一切相对的概念，包括日月、天地、上下、左右、东西、男女、刚柔、尊卑、文武、大小、长短、出入、贫富、寿夭、生死、哀乐、治乱、安危等宇宙、个人、社会、历史概念，统统被融入阴阳这个大概念里。

《史记》中说："天地之道，日月之运，阴阳吉凶之本。"天地间万事万物的变化，包括历史上王朝鼎革，宫殿里人事纷纷，归根结底，都是由阴阳这两个因素决定的。"二"不是孤立的两个部分，不是分裂，不是对立，而是互补，是对称，是均衡，是一种深刻而神秘的互动关系，是事物的对立与统一。

紫禁城中轴线两边的建筑两两相对，正体现了《国语》里所说的"因阴阳之恒，顺天地之常"的说法。如果说奉天殿代表着上天的意志，是"阳中之阳"，那么中轴线两边的对称建筑就代表着天与地、阴与阳的调和与互补。东汉班固在《西都赋》里说："其宫室也，体象乎天地，经纬乎阴阳。"

在奉天门的东庑和西庑各有一座门，左边是左顺门，嘉靖时改称会极门，清代改称协和门；右边是右顺门，嘉靖时改称归极门，清代改称熙和门。中国古代城市和建筑中的左右，一律是面南而论，其实左就是东，右就是西，比如紫禁城外的左祖（太庙）右社（社稷坛），北京城外城的左安门和右安门，都是如此。左顺门和右顺门均为五间，黄琉璃瓦单檐歇山顶。出左顺门往东，是文华殿宫区和内阁办公地，穿过右顺门向西，可达武英殿。每当早朝之后，皇帝经常会到左顺门或者右顺门，与一二重臣继续商讨政事。

奉天殿（太和殿）广场两侧，分别耸立着文楼和武楼，这两座九楹的重楼，在太和殿的两庑铺展着，左文而右武，看上去那么端庄秀美。文楼在明代贮存过《永乐大典》，清代虽然改称体仁阁，却仍然承载着王朝的文化使命。康熙十七年（1678年）春天，三藩之乱将平，康熙皇帝仿古制取士，开"博学鸿词科"考试，延揽天下人才，地点就在体仁阁。朱彝尊、潘耒、毛奇龄等都参加了这届考试，并被选拔进"明史馆"，参与纂修《明史》。

文楼、武楼，以及中轴线两翼的其他建筑，除了分担各自的实用功能，还具美学上的功能，即展现起伏错落的节奏之美。它们分别以两层楼阁的形式，与单层的奉天殿形成对比；它们左右相对，沉沉地压在奉天殿广场的两侧，对巨大的空间起到平衡作用，更使宏大的中央大殿不显孤独和突兀；在高度上，它们又比奉天殿低11.25米，只相当于奉天殿高度的68%（接近黄金分割的数值），从而恰到好处地突出了奉天殿的高大。总之，它们以自身的收敛与含蓄，突出奉天门（太和门）、奉天殿（太和殿）这些中轴线建筑无法企及的壮美气势，犹如儒雅的文臣与俊美的武将，共同拱卫着当朝的天子。

我们平时忽略了这些建筑的美，总是关注那些宏大的事物，而忘记了许多宏大的事物都是由看似寻常的事物衬托的。如果说紫禁城的宫殿就像大地上排布的起起伏伏的山峰，太和殿就是海拔最高的一座，是中国建筑中的珠穆朗玛峰，稳稳地屹立在天穹下，反射着金质的光芒。不论是谁，走到太和殿前，心底都会升起一种敬畏感，其实太和殿的绝对高度并不高，只有35米，大致相当于12层楼的高度。在今天的北京城，四五百米的建筑也不会让人惊讶（中央商务区的"中国尊"的高度达到了528米），这些垂直矗立的建筑，似乎正以它们的高度挑战上天的权威，但它们并不能使人产生敬畏感，唯有太和殿能做到这一点，尽管中国传统建筑以木为材料，树木的高度，决定了建筑高度的极限，但紫禁城的天际线，以及由整座建筑营造出的氛围，却让太和殿有了无可置疑的权威感。这与它大台基的设计有关，更离不开周围建筑的烘托。

中轴线上的建筑无论多么壮丽，只凭这些建筑都建不成紫禁城。浩大的紫禁城，依托于中轴线，而完成于它的两翼，就像一只大鸟，有了两只翅膀，才能飞入云端。

有意思的是，在故宫的东西半区，仍然各有自己的中轴线。紫禁城除了中

图 / 太和门
赵瑞 / 摄

路,也就是今天游人如织的中轴线,还分东路、西路、外东路和外西路。东六宫是东路,东六宫的中轴线是那个名叫东二长街的长巷;西六宫是西路,西六宫的中轴线当然就是西二长街;宁寿宫是外东路,慈宁宫是外西路,而宁寿、慈宁两宫,也分别是中轴对称的院落。至于某一个具体的庭院,比如东西六宫的每一宫,也都是一个中轴对称的院落。

于是,在紫禁城的大中轴之外,还有不同级别的次中轴、次次中轴。紫禁城就是一个由不同级别的中轴线组成的联合体。有了这些不同级别的中轴线,紫禁城才能从一个巨大的整体层层分解为无数个小的单元,又从无数个小的单元聚合成一个巨大的整体。每一个小的单元,都由一根中轴线分成阴阳两半,于是在紫禁城的大阴阳里,又藏着各个级别的小阴阳。像紫禁城这样一座具有超级规模的巨大建筑群，它的内部一定不是杂乱无章，而是如同群星闪耀的夜空一样，是具有某种秩序与结构的。只有确立了结构，紫禁城才能搭建起来，如同我眼下书写这浩瀚的紫禁城，首先需要解决的也是结构问题，有了结构，才能纲举目张，而不至于将所有的文字沦为一盘散沙。

五

朱棣在"罪己诏"中说要"庶图悛改，以回天意"，这战无不胜的皇帝，到底要改什么呢？

朱棣是一个强悍的皇帝，凡是他想做的事，没有做不成的，对于反对者，他从来不留情面，甚至不惜大开杀戒、滥杀无辜，但坐天下，不能只靠简单粗暴，更要"去无道，开有德"，如《六韬》中所说，"仁之所在，天下归之"，"义之所在，天下赴之"。假如天子不讲仁义，失去道德，就违背了上天的意志，天命就会转移给新的有德者，王朝就会发生更迭。

现在我们说"三"，这个"三"，就是被称作"三才"的天、地、人。《管子》说"一曰天之，一曰地之，一曰人之"，就是我们今天常说的天时、地利、人和。传统中国是农业社会，在农业社会里，家族血缘关系至为重要，中国文化也从一开始就透出浓浓的人情味儿。在古代中国人心里，除了"天"是价值的终极依据，"人"的感情也是一切价值的重要出发点。尊天与敬人，在中国文化中从来都不矛盾。

天、地、人三位一体，这一观念在《黄帝书》中就已然确立。《国语》中说，假若"上不象天，而下不仪地，中不和民"，就失去了立足之本。宋人林希逸注《老子》时说，"一，太极也；二，天地也；三，三才也"，"三才既立，而后万物生焉"。

《易传》《中庸》《五行》的共同趋向，是将"天人关系"的重点由"天"转向了"人"。"人"不再被动地受制于"天"，人性成为世界合理性的基础。"天道"，最终被解释为"人道"。到荀子那里，就更不把"天"当回事儿了，他说："道者，非天之道，非地之道，人之所以道也。"

对于"人道"，孔子只用了一个字解释，那就是"仁"。"仁"，就是爱人，就是"己所不欲，勿施于人"。

《周易》说："立天之道，曰阴与阳。立地之道，曰柔与刚。立人之道，曰仁与义。"

有意思的是，汉字的"仁"，刚好包含了天、地、人的关系——两横代表了天与地，而那个单人旁，则是一个站立着的人。许倬云先生说："中国文化中'人'的地位是与天地同等，是三合一的部分。"所以紫禁城用三大殿，分别代表了天、地、人，加起来就是一个字：仁。

事实上，故宫是根据这样的"天""地""人"的关系建立起来的。故宫的历史，无论是男人争权，还是女人争宠，都是围绕天命和血缘这两个主题，各自展开。

在这里我掉了许多书袋，引用了许多先秦思想家的论述，是因为那个时代被称作世界的"轴心时代"，不了解那个时代的思想，我们就不可能真正地了解故宫。

三大殿的大火刚刚熄灭，翰林侍讲邹缉就上疏朱棣，称"凡此数事，皆下失民心，上违天意"，强调"国家所恃以久长者，惟天命人心，而天命常视人心为去留。今天意如此，不宜劳民"，认为皇帝"非省躬责己，大布恩泽，改革政化，疏涤天下穷困之人，不能回上天谴怒"。

至少从表面上看，像朱元璋、朱棣这样强悍嗜杀的帝王，心底还有"柔软的一面"，那就是悲悯之心。悲者，悲天；悯者，悯人。朱元璋本来就出身于一个贫苦的农民家庭，几乎房无一间，地无一垄。他不仅在诏书里毫不避讳地提到这一点，而且还深以为荣：

朕本农夫，深知民间疾苦！
朕本农夫，深知稼穑艰难！

正因这份"深知"，即使贵为帝王，他也保持着艰苦朴素的作风。他每日早餐只吃蔬菜，外加一道豆腐。清汤寡水，他甘之如饴。他睡觉的床，如果没有那条金龙，看上去"与中人之家卧榻无异"，他的车轿，该用金子的地方，他也下令一律使用黄铜代替。

这一切，无疑都是出自他对百姓的怜惜。他曾对子孙说过这样的话：

> 汝知农家之劳乎？夫农勤四体，务五谷，身不离畎亩，手不释耒耜，终岁勤动，不得休息，其所居不过茅茨草榻，所服不过练裳布衣，所饮食不过菜羹粝食，而国家经费，皆其所出，故令汝知之。凡一居处服用之间，必念农之劳，取之有制，用之有节，使之不至于饥寒，方尽为上之道。若复加之横敛，则民不胜其苦矣。故为民上者，不可不体下情。

朱棣还曾留下这样的语录：

> 民者，国之根本也。根本欲其安固，不可使其凋敝。是故圣王之于百姓也，恒保之如赤子，未食则先思其饥也，未衣则先思其寒也。民心欲其生也，我则有以遂之；民情恶劳也，我则有以逸之。

明朝的某一天，朱棣在右顺门办公，其龙袍的袖口已破，他一边写字，一边把袖口向里掖。大臣们看在眼里，不失时机地称赞皇帝圣德。朱棣说："朕就是每天换十件龙袍，也没有新衣穿。但朕自念应该惜福，因此每每洗了再穿。从前皇妣亲自缝补旧衣，皇考看见高兴地说：'皇后虽然身份高贵，却仍如此勤俭，正可以为子孙们立个法则。'所以朕常遵守这一训诫，不能忘怀。"这份艰苦朴素的心，与其父如出一辙。

这让我想起一件事，就是永乐五年（1407年）五月，朱棣在南京灵谷寺进香，从一株槐树下走过，一只小虫子刚好落在他的袖子上。朱棣轻轻抖落小虫子，随从们上来，要把这只骚扰了皇帝的小虫子踩死，这是他们的习惯，所以他们的口头语是"踩死你就像踩死一只虫子"。朱棣见状，大惊，说："此虽微物，皆有生理，勿轻伤之！"随从们只好小心翼翼地捧着它，像捧着一件国宝，把它轻轻地放回到树上。和尚们大为感动，口念阿弥陀佛，连连称赞皇帝一定是菩萨转世。

朱棣经常以玄武大帝自居，玄武是啥？这得从北斗星说起。北斗星不是北极星，北极星是固定不动的，北斗星的"斗柄"则像表针一样在转动，于是产生了"四方"的概念。古人用青龙、白虎、朱雀、玄武分别代表这四方之神，玄武就被分配管理北方，成为北方之神。天和地，被分成四方。所以天子要祭天地、祭四方。

东西南北四方加上前面说到的"中"，构成了"五方"，对应着金、木、水、火、土五种基本元素，也就是"五行"。这是中国古代数字世界里的"四"和"五"。紫禁城也因此有了"四隅""五常"。

"四隅"分别是：

东：文华殿，五行属木，神为青龙，是太阳升起的地方，阳气始生，紫气东来，明初作为太子宫，是未来皇帝的宫殿。

南：午门，五行属火，神为朱雀。《周易》说，"圣人南面而听天下，向明而治"，意思是古圣先王坐北朝南而听治天下，面向光明的阳光而治理天下。

西：仁智殿，五行属金，神为白虎，是太阳落入的地方，主杀，所以仁智殿是被用来停放皇帝梓宫的殿堂。

北：玄武门（清以后称神武门），五行属水，神为玄武，大水茫茫，为玄冥之地，对应的季节是冬季。永乐时在玄武门内建钦安殿，用以供奉北方水神。

"五常"，就是将紫禁城划分成五个区块，分别是：

东区：属木，在四季中属春，在"五德"中体现"仁"；

南区：属火，在四季中属夏，在"五德"中体现"礼"；

西区：属金，在四季中属秋，在"五德"中体现"义"；

北区：属水，在四季中属冬，在"五德"中体现"信"；

中区：属土，在"五德"中体现"智"。

以水神自居的朱棣，却有着火一般的个性，这使他成为一个矛盾体——不是水火相济，而是水火不容。他的一生都如金庸小说中所写的那样，进行着"左右互搏术"。他试图通过紫禁城、长城、武当山道教建筑群这些恢宏的工程，把自己塑造成一个伟大的帝王，但他塑造自我的方式，却是旷古绝今的任性和野蛮，以致六百年后，人们仍然在争论，他到底是一位集大成者，还是一位用"道德"伪装自己的虚伪小人。

六

朱棣的儿子朱高炽登基后,"政策由永乐时代的好大求全一转而入温和简易",他不再大兴土木,紫禁城这个巨大的建筑工地,也终于沉寂下来,"扭转和改变了永乐一朝'国力的超负荷状态和不正常的政治风气'"。(赵中男,《明代宫廷政治史》)

就在奉天门西侧的西角门(后称宣治门),朱高炽曾对大学士们谆谆教诲:"前世人主,或自尊大,恶闻直言,臣下相与阿附,以至于败。朕与卿等当用为戒。"对于建文帝,朱高炽也流露出同情的心态。与父亲革除建文年号的做法不同,他称建文帝朱允炆为"建文君",将他的辞世称为"崩",甚至将朱允炆创建的政权称为"朝廷"。建文帝旧臣的后裔也逐渐得到赦免,并被发还田产。朱高炽(洪熙)甚至明确地说"方孝孺辈皆忠臣","令每家存一丁于戍所,余放归为民"。

可惜朱高炽继位后八个月就猝死于钦安殿。关于他的死,在历史中留下了许多说法,至今莫衷一是。有人说是有宦官给他提供"仙丹",其实就是春药,使他铅中毒而死;也有人说他死的那天晚上和贵妃一起喝了酒,然后他就死了,那个妃子也在当晚自缢而亡。还有人说,他死的那天晚上打雷了,他是遭雷劈而死。但有一件事记录在史料中,就是他在临死前夜曾观看天象,发现自己将不久于人世,对杨士奇说:"天命至矣!"

临死前,朱高炽留下一份遗诏,说:"朕既临御日浅,恩泽未洽于民,不忍重劳。山陵制度务从俭约。"意思是自己当皇帝的日子太少,没来得及为百姓做什么好事,死后也一定要丧事从俭。

明十三陵中,埋葬洪熙皇帝朱高炽的献陵,最为俭朴。

他的长子朱瞻基继位,是为宣宗,年号宣德。

在经历了大明初年的战乱与动荡之后,王朝的第五位皇帝似乎意识到了德政的重要性。朱瞻基似乎重新发现了"德"的价值。所有的"道",都要通过"德"来落实。没有"德","道"就只能在那里空转,飘浮在星际空间,永不在尘世降落。因此,宣德的使命,就是宣扬圣德。无论他有没有圣德,他都必须努力地去宣扬。

我们暂且不谈宣德皇帝有没有圣德，他为我们今天的博物馆事业做出的贡献却是毋庸置疑的。宣德留给今天的最著名的"遗产"是"宣德炉"。据史料记载，宣德三年（1428年），朱瞻基下旨，用暹罗国进献的风磨铜，按照古代青铜器、宋徽宗时期的《宣和博古图录》《考古图》等典籍，以及内府密藏的宋元名窑为造型的蓝本，铸造了三千多件铜器，这也是中国历史上第一次运用黄铜铸成的铜器，这些铜器大多造型简约、古拙典雅，王世襄先生形容它们"尤以不着纤尘，润泽如处女肌肤，精光内含，静而不嚣为贵"，所以它一经问世就成为昂贵的奢侈品，风靡数百年。宣德以后，直到清代，宫廷一直仿制，而宣德三年出产的宣德炉，却至今未现人间，以至于有人（以法国汉学家伯希和为代表）怀疑，宣德三年生产的"正版宣德炉"根本就不存在。我们今天所说的宣德炉，指的是宣德炉的形态，未必是生产于宣德三年的"原装正版"（包括有"大明宣德年制"铭款的宣德炉也未必产于宣德时期），正如景泰蓝也是对一种器物的泛称，而并非局限于景泰年间生产的古物。

宣德的历史知名度，在一定程度上来自蒲松龄的小说《聊斋志异》。《聊斋志异》里的小短篇《促织》被选入小学生课本，也因此融入每代中国人的文化记忆中。小说里那个喜欢玩蟋蟀的皇帝就是宣德帝，他对促织（蟋蟀）的热爱，导致朝廷宦官以搜寻蟋蟀的名义到民间大肆搜刮。朱瞻基死后，他的母亲下令砸碎了他的蟋蟀罐儿，使得现存的宣德瓷虽超过千件，却没有留下一件蟋蟀罐儿。

除了玩蟋蟀，朱瞻基也玩些正经的，比如玩艺术他就很在行。朱瞻基画画不是玩票，他是一位艺术造诣很深的艺术家，他的绘画作品可入中国美术史。明代姜绍书在《无声诗史》中形容他："帝天藻飞翔，雅尚词翰，尤精于绘事，凡山水人物花竹翎毛，无不臻妙。"这话没有夸张，朱瞻基的许多绘画作品现藏于故宫博物院，我们是看得见的。他的《武侯高卧图》，兼取宋元画法，墨竹用笔潇洒随意，得元人意趣，人物线条洗练流畅，近南宋马远折芦描，是明代人物画的代表作。受其影响，成化、弘治、正德等后世皇帝皆长于绘画。虽然朱元璋出身草莽，但整个朱氏家族的艺术素养颇高，这些皇族后裔在书法、绘画领域各领风骚，形成了一个令人瞩目的"创作群"，除了朱瞻基，成化帝朱见深的成就最高。

朱瞻基不仅亲力亲为致力于绘画创作，而且带动了整个明朝美术事业的蓬勃发展。明代虽无专门的画院，但自朱元璋起，就有专业画家被供养于内廷，他们大多活跃于文华殿、武英殿、仁智殿等机构，宣德以后，主要被安排在锦衣卫。杀人如麻的锦衣卫，从此也风花雪月起来，金谷兰亭、曲水流觞，别具艺术气质。宣德时代，有许多"院体"画家，比如山水画大师谢环，为锦衣卫千户；历史人物画大师商喜（代表作《关羽擒将图》，北京故宫博物院藏），是锦衣卫佥事；同样是历史人物画大师的刘俊（代表作《雪夜访普图》，北京故宫博物院藏），甚至高居锦衣卫都指挥之职。都指挥是锦衣卫的最高指挥，属正二品官员，比宫廷画家常任的"待诏"（从九品）高出太多。他们虽然只是"挂职干部"，工资却一文不少。朱瞻基给予这些画家十分优厚的待遇，从而把明朝"院体画"带入了黄金时代。在这一点上，他的贡献不逊于宋朝的风雅皇帝宋徽宗。

与宋徽宗不同的是，明宣宗朱瞻基并非奢靡之徒、亡国之君，而是一个货真价实的仁德之君，正如他在诗里所写："坐皇宫九重，思田里三农。"宣德五年（1430年）三月，宣宗出行，路过农田，见田里农夫正在耕作，于是走进田中，扶起犁耙，亲自犁地。没犁几下他就撑不住了，气喘吁吁地说，他只推了三下，就感到不胜辛劳，农夫终年劳作之苦，比想象的还苦。说罢，他下令把所带的钱分给农夫。

朱棣执意建造的那些"超级工程"，不仅耗尽了帝国的财力，也几乎耗尽了帝国的资源。仅"武当宫殿"，就具有非凡的规模。我曾以为，武当山上，只有一座金顶（太和宫），实际上，朱棣下令修建的武当山道教建筑群，以金顶为中心，沿着崇山峻岭四外蔓延，辐射范围达八百里，包括九宫、八观、三十六庵堂、七十二岩庙等，是我们生活的这个星球上规模最大的古代宗教建筑群。直到2019年深秋，我才第一次走进武当山，在山的皱褶中，寻找那些被重重的树林遮掩的宫观庵堂，想象着当年逃亡的建文帝朱允炆，怎样化身道士，隐遁在武当群山中，面对着无涯的天空吟唱（关于朱允炆的去向，有传说朱允炆在武当山出家，后被朱棣探知消息后，被逼跳崖而死）。关于这项工程的花费，《明书》上的形容是"楣柱甃甓，悉用黄金，是时天下金几尽"。而肇建紫禁城的费用，朱棣从来没有公布过，估计也算不过来。邹缉在给朱棣的上疏中说，"工作之夫，动以百万"，百万是人数，至于钱数，"不可以万万计"，因充当"民工"耽误农业生产而造成的损失还未计算在内。

朱棣对"超级工程"的热衷，给我们留下了两处珍贵的"世界文化遗产"，但在当时，却造成了严重的社会影响。朱棣登基之初，国力基础原本就薄弱，承担王朝财赋重任的苏、松、杭、常一带水患不断，流民达12万余人。帝国的北方，久经战乱（包括"靖难之役"），加之山东、河南等地旱蝗频仍、疫疠流行，致使流民多达数百万人，超过全国人口的十分之一。宣德皇帝朱高炽还是皇太子时，曾经和杨士奇一起进入山东境内，目睹的景象是男女老幼颠仆道路，剥树衣、掘草根以食；民舍中，尽是面黄肌瘦、神色呆滞、鹑衣百结、衣不蔽体的男女百姓。什么是"饿殍遍野"，什么是"赤地千里"，什么是"白骨露于野"，什么是"千里无鸡鸣"，朱瞻基都实实在在地领教了。这不是乏味的数字，也不是地方官员不痛不痒的汇报材料，这是一股味道，一股盘旋在帝国土地上的腐臭的、令人绝望的味道。北京、武当山的建筑无论多么恢宏亮丽，放在帝国版图上也只是两个微不足道的小点，掩不住大面积降临在这片国土上的痛苦与沧桑。

宣德皇帝登基后实行宽仁政策，停止正在南京进行的建筑工程。这一方面缘于他对民众疾苦的深刻体验，另一方面，朱氏家族对忆苦思甜教育的常抓不懈也起了一定的作用。当年，朱元璋曾经在南京的紫禁城里开垦了一片田，让内侍在这块田上种植蔬菜瓜果，这不是为了发展农业生产，而是为了教育后代拒腐防变。他曾指着这块田地对皇子们说："此非不可起亭馆台榭为游观之所，今但令内使种蔬，诚不忍伤民之财，劳民之力耳。"

宣德五年（1430年），紫禁城建成十年之后，朱瞻基仍对他的皇祖念念不忘。他说："朕侍皇祖，往来两京，每令朕过农家，问其疾苦，盖欲知稼穑之艰难。自嗣位以来，凡昔皇祖数诏之言，未尝敢忘。"

其实，关于人民群众的重要性，每一个皇帝都心知肚明，所以朱棣在永乐十九年（1421年）的朝贺谕旨中明确指出，朝廷要以"爱人为本"。然而，"人"（天下百姓）虽然重要，但当皇帝在御座尚未坐稳之时，灾民并不是最重要的，一如刘震云先生在他的小说里所写的："灾民不会影响他的统治，而重大问题的任何一个细枝末节若处理不当,他都可能地位不稳甚至下台;轻重缓急,他心中自有掂量,绝不是我们这些书生和草民所能理解的。三千万里死了三百万,十个里边才死了一个,死了还会生,生生死死,无法穷尽,何必操心?"因此,当他立足未稳之时,他一定顾不上去"爱人",只有当天下平定、政权巩固以后,他才有时间去"爱人",也才能底气十足地向天下宣示:"上天之德,好生为大。"

但朱瞻基的看法与他的爷爷朱棣略有不同,他一登基,就致力于缓解因他爷爷好大喜功而对天下百姓造成的"不可承受之重",实行了他父亲朱高炽确定的宽松仁厚的恤民政策,"凡宽恤恩典及合行政务,其有开列未尽者,悉遵去年八月十五日以后诏旨施行"。唯对其父朱高炽遗诏中所说的,要把首都迁回南京,他不敢苟同,所以他拖着不办。他认为,这个帝国不能再折腾了,迁都不迁都并不那么重要,老百姓的死活才重要。所以当工部尚书吴中上奏,请求"再起万人",以投入更多人力修理宫殿时,朱瞻基颁布了诏书,曰:"正农成收成之时,岂可尽用其力。"

皇帝的一句话,令百姓的命运立刻天差地别。

宣德三年(1428年),宣德皇帝在文华殿与诸臣讨论历代王朝人口变迁,说:"户口之盛衰,足以见国家之治忽。其盛也本于休养生息,其衰也必有土木兵戈。"

五百多年后,面对《明实录》中的这些记载,我们不禁感叹:同样姓朱,差距咋这么大呢?

或许,虽贵为"天子",他还没有忘记自己是"人",所以才"己所不欲,勿施于人"。

作家刘震云在小说《温故一九四二》里,说出了一个至简又至深的道理:"人都没有了,他又去统治谁呢?"

只要皇帝把自己当人看,也把别人当人看,天下"人"就有了指望,他们的王朝,就可以千秋万代,永保太平。

七

　　实际上,朝廷就是皇帝的田,华丽的宫殿,就是一个巨大的田字格。田字格就是一个中轴对称结构,中间那一条竖线是一条纵轴,把紫禁城分成东西两部分;那一条横线是一条横轴,把紫禁城分成南北两部分,南是外朝,北是内廷。外朝的建筑一律称"殿",内廷的建筑一律称"宫"。外朝与内廷的分界线,是乾清门广场——保和殿与乾清门之间一条窄长的横街,它同样以"天"命名,叫"天街"。

　　一进紫禁城,在开阔广大的奉天门广场(清为太和门广场)上,便见内金水河蜿蜒流过。赵广超先生说:"内金水河从紫禁城西北流入,象征远接生命之源的昆仑山。在宫中蜿蜒2100多米,昼夜不舍,恰似一条长长镜廊,映照着这座皇宫六个世纪以来的人和事。"河水的圆弧,犹如女性丰满的曲线,为这庄严刚健的政治广场增添了几分阴柔之美。内金水河自神武门西边的地道进入紫禁城,沿内廷西区的宫殿外墙向东南转,辗转到武英殿前,在奉天门广场形成一个月牙形的河道——有人说它是一条"天河",代表着天上的银河,也有人形容它为"皇帝挽玉弓",然后向东向北,流到文华殿后,在銮驾库的巽方流出紫禁城。

　　我说紫禁城是一座稳定又鲜活的城,内金水河可以作为证明。这是一条活水河,它连接着护城河,除了具有象征意义,还有诸多实用功能,比如消防、排水、用水、运输、观赏等。紫禁城的地面,北高南低,每当下大雨时,三大殿大台基上的螭首便"千龙吐水",无论地面上的水,还是遍布紫禁城的明渠暗道里的水,都将汇入内金水河,再大的雨,内金水河的水位也只上升一米左右,实际上内金水河是紫禁城中的一座可以调节水量的小型水库。内金水河里的水,涨涨落落;内金水河上的荷花,开开谢谢,呼应着生命与自然的韵律。明宫词曰:

　　　　禁河新涨碧泓涵,
　　　　鱼鸟嬉春意自酣。
　　　　一望白萍红蓼路,
　　　　大都风景似江南。

有一天，我去冰窖餐厅参加晚宴（故宫博物院将清代皇帝用于藏冰的库房改造成了餐厅），从厨师那里得知，他们每年冬天还在内金水河上采冰，将其存入冰窖，在夏季用于冰镇餐饮。此后，每当我在凛冽的寒风中走过太和门广场，听到冰镐的声音在浩大的广场上发出空旷的回响，我便会清晰地意识到，内金水河不只是一条历史的河、只能用来瞻仰和凭吊的河，它也是一条现实的、鲜活的、有生命力的河。它仍然有着生命的律动，仍然以一种秘而不宣的方式，介入我们的生活。

我想起老子的话："天下莫柔弱于水，而攻坚强者莫之能胜。"水是至柔之物，却有着裂云穿石、无往不胜的力量。

有水，才有万物生长、人民繁衍，皇帝的田才能蓬勃肥美，结出沉甸甸的果实。

内金水河上，五座内金水桥飞越而过。这五座桥，分别对应着"五行"的金、木、水、火、土，也象征着"五德"的仁、义、礼、智、信。金水河名字的由来，并非因为河水是金色的，而是因为这条河自西北流入紫禁城，而西方所对应的，刚好是五行里的"金"。

像内金水河一样，内金水桥也还活着，而且活得很风光。进入故宫博物院的游客，首先要聚集在内金水桥上，聆听导游介绍，然后，迫不及待地拍照留念。桥下的河水，倒映着天上的流云和游客们的面容。

说不完的北京，道不完的故事，一条线，一座城，恰似一部书，翻开是眼前的城，合上是过往的历史岁月；回首作别，萦绕心田、让人回味无穷的是感受中华文化与文明盛宴的气派与自豪。

（祝勇，故宫博物院研究馆员、故宫文化传播研究所所长、东城作家协会会员）

嵌在中轴线上的彩珠

胡玉枝

中轴线是北京的灵魂、紫禁城的源头。长长的中轴线似一条彩带，镶嵌着一个个传奇，宛若一颗颗彩珠，璀璨夺目；又如一个个音符，幻化出悠扬的曲调，令人陶醉；更似被拨动的琴弦，律动着时代的脉搏。这让生活在其中的我们，惬意而祥和。

永定门、前门楼、正阳门、紫禁城、万岁山、万春亭、寿皇殿、地安门、万宁桥、鼓楼和钟楼，等等，中轴线上的这些民族文化瑰宝，见证了历史的传奇，也忠诚地守护、传承着我们伟大的中华文化。

一、初建北京城

中轴线，要从初建北京城说起。初建北京城有刘秉忠和刘伯温之说，虽然刘秉忠建北京城（元大都）有史可查，但流传更广的是有关刘伯温与京城的故事，很多刘秉忠的轶事都被说成是刘伯温的故事了。

相传忽必烈建都北京时，曾请风水先生看风水，说北京城有条龙脉与子午线相重，在这条龙脉上建立宫殿可保江山永存。于是忽必烈便命刘秉忠按照元上都的模样修建了元大都。

刘秉忠建造元大都，事实上是以宋代汴京为蓝图，据《周礼·考工记》所载"匠人营国，方九里，旁三门，国中九经九纬，经涂九轨，左祖右社，面朝后市，市朝一夫"，即依前朝后市、左祖右社之制，对称而建；按照《易经》

修建宫殿、城门。城内东西南北各有九条大街，即九经九纬；齐化门内修太庙，平则门内修社稷坛，一东一西，一左一右，即左祖右社；朝廷及官署在南，市场集中在积水潭北岸，即前朝后市；中轴布局，左右对称，建成了三头六臂两足的哪吒城。

到了明朝永乐皇帝朱棣迁都北京，修建紫禁城时，据说也是请风水先生看过，说北京是龙脉之地，龙脉与昆仑山相通，昆仑山与天上元气相通，迁都于此，必将长治久安。而紫禁城就是龙穴所在，建紫禁城，要依山面水，因此紫禁城就在这条龙脉上，修建起来。

相传，永乐皇帝建北京城时，有工部大臣上奏说，这苦海幽州本来是龙王的地界，龙王有九子，个个神通广大，尤其是老七和老九，更是呼风唤雨，常常出来祸害一方，如不降住它们，恐怕难以行事。永乐皇帝思忖了一下，便派刘伯温和姚广孝前去考察处理，并以七天为限。

二人出了朝廷，便琢磨着怎么才能降住老七和老九这两个捣蛋龙子。刘伯温说："咱们俩分头去找，我往东你往西，三天后碰面。"刘伯温可是上通天文下知地理、能掐会算的大军师；姚广孝也不是凡人，这位黑衣宰相，曾是出家僧人，更是精通三教，阴阳八卦样样在行。刘伯温往东走了几里地，拿出罗盘测出了一个海眼，再掐指一算，那是龙子老七在兴风作浪。第二天他走访了当地的老百姓，对七龙子的出没规律有了大致的了解。姚广孝往西走了几里地，按照阴阳八卦，找到九龙子出没的海眼，了解到这个九龙子出没不定时。第三天两人在约定的地方碰了面，相互说了所了解的情况，可怎么降住它们，还得继续想办法。

第四天，他们各自行动，都看见一个红衣短裤的小孩儿在他们前面晃，耳边都有一个小孩儿的声音："照着我画，照着我画吧。"开始他俩都没在意，可之后的几天里，走到哪儿都能看见小孩儿、听见声音。他俩定心一想，难不成这是哪吒现身？越想越对，哪吒镇龙，没错！那"照着我画"又是什么意思呀？他们各自心里有了小九九。

眼看着七天期限已到，他俩回朝复命，永乐帝命他俩背对背地当堂画出结果。大概过了半个时辰，他俩将画出的图纸呈给永乐帝，永乐帝一看，两张图纸画得一模一样，都是一个八臂哪吒图，便命他俩详解。他俩就详细地讲解了，怎么修建城门、宫殿，怎么镇住捣蛋龙子，在哪儿建楼在哪儿修桥能使江山安稳、民众顺服。永乐帝一听，好，就按这个图纸修建北京城吧。于是就有了中轴线和北京城。

二、燕墩镇火

中轴线的南端起于永定门外的燕墩，这个燕墩是京城五大镇物之一。京城的镇物，是刘秉忠建元大都时，按照《周易》八卦和阴阳五行设置的风水格局，以苍龙、白虎、朱雀、玄武为正四方，以木、金、火、水、土的相生相克，设置了五个镇物，压住京城的东、西、南、北、中五个方位，以保北京城的安宁。燕墩属火，镇南方，与紫禁城丽正门相对，起初只是一个烽火台，后来才被包砌砖围，有石阶可攀。

传说这与明朝永乐皇帝朱棣建成紫禁城后的一场火灾有关。那天，紫禁城上空突然降了一场猛烈的暴风雨。一个炸雷直直地劈下来，闪电击中了永乐皇帝朱棣新建宫殿的穹顶，瞬间燃起一个大火球，火球沿着紫禁城中轴线的御道顺势而下，烧毁了太和殿、中和殿、保和殿。冲天的大火，让人根本无法施救，只能眼看着宫殿在火海之中烧成灰烬，这场大火整整烧了两天两夜才熄灭。天子受命于天，被雷劈电闪、大火烧宫殿，显然是一种不祥之兆。为保皇位，朱棣下令赶紧重修镇火的烽火台，将其包砌起来，并让它正对着丽正门，以镇火魔。

到了清乾隆年间，乾隆命在燕墩台上建"九龙宝盖石幢"，上刻乾隆御制的《帝都篇》和《皇都篇》两篇御文。据说这是因为南方在"八卦"中属离位，在"五行"中属火象，若以烽火台为镇，则火势更猛，所以必须建御制石幢镇火。

三、前门楼子几丈几

前门楼子是紫禁城的第一道关隘。早先，老北京有一个传说，说城外有一个老头儿来到前门楼子下，他望着高高的城门楼，很是纳闷，想知道这城门楼到底有多高。他四下里一寻摸，看见俩小孩儿在打架，就走过去跟小孩儿说了一个顺口溜："小孩儿小孩儿你别急，为啥打架扔瓜皮？小孩儿小孩儿我问你，

第一辑 | 古韵筑情

图 / 前门正阳门
赵瑞 / 摄

前门楼子几丈几？只要你俩说出理，我给你俩买香梨。"正在打架的俩小孩儿一听，哎，挺好玩的，也不打架了，顺口也给老头儿说了一个顺口溜："老头儿老头儿你别急，快给我俩买香梨，我俩一起告诉你，前门楼子九丈九，楼上有肉又有酒，不信你去瞅一瞅。"老头一听乐了，真给俩小孩儿买了香梨。这前门楼子为什么高九丈九呢？这里还有一个传说。

当初建前门楼子时，皇上下旨，前门是京都的正门，要楼高十丈，下有墩台，上有城楼，上下共三层，这三层高度要一样。接到圣旨，管设计的工头一合计，这十丈高要分成三层，每层就得三丈三分三寸三，还有零头，这可怎么是好呀？这可是皇家宫城，这圣旨可不是闹着玩的，弄不好就得掉脑袋。

这工头冥思苦想了半天，也想不出个道道儿来，心里烦得不行，就在工地上到处转悠，左看看右瞧瞧，还是理不出个头绪来。正在这当口儿，就听有人高一声低一声地喊："打酒嘞，酒……打酒嘞，酒……"工头心想，谁呀，跑这儿卖酒来了？够大胆的呀！他抬头一瞧，只见一个鹤发红颜的老汉，在不远处手提酒桶正冲他笑："酒，酒，打酒！"工头还没开口，突然心窍开了，哎，这九九，不正好被三除尽嘛！他一拍脑袋瓜子，转头就往回走，刚一转身，又想起来还没谢老汉呢，等他再转过身来，哪里还有老汉的踪影！

这工头先是一愣，后又大喜，认定这是仙人来"点化"他呢，便朝着老汉的方向，倒头就拜了三拜。开悟的工头，回去后很快就画出了图纸，九丈九的楼高，再加一个琉璃兽头，正好十丈！建成的前门楼子，那叫气派！后来皇上听说了这事儿，还专门召见赏赐了这个工头。

后来，人都说，这说顺口溜的老头儿就是当年卖酒的老头儿，也就是那位仙人，又回来视察来了。

再后来，这前门楼子在乾隆四十五年和道光二十九年曾两次被火烧。光绪二十六年，八国联军攻占北京，前门楼子又遭战乱毁坏。前门楼子几经被毁，几经修复，已成为京城的标志。北平和平解放时，举行盛大入城式的解放军也是经前门大街从前门楼子进城的。但现在的前门楼子，早已不是九丈九了。

四、天坛益母草

天坛方圆十里，在正阳门、永定门之间，是明朝永乐十八年修建的祭天祈福的地方，这里流传着一个益母草救母的传说。

话说早年间，这里有一户张姓人家，家中只有母女二人。母亲有病，是生女儿的时候落下了病根，非常痛苦，且久治不愈。一年冬天，女儿为医母病，上北山老峪寻找灵药。女儿在山口处得仙人指点，求得鲜草一捧、种子数粒。女儿回到家中，煎熬了仙草，给母亲喝了下去，果然医好了母亲的病。之后，她又按照仙人指点的方法，把种子撒到地里，没想到，在万物凋零的大冬天，那种子竟然发芽长叶了，很快又开出了小紫花儿。姑娘就把这仙草和花儿收集起来，送给街坊四邻，治好了很多人的病。后来很多人慕名来求，这个姑娘不仅送仙草，送花儿，送种子，还教他们种植，使越来越多的人受益。后来大伙给这种仙草起名叫益母草，仙草的用途也越来越广。

到明永乐帝修建天坛时，这种草越长越旺，永乐帝认为有碍观瞻，想彻底

第一辑 | 古韵筑情

图 / 天坛
赵瑞 / 摄

铲除。有曾受益的大臣劝阻说，这些是龙须菜，可保龙颜常青、社稷平安，是除不得的。永乐帝一想，即使图个吉利也好呀，就留下了这益母草。现在天坛里还有这益母草呢！

五、崇文门的一口钟

说起北京的城门来，还有一句流传很久的顺口溜呢："内九外七皇城四，九门八点一口钟。"哪个城门都有说道儿，别的不表，咱们单说这"九门八点一口钟"。九门八点一口钟说的是，九个城门中有八个城门关城时打点（"点"是一种古乐器），唯独崇文门是敲钟。这是怎么回事呢？说是当年刘伯温、姚广孝建崇文门时，城门楼下边正好是一个大海眼，海眼上趴着一个巨鼋，如果不压住它，它一翻身，海水就会把京城淹没。传说当初四十里苦海的幽州城，就是被这只巨鼋堵住了海眼才成为陆地的。刘伯温就趁它睡觉时把城楼盖在了它的身上,这只巨鼋醒来后非常生气,就找刘伯温算账,刘伯温好话说了一箩筐,总算把它给安抚住了。可这只巨鼋还不死心,就问刘伯温它什么时候能翻身,刘伯温说只要它听到打点的声就能翻身。这只巨鼋一想,那不是每天都能翻身了嘛,就不再说什么了。可刘伯温怎么能让它翻身呢!于是他把崇文门的点换成了钟,每天关城时只敲钟不打点,这样巨鼋就没有翻身之日了。刘伯温为了安抚巨鼋,在城门旁边摆了一个车轮大小的铁铸巨鼋。

还有一个说法,说是到了清朝以后,朝廷把九门提督衙门设在了崇文门内。每日宵禁时,崇文门的钟一敲响,其他的八个城门就跟着打点——关城喽!因此,崇文门上的钟说是给其他八个门发出关城门信号用的。

六、万岁山上望京城

万岁山(即景山)与紫禁城隔了条马路。传说元代这里有座小土丘,元世祖忽必烈营建元大都时,把皇宫的延春阁建在土丘之南,并将土丘命名为青山,又在青山上下广植花木,将其作为皇家的后花园。后来,明成祖朱棣营建紫禁城时,曾在这里堆过煤,所以又叫它煤山。为了彻底破坏元朝的国运风水,刘伯温建议紫禁城背山面水而建。可京城是平原之地,哪里来的山呢?刘伯温就把挖护城河的泥土全都堆在了青山上,并堆出五个土山峰,把延春阁的基址牢牢地压在山下。由于它的位置正好在全城的中轴线上,又是皇宫北边的一道屏障,它即成为龙脉脊山,这样紫禁城就是背山面水而建了,景山也成为镇山、万岁山。若登临而望,可以俯瞰紫禁城全景。

可明朝没有万年,只有276年。明末皇帝崇祯在李自成攻破北京城后,走投无路,逃到万岁山,无奈之下,自缢于一棵歪脖树上。传说,崇祯皇帝不甘于大明朝了断在自己手里,其游魂经常到五峰上,远眺紫禁城。而那棵歪脖树,在风雨中也常常发出呜咽的声音,传说是崇祯皇帝的哭诉。

到了清代,万岁山改称景山,并在乾隆年间对其进行了一次大规模的改造。清廷在五峰上建了五方亭,还建了绮望楼,它们成为景山的标志性建筑,至今依然是观览京城的最佳位置。

七、万宁桥下镇水兽

老北京还有句口头禅：前门东四鼓楼前。这"鼓楼前"是指从地安门经后门桥到钟鼓楼一带。后门桥原叫万宁桥，位于北京中轴线上，在地安门以北、鼓楼以南。地安门因为与前门南北相对，所以地安门又叫后门，因而万宁桥也叫后门桥。

传说这后门桥建于元代，开始是个木桥，后来被大水冲垮了，才建了一座单孔石桥，起名万宁桥，寓意天与地永远安宁。据说元朝建都北京后，为解决漕运，郭守敬引昌平白浮泉水入城，修建通惠河，使南方漕运船可直接驶入积水潭。万宁桥是积水潭的入口，设有闸门。传说后门桥的桥洞正中间刻有"北京城"三个大字，北京的"京"字正好坐落在中轴线上，如果河水淹过这三个字，北京就会遭水淹。又说后门桥坐落于鼓楼和景山之间的子午线上，所谓子鼠午马，定能辟邪，所以在桥下石柱子上还刻了只耗子。这什刹海的水要是没过了石耗子，就会"水淹北京城"。因此，古人在桥边立了两只镇守的避水兽，以不让洪水泛滥，护佑北京城万世安宁。

传说明朝万历年间的一个夏天，京城连降暴雨，下了七天七夜，城内一片汪洋。河道总督赶紧去万宁桥查看水位，这一看不要紧，只见水已经没过"城"字，到了"京"字底下。河道总督一下就慌了神，赶紧上报朝廷。朝廷下令提闸门泄洪。这闸门一提起，洪水一泻千里，保住了皇宫和京城。经过这场大雨，朝廷又把各处的镇水兽修缮一番，特别是对这万宁桥下的镇水兽，更精修了一番，祈望它守护通惠河，守护紫禁城。

八、坐歪的龙椅

元、明、清三朝33位帝王的龙椅，都是端端正正地摆在紫禁城太和殿里的，而太和殿是中轴线上的正中之正，如何歪了呢？原来这条中轴线并没有与子午线完全重合，而是偏离了两度多。这一秘密是被中国测绘科学研究院的夔中羽在一张卫星拍摄的北京全图中，偶然发现又证实了的，即从永定门开始的中轴线到了钟楼，就已经偏离子午线三百米了。经多方查证后，他又惊奇地发现，北京中轴线往北延伸，延长线一直到了古开平，即元世祖忽必烈建立元朝的发祥地——元上都。而忽必烈实行的是两都巡幸制，就是冬天在元大都理政，为了在冬都避寒；夏天在元上都理政，为了在夏都避暑。由此而知，紫禁城的中轴线，就是从元上都到元大都两都之间连线的最南端。

真是一石激起千层浪，各种考证随之而生。其实，中轴线北延至元上都也在情理之中，因为元上都和元大都都是刘秉忠设计的。而建元大都时，是忽必烈命刘秉忠按照元上都的布局样式修建的。况且元大都是由元上都迁移而来的，两者之间自然也是一脉相承。到了明朝永乐皇帝朱棣修建北京城时，传说刘伯温是在元大都基础上，沿用了元大都的中轴线，所有建筑都建在上面。清朝的紫禁城，总体上还是明朝的样子，除了对部分毁于明末战火的宫殿进行了复建，其他基本还保留原来的状态。将中轴线偏离子午线，是为了与元上都连在一起。而那33把龙椅，一直端坐在紫禁城的龙脉上，是没有偏离的。

无论怎样，紫禁城的这条中轴线，几百年间见证了各个朝代的兴衰更替，至今依然彰显着中华民族最璀璨的历史篇章。

中轴线，这条紫禁城的命脉与脊背，从南至北缀满了数不清的传奇故事，犹如一颗颗镶嵌的彩珠，在钟鼓楼的晨钟暮鼓中演绎着时代的变迁。这些依然流传着的精彩传说，既寄予了前人的无限期待和向往，也促进了后人对历史的传承和弘扬。

（作者为中国作家协会会员、北京作家协会会员、北京民间文艺家协会会员、东城作家协会会员、海淀作家协会副秘书长）

我对人民大会堂的记忆

韩宗燕

人民大会堂是一座雄伟庄严的建筑，它坐落在中轴线中间偏西的位置，位于天安门广场的西南侧，东面与国家博物馆相望。这两座对称而踞的建筑是1959年落成的，属于新中国十周年献礼工程的"十大建筑"，这十大建筑是新中国建筑史上的里程碑。

人民大会堂占地面积达15万平方米，建筑面积有17.18万平方米。人民大会堂的建筑主要分三个部分：中央大厅、万人大礼堂、全国人大常委会办公楼。中央大厅面积有3600平方米，护墙和地面用彩色大理石铺砌，周围有20根汉白玉柱，中层有12米宽的回廊，有6座正门通往万人大礼堂。大礼堂的平面呈扇面形，人坐在任何一个位置都可以看到主席台。在大会堂的穹顶中心镶嵌着直径5米的五角星灯，周围环绕着三圈水波纹暗槽灯，似群星拱卫。这种让人感到满天星斗、水天一色的设计，是受周恩来总理引用王勃《滕王阁序》中的诗句"落霞与孤鹜齐飞，秋水共长天一色"的启发。毛泽东主席亲自把它命名为"人民大会堂"。

人民大会堂这座坐西朝东的宏伟建筑南北长336米，东西宽206米，高46.5米，还设有迎宾厅、金色大厅、5000个座位的宴会厅、国家接待厅，还有以各省市自治区名称命名的、富有地方特色的厅堂。作家冰心在《走进人民大会堂》一文中形容道："走进人民大会堂，使你突然地敬虔肃穆了下来，好像一滴水投进了海洋，感到一滴水的细小，感到海洋的无边壮阔。"

我出生在北京，四岁多时因父亲工作调动而随全家搬到了天津，直到"文革"结束后,已经参加工作近五年的我才又回到北京。确切地说,我是生在北京,长在天津的。前几年在毕业43年后的中学同学聚会上,一个当年的小"排长"("文革"时期各班都仿照部队编制,不叫班级,而称连排)走到我身边,非常认真地对我说起一件事。她说:"记得听你说过,你妈妈有一张建国初期叶剑英市长发的请柬,你还去过人民大会堂……我就问过我妈妈,他们家是什么人呀?她怎么还可以去人民大会堂呢?"(这个同学的父母是在河北解放区参加工作的,也是离休干部)

同学对当年往事的回忆,让我竟一时语塞。因为我三十多年来一直工作在中直系统的新闻单位,到人民大会堂参加活动和会议都是很平常又顺理成章的事情,自己还真没觉得这是多大的事儿呢!再仔细一想,是啊,我们国家幅员辽阔,有14亿人口之多,北京是首都,是祖国的心脏,是亿万人民向往的地方,能来到首都北京看看天安门,那是多少人一生的愿望啊!能走进人民大会堂,更是一种值得向所有朋友炫耀的荣耀,也是很多人当时难以企及的机遇,所以这位同学才会对我当年说的那件事念念不忘。

我大致算了一下,即便不算我在人民大会堂观看的电影和各类演出,我进出人民大会堂的次数也该有30次之多了吧,原来自己一直认为很自然的事情,其实是多么大的荣幸啊!

我翻找出当年的日记和相关资料,打开保留的相册,顿时便打开了记忆的闸门……

让我印象最深的是1979年10月19日,刚到民革中央机关工作没几个月的我有幸在人民大会堂参加了由全国政协、中共中央统战部举行的各民主党派和全国工商联代表大会宴会。我们从人民大会堂东门进入,步入宴会大厅,一眼望去,偌大的宴会厅里摆有数百个餐桌。人们陆陆续续落座后,下午6时整,悠扬的乐曲声响起,邓小平、叶剑英、李先念等党和国家领导人走上主席台。邓小平神采奕奕地走到讲台前,做了《各民主党派和工商联是为社会主义服务的政治力量》的重要讲话。

那正是十一届三中全会后,全国各民主党派、工商联召开的第一次代表大会,可谓意义重大。经历了二三十年凭票券购买物品的我们,看到服务人员端上桌的丰富菜肴,个个都惊羡不已……

《团结报》1996年创刊四十周年、2006年创刊五十周年纪念座谈会都是在人民大会堂举行的。1956年,毛泽东正式提出"长期共存、互相监督""百花齐放、百家争鸣"的方针。他还提出"共产党万岁,民主党派也万岁"。时任民革中央宣传部部长的王昆仑倡议创办一份报纸,并建议定名为《团结报》,立意是要建设社会主义现代化国家,团结的人越多越好。正所谓"国运昌,报运始昌",《团结报》于1956年创刊,在"文革"风暴中不得不停刊,到中国共产党的十一届三中全会后才复刊,复刊后的《团结报》从国内发行,发展到海内外发行,这份民主党派主办的报纸深受读者欢迎,成为在国内外颇有影响力的报纸。

在团结报社工作了30多年的我,自1997年从副刊部调到记者部工作一直干到21世纪初。这期间,每年的全国两会我都参加采访活动,在人民大会堂里亲耳聆听政府工作报告和各位代表、委员的发言,大会进行选举表决时我也在场。我还在新闻发布厅参加新闻发布会,似乎已记不清进进出出人民大会堂有多少次了。有意思的是,因为家和报社都离天安门广场只有一公里远,所以我总是骑着一辆旧自行车前往。我把工作证挂在脖子上,一有警卫向我挥手问询,我就把胸前的工作证拿起来对他晃晃便继续骑行而过,到了大会堂高大的台阶下就把自行车停放在警卫亭旁边……我不觉得自己这样寒酸,倒是得意这样更像个记者呢!

2006年11月12日,在人民大会堂我参加了纪念孙中山先生诞辰140周年纪念大会,各民主党派中央负责人、全国工商联负责人、无党派人士代表、孙中山先生的亲属、海外来宾和首都各界人士3000多人出席。

2005年7月19日,我和民革中央合唱团的团员们一起参加了在人民大会堂举行的纪念抗战胜利60周年"铭记历史"大型歌会,我们登上人民大会堂的大舞台演唱了著名的抗战歌曲《旗正飘飘》。这首1933年1月发表在《音乐杂志》第一期上的歌曲,由韦瀚章作词、黄自作曲,同年9月被有声电影《还我河山》采用为片中曲。60多年后,我们怀着激动的心情,以慷慨激昂的热情、铿锵有力的节奏演唱了这首歌:"旗正飘飘,马正萧萧,枪在肩,刀在腰,热血似狂潮,好儿男报国在今朝……快奋起莫作老病夫,快团结莫贻散沙嘲。枪在肩,刀在腰,热血似狂潮。团结!奋起!"歌声回荡在人民大会堂,半个世纪前的抗战激情感染着我们，也感染着观众，充满了正能量。

记得在《团结报》创刊四十周年纪念座谈会后，一位在人大常委会机关工作的朋友带着我和我邀请的几个朋友去参观了他们办公的地方，他还带着我们走到了人民大会堂顶层的阳台上。那时刚好是正午时分，秋高气爽，湛蓝的天空万里无云，我们俯瞰着宽广的天安门广场，远眺笔直的东西长安街，顿时感到气宇轩昂。

回首六十多年前为建造人民大会堂，北京汇集了1000多名建筑界专家和工作者开会，研究探讨建筑方案。时任北京市副市长的万里做了关于国庆工程的动员报告。人民大会堂的工程巨大而复杂，需要边勘察边设计边施工，再加上"要在一年内完成"的要求，令施工建设非常艰苦。参与建设的专家李国胜回忆说："晚上要加班，整晚都在设计图纸，1959年3月初我们完成了钢结构部分的全部图纸，一共3600多张，在这么短的时间里能完成，完全是靠艰苦奋斗的精神。"

我最好的朋友尹惠明给我讲述过她家经历的建设人民大会堂的故事：她家当年住在垂露胡同7号院，1958年时她在司法部街小学读二年级，她还记得走出自己家的院门就能看到有轨电车在南北走向的大街上通过，往北看长安街对面就是中山公园南门……她说，1958年初秋接到三个月内拆迁的通知后，那一带的居民都积极响应，快速地收拾物品等待搬家。可想而知，在轰轰烈烈建设新中国的气氛中，广大人民是多么支持国家的建设。他们都能舍小家顾大家，他们虽然不是十大建筑的实际建设者，但是他们都为十大建筑做出了无私贡献。小尹还告诉我，为了不延误工期，拆迁户在很短的时间里就搬入了新居，她记得新房子的墙壁还渗着水珠，孩子们都好奇地去按水珠玩儿……人民大会堂的拆迁户都搬到了建国门外的永安东里，中国历史博物馆和中国革命博物馆（现在叫中国国家博物馆）的拆迁户搬到了永安西里，据说"永安里"这个名字是周恩来总理给起的。人民大会堂落成后，政府还邀请拆迁居民每户一人去参观了人民大会堂。"我们家是我姥姥去的，她回来告诉我们，那里真是特别的高大雄伟。"小尹颇有自豪感地说道。

新中国的十大建筑在热火朝天的建设高潮中迅速竣工，成为给国庆十周年献礼的最大礼物！从1958年到2022年，64年过去了，在人民大会堂里曾召开过多少重要会议，曾有多少次国家领导人在这里接见国内外嘉宾，又有多少大型文艺演出在这里上演……未来，人民大会堂还将不断书写历史的辉煌，我们也会叠加更多的记忆。

我热爱人民大会堂这座宏伟的建筑，它与我居住的这座城市、我的家一样是我生命与记忆中不可分割的一部分。

（作者为中国作家协会会员、原东城作家协会理事）

永远的记忆——中国国家博物馆

陈家新

北京中轴线有着浓浓的历史厚重感,令人印象深刻。在长达7.8公里的中轴线上,有故宫、天安门、前门、正阳门、永定门、钟鼓楼等古老的建筑。它们有着讲不完的故事,但我认为中轴线两侧的故事更多,就像一台机器,如果只有一根中轴,而没有传动齿轮和零部件,那么整台机器的中轴就失去了动力。北京中轴线两侧的故事有很多,我今天就讲一讲中轴线东侧中国国家博物馆里的精彩故事。

中国国家博物馆坐落在北京中轴线以东,和人民大会堂相对,是1959年北京十大建筑之一,当年叫中国革命历史博物馆。博物馆里展示了中国从原始社会到中华人民共和国成立几千年的历史。记得1964年,在我还戴红领巾的时候,老师为了让我们形象地记住历史,带我们参观了中国革命历史博物馆,回到家后,家长问起都看到了什么,我印象中好像只想起了三样:一是人是由猿人进化而来的,原始人在山洞里用火烤肉吃;二是陈胜、吴广领导的农民起义用的是大刀和木棍;三是李大钊就义时的绞刑架。当家长进一步问为什么叫中国革命历史博物馆,中国革命是指什么的时候,我是一头雾水无言以对。1983年,博物馆被分设成中国革命和中国历史两个馆,北半部叫中国革命博物馆,主要展示1840年鸦片战争以来的中国近现代革命史的内容;南半部叫中国历史博物馆,主要展示从原始社会到1840年的中国古代历史内容。

陈列内容分开以后,中国革命博物馆着实红火起来,革命题材的展览一个接一个:红军长征胜利50周年、历史巨人毛泽东、中国共产党诞生70周年、世界反法西斯战争胜利 50 周年，等等。

分久必合的历史规律，使得中国革命博物馆和中国历史博物馆于 2003 年合并为中国国家博物馆。2007 年中国国家博物馆在原地进行改扩建，于 2011 年再次面向公众开放，其占地面积达 20 万平方米，成为世界上最大的博物馆。这样的文化殿堂，坐落在天安门广场东侧，不能不说她为北京中轴线增加了一道亮丽的景观。

2012 年 11 月 29 日，习近平总书记参观了在中国国家博物馆举办的《复兴之路》展览，点燃了中华民族伟大复兴的梦想。我今天在这里主要讲的是革命史展览中的故事，因为无数先烈为了我们的今天，把最宝贵的生命献给了最壮丽的革命事业。

参观过中国国家博物馆的人们都会永远铭记，中华民族是在中国共产党的领导下经过艰苦卓绝的奋斗，创建了中华人民共和国。观望在这里陈列的革命历史文物，自然便会让人想起许多可歌可泣的英雄人物和无数感人肺腑的英雄故事。

当我们看到展柜里那本因年代久远而发黄了的《共产党宣言》时，便想起中国共产党诞生前马克思主义在中国传播的情景，想起史称"南陈北李"的陈独秀、李大钊是如何发动中国先进的知识分子在各地建立起共产主义小组和共产党早期组织，又是如何将上海、北京、汉口、广州、长沙、济南及日本等地的共产主义小组的代表汇聚到上海，于 1921 年 7 月 23 日召开中国共产党第一次代表大会，宣告中国共产党的成立。

中国共产党成立后，共产党人很快就投身于国共合作的北伐战争，并在北伐战争中为肃清北洋军阀势力发挥了巨大的作用。正当国共合作不断开辟新的局面之时，蒋介石在帝国主义的支持下公开背叛革命，于 1927 年 4 月 12 日在上海发动反革命大屠杀，共产党人的鲜血流成了河。展板上那张大批革命者惨遭杀害的照片，分明是在告诉后人，蒋介石是帝国主义的工具和屠杀工农的罪魁祸首。轰轰烈烈的第一次大革命，因国民党右派的背叛而中途夭折。

面对反动派的屠杀，中国共产党别无选择地走上了武装斗争的道路。当我们看到巨幅油画中周恩来、贺龙、叶挺、朱德、刘伯承等领导人的形象，就如同看到举世闻名的"八一"南昌起义的激烈场面，听见武装反抗国民党反动派的阵阵枪声。它们就像警钟一样在提醒我们：革命成果，来之不易，当百倍珍惜！

中国共产党领导红军经历了五次反围剿，后又经历了艰苦卓绝的二万五千里长征。敌人的封锁与围剿，挡不住"星星之火，可以燎原"的革命趋势；敌人的围追与堵截，挡不住红军长征的胜利会师。仔细端详1936年10月红一、二、四方面军和红十五军团以上干部会师时的这张合影，油然而生的是一种发自肺腑的钦佩与信服。钦佩的是红军真不愧是一个拖不垮、打不烂、战无不胜的英雄团体；信服的是中国革命在中国共产党的领导下，又有无数英勇善战、无畏牺牲的红军指战员做着忘我的斗争，怎么能不取得最后的胜利！

在日本帝国主义丧心病狂地发动侵华战争时，蒋介石却叫嚣"攘外必先安内"。这激怒了爱国将领张学良、杨虎城。他们于1936年12月12日扣留了蒋介石，发动了震惊中外的西安事变。中共中央和毛泽东清醒地分析了当时的政治形势，提出和平解决西安事变的方针，并派周恩来、叶剑英等人前往西安参加谈判。在张、杨两位将军和中国共产党人的努力下，在全国人民一致抗日的要求下，蒋介石被迫接受了停止内战、联共抗日等条件。我们从西安事变和平解决后周恩来回到延安的这张历史照片中，不仅能领略到周恩来的人格魅力与非凡的气质，也能从其笑容中感知到全民族团结抗日的局面必将形成。凝望着这张照片，你会对周恩来在历史关键时刻的作为挑指赞叹。

为了抗日战争的顺利进行，毛泽东自1938年5月起陆续发表了《抗日游击战争的战略问题》和《论持久战》，批驳了"亡国论"和"速胜论"，对"抗日战争的持久性和最后胜利是属于中国人民的"做了科学的预见，坚定了全国人民长期抗战的决心。中国共产党领导的八路军、新四军等人民抗日武装正是在这两本书的思想指引下，深入敌后，在华北、华中、华南广大地区发动群众，开展游击战争，开辟敌后抗日战场，建立了抗日民主根据地。这两本书被很明显地摆放在陈列柜中，提醒着人们，它们在抗日战争中曾发挥过巨大的作用。

1946年6月下旬，国民党反动派在美国的支持下，公然撕毁停战协议，向解放区发动全面进攻。人民解放军奋起反击，拉开了人民解放战争的序幕。人民解放军在中国共产党的领导下，取得了辽沈、淮海、平津三大战役的伟大胜利。我们通过所陈列的毛泽东关于三大战役的各种指示电报和手稿，不仅可以感受到当时战争的激烈程度，也可以看出毛泽东的雄韬伟略。

1949年4月21日，毛泽东、朱德发布向全国进军的命令，人民解放军沿500公里战线强渡长江，摧毁了国民党的长江防线，于4月23日占领了南京国民党总统府。10月1日，毛泽东在天安门城楼宣告"中华人民共和国成立了，中国人民从此站起来了！"望着这张已成为人民心中经典画面的历史图片，你会和当年载歌载舞、欢天喜地的人民群众一样，心潮澎湃，热泪盈眶……

参观完中国国家博物馆这座历史殿堂，我们深深地感到，在这里陈列的虽然是100多年以来的文物和图片，但它所展示的却是中华民族披荆斩棘、奋勇向前的精神。它酷似一本历史教科书，但又比教科书更形象、生动、感人，有着教科书无法比拟的教育作用。中国共产党的辉煌历史，将对后人永远发挥出巨大的教育和鼓舞作用。

我相信，只要你来到坐落在北京中轴线东侧的中国国家博物馆参观，你就会感到她为中轴线的厚重历史添加了无与伦比的亮点。特别是当你参观了《复兴之路》的展览之后，你一定会对先贤和英烈为中国人民的独立和解放、为中华民族的伟大复兴勇于抛头颅洒热血的革命精神产生感佩之情，并在脑海中形成永久的记忆。

（作者系中国国家博物馆研究馆员、北京作家协会会员、北京市丰台区作家协会副主席兼秘书长）

那庙，那宫和那个文学班的敲铃人

许 震

文化是一个民族的血脉。1850年2月25日（农历正月十四），道光皇帝在弥留之际写下了一道朱谕：第一，神牌不配天，即神牌不要供奉到天坛；第二，神牌不升祔太庙；第三，不要立圣德神功碑；第四，丧事从简。

太庙是一个什么样的地方？为什么道光皇帝在生命的最后时刻，还会对这个地方念念不忘？道光不入太庙的遗嘱背后又有着怎样的隐衷呢？

在纵贯北京城南北近八公里的中轴线上，闪耀着一颗颗犹如群星般灿烂的古建筑，它们放射着北京的历史、文化、建筑、艺术的璀璨光芒。其中，我去得最多、给我印象最深刻的就是太庙。

一

庙是用来做什么的呢？东汉许慎的《说文解字》中是这样解释的："庙，尊先祖皃也。"庙原来一直是用来祭祀祖宗的大房子。汉代以后，庙逐渐与原始的神社，如土地神等混在一起，被称作土地庙。再后来，随着佛教的传入，有人称佛教寺院也为庙。

中华民族有祭祀的习俗。据记载，祭祀起源于商朝，商朝的人们认为鬼神有很大的权威，能够决定人们的命运，所以他们十分崇敬鬼神。他们把鬼神分为天神、地祇、人鬼三类，人鬼常常就是指自己的祖先。他们认为，祖先虽然逝去，但其灵魂仍然存在，可以降祸、赐福于子孙，因此他们每天都会排定日程，虔诚祭祀。这种崇拜祖先的观念一直延续到现今，因而在不少地方有名望的家族都建有本家的祠堂、家庙等，他们在祠堂和家庙中按辈分的大小设有祖先的灵位。中国的传统节日大多源于上古祭祀，尽管不少节日在后世的演变中，或融合成多重内容的综合节日，或发生了性质上的变化，但祭祀的内容仍或多或少地保留着，如立春、立夏、立秋、立冬、中元节、冬至、除夕等，都有祭祀祖先的仪式。

太庙是中国古代皇帝祭祖的地方，因而被称作"天下第一庙"。太庙在夏朝时称"世室"，殷商时称"重屋"，周朝时称"明堂"。早期，太庙仅用于供奉皇帝先祖，后来逐渐发展为帝后、皇亲和功臣等也可以在此被供奉。

六百多年前，作为朱元璋第四个儿子的朱棣，很小的时候就被派来驻守北平，获封燕王。他夺取侄子朱允炆的帝位后不久，便将北平改称北京，北平府也被改称为顺天府。朱棣在南京坐稳了皇位之后，便开始营建北京。朱棣营建北京城，不是因为这里原本是他的封地，而是为接下来的迁都做准备。北京城的营建主要有三个工程，分别是内城、皇城和紫禁城。以前的大木厂、琉璃厂、石作厂、神木厂、台基厂等，都是当时工匠们做工的地方。朱棣营建北京城着实费了一番工夫，这一建便是十余年。永乐十八年也就是1420年，北京宫殿正式落成，这一年的九月，朱棣一声令下正式开始迁都，到了第二年的正月，朱棣如愿在北京城的宫殿上朝，北京城就此成为明朝的都城。

太庙是依据《周礼》中古代王都"左祖右社"的礼制和古代"敬天法祖"的传统思想营建的，与祭祀社稷神的社稷坛隔天安门左右相望。在空间布局上，它象征着族权与神权对皇权的拱卫。太庙是世界上保存最完整、规模最宏大的皇家祭祖建筑群，集中体现了我国源远流长的祭祖文化。太庙不仅看起来高度超过紫禁城的太和殿，甚至它的实际规格也高于太和殿。为营建太庙，还砍伐了许多名贵的金丝楠木。太庙的68根大柱及主要梁部件全部为金丝楠木，金丝楠木最大的特点就是千年不腐、不蛀、不变形。

太庙建成之后，朱棣亲手种下的柏树，被称为神柏，位于享殿的南面。据说，太庙里的700多株古柏，多数都是明朝在建太庙时种植的，树龄大多有500多年，最少也有300多年。

明朝灭亡后，太庙不仅没有被破坏，而且得到了进一步的保护和扩建。

1644年崇祯末年，崛起的女真族在首领多尔衮的带领下，一路烧杀抢掠甚至屠城，一直攻到大明朝的首都北京，然而在太庙前却停止了杀戮的脚步。多尔衮把自己祖先的牌位移到了太庙，还下令把辽金元等朝皇帝的神位供奉在历代帝王庙中。从此，太庙迎来了新的主人，也揭开了新的一页。

入主中原以后，作为天下的统治者女真族全盘接受了明代繁复的祭祀程序，甚至比起明朝皇帝对于上天和先祖的敬畏更是有过之而无不及。比如，在祭祀活动前三天，皇帝和文武百官实行斋戒，不饮酒，不食荤，不处理刑事案件，不看病，等等。

太庙是与故宫、社稷坛同时建造的，历经明嘉靖、清顺治、乾隆等朝的增改建，才形成今天的这种格局，其主体建筑群坐北朝南，呈长方形，南北长475米，东西宽294米，由前、中、后三座大殿构成，庙外古木围合，总面积达19.7万平方米。

为何道光皇帝在临终前不允许儿子把他放入太庙呢？原来，当年康熙曾留下祖训：凡失寸土者，不得入列祖灵位。而在道光年间，不仅内乱不断，而且还打了败仗。鸦片战争中，清政府被迫签订了丧权辱国的《南京条约》。按照《南京条约》的规定，清政府不仅赔了款，还割了地。道光也成为清朝历史上第一个与西方列强签订不平等条约、导致国土沦丧的皇帝。对于自己所做出的这一切，道光心里一清二楚，深感愧对列祖列宗。因此，他在临终前留下遗诏，不准儿子咸丰把他放入太庙。

祭祖的本源力量是"慎终追远"的孝道，在中国人的心中是一种传统的文化和风俗。后代通过与祖先进行心灵的对话，能够增强宗族的团结，密切宗族之间的关系，升华彼此的情感和凝聚力。祭祖在古代中国国家政治中具有"国之大事，在祀与戎"的崇高地位，渗透在每个中国人的心灵里，对于目前增强中华民族凝聚力、维护社会安定祥和、提升民众文化素质、塑造民族形象和提升民族影响力也有着重要作用。

二

一场场巨大的变革在20世纪的中国酝酿、发生着，千年的礼仪之邦连同它所有的祭祀礼仪都受到了前所未有的挑战，太庙的命运随着历史的更迭一再发生变革，其悠远的文化内涵也发生了深刻的变化。

1912年1月1日，南京临时政府成立，孙中山被选举为临时大总统。经过南北议和代表的磋商，南京临时政府于1912年2月9日向清政府递送了有关清帝退位优待条件的修正案。2月12日，隆裕太后带着六岁的清朝末代皇帝溥仪，在紫禁城养心殿举行了最后一次朝见礼仪后，认可了这一条件，并于次日宣布清帝退位，以清帝逊位的方式和平解决南北战事，结束了帝制，走向了共和。延续260多年的清王朝，连同2000多年的皇权帝制一起走下了历史舞台。根据《清室优待条件》中的第四条"清帝宗庙陵寝永远奉祀，民国政府酌设立卫兵保护"，太庙仍归爱新觉罗氏所有，但是不再关乎国家和政权。

1924年10月22日，冯玉祥配合孙中山北伐，发动著名的"北京政变"，囚禁了直系贿选总统曹锟，由黄郛担任临时执政府代总理，摄行总统职务，同时下令驱逐末代皇帝溥仪出宫。同年11月5日上午，溥仪搬出皇宫的同时，太庙也就永远结束了作为皇家祭祀场所的历史。

1926年，北洋军政府将太庙命名为"和平公园"并对外开放，开始了"公共空间化"的历程，昔日皇家禁地渐渐褪去了神秘的面纱。太庙由"清室善后委员会"管理。该委员会是故宫博物院的前身，其成员由多位国民党人士和倾向民主的北洋政府官员组成。在故宫博物院成立后它仍一度存在，其骨干即成为故宫博物院的中坚。

1928年太庙归内政部管辖，1931年由故宫博物院接收，改为故宫博物院分院。但是，在新中国成立前的大多数时间，太庙仍然处于封闭状态。

1949年2月3日上午10时，中国人民解放军在正阳门举行了庄严的入城仪式。北京和平解放后，工会把俱乐部工作列为重要工作之一。在这个大背景下，中共北京市委文委书记李伯钊建议，北京应当建立文化宫，将其作为全市职工群众文化活动的阵地。经北京市总工会及全国总工会向政务院请示，当时的周恩来总理主持政务院开会讨论，最终批准将太庙移交北京市政府，作为以工人为主要对象的群众文化活动场所；同时，拨小米405143斤作为筹备经费。

1950年4月10日，故宫博物院将太庙正式移交给北京市总工会，4月中旬，时任中华全国总工会副主席李立三受北京市总工会之托，到中南海请毛泽东主席题写匾额。根据当时参与此事的田耕回忆，最初拟定的名称有四个，分别是北京市工人俱乐部、北京市劳动人民俱乐部、北京市工人文化宫和北京市劳动人民文化宫。最终，毛主席将选定的名称写在一张宣纸上，每个字有核桃大，龙飞凤舞，分为两行横排，自左而右，写着"北京市劳动人民文化宫"十个大字。

4月底，为庆贺文化宫即将开幕，党和国家领导人朱德、董必武、聂荣臻与知名人士黄炎培、郭沫若、茅盾等数十人都题词祝贺。最脍炙人口的题词就数作家赵树理的："古来数谁大，皇帝老祖宗。如今数谁大，劳动众弟兄。世道一变化，根本不相同。还是这所庙，换了主人翁。"这一题词深刻地表达出新中国劳动人民当家做主的欣喜，从中也不难体会到"劳动人民文化宫"这一名称的深刻寓意。

1950年4月29日午夜12时，白底红字的横匾"北京市劳动人民文化宫"被挂到了原太庙南门的上方。第二天，在新中国成立后的第一个五一国际劳动节，北京市劳动人民文化宫正式对外开放，这一事件被载入《中华人民共和国大事记》。

从此，这座宫殿开始了新的使命，被赋予了新的文化内涵，许多在旧社会贫苦出身的人在文化宫的培养下成为文艺界的骨干力量。

三

我是2011年底走进北京市劳动人民文化宫的。

2011年，我从鲁迅文学院公安首届高研班结业后，文学创作就没有了方向，具体说，就是不知道该怎么写了，特别是小说创作。鲁迅文学院的课八面来风，公说公有理，婆说婆有理，我该怎么做？我在否定自己，也在否定从前。

寻找出路，唯一的办法就是开拓新路。大师是指路的明灯，同行的先行者是路标。从此以后，我利用自己所有的业余时间，穿梭于朝阳区的中国现代文学馆多功能厅和东城区第一图书馆。在朝阳区的中国现代文学馆内，我看到了文学大师的形象，了解到文学的广博。在东城区第一图书馆，我听到了一位又一位文朋师友的讲座，知道了文学的深邃。

一天，我在朝阳区的中国现代文学馆多功能厅听课时，一位叫冯好仁的朋友问我:"你去劳动人民文化宫听过课吗?那里的课讲得不错。我和那里的杜芳伦老师认识,可以推荐你去。"

我回答道:"没有。谢谢您冯老师,我想去听,那边的课什么时间讲呀?"

冯好仁老师说:"星期六的下午两点,上午听完东城图书馆的课后,下午可直接去听那里的课。"

一个冬日的午后,在冯好仁学友的带领下,我们穿过蓝底金字的"北京市劳动人民文化宫"的匾额,鱼贯进入南门。

在这一行人中,只有我是第一次到北京市劳动人民文化宫的。穿行在松柏林立的绿树丛中,顿时让我根根头发直立,感觉有些不寒而栗。是小时候听的坟墓周围种松柏的相关故事太多,还是这里的环境令我产生了某种幻觉?同去的文友告诉我,劳动人民文化宫的前身是皇室太庙,即中国古代皇帝的宗庙,开始是皇帝供奉先祖的地方,后来皇后和功臣的神位经皇帝的批准后也可以在这里供奉。她这么一说,我的神情更加紧张起来,似乎看到了牺牲所里摆放的血淋淋的马、牛、羊等的头颅和一般庙宇中的那些面目狰狞的神像。

沿着西侧狭长的通道,我提心吊胆地跟在文友后面,小心翼翼地走着。

在忐忑和不安中,我不知不觉地走到了路的尽头,往东一拐,绕过一个公厕后,一个文友说:就在三殿内。

这时,我的思绪才缓缓地从历史的惶恐中回到现实。

通过红漆大门,跃过宽大厚重的门槛,我突然想,杜芳伦老师是一个什么样的人呢?是男是女,是老是少,是在故纸堆里生活的老学究,还是浑身充满张力的文学青年?

好仁学友把我带进大殿旁边的一间简陋的办公室里,说:"这就是杜老师。"杜老师的办公室内陈设简单,一床、一椅、一桌,桌上放着一叠宣纸,宣纸旁边的笔筒里插满了大大小小的毛笔,足有十几支。

杜老师端坐在那把老旧发黄的靠背椅子上,正和前来讲课的老师聊天。见我们进来,他不冷不热,象征性地看了我们一眼,然后不紧不慢地说:"来听课的,先办一个学员证,20元的工本费!"

我端详着杜芳伦老师。他有点国字脸,白皙的脸庞,小背头的一侧有一缕白发,灰裤子上套着黑色的中山装,脚着一双老布鞋。从面相看上去接近五十岁，而从打扮上判断则处在五十岁的尾部。

杜老师似乎一点也没有注意我的举动，仍然目光盯着讲课的老师，有一搭无一搭地聊着与文学关系不太大的话题。等我把 20 元的现金递上后，他习惯性地拉开桌子的抽屉，从里面取出一张黄色的比全国粮票大一些的纸片递给我。纸片的上方一行小字是"北京市劳动人民文化宫"，中间三个大字是"学员证"，下面两行是"姓名、单位、班称、编号"。

就这样，我成了北京市职工业余文学创作研修班的学生，杜老师成了我的老师。

每天，杜老师总是第一个到，最后一个离开。这活儿，和一个看教室门的老头儿无异，这是我当年对杜老师所做工作的看法。

第一个到的目的，无非就是打开教室的门窗，让空气流通下，给学员们提供一个良好的上课环境，同时接待前来讲课的老师等。最后一个离开的原因，就是要清理下教室的卫生，关好门窗，为接下来在此搞活动的人留下一个好印象。

2016 年 2 月 21 日，我的母亲去世。之后，当回忆母亲为我所做的一切时，我想起最多的却是她为我所做的一些日常小事。从 1996 年文学研修班再次启动，一直到退休后两年的日子里，杜老师在每期文学创作研修班上都是这样做的。这样看，杜老师不就是我们北京职工业余文学创作研修班的"母亲"吗？

其实，杜老师做的远不止这些。每期文学研修班开班前向上级机关报送的请示、课程设置，课程教学中教师的聘请、学员的管理，研修班结业后的总结表彰、文章结集，等等，一大堆琐碎的事都由他一个人完成。

我是半程加入第 13 期北京职工业余文学创作研修班的。在这期研修班结业后不久，我突然接到杜老师的一个电话，大意是说，接到了北京市总工会部署的一项重要任务，要求他组织职工文学研修班历年来比较有创作实力的 14 位作家，给当年获得"五一劳动奖章"的 14 位劳模写一部报告文学集。经过反复琢磨，他想到了我，问我愿意不愿意参加。

我真是有些受宠若惊。从 1996 年到 2012 年，16 年里的 13 期研修班中，选 14 个人竟选到了我？！就是这次杜老师的盛约，让我写就了报告文学《国家利益高于一切——刑天舞干戚》，也是这次盛约，让我认识了陈之喆、马淑琴、杨建业等学哥、学姐，有些人现在成了我无话不谈的朋友。

事后，我问起杜芳伦老师："杜老师，您的弟子遍京城，在茫茫人海中怎么会想到了我？"

他回答得倒是干脆利落，完全没有了平时讲话时有些慢条斯理的样子："手心手背都是肉，老学员新学员都是文学研修班的学员。要在上级部门面前展示我们的创作实力，就要用历届学员中最优秀的学员！"

2014年北京APEC峰会后，杜老师组织了当时比较有创作实力的学员到怀柔采风。这次同样有我，也是让我万万没有想到的。在怀柔采风的那个晚上，在大家几乎全都尽兴的宴会之后，杜老师似乎也完全放松下来。在他的房间内，他一会儿与学员汪再兴聊书法，一会儿同学员蔚萃谈国画的艺术。他的艺术造诣之深、见解之独到、把握之精准，让我惊叹不已。我用手机上网把他的名字在百度上一查，他的简历即刻惊出我一身汗来：

杜芳伦，笔名穆南，北京人，农工民主党成员，1989年毕业于北京师范大学中文系。1969年赴山西插队。1972年参加工作。1986年调入北京市劳动人民文化宫任馆员，主持北京市职工文学创作研修班及北京市职工文学创作室。中国电影家协会会员、北京书法家协会会员、北京电视艺术家协会会员、中央办公厅书画研究会顾问。1990年开始发表作品。2005年加入中国作家协会。著有《孤雁南飞》等十部少儿小说、《西虎杂记》等随笔集，主编《人民文学·北京职工作品专号》《2008：中国红与黑》等十余种文学作品集。

在这次采风活动中，我写就了两首诗，一首是《长城入水》，另一首是《栗树王》，这是写给我的，更是写给他的。《长城入水》这样写道：

> 我听到了六百年前的呐喊
> 我看到了排山倒海的气势
> 我闻到了硝烟弥漫的味道
> 长城，即使入水也以冲锋的姿态呈现
>
> 那绵延的疆域还在
> 那觊觎的目光还在

强盗的枪口还是黑洞洞的
我，即使马放南山，也是一匹腾骏的战马

石头筑就了我的骨骼
灰浆升腾着我的炽热
巍峨的山脊打造了我的性格
即使子弹穿过胸膛，也决不会当逃兵，离开战场

从南到北，从东到西，纵横驰骋着
城内种树，城外种草，铁杆的庄稼葳蕤着
我，一名持枪而立的老兵，今天或者明天
即使老得只剩下一颗牙，也要变成长城的一个垛口
用一双昏花的老眼，注视着有可能升起的狼烟，傲然挺立

《栗树王》是这样写的：

你冷峻地站立着
纵有阵阵惊雷闪电从你的头顶滚过
纵有狂风暴雨浩劫过你的枝叶
纵有千年的积雪和万年的尘土骑压过你的脊背

你是八百年前农妇送来的那鬲热粥
你是六百五十年前长城工匠流下的第一滴汗珠
你是长城垛口起得最早的那位长矛士兵
你是守城老兵双手捧着的最后一粒粮食

你伸出双臂，维护长城的根基
你敞开胸怀，包容八方兄弟姐妹
你挺直身躯，直面风霜雨露的威逼和诱惑

第一辑 | 古韵筑情

> 你仰望苍穹，时刻期待上天的召唤
>
> 2014年11月21日上午
> 一个穿着红色冲锋衣的青年
> 向你敬礼，对你顶礼膜拜
> 你苍劲着，横刀立马，不动声色

与杜老师接触多了，他的话语就多了起来，他说得最多的就是北京市职工业余文学创作研修班。他说，研修班的前身是老舍先生在劳动人民文化宫创办和主持的工人业余文艺学校，始于1950年。当时任教的作家除了老舍，还有茅盾、周扬、冰心、赵树理、曹禺、周立波、艾青、萧军、郭小川、臧克家、端木蕻良等。新时期以来，又有杨沫、汪曾祺、王蒙、林斤澜、邓友梅、张志民、刘绍棠、管桦、浩然等数十位作家为学员授课、辅导。

他还说，北京市职工业余文学创作研修班的学员中有的获得了老舍文学奖、夏衍电影文学奖，有的被中国作家协会、北京作家协会吸纳为会员，更多的成为首都各行业、各区县的创作骨干。北京市职工业余文学创作研修班一方面以劳动人民文化宫为"根据地"，另一方面走出去，到基层和边远地区举办短期讲习班，推动了首都职工文学事业的发展和普及，被市委领导誉为北京文化建设基础工程之一，2003年被中华全国总工会授予"全国职工文学创作示范基地"称号。

我上小学时，门口总会有一位老人按点准时敲铃。我们每天听着铃声上课，放学后随着铃声回家。在北京市职工业余文学创作研修班时，我们都是听着杜老师的召唤去的，在中轴线上的这座古代殿堂里相聚，享受着文学的滋养，下课后随着杜老师的一声声叮咛，感受着文学的关怀，从中轴线走向北京的四面八方。杜芳伦老师不就是我们那个文学研修班的敲铃人吗？

伴随着那铃声，从太庙里走出的文学队伍日益壮大，渐成燎原之势，正在布满北京文学的夜空，温暖着这座城市，理解着这座城市，抒写着这座城市，正从这里一步步走向世界。

四

历史和文化同在。

当今世界正经历百年未有之大变局，这样的大变局不是一时一事、一域一国之变，是世界之变、时代之变、历史之变。同时，我们也面临着实现中华民族伟大复兴的机遇。经过鸦片战争以来180多年几代人的持续奋斗，中华民族伟大复兴展现出前所未有的光明前景。可以说，我们如今比任何时期都更接近中华民族伟大复兴的目标，比历史上任何时期都更有信心、更有能力实现这个目标。

新中国开国领袖毛泽东曾经说过："没有文化的军队是愚蠢的军队，而愚蠢的军队是不能战胜敌人的。"文化支撑着一个人的精气神，塑造着一个人的精神特质，影响着一个城市的形象，凝聚着一个民族的伟大力量和智慧。

我们应当如何思考，如何应对？

道光皇帝弥留之际写下朱谕——无颜面对列祖列宗，而将来的我们呢？

（作者为中国作家协会会员、公安部文联签约作家、东城作家协会会员）

养心殿和慈宁宫

杨 征

一、养心殿

前不久，正处于首次大修期间的故宫养心殿，将殿内部分可移动的文物"移驾"至首都博物馆对外展出，这让人们得以近距离一睹深藏在宫中的珍贵文物。近年来，通过一些清宫剧，不少观众知道了养心殿是皇帝用于休息的建筑。不过，最初它并不是清朝皇帝的寝宫。清康熙年间，内务府在此设置专为皇室制造御用品的专门机构，称"养心殿造办处"。康熙皇帝去世后，继位的雍正皇帝将养心殿辟为皇帝寝宫，自此以后的两百多年里，后世清朝皇帝都沿袭了这一规定。在这两百多年间，养心殿成为清王朝权力的心脏地带，见证了历史上诸多的大事件以及皇帝的诸多轶事趣闻。如今，我们不妨一起走进这座充满神秘气息的殿堂。

（一）曾为"造办处"网罗各地工匠

养心殿的名字，源自《孟子·尽心篇》中"养心，莫过于寡欲"这句话。明朝初年，紫禁城养心殿原址是什么建筑已无从考据。但至少在嘉靖年间，养心殿便已经建成了，最早这里是嘉靖皇帝用于修道的场所。而在养心殿南侧今天御膳房的位置，明代曾是祥宁宫和无梁殿，这两座殿堂是嘉靖皇帝专门用来炼制丹药的。

清初，由于明末紫禁城的大火烧毁了绝大多数建筑，刚到北京城的顺治皇帝没有固定的寝宫。他曾经住过今天的保和殿（当时称位育宫、清宁宫），也住过养心殿，并最终在养心殿病逝。

康熙年间，养心殿的用途发生了很大的转变。当时，清朝皇帝的寝宫被固定在乾清宫，因此，康熙皇帝在腾出来的养心殿内设置了一个名为"造办处"的内务府下辖机构。这个机构可是非同小可，因为它网罗了全国乃至西方的一些能工巧匠，甚至是科技达人，每天他们都会按照康熙皇帝的要求制造各种各样令皇帝心仪的器物。

依据当时西洋人的日记，能够大致描绘出养心殿的布局：整个院落基本上是个传统手工艺大作坊。康熙皇帝不时会到这里来观看大家制作器物的过程，这里汇聚了各种各样的技术工匠，包括油漆匠、金匠、木匠等。

当时，在这里当差的西洋人几乎都算得上是"学霸"型的人物。如康熙五十年（1711年），康熙帝曾传谕江西巡抚郎廷极之子郎文杰，令他火速将居住在江西临江府的西洋人傅圣泽送到北京，在养心殿当差。傅圣泽何许人也？他是法国耶稣会会士，是最早翻译《易经》的西方人之一，而且他还试图将《易经》和西方的《圣经》进行关联，找寻"道""太极"和耶稣之间的关系。傅圣泽后来还参与了康熙年间著名的《皇舆全览图》的编绘工作。

正是这些西洋人，让康熙皇帝的眼界大开。而且康熙皇帝也不断学习西方的知识，如西方的数学、医学、哲学甚至伦理学等，有时他甚至还会好奇地翻一翻他们手里的《圣经》。

除了学习上述内容，康熙还对乐器和乐理有着浓厚的兴趣，如他曾经下旨："问南府教习朱四美，琵琶内共有几调，每调名色原是怎么起的？大石调、小石调、般涉调这样名知道不知道？还有沉随、黄鹂等调，都问明白。将朱之乡的回语，叫个明白些，逐一写来。他是八十余岁的老人，不要问紧了，细细地多问两日，倘你们问不上来，叫四阿哥问了写来，乐书有用处。再问屠居仁，琴中调亦叫他写来。"

从这段近乎白话的谕旨上，我们能看到康熙皇帝对于音乐的了解，他所提出的问题还是很有深度的，并且康熙帝大有打破砂锅问到底的心态。从中我们也不难看出他有尊重学问、尊重学者的一面。

值得一提的是，此次故宫博物院对养心殿进行大修，采用了"八大作"（瓦、木、土、石、搭材、油漆、彩画、裱糊）的做法，这正是对养心殿造办处"工匠文化"的再现和继承。

当年，康熙皇帝去世后，继位的雍正皇帝曾将养心殿作为给康熙帝守孝的场所。在此居住期间，他发现养心殿的地理位置非常优越，从养心殿到举行典礼的乾清宫极其便利，于是雍正皇帝决定将寝宫从乾清宫迁移至养心殿。后来雍正皇帝设置的军机处与养心殿几乎就是一墙之隔，养心殿成为雍正皇帝生活起居、召见大臣的重要场所。雍正之后，养心殿成为清朝后续历代皇帝的寝宫，直至清亡。

（二）皇帝在养心殿堆雪人、写"福"字

雍正之后，众多皇帝在养心殿生活起居，这里也留下了诸多帝王的生活痕迹。

乾隆皇帝作为养心殿的主人之一，留下的最明显标志就是三希堂。它位于养心殿的西暖阁，是乾隆皇帝的书房。三希堂始于乾隆朝，后经嘉庆、道光、咸丰、同治、光绪、宣统各朝都未有任何变动，至今仍保持原貌。乾隆皇帝书写的"三希堂"匾额和《三希堂记》墨迹，至今还悬挂在墙上。

"三希"有二解：一为儒家所倡导的"士希贤，贤希圣，圣希天"，乾隆皇帝以此自勉。二为三件稀世珍宝——乾隆十一年（1746年），乾隆皇帝在此收藏了晋朝大书法家王羲之的《快雪时晴帖》、王献之的《中秋帖》和王珣的《伯远帖》，由此而得名。《中秋帖》和《伯远帖》几易其主后，现藏于北京故宫博物院，《快雪时晴帖》目前藏于台北故宫博物院。

乾隆皇帝对养心殿的钟爱，让他在这里形成了很多清宫习俗。比如，自乾隆年间始，每年的腊月初一，皇帝都要前往北海北岸的阐福寺拈香行礼，祈祷来年万事顺利，这就是著名的"阐福寺祈福"活动。从阐福寺回宫后，皇帝还要到养心殿书写"福"字。此时，皇帝会写出若干个"福"字赏赐给诸王大臣，以表示天恩浩荡。史书记载，嘉庆十年（1805年）腊月，嘉庆皇帝便亲笔为御前大臣、御前行走的蒙古王公以及额驸当场书写"福"字进行赏赐，同时也把自己之前写好的"福"字赏给御前侍卫。

皇帝在书写完"福"字之后，内侍要捧着"福"字从被赐予者身上拂过，还美其名曰"满身都是福"。清代著名藏书家和文献家王际华在皇宫内供职时间比较长，在此期间曾经被赏赐了二十四张"福"字，于是他干脆把自己家里的正房改名为"二十四福堂",以此显示皇帝对自己的恩宠。

除了写福字,冬天下雪时,皇帝还要在养心殿的小院内"堆雪人"。不过皇家的"雪人"与普通老百姓堆的不太一样,养心殿的"雪人"造型多是狮子或大象之类的瑞兽,嘉庆皇帝甚至还命人堆出过卧马的造型,可谓是一个"创新"。

(三)养心殿外有御膳房

养心殿南侧的一排排红墙黄瓦的房屋,便是大家既熟悉又陌生的御膳房。说熟悉,是因为在很多影视作品和文学作品中,都有大量的对御膳房的描述;而说陌生,是因为从正史中人们所了解的御膳房的资料少之又少。

明代的时候,这里有一所名为"祥宁宫"的建筑,主要是嘉靖皇帝用来炼制丹药的场所。清代这里被改建成御膳房,康熙皇帝还题写了"膳房"的匾额,此为御膳房的由来。

御膳房每天为皇帝提供两顿正餐,"早膳"一般在早晨6点30分至8点左右,而"晚膳"实际上相当于午饭,在中午12点到下午2点之间,晚上还有一顿加餐。这三餐基本是随传随上,皇帝的用餐地点也并不固定。

而且皇帝在养心殿外的御膳房用餐时,一般是一个人,只有在一年中一些重要日子里才和家人一起吃饭。据现存的《宫中乾隆元年至三年节次照常膳底档》记载,乾隆元年(1736年)二月二十二日,为了皇后的千秋节(生日),乾隆皇帝和皇后、妃嫔、贵人等在养心殿进晚膳。而到八月十三日乾隆皇帝的万寿节(生日)时,帝后嫔妃等则在养心殿共进早膳。

乾隆元年除夕这一天,对于皇帝一家子来说也算是个"团圆日"。这一天主要家庭成员可以一起共进早膳和晚膳。有趣的是,除夕当天,除了享受丰盛的年夜饭,他们还品尝了一道可能在今天看起来会觉得不可思议的点心:从当年八月十五中秋节一直存留到除夕当天的月饼。

其实,在明朝的宫廷除夕大餐里,便有这道点心。明末太监刘若愚所著的《酌中志》中便说道:"如有剩月饼,仍整收于干燥风凉之处,至岁暮合家分用之,曰团圆饼也。"象征团圆的月饼,在除夕这一天又以"团圆饼"的身份登上节日的舞台,其目的无非是为了表示阖家团圆。不过,当年能将月饼保存得如此新鲜,也应算是"奇迹"了。

笔者从清宫饮食档中抄录了一份乾隆十九年（1754年）五月十日乾隆皇帝所用的早膳记录，从中可以一窥宫廷饮食的奢华：

> 卯正三刻进早膳：肥鸡锅烧鸭子云片豆腐一品、燕窝火熏鸭丝一品、清汤西尔占一品、攒丝锅烧鸡一品、肥鸡火熏炖白菜一品、三鲜丸子一品、鹿筋炖肉一品、清蒸鸭子糊猪肉喀尔沁成攒肉一品、上传炒鸡一品、竹节卷小馒头一品、孙泥额芬白糕一品、珐琅葵花盒小菜一品、蜂糕一品、南小菜一品、老腌菜一品、酱王瓜一品、苏油茄子一品。随送粳米膳，进一品；野鸡汤，进一品。

（四）养心殿的枪声

养心殿地处紫禁城乾清宫西侧、西六宫以南。按道理说这里算得上是绝对的"深宫禁地"。可是就是这样一个地方，在嘉庆年间却发生过一起激烈的枪战：皇储旻宁（即后来的道光皇帝）用鸟枪驱散了攻入紫禁城的天理教教徒。

叛乱平息后，旻宁给父皇嘉庆皇帝写了奏本，详细地叙述了整个事件的经过：时值嘉庆十八年（1813年）九月十五日下午，一伙天理教教徒兵分两路，准备从东华门和西华门分别攻入紫禁城。攻打东华门的一路人半路受阻，被挡在了宫外，而攻打西华门的一路则非常顺利，在进入皇宫后由太监引导，沿着如今故宫新开辟的"西部通道"径直杀奔内廷。

当时嘉庆皇帝正在热河（承德）避暑，而旻宁等皇子们正在书房读书，突然闻听太监四处高喊"关门"，慌乱之中，皇子们飞速前往储秀宫向母后请安。这时，在宫内巡查的护卫通报说有部分教徒企图翻越宫墙，偏巧此时从宫外紧急调拨的官兵还没有赶来。情急之下，旻宁命人取来鸟枪和腰刀亲自应战。他从储秀宫巡视到养心殿门前的院落时，看到南面御膳房房顶上有几个教徒正要往养心殿西侧的宫墙上跳，如果成功跳过去他们就能够向北撤退。这时在旻宁身旁的总管太监常永贵提议用鸟枪将教徒击落，反应过来的旻宁马上用枪将已经跳上宫墙的一个教徒击落。

随后旻宁观察到屋顶上有一人手执白色小旗在对下面的人进行指挥，于是旻宁再次开枪将其击落，其余的教徒慑于鸟枪的威力，便没敢跃上屋顶。不过被拦阻于内廷隆宗门外的教徒们并没有停止作战，他们抢夺了在隆宗门外陈设的弓箭后开始朝着内廷方向放箭，其中有一支箭直接射到了隆宗门的匾额上。

这起紧急事件被平息后，旻宁立即赶往储秀宫向母后报平安，之后再次率人在紫禁城各处巡查，直至增援官兵到达。当天晚上诸位皇子还一起在南书房值守，以防有藏匿的教徒采取行动。后来嘉庆皇帝回銮，对旻宁在紧急情况下的出色表现非常满意，册封他为"智亲王"，并将其使用过的鸟枪赐封号为"威烈"，对参与平息叛乱的相关人员也予以褒奖。

事后，嘉庆皇帝还决定将嵌入隆宗门匾额的箭镞予以保留，以警示后世子孙。如今到故宫参观，仍能在这块匾额上看到遗留下来的箭镞。

（五）溥仪在养心殿宣读《清帝退位诏书》

作为清朝皇帝的起居之所，养心殿里发生了诸多历史大事。清代历史上一次比较特殊的"养心殿召见"被记录在官方历史档案中，这便是雍正皇帝在刚刚登基后，于雍正元年（1723年）的正月在养心殿召见皇四子弘历，并赐给他一块肉吃。后来成为乾隆皇帝的弘历回忆起这段往事，认为当时雍正帝用所赐的这块肉来向他暗示将来要由他来继承大宝，理由就是弘历的其他兄弟都没有享受到这项特殊待遇。

养心殿也是一些帝王的"寿终"之所。清代有三位皇帝在养心殿走到了自己生命的终点，他们分别是顺治帝、乾隆帝和同治帝。其中顺治帝和同治帝都因染病而亡，而乾隆皇帝则属于年老自然死亡。

本来乾隆皇帝在乾隆六十年（1795年）传位给嘉庆皇帝后，应该从养心殿迁入他事先给自己修建的"养老区"——宁寿宫的养性殿居住。可实际上乾隆皇帝属于"禅位不离位"，用他自己的话说就是"大事还是我办"。虽说新修造的养性殿完全就是养心殿的一个翻版，就连内部装潢也极其类似，但已经在养心殿居住了60年的乾隆皇帝，最终还是不舍得让出来给新皇帝用，养心殿这座他牵挂了一辈子的殿宇，也成了乾隆皇帝人生的终点站。

嘉庆四年（1799年）正月初二，乾隆皇帝感到身体不适，虽然只算是小恙，但是对于已经快90岁高龄的他来说却足以致命。第二天辰刻（上午7点至9点间）他便在平静中离世，终年89岁。按照我国传统文化观念的"寿终正寝"一说，乾隆皇帝的遗体并不能在养心殿停放，而是要移往乾清宫。虽说自雍正皇帝起这里便已经不再作为皇帝的寝宫使用，但由于其居于内廷建筑的核心位置，自然也成了皇帝的"正寝"，皇帝的梓宫（棺椁）奉安在乾清宫也成了清朝入关后所有皇帝都要遵循的一条祖制。

在乾隆皇帝的灵柩奉安乾清宫期间，嘉庆皇帝在乾清宫南侧的上书房"居倚庐，寝苫枕块"，即卧在草席上就寝，为老皇帝守灵，以尽孝道。棺椁停放在乾清宫内20日，这20天里嘉庆皇帝每天早晚到棺椁前各上一次香，并且每天还要供膳三次。20天后，棺椁移往景山观德殿。当年九月初二，乾隆皇帝的梓宫正式移往皇家陵寝清东陵，嘉庆皇帝承担护送梓宫的任务，一路上小心谨慎地侍候。

养心殿不仅是皇帝的起居之所，也是接见大臣的重要场所。清朝名臣曾国藩在日记中曾详细记录了一次他被召见的整个过程。

那是同治七年（1868年），曾国藩被任命为直隶总督，十二月十四日，同治皇帝和两宫皇太后在养心殿召见了他。上午10时左右，曾国藩从隆宗门进入养心殿的东暖阁，此处正是皇太后进行垂帘听政的场所。曾国藩看到同治皇帝面向西坐在龙椅上，而两宫皇太后则在后面的黄幔之后端坐。慈安太后在南，慈禧太后在北。曾国藩首先跪在地上启奏道："臣曾国藩恭请圣安。"之后脱下官帽在地上叩头，然后继续奏道："臣曾国藩叩谢天恩。"谢恩之后曾国藩起身，向前走几步跪在垫子上，慈禧太后便开始发问了，连续问了几个问题，曾国藩一一详细作答。对答完毕后，曾国藩再次向帝后叩头，起立并倒退着走出东暖阁，结束了一场紧张的对话。

值得一提的是，清朝末年，清政府与列强签订的诸多不平等条约，有相当一部分都是在养心殿中被圈阅允准的。1912年2月12日，隆裕皇太后偕宣统皇帝溥仪在养心殿召开了清朝最后的御前会议，宣读了《清帝退位诏书》，宣告了统治中国二百多年之久的大清王朝的覆灭。

二、慈宁宫

说到慈宁宫，在中国可谓妇孺皆知，这还要感谢琼瑶女士的小说兼电视剧《还珠格格》所做的扫盲工作。几乎所有人都能异口同声地说这里曾经是太后居住的地方。但是说到这座宫殿和与它相关的典故传闻,那知道的人可就不多了。

(一)紫禁城最初没为太后建寝宫

打开故宫地图,最明显看到的就是三大殿,过了三大殿,就来到了一片广场,即"乾清门广场"。这里是皇宫内廷和外廷的一道分界线,在这道分界线的西头,有一座宫殿式的大门叫"隆宗门",出了隆宗门,迎面看到的大院落,便是慈宁宫建筑群了。这组建筑群是由三个主要部分组成,即慈宁宫及其附属建筑、慈宁宫西侧的寿康宫建筑群和南面的慈宁花园。明清两代,这里主要是皇太后以及太皇太后的居所。但是追本溯源,这里最初的用途可是和太后没有任何关系,那么这座宫院最早的用途是什么呢?

明成祖在迁都北京之前即开始营建紫禁城。但是成祖在位时期的明皇室有一个比较特殊的情况,那就是没有皇太后。成祖皇帝的两位颇具争议性的母亲,即明太祖朱元璋的原配皇后马氏,以及野史笔记当中记载的碽妃,都先于他去世了。成祖的皇后徐氏也已去世,这就意味着他儿子仁宗即位之后,皇室仍然保持着没有太后的局面,因此北京紫禁城在最初的规划中并没有修建专门供太后居住的宫殿。

(二)第一位太后住进了仁寿宫

仁宗在位时间很短,不足一年。而仁宗的皇后张氏在他去世之后仍然健在,因此新继位的宣宗登基之后便尊生母张氏为皇太后。这时候为太后找到一个专门的住所便迫在眉睫了。经过再三斟酌,大家选中了皇帝的一处"偏殿",即武英殿北侧的仁寿宫。张氏便以皇太后的身份,从坤宁宫搬到了仁寿宫。

明初在对紫禁城的规划中,外东路和外西路各有用途。前者主要是供皇帝使用的一些殿宇,后者的殿宇主要是供太子使用,也就是我们大家都熟悉的"东宫"。如位于西侧的武英殿是皇帝专门用来斋戒的,而位于东侧的文华殿则是皇太子处理政务之所。因此这座位于外西路的仁寿宫也是皇帝的御用宫殿之一。而张太后的到来,改变了这一区域的功能,使其成为太后宫区了。

十年后,正值壮年的宣宗也驾崩了,他的儿子明英宗继位。原先的皇太后张氏一下子又升格为太皇太后。而新即位的英宗这时也按照惯例,尊奉自己的母亲孙皇后为皇太后。这时的皇室就出现了皇太后与太皇太后并存的局面,需要为她们各找一个住所，英宗思来想去最后决定用紫禁城东部的东宫。当时英宗年幼尚无太子，东宫正处于闲置状态，于是太皇太后张氏便第二次搬家，到东宫暂住。七年后，太子还未出生，张氏便驾鹤西游了。

（三）嘉靖皇帝为太后建慈宁宫

自此之后，明代出现过若干次两位皇太后（即已故皇帝的原配皇后和现任皇帝的生母）或太皇太后与皇太后并存的局面，而所采取的居住分配方案基本上都遵循了上述原则。但这些都是临时性的，并没有形成规范化的条文。归根结底，这还是因为老祖宗明成祖在规划紫禁城的时候没有营建太后宫殿区。

直到明世宗嘉靖年间，这一问题才最终得到解决。由于武宗正德皇帝没有皇子，自己又没有兄弟，所以继任皇位的人选只能从武宗的父亲孝宗的兄弟里面找，最终按照皇位继承的顺延制度，朝廷选定了兴王朱祐杬的儿子即小兴王朱厚熜。于是在正德十六年，朱厚熜继承大统，成为嘉靖皇帝。此时的皇宫中，除了世宗的生母蒋氏被奉为皇太后，还有三位比较重要的女性，她们是：世宗的祖母，即宪宗皇后邵氏，按辈分是太皇太后；世宗的伯母，即孝宗皇后张氏，按辈分是皇太后；再有就是世宗的嫂子，即武宗的皇后夏氏，她是没有资格称皇太后的，只能是"皇嫂"。

邵太后于嘉靖元年便薨逝。这样四位女性还剩下三位，而具备皇太后身份的只有两位，偏巧这两位皇太后不对付，张太后处处给世宗皇帝找麻烦，这让世宗的生母非常恼怒。为了避免不必要的冲突，世宗为她们各分配了一套住房，分配方法依旧按照老规矩，生母住在西边的仁寿宫，而张太后则住到了东边的太子东宫。

也正是在这个时候，"慈宁宫"这个名字出现在了我们的视野之中。嘉靖四年，仁寿宫发生了一场火灾。而世宗正好借着这个由头，在嘉靖十五年对这片宫殿建筑进行了比较大的改建，而且还拆除了影响新规划的大善殿。这座新建成的宫殿群，也就成了世宗生母的生活起居之所。当然，这期间紫禁城东半部也没闲着。毕竟此时嘉靖皇帝已经有了自己的皇子，为未来的太子预留东宫就成了一件必须要考虑的事情，因为总不能让张太后一直住在太子的东宫啊！所以世宗决定在东宫北面的地区再修建一座宫殿，这就是今天故宫的珍宝馆一带。不过当时这座宫殿被命名为慈庆宫。所以在紫禁城内，就形成了西有慈宁宫、东有慈庆宫的建筑格局。

新宫殿落成之后，世宗制定了一个规定，那就是从此以后西面的慈宁宫为皇太后专用宫殿区，而东面的慈庆宫则专门为太皇太后使用。至此明朝终于确定了皇太后和太皇太后的住房分配办法。

（四）慈宁宫的历任"业主"们

清朝入关之后，慈宁宫仍然作为太后所使用的宫殿。第一位入住这里的太后就是顺治帝的生母孝庄文皇后，而顺治帝的皇后孝惠皇后则在顺治驾崩后住到了东边的慈庆宫。

雍正帝继位以后也将自己的母妃尊为皇太后，即孝恭皇后，可惜这位皇太后还没来得及搬到太后宫便在自己的寝宫永和宫去世了。

乾隆帝继位后同样尊自己的母妃为皇太后，她就是赫赫有名的崇庆皇太后。

而根据历史记载，这位第二个入住慈宁宫的太后实际上在这里一天也没有住过，这又是怎么回事儿呢？

历史上孝庄文皇后居住的地方应该是位于慈宁宫正殿后面的寝殿，也就是说慈宁宫正殿就相当于我们普通人家的客厅或起居室，位于后面的寝殿才是真正的卧室所在。这和故宫里面很多处宫院的布局都是相类似的，即人们俗称的"前朝后寝"制度。自从孝庄文皇后在这里薨逝并且停灵之后，这座宫殿便一直闲置了近50年。而这50年中，在宫里渐渐流传开一些闹鬼的传闻。由于崇庆皇太后不愿再居住慈宁宫，乾隆三十四年（1769年），慈宁宫旧有的单檐前殿被拆除，取而代之的是一座重檐大殿，这就是我们今天看到的慈宁宫正殿。而后面的寝宫，则由于前殿规模的扩大而被向后移动了一定距离，而且其功用也早已从寝宫改为了进行礼佛的大佛堂。

话说回来，崇庆皇太后既然不住慈宁宫，难道要住到东面的宁寿宫吗？可那里是已故的顺治和康熙皇帝留下的后妃们的根据地。而且那里还居住着两位曾经抚养过乾隆皇帝的太妃，她们的身子骨非常硬朗，按照辈分来讲的话，她们都是崇庆皇太后的婆婆辈，所以东面的宁寿宫肯定也是去不了的。

好在慈宁宫的西侧有一大块空地。于是乾隆立刻下令在这片空地上为自己的生母营建新宫殿，并用"寿康"来命名这所新宫殿。在这之后的40多年里，这里就成了崇庆皇太后在紫禁城里的住所，也是乾隆皇帝向皇额娘请安的地方。

崇庆皇太后去世之后，寿康宫又闲置了40多年。因为乾隆皇帝的身体太棒了，他的皇后们没有一个活过他的，从乾隆四十二年崇庆皇太后去世，至整个嘉庆朝的25年里，清朝都没有皇太后这一角色，而寿康宫在这期间也就被改成了崇庆皇太后纪念馆。

嘉庆二十五年，道光皇帝登基，这是清朝历史上唯一以嫡长子（即皇后所生）的身份继位的皇帝，可惜他的生母在他15岁那年便撒手人寰，这之后他一直由嘉庆皇帝的继任皇后孝淑睿皇后抚养。这位孝淑睿皇后虽然也为皇帝诞育了皇三子和皇四子，但是她对当时还是皇子的道光皇帝非常疼爱，当时嘉庆皇帝驾崩得非常突然，没有找到他的遗诏。在这种情况下，孝淑睿皇后没有制造宫廷政变让自己的孩子继承大统，反而促成了道光皇帝的顺利登基，因此道光继位后对这位继母也是倍加孝顺，第一时间便将我们上面提到的纪念馆进行重新装修，将其作为皇太后的寝宫。

咸丰皇帝的早年岁月似乎和他的父亲道光皇帝有几分相像。在他九岁那年，他的生母孝全成皇后暴卒，年仅33岁。这位皇后的死因至今仍然是清宫史上的一桩悬案，之后咸丰便由道光皇帝的静妃抚养。这位静妃也有自己的孩子，那就是大名鼎鼎的恭亲王奕䜣。而咸丰皇帝继位之后也没有忘记自己的这位养母，这位静妃被尊为康慈皇太后，并成为寿康宫的新主人，而她也成为入住寿康宫的最后一位皇太后。同治朝尊奉的两位皇太后，即慈安和慈禧，都选择了东西六宫之一作为自己的寝宫，而放弃了原本为太后设置的慈宁宫宫殿群。寿康宫作为皇太后寝宫的历史就此结束。

（作者为北京五中高中英语教师）

四季景山

韩宗燕

那年，我在40岁生日的那天就去买了景山公园的年票，那时虽然工作还比较忙，只能周末的时候才有空去公园走走，100元的年票算起来似乎有点儿不值，可是我仍然年复一年地坚持买了下来。好像年龄到50岁时年票就是50元了，后来又有了可以进入京城各大公园的年票，我仍然继续买，等到了退休年龄我又有了敬老卡，可以免费去所有的公园、展览馆，尽享各种老年人的待遇。我有幸居住在黄城根这个黄金地带，对近在眼前的皇家园林十分钟爱，出了家门往西南走就是天安门、故宫博物院、劳动人民文化宫、中山公园，往西北方向走一公里就是景山公园，与之比邻的又有北海公园。要说我最喜欢去的公园，首先就是景山公园，因为一年四季，无论哪个时候，景山公园都有迷人的景色让人流连忘返。

秋高气爽的时候登上中轴线上的制高点万春亭，环视北京城，极目远眺，可以清楚地俯瞰故宫全景——一片层层叠叠的金色琉璃瓦屋顶在阳光的照射下熠熠生辉，尽显着古老皇家宫殿的辉煌。游客们都喜欢低头寻找到"中轴线"的图标，争相拍摄下这珍贵的标记，然后面朝北方再拍下以故宫为背景的照片。环绕万春亭走一圈，北京城区四面八方的美景便可以尽收眼底，东面最显眼的建筑是新建起来的中国尊；向西面看，有碧波围绕的北海公园及其地标性建筑白塔；向北可以看到沿中轴线而建，尚保留完好的钟楼、鼓楼等古建筑，还有为奥运会新建的鸟巢、玲珑塔、水立方……

景山公园有着悠久的历史，金代时景山还只是一座名为"青山"的小丘，明初将挖掘紫禁城筒子河和太液、南海的泥土堆积在"青山"上，形成五座山峰，始称万岁山，清初万岁山改称景山。乾隆年间在山前修建了绮望楼，并依山就势在山上建造了五方佛亭：中心是万春亭，东侧依次建有观妙亭和周赏亭，西侧依次建有辑芳亭和富览亭。景山中峰的相对高度为45.7米。位于中峰的万春亭，是北京城南北中轴线上最高和最佳的观景点，所以无论是远道而来的游客，还是长期居住在北京的居民，来景山公园登高望远都是一件志在必得又乐此不疲的事儿。

从万春亭向正北方俯瞰，有一组红墙黄瓦、庄严肃穆的古建筑群，这就是近年整修完成后重新开放的寿皇殿建筑群。与太庙及故宫内的奉先殿一样，寿皇殿的主要功能是祭祀。寿皇殿具有完全对称的建筑风格，进入寿皇门，东西两侧依次是燎炉、东西配殿及左右两侧的碑亭，正面则是建筑群的主体寿皇殿，其东西两侧分别是绵禧殿和衍庆殿。寿皇殿的对外开放使得景山这座昔日的皇家公园，为游客又增添了一处思古观光之地。

要说一年中景山公园最热闹的时候，那一定是从4月中下旬开始的牡丹花节。2022年的春天迟至，直到4月下旬牡丹花才进入盛开期。像往常一样，我们如期前往，一入园就见游人如织，虽然大家都戴着口罩，但也能看出人们眼中的欣喜之色。是啊！尽管新冠肺炎疫情肆虐三年多了，可是病毒既挡不住大自然的生机，也挡不住四季的更替，更挡不住万物更新、花开花落。

景山公园的牡丹花节是几十年来的保留节目，一年一度，逢时必办，而且一年比一年盛大。多年前的牡丹花节只是在东门北边的牡丹园举办，如今已扩展到寿皇殿门前的大片广场上。

我们从南门进入，一进门就感觉各色鲜艳的牡丹花从左面、前面、右面映入眼帘，颇有应接不暇之感。跟随人流沿路向东走去，可以看到公园里遍植牡丹，踏上台阶还可看到半山腰上也有一丛丛牡丹花点缀其间，哦！这简直就是牡丹花的王国呀！

牡丹是多年生落叶乔木，记得多年前举办牡丹花节的时候，那牡丹花只有齐腰高，如今景山公园里早期栽种的牡丹已经长得没过了头顶，甚至有的已经有两米多高了！"唯有牡丹真国色，花开时节动京城"，唐朝诗人刘禹锡，早在1400多年前就已经把雍容华贵的牡丹花定位在如此高度，令后人难以超越。

图 / 故宫景山
赵瑞 / 摄

  在景山公园里培育的牡丹花有 569 种、9 大色系、10 大花型，单看那标注的花名，如酒醉杨妃、青龙卧墨池、霓虹焕彩、银粉金麟、叶里藏珠、赛雪塔、藕丝魁、珊瑚合、胜葛巾、乌龙捧胜、朱沙垒、月板白、脂红、二乔等等，就会令人着迷。这牡丹花里到底有多大的学问？您自己去想吧。

  在景山公园的各处还种植了成片的芍药，待牡丹花盛开期刚过，芍药花就

第一辑 | 古韵筑情

登场了！虽然牡丹花和芍药花同为毛茛科芍药属植物，但它们可以从枝叶上区分出来，而且芍药花的花瓣更有光泽，比牡丹花的花瓣更厚实挺拔。我还发现了景山公园里种植的芍药花和牡丹花的有趣之处：虽然她们每株都有十几朵花，但牡丹花是错落有致地绽放，如独唱演员的先后登场；而芍药花每株一二十朵花是齐刷刷地同时盛开，像众姐妹携手上台表演舞蹈。这景象真令观众赏心悦目！

初冬时的景山公园也有迷人的风景，随着阵阵秋风的吹过，满山满园的树叶由绿变黄变红，一点点飘落。沿着上山的小路拾级而上，拿起手机随手一拍，一幅色彩层次分明的秋日美景图片便立刻呈现。我最喜欢的是错落有致地分布在山路四周的白皮松，它那挺拔的身姿和伸展出的枝干有一种坚韧的美。据说白皮松是皇家园林的代表性树种，我注意观察过许多公园，似乎的确如此。我曾拍下雪景中的白皮松照片，那是一种肃穆的美！

景山公园的东边山坡上有一棵古槐，俗称"歪脖树"，相传这里是明朝崇祯皇帝朱由检自缢的地方。此树在"文革"浩劫之中也没能逃脱厄运，被砍伐了，现在崇祯殉国处的树是被移栽过来的。据有关史料记载，1644年李自成率农民军攻入北京城，崇祯帝仓皇出逃，在煤山东麓的一棵槐树上用一条黄绫结束了自己的生命，由此也结束了汉族王朝的历史。这处历史遗迹是旅游团必到的打卡地，山下矗立的石碑和古树仍保留着古代的遗迹，向后人讲述着数百年前的故事。

景山公园是有着 600 多年历史的故宫的一部分，这个以往的皇家园林从 1928 年对平民百姓开放以来，逐渐演变为具有更多丰富内容的公园。清晨，公园刚打开入园大门就会有北京的居民陆续到来，跑步、提着鸟笼散步的叫遛弯儿，打太极拳、做操的是锻炼，还有扛着背着沉重的包的是摄影爱好者。总之，这往日只有皇宫里的人才能出入的地方，如今已是平民百姓的乐园了。公园的各个角落都是人们休闲娱乐的场所，东面半山腰上那座亭子是京剧爱好者聚集的地方，胡琴声常飘荡在山间；南门入口西边的林间空地上有技艺超群的抖空竹者；东边的小广场上是跳交谊舞的人群；我多次听到山间有人吊嗓子，还有人用自己当下的生活填词，伴着鼓音高声地唱着，那颇有韵味的曲调确实唱出了老北京人的心声。

　　景山公园西门墙内有 20 多棵柿子树，每到深秋时节那里就聚集了很多摄影爱好者，长枪短炮地架起一长排，他们是蹲守"打鸟"的人，所谓"打鸟"是指摄影者在很远的地方用长焦镜头高精度地拍摄鸟。从深秋到初冬的下雪天，拍鸟的人天天都去，比上班还准时。他们拍的照片有鸟儿在以红墙、琉璃瓦为背景的老柿子树上吃大柿子的，有落满白雪的古树上尚存金黄色柿子的，张张精彩。公园的管理者告诉我们，这些柿子从来没有人摘，就是留着到冬天喂鸟的。年复一年，这样的场景反复出现，它充分说明人与大自然万物之间的和谐共处是多么的美好。

　　炎热的夏季我也喜欢去景山公园，寻一处安静的地方在长椅上坐坐，看小松鼠在绿草地上跑来跑去，周围有古树撑起的"伞"，让我享受着浓荫遮蔽下的一抹清凉。有人说时间是最后的公平，无论你是谁，每个人的一天都是 24 小时，每个人的一年都是 365 天。无论人世间如何变换，四季更替总是亘古不变的。所以我知道无论何时我步入景山，四季总会在那里等着我。四季景山，我要一直用心地慢慢品味下去。

（作者为东城作家协会副秘书长）

景山寿皇殿的迁移与雍和宫万福阁

李立祥

景山少年宫，是我和许多朋友少年时梦想升起的地方。

记得在小学高年级后，我考上了位于景山正北面的少年宫国画组，每周活动一至两次，自此，我真正成了这里的常客。

那时，每次活动大家都从少年宫的正门或者北门进入。国画组在寿皇殿的东配殿，当年，我们也时常在寿皇殿内参加活动，听孙敬修讲故事，看齐白石作品的影像。这寿皇殿在明清两代均用于供奉皇家祖先的影像、绣像，但建筑的位置有所不同，明代寿皇殿比清代的偏东十几米。

乾隆十四年（1749年），乾隆皇帝将明代的寿皇殿建筑群拆了，并在景山北面的中轴线上，仿太庙规制重新建起，其格局高于明代，更加庄严肃穆、气势恢宏。

30多年前，我到雍和宫工作，在从事雍和宫历史文化的研究中，逐渐从清代皇家档案中获知，清朝乾隆年间对景山寿皇殿的拆与建，使清代皇家寺院雍和宫与景山寿皇殿有了不解之缘。

一、明清两代的寿皇殿

在明清两代，寿皇殿是作为供奉先帝影像、进行祭祀活动以及皇帝辞世后停放灵柩的殿堂。

明代景山寿皇殿建于万历十三年（1585年），据史料记载，这一年"建寿皇殿及左毓秀馆，右育芳亭，后万福阁；其上臻福堂、永禧阁；其下聚仙室、延宁阁、集仙室"。但寿皇殿的位置向东偏离中轴线十多米，从清康熙十九年（1680年）的景山全图上，可以看到明代寿皇殿的建筑群落。清顺治十八年（1661年）正月初七，顺治帝去世。在乾清宫停灵27日后，顺治帝的梓宫被移至寿皇殿。康熙帝去世后，其子雍正帝将康熙帝的"御容"奉祀于该殿。《钦定大清会典》载："以寿皇殿为梓宫安奉之地……凡平日图书器用服御之物，陈设左右。"雍正元年（1723年），"以寿皇殿尊藏圣祖仁皇帝御容，岁时奠献，日以为常"。

乾隆帝登基后又将其父雍正帝的"御容"供奉于寿皇殿东室。但乾隆皇帝一直认为明代寿皇殿位置偏东，不在中轴线上，他欲将寿皇殿调整至南北中轴线上。

乾隆十三年（1748年），乾隆帝着手重建寿皇殿，至乾隆十五年（1750年）六月，寿皇殿及门前石狮、牌坊、院墙建成。"建寿皇殿，以供圣容"，正中恭悬圣祖仁皇帝御容，左右列次以昭穆。"岁除则奉列圣列后以合祭，越日敛而藏焉。"因此，寿皇殿藏有清代皇帝与皇后的各式画像。

二、移建之因

为何要拆除明代的奉先殿（寿皇殿）呢？据乾隆十七年（1752年）《御制重建寿皇殿碑文》中记载，明代修建的寿皇殿位置不正，重建是为了"合闭宫之法度也"，意思是说，这是为了使景山后面的建筑群与山前的宫城建筑群同在中轴线上，以符合规制。寿皇殿内数以万计的文物陈设，多数在当年八国联军入侵北京时已经散失。景山公园管理处研究室原主任张富强先生撰写了《景山寿皇殿历史文化研究》一书，作者从明清两代寿皇殿的建设、改造、移建、祭祀文化、等级提升等方面着手，通过大量的历史资料，对景山园林中重要的建筑——寿皇殿的历史脉络进行了细致、科学的梳理，为人们了解、研究寿皇殿打开了一扇窗。

正如《御制重建寿皇殿碑文》中所书："于是宫中、苑中，皆有献新追永之地，可以抒忱，可以观德。"移建寿皇殿，重新设立祭祖之庙，从而顺理成章地将明代帝后的牌位撤出,又体现了乾隆皇帝对先祖的敬重。

三、将明代寿皇殿内的万福阁移至雍和宫后又加了一层

明代的寿皇殿被拆除后并没有废弃,而是被移至乾隆皇帝的家庙——雍和宫。乾隆十三年(1748年)十月二十日,清廷将明代的奉先殿(寿皇殿)内的万福阁拆了之后,在景山北面的围墙上打开了一个大门,再用车将拆下的木料、砖石经此门运至雍和宫。其工程预算在《雍和宫满文档案译编》中均有记载。

这年十二月开始组装楼阁并立木雕大佛像,经辛勤劳作后圆满完工。从明代景山寿皇殿图中可以清晰地看出其后殿即为万福阁,左右的配阁与相连接的飞廊形状与今日雍和宫的建筑完全相同。但当时万福阁是两层,移至雍和宫后,由于要适合木雕弥勒大佛的高度,故又加了一层,形成今日三层的格局。殿内木雕弥勒大佛的中心是由一根完整的白檀木雕刻而成的,地面以上高18米,地下埋有8米,大佛巍然矗立在汉白玉石须弥座上,其头部直顶最上层阁楼的藻井。当年为佛像做一件大袍就用去黄缎1100米,万福阁也由此得名"大佛楼"。

乾隆十四年(1749年)十月四日,在雍和宫举行了万福阁落成和弥勒大佛开光大典。而昔年民间所传的"先有大佛,后有万福阁"之说不甚准确。当时,此工程及附属建筑先后从国库支出八万多两白银、赤金八百余两。

四、飞廊与虹桥

万福阁是雍和宫第五进大殿,左为延绥阁,右为永康阁,由飞廊相连,宛如仙宫楼阙。这一古代建筑中在阁与阁之间相连的飞廊,在敦煌壁画的建筑画中可以找到类似的图式,即初唐时期的虹桥(亦称"飞虹")。

在古代建筑的发展进程中,不断有新的建筑形式出现,其中阁在初唐时被大量使用,盛唐后逐渐变得稀少。而将阁与阁相连接的虹桥体现在敦煌431窟

初唐壁画中——四座高台建筑,以凌空飞跨的虹桥相连,用以表现《观无量寿经》中宝楼观中的宝楼。而在148窟南北壁的上部各有一幅天宫寺院图,这应是天宫建筑的精品之作。图中一屋顶上有一平台座,其上建三开间角楼,正面有拱形的虹桥通向前面的重楼。而回廊转角的角楼,用拱形虹桥连接重楼,这也与辽代山西大同下华严寺天宫阁楼模型中的虹桥相同。我曾应邀在北京电视台"这里是北京"栏目对此做过专题介绍。

五、万福阁是弥勒净土天宫佛寺的缩影

《弥勒上生经》中表现的天宫佛寺形象由一殿两楼组合而成,象征弥勒菩萨未降生成佛之前居住的兜率天宫。从敦煌壁画和诸多描述净土思想的画面中,可以大致看出弥勒净土寺院的主体建筑形式。在寺院的纵轴上,排列着三进或五进大殿、楼阁等建筑,两侧有配殿,其间有回廊相连,有多重的院落组合,而最大的佛殿位于轴线的上方。众多的殿、阁、楼、堂共同组成起伏跌宕的天际轮廓线,壮阔深远、协调统一,而雍和宫万福阁与弥勒净土轴线上方大佛殿的建筑形式相同,庄严宏伟,意在表现《弥勒上生经》中所述弥勒菩萨居住的天宫佛寺的意境,也应了雍和宫的字义——宏大、昌顺、和谐的宫殿,藏文名称为"噶丹敬恰林",即"兜率壮丽洲",意为弥勒菩萨的兜率天宫、佛国净土。因此,可以说雍和宫万福阁是弥勒净土天宫佛寺的缩影。

在景山寿皇殿这一拆两建的规划中,乾隆皇帝确实动了一番脑筋:既移建寿皇殿至中轴线上,又将其迁移与自己的家庙——雍和宫的改扩建工程联系在一起,使拆下的殿宇材料得到充分的利用,令皇家寺院雍和宫更加辉煌庄严。

(作者为东城作家协会会员、中国少数民族美术促进会理事、第五届北京美术家协会理事,曾任雍和宫研究室主任)

老北京城墙的两个豁口，见证了长安街的变迁

李 哲

提起老北京的城门，众人皆知"内九外七皇城四"。如今，在贯穿了内城九门的北京地铁2号线上，还多了两座门：建国门和复兴门。这两个北京人同样耳熟能详的"城门"，虽然也曾开在内城墙上，却与其他城门有着全然不同的来历。

建国门和复兴门从何而来？这要从长安街的历史说起。

明清时期的长安街，是横亘在天安门前的御道天街，两侧有长安左门和长安右门。从长安左门至东单牌楼，名为东长安街；从长安右门至西单牌楼，称西长安街。东西长安街之间都是禁地，并非市井通衢。民国肇始，清帝逊位，东西长安街虽可通行，但仅从东单到西单，并没有形成贯通东西城的大路。

1937年北平沦陷。1939年，日伪当局为配合所谓的"新都市计划"，在东、西长安街延长线方向各开辟了一个城墙豁口，安装了简易铁门。西豁口在1939年11月就举行了落成典礼，而东豁口却慢半拍，直到1941年9月18日方可通行。

《日伪统治时期华北都市建设概况》记述：1939年日伪当局开始在北京西郊筹建用于商业和住宅的"西街市"，并在东郊筹建用于工业区的"东街市"。这分明是长期殖民的计划，可见日伪时期的建设重心是在西郊，日伪当局对西侧城建更为重视。在开通西侧豁口之前，西郊干线已经修至城墙脚下，被称为"长安大街"。

豁口开通后，由西长安街至西单，经旧刑部街和卧佛寺街，或经报子街和邱祖胡同，可直通西郊。由东长安街至东单，经观音寺胡同或裱褙胡同也可达东郊。1941年6月，市政当局为东西两豁口分别取名"东长安门"和"西长安门"，

但这其实是长安左门和长安右门的别称，闹了笑话，故数月后又分别改称其为"启明门"和"长安门"。

抗日战争胜利后，为了洗刷耻辱，有市民建议把日本修建的这两座城门分别命名为"胜利东门"和"胜利西门"。当时在社会局做主任科员的沈忍庵认为，日本投降后，正是复兴建设时期，我国长期遭受日本侵略，这两座门，不如一名"复兴"、一名"建国"比较适当。

"建国一定成功，民族必定复兴，中华康乐无穷。"这是当年的一首流行歌曲中的几句歌词，很多市民都把这两座城门的新名字与歌词联系起来。1945年11月9日，"启明门"改称"建国门"，"长安门"改称"复兴门"。

1947年3月24日，时任北平市长何思源批准，在复兴门原有门洞基础上，花费"国币"1.4亿元，扩修了城台，并计划未来在其南侧再开一个门洞。复兴门券门改用水泥浇筑，高九米，宽十米，城门两面还加了汉白玉石额，上书"复兴门"三个颜体大字，并新做了可推入墙内的铁门。

为实现"十里长街"贯穿计划，1956年，北京市政府着手先将西长安街延长至复兴门，并拆除复兴门城台，这是北京市扩展长安街的第一步。复兴门建得晚、拆得早，后来在这里还建起了北京第一座四通八达的立交桥。

而建国门则一直保持着豁口的状态，从来没有过城门。1947年春，为加强城防，建国门再次被封堵，直到1949年北平解放后，才于当年9月重新开通。

1958年，在筹备新中国成立十周年之际，北京开始实施东长安街延长计划，拆除了东、西观音寺胡同及两侧房屋，从此有了建国门内大街。建国门和北侧的墩台一并消失于宽阔的路口，"建国门"遂以地名留存于世。

难能可贵的是，在建国门以南，为老北京留下了一段宝贵的城墙。这段城墙，是明永乐十五年（1417年）至十七年（1419年）向南拓展元大都南墙时增建的，明弘治年间重修后未再有大的改造。在这段弘治朝重修的城墙中有一段保留至今，从东南角楼直到北京站东街东口，成了今天的明城墙遗址公园的一部分。

建国门和复兴门，这两个昔日的城墙"豁口"早已不复存在，但它们经过岁月的洗礼，见证了长安街的发展，也见证了北京的发展。

（作者为东城区文学艺术界联合会副主席）

万宁桥：朴素的七百年华章

韩冬冬

古老而辉煌的都城，从来都少不了城墙和城壕的守护，而北京这样一座浑厚、多情的城市，除了护城河以外，更有民生、仪制、运输、景观等更多的水系需求。有水就会有桥，南北中轴线上的桥是帝王将相、京城百姓跨越东西水系，穿行历史时空的重要载体。据北京古桥研究院王锐英先生介绍，在这条从永定门至钟鼓楼的7.8公里的南北中轴线上，历史上横穿过11条水道，相应地，也有过11组古桥（包括两个涵洞）。如今人们还知道的，自南向北还有永定门桥、天桥、正阳桥、外金水桥、内金水桥和万宁桥。

细数这中轴线上的六组古桥，万宁桥的地位最低、名气最小，为什么偏要说说它呢？因为它是北京中轴线上最古老、最实用、最接地气的古桥。熟悉北京的人都知道，如今的永定门桥和天桥都是复建的，永定门桥下面除了护城河，还多了二环路，永定门桥已经变成了立交桥的一部分。天桥虽然复建成了古色古香的样子，但老舍笔下的那条龙须沟早已不复存在，如今的天桥仅仅是个景观，并且复制工艺差强人意，缺了几分神韵。正阳桥还被人们记得，主要是因为前门大街的"五牌楼"用"正阳桥"来命名，其实它早已被雪藏于前三门大街的马路底下。因此，只有内外两组金水桥和城北的万宁桥，还保留着它们历史的风貌。金水桥天下闻名，天安门前一组七座、太和门广场一组五座，它们是新北京和大故宫的代言桥，华丽壮美，与六百多岁的故宫同龄。历史上，它们是天子、王公通行的礼仪大道，如今，它们是只能步行穿越的文物景观。最后登场的，就是本文的主角万宁桥了。

万宁桥的名字可能不太响亮，外地人不知道，北京人也不这么叫它。不知道万宁桥不打紧，但您一定知道北京的南锣鼓巷和烟袋斜街，这是如今北京胡同游最闪亮的名片，几乎成了文艺青年在北京的打卡必到之处。假如您步行或者骑车从南锣鼓巷穿行胡同去什刹海烟袋斜街，大抵会经过地安门外大街上一座不起眼的古桥。因为路面是柏油马路，甚至在其上面还铺设了暗红色的自行车道，放置了白色的隔离栏杆，所以如果你走得匆忙，很容易就把这座桥忽略了。如果你留一点心，就会看到柏油路两边，还留下了几尺宽的旧时路面，以及路旁历尽了岁月沧桑的桥栏杆。这座桥，就是万宁桥，位于北京的中轴线北段；从这儿往南走，进了地安门就是景山和故宫；往北去，是鼓楼、钟楼。因为地安门是皇城的后门，此桥坐落于地安门北，由此得名"后门桥"。钟鼓楼下东西城的老北京人，会更多地用"后门桥"来称呼它，我也非常喜欢这个名字，因为它一目了然，说明了一座桥和一座城的位置关系。

一、中轴线上历史最久的古桥

万宁桥始建于元世祖至元二十二年（1285年），到今天已有700多年了。北京城的南北中轴线，得从元大都的建造算起。"没有什刹海，就没有北京城"，元大都的选址，被称为"以水定城"。今天的什刹海当时叫积水潭，水域面积很大，积水潭的宽度决定了都城一半的宽度，依积水潭东岸确定了元大都的中轴线和城市布局，并一直延续至今。沿元大都城地图的四角划出两条对角线，其交叉点就位于旧鼓楼大街南口和今北京城鼓楼之间的部位，此即元大都的几何中心——中心台，大体也就是万宁桥的位置。万宁桥作为兴建一座都城的中心点，它的建造年代和元大都的时间相近。

从元代开始，这座先为木制、后为单孔石制的小桥就在北京城北默默地承载着车水马龙，在年龄上，如今中轴线上任何一座桥都比不过万宁桥。

二、中轴线上最实用的古桥

依照《周礼·考工记》"左祖右社，前朝后市"的营国制度，王宫的左边是祖庙，右边是社稷，前面是朝廷，后面是市场，北京城当然也不例外。地安门以北一带作为"后市"的所在地，无论是在元、明、清时期，还是在今天，都是热闹非凡的商业中心。据《析津志》所载，元大都米市、面市、缎子市、帽子市、穷汉市、鹅鸭市、珠子市、沙剌市（即珍宝市）、柴炭市、铁器市，皆在今北京积水潭北面的钟楼、鼓楼一带。

万宁桥的地面上集市云集，而桥下的水面上更不能小觑。在交通运输不那么发达的古代，水运是经济便捷的运输方式。京杭大运河，打通了北京和江南的运输线，把一座内陆城市与沿海商贸业务连接了起来。自古，京杭大运河的北终点就在通州张家湾一带，到达北京城内的最后几十公里的陆运仍不够方便。元朝在北京建大都后，在郭守敬的指挥下，引昌平白浮泉水入城，修建了通惠河，由南方沿大运河北上的漕运船只，经通惠河可直接驶入大都城内的积水潭，也就使得积水潭成为元朝以后的运河终点。从昌平到通州，水位有几十米高度的落差，通航就要有水闸。进入积水潭之前的澄清闸分为上、中、下三道，上闸的位置就是今天的后门桥，中闸在东不压桥处，下闸在北河胡同东口处。万宁桥成为大都建成后最繁闹的一座桥，南来北往的船只经过万宁桥下，汇聚到热闹的终点。小小的万宁桥，正是大运河到北京的最后一道闸关，把南方自水路而来的各种物资送到离皇城最近的船港，当年一定会是非常壮观的景象。自元大都时起，这座不起眼的后门桥就吞吐着北京城一个重要码头的运输量。每日桥上人来车往，桥下船只鱼贯而行，万宁桥成为中轴线上唯一一座桥上桥下皆忙碌的桥梁。

也因为这一座小小的桥梁，北京城的中轴线得以南北贯通，成就了什刹海一带的商铺林立、贸易繁盛、文人汇聚与莺歌燕舞。直至今日，环万宁桥，还有北京城最热闹最有文化气息的胡同，更有数不清的名人故居、古建古刹和老字号店铺。什刹海名字的由来有很多说法，其中以"刹"命名的缘由是，自古以来在什刹海周边修建的寺庙超过160座，其中有全国重点文物保护单位关岳庙，北京市文物保护单位广化寺、护国寺金刚殿、火德真君庙、贤良祠和拈花寺。火德真君庙紧邻万宁桥，是一座皇家庙宇，地位很高。什刹海地区是北京的王爷府密集区，现存有恭亲王府、醇亲王府（北府）、庆亲王府、阿拉善王府、涛贝勒府，等等，其中名气最大的恭王府，藏着"半部清代史"的故事。万宁桥两旁的名人故居更是数不胜数，西边什刹海一带有郑和故居、张之洞故居、宋庆龄故居等,郭沫若、老舍、梅兰芳等在此居住过的文化名流更是不胜枚举;东边南锣鼓巷两侧,住过最有名的人是末代皇后婉容,还有荣禄、冯国璋等,此外还有茅盾、齐白石等文艺大师。平平常常的万宁桥,不知留下多少风流人物的足迹。

三、中轴线上最有科技含量的古桥

元代打通京杭运河进城的运粮河,最早是坝河。为了解决地平面落差的问题,在坝河上一共修了七座拦河坝。每一道坝上的货物装卸,都要靠人工背运,不仅效率低,而且损耗大。郭守敬很快解决了这一难题,开通了闸河,这条河被忽必烈命名为通惠河。元朝时的通惠河比现在的长很多,从昌平白浮泉,到通州高丽庄,长达160公里;向西北引白浮泉水到北京,解决水的问题;向东南接入运河进北京,解决粮的问题。整个通惠河共有24道闸,最后一道就是万宁桥下的澄清上闸。1999年在对万宁桥进行河道清淤时,发现桥洞水下两侧有大量的小洞,这都是当年用竹竿戳行漕船的痕迹。我们对坝河承担的运输功能不难理解,那么对闸河又是如何使用的呢?是通过开闸和关闸,升降水面来控制水道的高度,以弥补上下游地势落差高度。如果您体验过船游三峡时的升船机,就很容易搞明白了。闸河和中轴线相交的这座万宁桥,恰好也是一道闸,因此成为当年最有科技含量的一座桥。

闸口对运河的运转最为重要。闸口的闸板一般由13根7米长、25厘米见方的整木组成。开闸时,闸官用绞关石将闸木一根一根吊拽起来;关闸时,再一根一根叠放下去。所以闸最早写作"牐",意思是一片一片插在一起。但是闸木的使用量很大,又是消耗品,整木的供应数量取决于有足够多长度、粗细相同的木材,也受制于整木的长度,因为古代闸口的宽度一般都只有两丈。所以我们看到的万宁桥,也并没有更宽大的规模。闸口的宽度,决定了运河漕船的宽度只能有一丈宽。小小的漕船,没有多大的排场,但是千百年来,就是这样的小小漕船,有序维系着中华大地南北经济和文明的交流往来。

到明清后,各种交通方式发展起来,漕运的作用逐渐下降,万宁桥下的河道渐渐被淤塞、废弃,在桥东西两侧的原河道上增加了许多建筑物,桥身下半是祖庙，右边是社稷，前面是朝廷，后面是市场，北京城当然也不例外。地安门以北一带作为"后市"的所在地，无论是在元、明、清时期，还是在今天，都是热闹非凡的商业中心。据《析津志》所载，元大都米市、面市、缎子市、帽子市、穷汉市、鹅鸭市、珠子市、沙剌市（即珍宝市）、柴炭市、铁器市，皆在今北京积水潭北面的钟楼、鼓楼一带。

万宁桥的地面上集市云集，而桥下的水面上更不能小觑。在交通运输不那么发达的古代，水运是经济便捷的运输方式。京杭大运河，打通了北京和江南的运输线，把一座内陆城市与沿海商贸业务连接了起来。自古，京杭大运河的北终点就在通州张家湾一带，到达北京城内的最后几十公里的陆运仍不够方便。元朝在北京建大都后，在郭守敬的指挥下，引昌平白浮泉水入城，修建了通惠河，由南方沿大运河北上的漕运船只，经通惠河可直接驶入大都城内的积水潭，也就使得积水潭成为元朝以后的运河终点。从昌平到通州，水位有几十米高度的落差，通航就要有水闸。进入积水潭之前的澄清闸分为上、中、下三道，上闸的位置就是今天的后门桥，中闸在东不压桥处，下闸在北河胡同东口处。万宁桥成为大都建成后最繁闹的一座桥，南来北往的船只经过万宁桥下，汇聚到热闹的终点。小小的万宁桥，正是大运河到北京的最后一道闸关，把南方自水路而来的各种物资送到离皇城最近的船港，当年一定会是非常壮观的景象。自元大都时起，这座不起眼的后门桥就吞吐着北京城一个重要码头的运输量。每日桥上人来车往，桥下船只鱼贯而行，万宁桥成为中轴线上唯一一座桥上桥下皆忙碌的桥梁。

也因为这一座小小的桥梁，北京城的中轴线得以南北贯通，成就了什刹海一带的商铺林立、贸易繁盛、文人汇聚与莺歌燕舞。直至今日，环万宁桥，还有北京城最热闹最有文化气息的胡同，更有数不清的名人故居、古建古刹和老字号店铺。什刹海名字的由来有很多说法，其中以"刹"命名的缘由是，自古以来在什刹海周边修建的寺庙超过160座，其中有全国重点文物保护单位关岳庙，北京市文物保护单位广化寺、护国寺金刚殿、火德真君庙、贤良祠和拈花寺。火德真君庙紧邻万宁桥，是一座皇家庙宇，地位很高。什刹海地区是北京的王爷府密集区，现存有恭亲王府、醇亲王府（北府）、庆亲王府、阿拉善王府、涛贝勒府，等等，其中名气最大的恭王府，藏着"半部清代史"的故事。万宁桥两旁的名人故居更是数不胜数，西边什刹海一带有郑和故居、张之洞故居、宋庆龄故居等，郭沫若、老舍、梅兰芳等在此居住过的文化名流更是不胜枚举；东边南锣鼓巷两侧，住过最有名的人是末代皇后婉容，还有荣禄、冯国璋等，此外还有茅盾、齐白石等文艺大师。平平常常的万宁桥，不知留下多少风流人物的足迹。

三、中轴线上最有科技含量的古桥

元代打通京杭运河进城的运粮河，最早是坝河。为了解决地平面落差的问题，在坝河上一共修了七座拦河坝。每一道坝上的货物装卸，都要靠人工背运，不仅效率低，而且损耗大。郭守敬很快解决了这一难题，开通了闸河，这条河被忽必烈命名为通惠河。元朝时的通惠河比现在的长很多，从昌平白浮泉，到通州高丽庄，长达160公里；向西北引白浮泉水到北京，解决水的问题；向东南接入运河进北京，解决粮的问题。整个通惠河共有24道闸，最后一道就是万宁桥下的澄清上闸。1999年在对万宁桥进行河道清淤时，发现桥洞水下两侧有大量的小洞，这都是当年用竹竿戳行漕船的痕迹。我们对坝河承担的运输功能不难理解，那么对闸河又是如何使用的呢？是通过开闸和关闸，升降水面来控制水道的高度，以弥补上下游地势落差高度。如果您体验过船游三峡时的升船机，就很容易搞明白了。闸河和中轴线相交的这座万宁桥，恰好也是一道闸，因此成为当年最有科技含量的一座桥。

闸口对运河的运转最为重要。闸口的闸板一般由13根7米长、25厘米见方的整木组成。开闸时，闸官用绞关石将闸木一根一根吊拽起来；关闸时，再一根一根叠放下去。所以闸最早写作"牐"，意思是一片一片插在一起。但是闸木的使用量很大，又是消耗品，整木的供应数量取决于有足够多长度、粗细相同的木材，也受制于整木的长度，因为古代闸口的宽度一般都只有两丈。所以我们看到的万宁桥，也并没有更宽大的规模。闸口的宽度，决定了运河漕船的宽度只能有一丈宽。小小的漕船，没有多大的排场，但是千百年来，就是这样的小小漕船，有序维系着中华大地南北经济和文明的交流往来。

到明清后，各种交通方式发展起来，漕运的作用逐渐下降，万宁桥下的河道渐渐被淤塞、废弃，在桥东西两侧的原河道上增加了许多建筑物，桥身下半

第一辑 | 古韵筑情

图 / 钟鼓楼烟袋斜街
赵瑞 / 摄

部被埋入地下，万宁桥下的漕运功能逐渐被人们遗忘。但万宁桥仍为北京南北陆路交通的要道，繁华依旧。经历多年的风雨侵蚀，斑驳古老的桥栏仍卧在地安门大街两旁，栏上雕刻的花纹也依稀可见。自1999年开始，北京市对万宁桥进行了大规模的修整，将原河道挖开，同时掏空了桥洞，以呈现后海与御河河道贯通的美丽景观。但是，当年只是走马车、轿子的万宁桥，如今却要承载大小汽车的通行。在桥洞被填埋的岁月里，土石分散了桥身承受的压力，如今桥洞被掏空，还能不能继续通车呢？2000年左右，相关部门在一个深夜（不影响白天正常通行）对万宁桥进行了一次抗压测试。数十辆满载着重物的大卡车，一点一点地逐渐增重，密密麻麻地排列在桥身上。经过仪器测试，这座700岁高龄的单孔石拱桥，其坚固的桥梁结构与框架并没有因此发生变化，稳稳地承载了压力极限！没有水泥钢筋，仅靠石材之间榫卯结构的力量，就能承载起北京城今天人满车多的早晚高峰流量，古人的科学智慧和建筑工艺实在令人叹服。

此次恢复河道的收获，不只是测定了桥身的坚固性，还挖出了被埋多年的镇水兽。传说龙生九子各不同，其中水性好的名曰蚣蝮，又名避水兽。我们平时见到的蚣蝮，或在故宫台阶边伸出一个头做排水口，或从石桥中孔拱券上探出头望着桥下之水，很难见到它们全身的模样。万宁桥的镇水兽却很难得地露出了全身，让我们得以领略到它的全貌。在万宁桥东西两侧的南北河沿上各有一只镇水兽，一共是四只。从中可以看到，它们也是龙头龙身龙爪，龙爪中还抓着两团水花，可细看其龙头，却有几分狮虎相，龙身很短，带龙鳞的尾巴很像虎尾，整个身体乍看就像只大虎。据说在每一只蚣蝮下方，还有两层石雕。最下一层也是蚣蝮，其眼睛是向上看的，中间一层是石珠，上下两只蚣蝮，朝着中间戏珠，形成一个完整构图，活灵活现。只可惜下面两层都在水面以下，未能得以证实。这些镇水兽除了有祈福、装饰的作用，还有一个更重要的科学功能，就是做水位线。水闸提放到什么深度粮船可以通过，什么深度船不会剐到河底，闸官需要一个标志物来做参照。用三个层次、不同高度的石雕来提示水的深度，实在是个巧妙的构思，既美观又实用。

由于年代久远，水面上四只蚣蝮有不同程度的缺损风化，文物部门扫描了四只蚣蝮，综合复原出了一只完整的，并用3D打印技术予以还原。这只被还原的镇水兽，现展陈于不远处的烟袋斜街37号广福观什刹海文化展示中心内。

从永定门经天桥、前门、天安门广场、天安门、故宫、景山，直至钟鼓楼，在这条壮美、辉煌的北京中轴线上，每一组建筑都声名远扬，只有万宁桥其貌不扬，是一个最不起眼的存在。然而它历经三朝至新中国，它承载着一个国都后市的喧嚣，它包容着一条大河终点的吞吐，它被岁月风蚀的朴素外观、它被柏油马路掩盖的年华沧桑，都藏不住它在这条中轴线上最古老的存在，也藏不住它700多年来写下的华章。

（作者为东城作家协会会员、北京市史地民俗学会会员、北京市文物保护协会会员）

从钟鼓楼到景山公园

何羿翯

一、钟鼓楼和地安门外大街

我小时候常常从北大医院附近的姥姥家出发,沿后海过银锭桥,去地安门百货商场闲逛。那时候后海还没有酒吧街,偶尔会有载着游客的三轮车队经过。后来,这里的商业变得繁华了。其实,地安门外大街在过去就是有名的商业街,自元代以来,它就是老北京的"后市"所在地,体现了中国古代传统"前朝后市"的营城理念。现如今,经过修缮的地安门外大街,将商业休闲与文化体验集于一身。这里也是北京中轴线的最北端,钟鼓楼、火神庙、万宁桥等多个历史遗存都聚集在这条古老的大街上,在一步一景中都有着丰富的历史故事。

小时候奶奶带我在鼓楼和钟楼的广场上喝过豆汁儿,我已有将近20年没来这里了。看着眼前的景象,我在头脑里追索着过去的记忆。那些临时的摊位早已被拆除,在鼓楼和钟楼之间修建了一个漂亮宽阔的广场。广场上常常有下棋、遛狗的老人,还有踢毽子、抖彩带锻炼身体的人们。在鼓楼东侧的路边,停着一辆辆等待生意的三轮车,车夫们三五成群地聊着天或是各自躺在车里晒暖打盹儿。北京秋日的午后就是这般惬意。

我来到鼓楼的北面,抬头远望。小时候我和奶奶、爸爸偶尔会经过这里,却从没有进入鼓楼里参观,这次我要去一探究竟。踏进鼓楼的大门,没想到它先给我来个下马威。我从没见过这么陡峭的台阶,简直比北海公园永安寺的台阶还要陡。既然来了就上吧!我扶着栏杆,一级级地慢慢爬,心里想着,难道都像王安石先生在《游褒禅山记》中所说的那样——世之奇伟、瑰怪，非常之观，常在于险远，好景致就是要历尽千辛万苦才能看到吗？

　　登到鼓楼之上，我先定定神，把气喘匀。这里有古代计时器具的展览，很值得一看。古代虽然科技落后，但古人的智慧仍然值得赞叹。例如，这个时辰烛是个计时工具，古人通过在蜡烛上标有时间刻度，再根据蜡烛燃烧的长度、位置来计时。旁边还有一块像月饼模子一样的大圆饼，它叫时辰香模具。这是把香压成带有花样的模具，然后根据香粉的燃烧来计时，还有叶母自动报时香漏、盘香、香篆、碑漏、屏风香漏、柜香漏等。古人竟能把这么多今人可能都想不到的东西加以利用来计时、计刻，而且准确性不输现代科技产品。鼓楼上最惹眼的要数几面朱漆木架上的巨型大鼓。一会儿，几位身着白衣红裤、腰间系着黄绸带的男女演员上场，一场精彩绝伦的表演开始了。他们动作整齐划一，大鼓声音沉稳大气，穿越古今的鼓声，激荡着不同时代的乐章，真是时间轮回，物是人非。

　　鼓楼位于北京的中轴线上，在鼓楼东大街与地安门外大街的交会处，与钟楼一起，成为元、明、清时期北京全城的报时中心。钟鼓楼是中国古代用以司时的公共性楼阁建筑，钟和鼓原本都是古代乐器，后来才被用于报时。相传钟鼓楼起源于汉代，据记载，汉代已有"天明击鼓催人起，入夜鸣钟催人息"的晨鼓暮钟制度。

　　钟楼从外观上看身量比鼓楼小一些，不如鼓楼宽阔，但绝对值得游览。钟楼通高47.9米，建筑面积为1478平方米，重檐歇山顶，上有黑琉璃瓦和绿琉璃瓦剪边。钟楼之上最吸引人的要数铸于明朝永乐年间的大钟。钟通高7.02米，钟体高5.55米，重达63吨，堪称"古钟之王"。古人把一夜划分为五更，每更一个时辰，相当于现在两个小时。过去定更（19时到21时）和亮更（晨3时到5时）报时是先击鼓再撞钟，二到四更报时只撞钟。

　　鼓楼往南就是地安门，往西是什刹海，过去都是非常繁华的街市。原来一到夏天，在什刹海沿岸都会搭上席棚，里面售卖着各式各样的美食，少不了老北京人用于消夏的吃食，如扒糕、凉粉儿一类，还有杂耍和变戏法的。这是孩子们最盼望的时节，因为有好吃的，还有好看的。到了冬天，北京城也不寂寞，特别是在春节和元宵节前后，大人、孩子都打着灯笼去地安门一带逛夜景、看灯会。以前鼓楼向南的这条街上跑有轨电车，马路上还能看到铁轨，路两旁铺面林立，家家挂着大红灯笼，红火又喜庆。

　　沿地安门大街向南走，在路东有一座火神庙。地安门火神庙的全称为"敕建火德真君庙"，该庙始建于唐朝贞观六年（632年），至今已有1300多年的历史，是以前皇家唯一御用的火神庙，也是北京众多火神庙中规模最大、历史最悠久的一座。一位生于20世纪30年代的"老北京"跟我说，在她小时候每到大型节日，去火神庙进香的人就特别多。庙里还有一个判官模样的泥人，泥人的个头比成年人高大，就在院子里。更有意思的是，泥人的眼睛、耳朵和肚脐眼儿可以往外喷火，喷的可是真火，这些表演对孩子们来说真是既神奇又好玩。有一年春天我来到这里，周围姹紫嫣红的花开得正美，火神庙前还有一株白玉兰正在盛放，洁白素雅的玉兰是火神庙前最美的景致。

　　在火神庙还能望到什刹海岸边垂柳依依，万宁桥下波光粼粼，后海水面上游船摇摆。北京不像天津、上海一样水系丰富。能在城里有这么一片水域，是奢侈的，也是生活在周围的居民的福气。万宁桥也叫后门桥，建于元代。桥下有闸，名为澄清闸。桥下、岸边还有六只镇水的神兽，名为"蚣蝮"，相传它们也是龙的儿子。

　　2022年1月，点亮中轴线景观照明提升工程顺利完工，钟鼓楼在灯光的映衬下更加璀璨。能工巧匠以时光流转为主题，通过对亮度和光色的控制，将中国十二时辰的概念，融入夜间的市井生活中，地安门外大街成了夜间的网红打卡地。这就是古都北京的魅力，这些我从小走过的街巷、从小熟记的建筑，它们是古迹，更是文化的印记，它们见证着历史、诉说着过往。我庆幸生长在北京，这里有这么多历史古迹可以去探访和追寻。钟鼓楼、火神庙、万宁桥这些历史遗迹串起了地安门外大街，现在的整修工程让这古老的大街又焕发出新的活力，使其成为北京中轴线上十分亮眼的一段景观。

二、曾经离我家最近的公园——景山公园

　　景山公园是北京中轴线上的高峰，也是离我祖辈的家最近的皇家园林。我家几代人都曾来这里游玩，对景山公园有很深的感情。

我奶奶的娘家离景山公园很近，就隔一条马路。到我姑姑这辈儿，她小时候还常去她的老祖家（我奶奶的爷爷奶奶家）住，所以我姑姑小时候经常去景山公园玩。姑姑还记得在她小时候，她的爸爸也就是我的爷爷常常带着她去爬景山。上学以后，姑姑经常放了学自己去景山公园玩，景山公园是姑姑童年的乐土，那里承载了姑姑很多儿时的美好回忆。姑姑爬景山的时候，喜欢走土路，虽然那时候有台阶，可小孩子肯定是愿意"不走寻常路"，要去寻一寻刺激，找一找快乐。

我小时候也住过我奶奶的娘家，平时还经常由奶奶带着到景山以东的亲戚家串门儿，我最喜欢大人带着我去爬景山。景山在孩子们的眼里很高，要花好长时间和很大力气才能爬到山顶，但孩子们是乐此不疲的。我也不喜欢走修好的石砌台阶，而是自己找路，抓着草，摸着石头，像猴子一样攀缘着上山，然后再蹲着，揪着草，扶着山石，把一切能攥在手里的东西把牢，一点点挪着下山，这才是爬山的乐趣，也是城里孩子难得的野外探险似的体验。

过去，人们的活动范围很小，位于北京城中心、与故宫一条马路之隔的景山公园，就是人们登高爬山、赏景游览的好去处。在我姑姑小的时候，北京的交通还不便利，人们也没有那么多时间去休闲娱乐，能去爬爬景山已经是很奢侈和快乐的事情。我小时候北京的交通也远不及现在这么便捷发达，那时若到了亲戚家，我会顾不上休息就沿着胡同一直奔西走，再一拐弯就到了景山公园的东门，因此对这一带，我有着特殊的感情。当20多年后再到这里时，我发现这里的变化不算太大，和我记忆中的模样差不多。看着眼前熟悉的道路、树木等景物，我不禁触景生情……

从景山公园东门往南走约100米，有一处知名的历史文化遗迹：崇祯皇帝自缢处。它位于景山东麓，原来这里有一株向东倾斜的低矮老槐树，相传那正是明崇祯皇帝朱由检自缢的地方。当年崇祯皇帝怀着无奈与悲愤，从皇宫一路踉跄地逃到景山。回头，可看到金碧辉煌的皇宫，而眼前只有景山的树木和山石，身后是再也回不去的皇宫，他自觉愧对祖先，最后用腰带把自己吊在了歪脖子槐树上。后来，那棵槐树上一直有一条大铁链，我父辈那代人都亲眼见过。据说是因为槐树吊死了皇帝，属逆臣贼子，所以那树就被铁链锁了起来，一直到"文化大革命"时期，铁链才被红卫兵取下来。今天大铁链早已不知去向，但上一辈人都还记得它。后来老槐树被当成"四旧"砍掉了,现在的槐树是后来移植的,树旁还立有两块石碑。历史需要后人铭记和感悟。

  对于我们今人来说,这里是一处古迹,在石碑附近没有种植花卉,四周除了一年四季颜色不变的灰色山石,就是在石碑周围春长秋又败的绿色植物。小时候我对崇祯皇帝的了解仅限于在景山公园后山自缢身亡这一史实。历史教科书也未展开深谈,我只知道崇祯是大明朝的最后一位皇帝。此刻,我站在这处历史遗迹前,不免感叹。小时候除了书本上的知识,我自己没有再查阅其他资料,凭着直观感受,总觉得明朝后期朝政腐败,最后自杀的崇祯皇帝如果不是昏君至少也是个无所作为的皇帝,要不也不会落个仓皇出逃又上吊的结果。现在再来看那段历史,从我目前查到的有限资料来看,历史上对崇祯皇帝的评价还比较中肯,虽然也有不少评论诟病他多疑,心胸不够宽广,能力也不是很强,但几乎没有评价说他是昏君的,甚至说他勤勉的也有不少,这种对亡国之君(270多年的明王朝毕竟是在崇祯皇帝手里被推翻的)的评价还是比较少见的。特别是他的谥号中有"懋孝烈皇帝"几个字,从谥号中的"孝烈"二字,可以看出世人对崇祯皇帝朱由检的盖棺论定。当然也有人评论,崇祯皇帝得到的正面评价多,是因为他最后选择了自杀。上述评价是否比较中肯与合理,对历史知识孤陋寡闻的我一时还难以判断,这不免引起了我的好奇与思考,使我想再了解些崇祯皇帝的故事。

  朱由检,明思宗,崇祯皇帝,生于1611年2月6日,卒于1644年4月25日,他是万历皇帝的孙子、明光宗朱常洛的第五子,其母为刘氏。他是大明朝第16位皇帝,也是明朝作为全国统一政权的最后一位皇帝。朱由检幼时丧母,少年丧父。其父不得宠,好不容易熬来皇位,却做了大明朝在位时间最短的皇帝,其兄朱由校上台加速了政体的腐化,到他自己接手的时候,国家已经千疮百孔、积弊难返。在王世德《崇祯遗录》的描述中,崇祯皇帝朱由检是很勤政的:鸡鸣而起,夜分不寐,从无宴乐事。可即使这样勤勉,崇祯皇帝也无力回天。他在位期间,农民起义时有爆发,且关外后金政权一直虎视眈眈,明后期已处于内忧外患的境地;还常有天灾爆发,先是大旱不断,后又有水涝灾害。最终于1644年,李自成军攻破北京时,朱由检无奈于煤山(景山)自缢身亡,终年33岁。

历史也许就是这样吧，任后人评说，是非曲直如何，恐怕只有当事人才最清楚。我们今人在书写今天的历史，由我们的后人评说，我们在创造历史的同时还有一项任务就是保护好我们的历史。

景山公园最著名的景点要数建在山上的五座亭子，每座亭子都有一个好听的名字，比如辑芳亭、周赏亭，这让我十分赞叹和敬佩古人的才情和雅兴。我小时候来爬景山，觉得山很高，要花很长时间才能到达山顶。爬山的过程就像历险，特别有意思，到达最高处时我既骄傲于自己登顶成功，又为可以在这里好好玩耍了感到开心。我印象比较深的是，我和与我一般大的小朋友会把亭子门口台阶两侧的石板当滑梯。那里的石头不是现代的水泥和板砖，而是花岗岩一类的像玉石一样的石头，这石头还反着温润的光，看着就油光光的。孩子们发现了这个特性，就拿它当了天然滑梯。石头中间凹陷两边凸起，看来，在我们之前，就已经有不少人把它当作滑梯了。等我成年后再去，石头台阶上已经给套上了一层保护套，人们要踩着塑料保护层上下台阶。在我小时候，来景山公园的游人还不是那么多，现在游客络绎不绝，是该好好保护这些历史古迹了。

万春亭建于乾隆十五年（1750年），位于五座亭子的正中，在景山最高处，被誉为"京华揽胜第一处"，也是五座亭子中面积最大的一个。这几年每年的1月1日，我都会到景山公园游览，然后爬山登高，到万春亭上站一站、看一看。我期望借着"新年登高年年高"的寓意，来为自己和家人祈福祝愿。

来景山公园一定要爬山登高，登高就一定要到万春亭观景。虽然现在北京现代化的高楼大厦林立，可是到了景山的万春亭，依然可以极目远望，并有一览众山小之感。在这里可以看到对面故宫的全貌，昔日的皇家园林，全景式地呈现在眼前。明清时期的琉璃瓦生产，在数量和质量上都超过以往任何朝代。我们从北京景山万春亭俯瞰紫禁城，会看到一片华丽的金黄色琉璃瓦的海洋，其间点缀着苍松翠柏，那种气势不言自威。这显示出中国古代匠师的杰出智慧与高超技艺。

故宫建筑群是中轴线上的杰作，只有在北京才能看得到。我们到意大利看比萨斜塔，到法国看埃菲尔铁塔、卢浮宫，我们看哥特式、巴洛克式、拜占庭式、洛可可式等国外建筑，它们都有各自的建筑艺术和历史特点。而在北京的名胜古迹看到的建筑，无论是小巧的亭台楼阁，还是像故宫这样宏大壮阔的建筑群，你一看就知道，这，就是中国特色、北京特色。故宫是世界上绝无仅有的中国皇家园林，是人类共同的历史文化遗产。而景山的万春亭就是俯瞰故宫全貌最佳的位置，在这里还可以看到现代化的城市景观，感受到北京城市的变迁。景山公园是北京城中的高峰，也是中轴线上的高峰，更是在我心中最感亲切的城市公园。

（作者为东城作家协会理事）

中轴路沿线的公园风情

华 静

在北中轴路附近，北二环到三环之间，有四个公园：青年湖公园、柳荫公园、双秀公园和人定湖公园。

在我的印象中，它们中的每一处公园都被周围的百姓所钟爱，在他们心中具有很高的位置，它们即便与北京市著名的各大公园相比也毫不逊色。

无论是晴空万里，还是阴雨绵绵，湖水、林荫小路和大片由植被覆盖的园林景观，都会让人感受到质朴的山野韵味。

鸟儿的品种越来越多，愿与公园朝夕相伴的人也越来越多。鸟儿的鸣叫声和着遛弯儿人的脚步声，孩子们的玩闹声和公园路基旁音箱里播放的舒缓音乐声，都让人感受到闲适、温馨的田园生活气息。

有人说，北京中轴线，藏着很多宝藏级公园，何止这四个公园？

或许真的是我没有用心归纳，的确，位于北京中轴线的核心地带，还有景山公园、中山公园、北海公园和天坛公园。这四大知名公园享誉国内外，更是北京著名的打卡地。

如果再留心细数，中轴线上还分布着很多或大或小的城市公园。用"散落"或"分布"来描述，似乎都不能够生动地说明这些公园的存在。于是，我在寻找它们共同的风采时总免不了被不同的景致吸引——园内的古迹遗址、塑胶跑道、健身器材、石子步道、园林绿植、奇石、亭阁……它们中有和平里护城河畔的安德城市森林公园、东城区永定门外的燕墩公园、安德路102号的北滨河公园、前门西河沿街7号附近的月亮湾公园……它们一一展现着中轴线周围一年四季的神韵和魅力。

"我不想搬离六铺炕,虽然在五环外买了大房子,但我还是愿意住在中轴路上。每天往那儿一站,过去那些熟悉的感觉就都找回来了。"说这话的居民充满了真挚、饱满的情感,能够让人理解她融入"故事"中的那种心情。

在诸多的公园中,我将人定湖公园锁定在我的视线里。因为在我看来,这个公园的风格构建了中轴线周边城市建设的超前意识,融合了部分欧式元素,充盈着浪漫、时尚与典雅的韵味。

在人定湖公园那片草坪区,有一个生动的画面:绿草坪,明媚的阳光,天蓝色的衣衫,欢快飞扬的笑脸,背景是依稀可见的欧式庭院。一家三口依偎在一起,微笑着看向前方……

照片洗出来以后,被摆放在客厅的桌上,来家串门的人看见就问:"你们出国了?这是在哪个国家?"

"什么哪个国家,中国,北京,人定湖公园。"

"这么美的公园我怎么不知道?!"

"不知道不代表不存在。赶紧去看看。"

"排到计划里,这周末就去。"

…………

这样的对话,起码有过三次。

导航到西城区六铺炕街25号就能找到人定湖公园。这是一座欧式风格的公园,古典韵味浓厚。绿草茵茵、喷泉水景、欧风雕塑、华美的列柱廊……这样的园林空间给人带来欧风的美感。

在电影《甲方乙方》中由刘震云饰演的角色和阿依吐拉公主约会的地方、以假乱真的欧洲园林都是在这里拍摄的。

在这里,欧洲风情一览无余,特别是那个沉降式广场的周边有几十处喷泉在喷水花,喷泉水景韵味无穷。

沿着台阶走上来即到达世界园林史区。伊甸园,在《圣经》原文中含有"乐园"的意思,意为"地上的乐园"。古罗马、埃及、巴比伦、伊斯兰庭院、凡尔赛宫园林、意大利台地园,以及古典中式三潭印月等园林美景都如神话一样展现在眼前。

绿草坪、水面、水上植被、林荫大道、树下长椅……园中，那沉降式广场是仿照古罗马的花园修建起来的意大利式花园。当初，不知是谁的创意把欧洲风情带到了这里，让闹市中有了这一片深藏不凡的清新之地。

北京有风景的公园很多，但这里的"景"与众不同。它会让你感觉走进了巴尔扎克的小说里，看见了他笔下的欧洲庭院风貌。

是谁把这个向公众免费开放的公园设计成看上去很私密，给了公众那么多美好的遐想？

从字面上看，仍能咀嚼出公园建设之初的历史背景。

人定胜天——可以想见1958年那种人工挖湖、植树的干劲儿，在特定的历史时期被简写的公园名字保留至今。公园周围，六铺炕、黄寺一带，集中了国家部委的单位，工人日报社、工人出版社都在这里，为此还修建了多处家属居住区。时光流转，越来越多的人聚到这里，让这片区域有了对公园模式的多元期待。

经典的欧式设计，让人备感温馨。那种感觉，就像在用蔬菜和酸奶打成的酱汁上面撒上磨碎的花菜和切成片的黑松露，味道多种多样。

公园的迷人诗意，也许来自公园的浑然不自知。可在看到它、发现它的那一刻，你就会变成一个孩子，毫无理由地一路小跑着去追随它了。

万花筒里有那么多的彩色碎片，可人定湖公园似乎并不在里面。它的美，是一个整体，它拥有明媚的城市风光，充满新鲜感与时尚的魅力，就着月光和虫鸣，给了亲近它的人最美好的逃逸之地。

置身园中，令人百看不厌的当数那些雕塑和与其相伴的一草一木共同组合出的低调安静的美好景致。我在长椅上坐下来，细细地品读这里的静美，贪婪地享受着优美的自然风景和独特质朴的人文景观。

都说诗意栖居，我觉得，那些在这里留下悠闲脚步的人，都会体会到这一含义。那满园的风景，把所有想象中的美，都让微风摇着花草讲了出来。

这里的氛围，让我想起捷克的克鲁姆洛夫（CK）小镇。

那个小镇沉浸在色彩中，各种叫不上名的树木都有各自的颜色，还有古堡的陈旧古朴，在阳光下闪耀着诗意。

也想到了布拉格，眼前的景色正如歌曲《布拉格广场》中所唱的："我就站在布拉格黄昏的广场，在许愿池投下了希望，那群白鸽背对着夕阳，那画面太美我不敢看。"

我的脚每走一步，都仿佛踏着一个音符。那种具有历史感的气息，我似乎太熟悉了。那样的情怀不只是以旅游的名义，更像在一定层面上拥抱了一个久远的梦。

原来一说欧洲，那就是山高水远、长路漫漫。而今，站在人定湖公园内某一高处，回眸沉降式广场，一再端详，就好似时光流转，把欧洲带回到了眼前，我分明就如同从欧洲的某个庭院的小路上刚刚走过。

在快节奏的城市生活中，人们忙来忙去。夕阳西下时，孩子们放学了，大人、孩子聚集在人定湖公园里，释放所有的压力。跑着，跳着，笑着，让疲惫的心能够自由地畅想一段时光。

这不仅是一次邂逅，它还让我感受到了在北京城市建设的背后，人们流露出的对美好生活的憧憬与渴慕。

就像法国印象派画作，注重的是光与色，光影的层次充满色彩的变化，没有生硬的线条和阴影，有的只是明亮的光线和充满微妙变化的色调。

人定湖公园象征着爱意温情，象征着一座城市回馈给百姓的礼物。

设计美、幽静美，不是我的笔所能包容的。阳光炫耀地披挂在每个光顾至此的人的身上，而每个人的脸上又反射出一种回归自然的甜美。

唯美没有尺度。人定湖公园的美能让浮躁了一天的人们沉静下来。

就在我兴致勃勃地说着中轴路附近有多少公园的时候，友人说我没说完整——我没有提及南中轴，那里除了永定门公园、狼堡城市公园、金海公园、南海子公园等诸多原有的公园，又添了几处新的公园。像三营门公园，位于南中轴路南端，原是由建材市场改建而来。公园内，有可以休闲的林区，也有森林观景区，还有再生河水景观水系，植被覆盖率超过了80%，为周边百姓增加了绿色空间。

我查看着那一片区域，上面竟然又标出了拆迁腾退后建起的东高地公园、在永定门外南中轴与古御道的交会点上建起的御道入口公园等十多处公园绿地，给南中轴沿线增添了光彩。正在筹建的，还有呼应北奥林匹克森林公园的南中轴森林公园。

中轴线是在不断延伸的过程中书写着属于自己的传奇。

北京中轴线，原是指自元大都和明清以来北京城东西对称布局建筑物的对称轴。明清北京城的中轴线南起永定门，北至钟鼓楼，直线距离长约7.8公里。20世纪90年代，北京为连接城市中心和亚运村，在二环路钟鼓楼桥引出鼓楼外大街，向北至三环后改名为北辰路，这条路就成为北京中轴线的延伸段，其西边建有中华民族园，东边就是国家奥林匹克体育中心。

北京申奥成功后，中轴线再次向北延长，成为北京奥林匹克公园的轴线。在轴线东边建造了鸟巢，在西边建造了水立方。再向北，穿过北京奥林匹克公园，就到达了奥林匹克森林公园，而公园内的仰山、奥海都在中轴线上。

中国建筑大师梁思成在世时，曾自豪地赞美过原7.8公里长的城市中轴线。他说："一根长达八公里，全世界最长，也最伟大的南北中轴线穿过全城。北京独有的壮美秩序就由这条中轴的建立而产生。前后起伏、左右对称的体形或空间的分配都是以这中轴线为依据的；气魄之雄伟就在这个南北引伸、一贯到底的规模。"

今天，我们用心体会这样的"规模"时，少不了生发诗意的联想。

不断延伸的中轴线有时代赋予它的机遇，也是一种别致的城市姿态。每当我们漫步在离它不远的每一个公园时，又怎会忽略由深厚的历史文化积淀带来的美感？

或大或小的公园，穿越中轴线，把想象中的浪漫融入我们最平凡的生活中，让我们珍惜每一段闲暇时光，安享一方宁静。

每一个公园都是最好的见证。它们见证了京城百姓守一园花开的普通生活，见证了中轴线周边一米距离的变化，也见证了城市建设者们一往情深的壮举。

闪耀在中轴线上空的传说有了太多太多的新意，也极富深意。

而中轴线周边的所有公园所收录的，不单纯是"城市绿肺"的功能，更是让人从城市隽永的字里行间读出的那份北京人文精神的滋养和温暖。

（作者为东城作家协会理事）

第一辑 | 古韵筑情

鼓楼、什刹海、胡同和桥

吴冰峰

年纪快要50岁了，可是只要一回到鼓楼一带，就总觉得自己还是那个东城的孩子！

一、家住鼓楼

从小见惯了鼓楼的样子，鼓楼在我们这代人的心中，并不是所谓的中轴线上的重要标志，而是家庭住址的别称。小时候出去玩，遇到另外一拨少年，通常都会有这样的对话："你哪儿的？""我？！鼓楼的！"鼓楼是我的年少印记，是我的地域属性，是我生命中的一段妙不可言的乐声！

在我年少时，鼓楼好像不对外开放，我没少趴在四面的门缝儿处向内窥探，那时只见院内砖石斑驳、枯草摇曳，神秘得不得了！特别是在夜晚，联想和想象的力量无比强大，就连课本中的美女蛇也辗转千里似乎和鼓楼发生了联系。听说有小伙伴曾经翻越进去，吹嘘得冒泡儿，也令我等崇拜不已，只是可惜自己没有机会进去。

后来自己有了孩子，送孩子回姥姥家必须经过鼓楼下面，也常和她讲鼓楼的历史。再后来开放了，我带着闺女参观了一次，那时闺女还小，楼梯又很陡峭，登上去需要手脚并用。真正地"爬"上去之后，我才第一次感到原来鼓楼这么高，鼓有那么大，百年前八国联军的刀痕竟然还那么深！鼓——这个亲切的大家伙，突然在我心中威严起来了。直到现在，我还常常开闺女的玩笑，说她幼时一经过鼓楼就会稚嫩而又严肃地说:"上面的鼓都是被一个叫'八国'的坏人烧的。"我想,这个记忆是深刻的,它是我们民族对那段痛苦历史记忆的延续,我们无法也不能忘记那段历史。当鼓声再次敲响,唤醒的是国家的新时代,振奋的是民族的自豪感,传达的是华夏的自信满满。

鼓楼和钟楼之间有个小广场,两侧绿树成荫,头顶上好似扯了一块瓦蓝瓦蓝的布,天空中鸽哨声声,自带文化属性;在小广场上开过音乐会,办过画展,让人感觉既古老又现代。小广场上人总是那么多,热闹又不失安静。有空我就爱去那里转转。钟楼前几个人正端着相机;鼓楼后几个人张口便是乾隆、康熙;树荫里有一位老者,伴着一把茶壶、一张躺椅……

而最妙的还是踢毽子!五六个人围成一个圆圈,旋打、侧打、后打、过桥、探海、望月、钓鱼、飞燕……招式独绝,令人眼花缭乱。在这里比的是难度,看的是精彩,赢的是健康。白色的羽毽上下翻飞,如灵巧的白鸽飞掠起伏,我想,要是给这羽毽装上一个小哨子,一定会更有情致吧!

每一个鼓楼人都有着和107路电车有关的故事。我上学的时候,每天早晚都要挤107路,那时我的脖子上总是挂着一张月票,上面有"市学"两字,还有就是一寸照片的人像脸上总会有些红色或蓝色章的印记。现在的孩子们应该不知道什么是月票了,就像我们当年也完全不能想象现在的孩子手里拿个月票大小的卡片,上车时扫一下就行了。那时我们上学、上班坐车要用"挤"这个字。记得早上在鼓楼107路车站,人多到关不上车门,总是需要一个身强力壮的男同志在最后一个位置,双手把门,需要大家喊个号子"一二三"深吸一口气,肱二头肌猛烈收缩,车门附近的人瞬间被"挤扁",车门"砰"的一声才关上了。特别是在冬天,"幸运"的话,你前面一位小姐姐的粉色毛线长围脖会莫名其妙地有一端围到你的脖子上!谁也别想摘,因为手都伸不上来,就这样至少要等一站地,直到人有机会重新"膨胀"回来,才能整理一下。说真的,冬天有一条毛线长围脖很温暖!

107路电车是青春的记忆。赵雷的歌曲《鼓楼》中有一句"当107路再次经过,时间是带走青春的电车"。这也许是迷惘的文艺青年的感受,对于住在鼓楼的人而言,107路电车就是我们日常生活的轨迹之一。只不过歌曲中把"107"唱成"一零七",而我们叫它"幺零七",这也许就是"路过"和"土著"

第一辑 | 古韵筑情

图/鼓楼
赵瑞/摄

的区别吧。

二、胡同和桥

我住在方砖厂胡同，在从鼓楼到地安门这条大街上，给我留下印象最深的还有一个"义溜"胡同。它在方砖厂胡同斜对面和地安门百货商场南侧，看上去很不起眼。胡同不长，估计不足百米，宽也就1米。要是对面有人推着自行车过来，就得找个院门让一下，要不然还真让不过去！据说这是北京城最窄的胡同之一。胡同东起地安门外大街，西至前海东沿，是我去什刹海的捷径。据传，明代奸相严嵩被罢官后来此乞讨，曾从西口（西高东低）滚入什刹海，故名一"溜"。在我的记忆中，只需从这条车水马龙的小胡同一溜，那边便是一碧万顷、波光粼粼的什刹海了，所以这个"溜"字形象得很！只可惜1999年在地安门百货商场改扩建时义溜胡同就消失了。如今在工商银行南侧拓宽了一条马路，宽敞得很，但总是觉得少了点什么，也许是那种豁然开朗的感觉吧！

再往南，是朴实厚重的后门桥。后门桥只是俗称，原名是万宁桥，它正经八百是北京城中轴线上的三座桥之一。说到中轴线上的三座桥，老天桥只剩基址埋于路面以下，虽又复建，新天桥怎么看还是差了那么一点意思；正阳门前的正阳桥也早已被历史彻底掩埋了；只有这座万宁桥，历经七百余年，从未断人流车流，沧桑而泰然！2000年北京市对后门桥进行了整治修缮，镇水神兽也安然无恙，桥下玉河北段河道经疏浚畅通，成为中轴线上一处大运河世界文化遗产点，后门桥也再次焕发古老而又年轻的魅力了！

在后门桥北路东，还有一家小书店，叫燕京书店，如今已经没有了，那时却是我的最爱。年轻时我喜欢买书，但零花钱不多，地安门的新华书店卖的都是新书，不打折，买不起，我只能没事时在那里翻着看。但燕京书店里有旧书，虽然有些还要加价，但是也很划算了，特别是有时我要找版本、挑译者，就只能找二手书，所以燕京书店就成了我路过必进的地方。记得当年寻购上海译文出版社版叶君健先生翻译的《安徒生童话全集》（全套16册），我在灯市口中国书店、隆福寺中国书店、琉璃厂书市，已经凑了十余册，一日偶然在燕京书店看到了自己最想买的一册，还记得好像是在书店南侧的书架上，当时真是怀着激动的心，颤抖着手，回家都要不会走路了。如今还差一本第二册就集齐了，有一些旧书店也消失了，这让我多少有些遗憾，但是那种买书的乐趣还深深地印在我的心里。我想着、看着，不知不觉就乐了！

三、忆什刹海

什刹海是我们的天堂！

那时的什刹海没有酒吧，没有咖啡厅，没有灯红酒绿，没有熙熙攘攘。

那时的什刹海有的是斑驳沧桑的银锭桥；那时的银锭桥还有着被时光雕琢的痕迹；那时的银锭桥还能让我们翻过桥栏，下到河道两侧的三角形石墩上，用最简易的钓具钓起儿童的欢娱；那时的银锭桥下还有着青苔在水底招摇。

那时的我们还可以悄悄地溜进岸边的大杂院，掀开水管子前面的大青石板寻找钓饵蚯蚓,在老太太的骂声中嘻嘻哈哈地仓皇逃出去。当然青石板要在我们逃跑前给人家恢复原位。

那时的我们还可以用很舒展的姿势摘一两片荷叶,荷花是不能摘的,一来够不着,二来要挨骂;莲蓬多是买来吃的,就是不知道是不是产自这什刹海。

那时有的是岸柳微风、静谧无人的安详。1994年的初夏,我常常坐在前海岸边的一个小石凳上,**静静地背高考文科复习资料**。一切都是那么的平静,倚着水边绿色铁栅栏的那辆二八自行车都似乎有了一种古旧的诗意。周围静得只剩下呼吸,只有偶尔从对岸传来的缥缈的手风琴声能牵走我的思绪。我只能大概推断琴声应该源于对岸一个有太极拳雕像的小广场,如今再未听到过那朦胧美妙的琴声。不过,从那以后,每当提及政治、历史等知识时,我的脑海里便总是先浮现出一片浮光跃金的水面。

那时的我们还可以一大群同学在前海西南岸边的大杨树下谈谈天,说说地,挑大叶儿,拔老根儿,谁喜欢谁都不说,只装在心里,只有回家时看谁坐了谁的自行车"二等",才微微显露出前面有些欲盖弥彰的端倪!

那时的冬天真冷,一上九我们就惦记着滑冰的事。有条件的炫耀一下冰鞋,说是磨了磨冰刀;我没有冰鞋,那就找来两根角铁,用木头板子一钉,加上一个小板凳,再有两根火筷子标配,然后就等上冰了。那时候都是滑野冰,没有围挡。小冰车速度飞快,两根火筷子被抡得上下飞舞,现在冰场里滑冰车的景象要是和我们当年比较,只能算作是"爬",算不得真正的"滑",单就滑冰车用的签子而言,和我们的火筷子相比,就不知细了多少圈,怎么能用得上力气呢?!滑冰车的时候只要能稳得住,单侧的火筷子猛地往冰面上一插,别松,冰车也能来个漂移,那叫一个潇洒,当然不是每次人都能够坐在冰车上。前海是种有荷花的,结冰时枯枝被冻住,冰面就不平、有坑洼,如没注意,飞快地滑过来,冰车会"戛然而止",然后就只有你"啊"的叫声在空中悠扬飘荡着。后来有了冰鞋,我用湿了一条棉裤的代价学会了滑冰。

那时我们还年轻,那时的什刹海是属于我们的!

被称为跨界作家的冯唐曾经说过,这个世界上有四件可遇不可求的事:后海有树的院子,夏代有工的玉,此时此刻的云,二十来岁的你。在我看来,这四者有点矫情,又有点随意;有点不可企及,也有点接着地气。也许人生就应该是这样，管它什么有，什么无，唯水上之清风与岸边之垂柳，耳得之而为声，目遇之而成色，取之无禁，用之不竭，是造物者之无尽藏也，而我此刻就坐在什刹海边！

（作者为北京市第二十七中学语文教师、文科党支部书记、教学主任）

会馆的别样风景

甘晓帆

一

在很多作家笔下，北京的胡同街巷、琼楼庙宇、一草一木、一砖一瓦都汇聚成了难忘的乡愁，如被老舍先生称为天堂的北平之秋，被史铁生念念不忘的地坛公园、交道口电影院，等等，但在这些文人大家的文章里，关于北京会馆的记忆，却难觅踪影。寻访会馆的历史，似乎注定是一段陌生而久远、亲近又飘摇的时间旅程。

而略通文墨的我，与会馆的碰面却颇有一些缘分。

对老北京人来说，我是个说话带湖北口音的外乡人，只是为求学才来到北京；而在家乡的亲友们眼中，我又是个户籍落于此，家庭安于斯的新北京人。

2008年来京之前，我对"会馆"这个词未曾耳闻。一次缘起是在我读研究生时阅读林海英的《城南旧事》，里面最让我动容、遗憾的故事，就是围绕惠安会馆展开的。书中主人公小英子与胡同里人见人怕的疯女人秀贞成了好朋友，秀贞家就住在惠安会馆，她的父母是受陈家二老爷所托给会馆看门的，陈家二老爷是广东惠安人，上京考举做了大官，于是把会馆修葺一番，专门接济家乡来京念书的穷学生。"惠安馆在我们这条胡同的最前一家，三层石台阶上去，就是两扇大黑门凹进去，门上横着一块匾"，至于书中的惠安会馆在京城是否真实存在过，我当时好奇地查阅了一些资料，但并无考证。很快，我就将书中那段关于会馆的心事放下了。

后来我毕业工作，北漂了几年，终于在京安家后，辗转奔波后，将家搬到了邻近会馆的南城。

疫情期间，出不了远门，我便经常骑车带孩子去前门三里河公园"放风"。蔚蓝色的天际下，红墙灰瓦，小河汩汩，柳树依依，鱼儿畅游，"人在木桥走，芦苇穿梭间"，一排排错落有致的会馆建筑，侧耳倾听着孩子们路过的欢声笑语，在狭长幽仄的巷子里，那笑声翻过一间间院墙，留下一串串回响。

在风景这边独好的前门三里河公园周边，布列着很多会馆，其中有一处让我驻足良久，那是我老家的会馆。谁能想到，千里之外的一个不起眼的小县城，一度在地图上都找不到名字的地方，居然曾在赫赫皇城之下拥有自己的姓名和地盘，更为难得的是，两百年来，经历岁月和历史的洗礼，它虽然已经破败，甚至难以看到往日的模样，但所幸还保留在原址，没有被拆毁，并在2013年被认定为文物。

会馆不对外开放，大门平常都是锁着的，时间仿佛也被锁在了里面。透过门缝可以窥见里面斑驳的泥墙，还有屋顶上野蛮生长的杂草，门口一辆旧式二八自行车斜靠在石墙上。但两扇有些凹凸的大木门、一对深灰色的抱鼓石保存状况良好，我与它们静默对视，惊喜于我们的相遇。这是与会馆的第二次结缘。

现在由于工作原因，我竟与会馆有数不清的交集。从最开始的只是听过、路过，到现在想走进历史深处，尽可能多地去了解它们被尘封的过往，不想错过关于它们的任何传说。

二

虽说会馆在老北京的文学作品里并不多见，但它们也没有被文物、历史专家和学者遗忘，如生于斯长于斯的白继增、白杰父子，就对北京会馆和宣南文化的研究倾注了大量的时间和热情。正是由于有这些知识分子的指引，我们才能沿着现存的文物建筑，按图索骥去寻访会馆的信息。

在这里不免多说几句，从事文化工作后，我尤其敬佩这些出于热爱、自觉和高度的历史文化责任感，不计较个人得失，长年累月潜心研究文化遗产，并慷慨留下文字、图片或影像与世人共享的学者。他们的文字在市场上也许有些冷清，但其所从事的事业却是利在当代、功在千秋。现在很多考古工作还要请老一辈文物工作者、当年涉及相关工程的亲历者来口述与指认，如果不留下这些文献记录，那些消失了的文物建筑自身所附带的历史信息也将很难寻觅。

而我们要寻迹的会馆，以明清时期为多，距当代最近的会馆史可以追溯到民国时期，一些地方省市，尤其是在北京，会馆所呈现的是集中分布的建筑片群，这些都让后人有迹可循。

何谓会馆？白氏父子在《北京会馆基础信息研究》一书中是这样定义的："会馆，是历史上同籍贯或同行业的人在京城及各地城镇所设立的机构，是同乡人在异乡、同业者在异乡或本地自发、自愿组织起来的一种有专门馆所依托的民间组织。"可以说，在三千多年风云浩荡的历史中，它们就像一串串文化遗珠点缀着北京城，历经几百年的风云际会，为塑造北京文化基因产生了直接而深远的影响，它们是历史上首都和地方交流的纽带，滋养了古都文化海纳百川、兼容并包的特性。

据专家考证，我国会馆在清朝中期进入鼎盛时期，数量多达1000个左右，房屋多达几万间。那时不但建立了省馆，各州府郡县也纷纷将本地的名字书写在天子脚下的各色建筑上，覆盖地域涉及清代23个省、1700多个县。其中，由于北京是明清两朝的都城，所以北京的会馆在兴盛时期无论是数量还是涉及的省市在全国都是数一数二的。

北京的会馆跨明、清、民国，但以清代为主，主要集中在"前三门"以外的中轴线两侧，也就是前门、崇文门、宣武门外成为会馆集中分布的地区。老北京有句顺口溜"内九外七皇城四，九门八典一口钟"，会馆集中的这片南部区域在清代属于外城，主要是汉人和外地人的居住地，但此地经济繁荣、文化多元，充满市井烟火气，如前门大街的大栅栏当时是全国商品云集的商业区。

据考证，北京最早的会馆相对集中在前门及其以东地区，这里云集了35处会馆，位于东城区前门东区长巷五条7号的安徽芜湖会馆，建于明永乐年间，是明清两代最早在京城建立的会馆，开启了邑人捐资捐宅建馆的先河。所幸的是任凭近600年的风雨，虽然也经历过数次修缮，但该馆作为文物目前依然"健在"，而且其生存状态良好，产权管理方已将里面的居民腾退，据说下一步将对它进行修缮。

但并不是所有的会馆都有这么好的"运气"。

随着时代和城市的变迁，尤其是科举制度的废除，很多会馆或因战乱，或因疏于管理，或因工业发展需要，或因城市建设，或因办公、民用等需求等，在北京城中不知不觉地消失了，有的还没来得及被当今世人记住姓名，就彻底退出了历史舞台。这让很多文保人士、历史学者感到遗憾，试想曾几何时，京城各地会馆外面车水马龙，贤达才俊络绎不绝，但衰落时期，又是"庭前冷落无人问，空有幽香似旧时"。

而那些保留下来的会馆，其古色古香的城楼、飞檐翘角的屋檐、青砖黛瓦的四合院，急于向我们介绍它们曾经的主人和座上宾，讲述它们过去的故事……

三

每次前往一处文物建筑，我都会震惊于它们轮廓的华美、色彩的绮丽、工艺的精湛、功能设置上的巧妙，以及庭院里点缀得恰到好处的绿植；惊叹于它们与自然力量的抵抗，以及与历史频频交手之后，还能凛然矗立在那里。除了这些苍白的形容词和肤浅的直观感受，我这个文物专业领域的外行人，实在也看不出什么门道来。在它们看来，我就是芸芸众生中一个打卡拍照的路人。

但我知道，它们并不是冷冰冰的建筑，只是需要路人多花点时间去认识、去挖掘它们的内涵，去聆听历史的心跳。

我这次希望能通过老先生们文献的引领，走进会馆，能够触摸到一些它们的过往。现在不是有个热词叫"沉浸式"吗，我此次寻迹会馆的旅程，不妨也叫沉浸式感知会馆的故事吧！

前面提到的，京城建立最早的会馆——芜湖会馆，据《芜湖县志》记载，它是由一个叫俞谟的芜湖人所建，俞谟在明永乐元年（1403 年）被选为贡生进京。贡生可了不得，他们可以说是全乡、全省的希望啊！科举时代，在府、州、县生员（秀才）中成绩或资格优异，经过逐级挑选后胜利升入京师国子监读书的人才能成为贡生，这批人在国子监毕业后一般会被朝廷委以大任。俞谟后来担任南京户部主事，又转北京工部主事。官场得意后，俞谟在长巷五条 7 号购置了一块地自住，并盖了数间旅社供进京赶考的芜湖书生寄住，告老还乡后，他将自住地和旅社一起改为"芜湖会馆"，以使同乡人来京有个落脚的地方。

所以说，科举制度是士人会馆产生的制度根源。为进京举子提供饮食居住，甚至吃喝玩乐购一条龙服务，方便人生地不熟的年轻学子在京建立朋友圈，是这类会馆的起源和重要功能。

您可能要说，这不和现在为北漂提供的旅馆一样吗？属性有点类似，但大不相同。的确，有需求就会有供应，当时市场上也有此类专供进京赶考学子居住的旅店，有的还打上"状元"店的招牌，但在明清时期，由于举人来京考进士的会试一般是每三年一次，殿试每年一次，店家成本太高，价格自然不便宜，而各地来京的举子往往来自贫寒家庭，又需要常住备考，他们住不起，所以很快这种"状元"特供旅店就退出了市场。

取而代之的是由各故里乡绅、本籍达官贵人或商贾以自筹或募捐的方式，在北京南城出钱置地建房，免费给本籍学子提供住处和衣食住行，而这些举人来京的交通费往往也会由当地政府报销，甚至派公车接送。除了发乎最初的本土乡情，还有什么原因能让他们都上杆子和这些北漂学子套近乎呢？

这些北漂学子可不是一般的学子，他们一旦考上进士，那是两只脚已经同时跨过朝廷门槛，高官厚俸近在咫尺；而要是在皇帝亲自主考的殿试中脱颖而出，那直接晋升为天子门生，是真正的天选之人；即使没考上进士，他们中有的人也可以继续在国子监"复读"，即使失意回老家也能得到一官半职，名利双收。

"十年寒窗无人问，一朝成名天下知"，因此，范进中举后差点发疯就不足为怪了。

通过翻阅一些史料得知，我们老家的那处会馆也是一样由县城一位考上进士的吏部侍郎捐建而成，数百年来为家乡数百位进京赶考的举子提供了食宿的便利，为他们在京落地扎根培育了最初的土壤。

会馆随着科举考试应运而生，本源就是起于朴素的乡情而自发建立的驻京寄居地，自它们落地起，就有了"前人栽树，后人乘凉"的公益服务功能。

《城南旧事》里的故事发生在20世纪20年代末，书中的小主人公问秀贞，为何她的爱人——思康会住到惠安会馆，秀贞喃喃自语：

小英子，住在会馆念书的学生，有几个有钱的？有钱的就住公寓去了。我爹常说，想当年，陈家二老爷上京来考举，还带着个小碎催伺候笔墨呢！二老爷中了举，在北京做官，就把这间会馆大翻修了一回，到如今，穷学生上京来念书，都是找着二老爷说话。二老爷说，思康是他们乡里的苦学生，能念出书来，要我们把堆煤的这两间小屋收拾了给他住。

士人会馆是会馆界的主流，在会馆历史上留下了浓墨重彩，除此之外，还有一种重要的会馆类型，通常被称为行业会馆，但它们更像是一个在京的地方性民间商会组织，为商品在关税、仓运、价格等方面的顺利运通，报团取暖，互通有无。

相较于士人会馆，行业会馆在地理位置和食宿功能上更加弱化，它们更强调在实体建筑外，散落在京城的行业商人依靠组织所发挥的作用。这类会馆也不胜枚举，如颜料会馆、估衣会馆、晋翼会馆等，其中明清时期，山西晋商和安徽徽商所建的行业会馆数量可观，行业会馆的兴衰和古代资本经济发展有着重要关系。

四

时光荏苒，会馆在北京城从来都不是孤立的存在。

今天它们主要所处的位置（前门、崇文门、宣武门外），早已不叫外城，而是充满活力的首都功能核心区，这座城市浓厚的人文气息，也从它们身上扑面而来。它们早已被去除历史属性上异乡、外人的标签，而以主人翁的姿态共享时代的繁华。

站在老家的这处会馆门口，抚今追昔，我不禁想，当年和我说着同样方言的古代家乡人是如何在这座城市开启生活的？随着思绪穿越时空隧道，想象的场景在眼前一一打开：

在省里通过乡试成为举人后，他们欣喜若狂，日夜盼着进京赶考。在当地政府的资助下，他们长途跋涉1200多公里终于来到京城，后经人介绍，第一时间就住进了位于前门大街长巷头条的自家会馆，安排好衣食住行之后，会馆的主人便偕富商巨贾前来看望慰问，还特意聘请一位家乡大厨给他们做饭，以免思乡之苦。为不辜负家乡的期望和自身数年来的努力，平日里，他们"两耳不闻窗外事，一心只读圣贤书"，大门不出二门不迈。

但准备考试是个漫长而枯燥的过程，过些时日，他们按捺不住对皇城的好奇，上面便派导游老乡带他们出馆溜达，先是就近转悠，去附近"四大戏楼"之一的阳平会馆听山西梆子，与同人交流下家乡戏，赶上梅兰芳、谭鑫培等大腕儿在湖广会馆演出，他们还有可能抽到幸运观众的名额，过足戏瘾。路熟之后，他们的活动范围就更大了……

于是，去大前门一带尝遍各地美食，在大栅栏买身老北京行头，上天桥看杂耍，与提笼架鸟的老北京人聊着不太普通的普通话，成了他们的课外日常。站在正阳门下，他们感叹自己离天子如此之近，如果命运再眷顾一次，他们将留在这座古老的都城体验不一样的人生，那种人生是他们当年在千里之外的老家，做梦也梦不到的。

当然，历史不能假想，但可以看出，古都文化与会馆密切相关。北京给了会馆独一无二的生存空间，会馆的产生使得各类文化在此碰撞、交融、荟萃，其历史价值十分深远。

试想，全国各地最优秀的学子、精明的商人均会聚于此，除了政治与商业的交流，同时也将他们家乡的戏剧、方言、习俗、饮食等带到了京城。宣南地区的会馆里梨园声腔百花争艳、赫赫有名，不仅从中走出了很多名角儿，而且也孕育了国粹京剧。一些地方小吃随着会馆进京，日后成了远近闻名的北京老字号美食。比如，王致和臭豆腐是老北京的传统小吃，但发明人王致和却是个安徽的文人，他进京赶考住在安徽会馆里，但多次金榜落第，准备还乡又因交通不畅、没有盘缠而迫不得已在京另寻出路。他在安徽会馆附近租赁了几间房，用老家传下来的手艺磨豆腐，而后弄巧成拙做成了臭豆腐，却得到了京官们的一致好评，于是流传至今。

五

会馆，它从兴盛时期的芳华，一度走向迟暮，甚至在历史长河中陷入孤寂。但从这几年对文物的保护利用中，我们可以欣慰地看到，现在无论是政府还是民间，都对会馆这一特色历史遗迹给予了高度关注。

就拿会馆分布集中的前门东区来说，越来越多的会馆已被腾退、被修缮，正在焕发新的活力。

草厂胡同里仍住着很多本地居民，在"留住乡愁"的老城保护形势下，一些改造后的老旧平房，变身为美而精的小庭院，成了现代都市人所向往的生活场景，加上前门三里河这里绿水环绕，远离高楼大厦的喧嚣，又有咖啡馆、阅读室这样的休闲空间，更是吸引了不少年轻人来胡同漫步。

在前门青云胡同，我常看见一对老姐妹坐在长石凳上晒太阳，她们打量着在这条胡同里扒拉着门缝东看西瞅的游客，用眼神余光送走热闹的游客后，继续眯着眼睛晒太阳。

"您知道这附近的会馆吗？"也有人向她们打听。

"那能不知道吗？这地方一直有会馆，但具体哪些个会馆叫不出名字。我知道那边有个颜料会馆，一直在搞活动，晚上还唱戏来着。"

这位大妈没说错，在这里的30多处会馆中，有着400多年历史的颜料会馆正重回人们的视野。在会馆的大门上贴着"会馆有戏"的烫金标识，里面的戏台也被修葺一新，自2021年开始，这里会不定期举办戏曲演出，夜晚常会传来丝竹管乐齐鸣之声。坐在古色古香的古宅里，看着台上穿着戏服的演员的一颦一笑，恍然间仿佛能够寻觅到一丝百年前会馆戏楼中的演出盛况。

还有"四大戏楼"会馆之一的阳平会馆，仍然延续着演出功能，常年上演东北地方戏；400岁"高龄"的临汾会馆经腾退修缮后，现被开辟成小而精的北京会馆文化陈列馆；而在西城区大名鼎鼎的湖广会馆、被称为"中国戏楼活化石"的正乙祠戏楼在"会馆有戏"的集结令下，也都有望重现百年余音……

会馆的未来是可期待的，因为人人都置身于宏大的历史叙事之中，人人都向往美好的生活。

和很多文物建筑一样,我希望当人们来到会馆门口时,可以"不问主人,轻叩门,有回音。踏进门,置身其中,或管弦悦耳,或钟情畅饮,或轻言慢语,黄发垂髫,怡然自乐。主人客人,各得其所,红墙绿植,生机勃勃",少一些"小扣柴扉久不开"的失落。

当然,这需要全社会的共同努力。

寻迹会馆的旅程是一段独处的漫长时光,纵然我使出浑身解数,也写不尽它们一世的沧桑与繁华,参不透历史的偶然与必然,如果我的文字能勾起您对会馆的一丝兴趣,那也不枉我这些粗浅的笔墨,但俗话说"百闻不如一见",我建议您亲眼去看看那些现存的会馆建筑,放慢心情,放轻脚步,去感受古代建筑的别样之美。

(作者为东城作家协会会员、区文旅局工作人员)

旧时先农坛

刘永加

北京的先农坛始建于明永乐四年至十八年。明清两代,先农坛一直是皇家祭祀先农诸神的场所。

1912年后,先农坛不再是皇家专属的禁地。民国政府内务部接管了全城的坛庙,全权处理坛庙事务。先农坛被开辟成公园,还举办各种经营性活动,一时开风气之先,呈现出很多奇观异景。

不过,因为当时民国政府缺乏管理,先农坛内的一些古建筑和古树,被或拆或卖,这给先农坛带来极大的破坏。

一、民国成立一周年时首次开放

1912年,民国政府内务部考虑到外城原有的陶然亭和黑龙潭(旧时在陶然亭东南部)受条件限制,无法满足游人需求,打算另辟新的景点。他们看到先农坛"取闹市中幽静,古柏参天",是难得的一处游玩之地,于是打算在民国二年初借庆祝中华民国成立一周年之机,免费开放北京先农坛十天。

巧合的是,此前内务部已经把京城坛庙旧时祭祀之器用,统一移存到先农坛太岁殿及两庑殿中,并随即成立了古物保存所(它与1914年在故宫文华殿和武英殿成立的古物陈列所是两个独立机构),以陈列京师旧有古物。为了庆祝它的成立,古物保存所也打算从民国二年一月一日起免费开放十天。

当时的《爱国报》专门刊登了古物保存所的免费开放通告:"兹订于民国二

年一月一号共和大纪念之日起,至十号止,为本所开幕之期。是日各处一律开放,不售入场券。由街西牌坊起,马路四通八达,所中并设有接待室、暖室、品茶室等处。凡我国男女各界,以及外邦人士,届时均可随意入内观览。"

1913年1月1日至10日,北京先农坛正式对外开放十天,古物保存所也同时开放,这是普通大众首次进入先农坛。为了进出方便,内务部在北外坛墙面对香厂处辟一便门,这样马车、人力车都可直抵内坛。

根据记载,为庆祝民国成立一周年,内务部还在先农坛内外精心布置了一番,用柏树的枝条做成牌楼,上悬各处赠送的对联。坛内的庆成宫被改为共和纪念大会先烈坛,用于祭奠民国烈士。庆成宫南的大空场被设成鞠球场,成为孩子们踢球的绝佳地带。

由于内务部提前在报纸上登出通告,故而开放后游人熙熙攘攘、络绎不绝。有意思的是,在首次开放不久,恰巧又遇到漫天瑞雪,为先农坛增添了不少情调,文人墨客纷纷借景抒怀。内务部应民众要求,将开放时间又往后延续了几日。在此后的两年中,先农坛均在一月中开放十天,供游人免费观览。

二、举办首届都市贸易博览会

1914年4月,内务总长朱启钤鉴于京师市政的重要性,划定市区,设立了京都市政公所,其主要施政目标是鼓励北京的贸易和商业繁荣,他亲自兼任督办之职。

为了提高北京当地产品的竞争力,在市政公所的倡议下,民国政府成立了"京师出口协会"。出口协会经常举办各种业务活动,其中,贸易博览会最受欢迎。

1914年9月,京都市政公所在北京先农坛太岁殿的院落里举办首届都市贸易博览会,意在宣扬国货,抵御舶来品。一百多家大型企业参加了博览会,展出的北京当地产品就多达一千多种。

这次贸易博览会为期十天,吸引了众多北京的观众,一时先农坛内游人如织。为鼓励参观,大会还向游人发放纪念品,举办音乐演奏会。另外,为了吸引游人,又延长了夜间开放时间,还有燃放焰火、放映电影等多项活动,甚为热闹。

这些活动取得了非常好的效果，主办方设立各种奖项，对评选出的高质量产品予以表彰奖励。同时，所有获奖产品，均由大会出面在全国性报纸上为它们免费刊登广告。

博览会结束后，在京都市政公所的支持下，成立了"京师工商促进局"，促进局由多个不同职能的部门组成。他们积极扶持景泰蓝饰物、刺绣品、漆器和草药等北京传统名牌产品的发展，使它们更富有竞争力。在诸多人士的努力下，这些产品在国内和国际市场上声誉鹊起，从而使北京当地的贸易和手工艺工业获得了长足的发展，北京也迅速成为20世纪初中国的主要商业中心之一。

三、燃放焰火是京城一景

1915年，由于北京内城的社稷坛被辟为中央公园，而南城尚无公园，内务部决定把北京先农坛开辟为公园。作为先期准备，从避暑山庄运来140多只鹿，把祠祭署空地及太岁殿西北空地改作鹿囿；在内坛北门两侧直至观耕台附近，设置花圃，广植花卉；在具服殿的月台上还搭设凉棚、开茶社，并计划建设秋千园、荷花池、电影馆等公共设施。

一切准备就绪后，1915年6月17日，北京南城的第一座平民公园正式向市民开放，并被命名为先农坛公园，"入门票收铜圆一枚，游览票收铜圆五枚"。先农坛公园，成为当时仅次于中央公园（如今的中山公园）的第二大公园。

再加上此前先农坛外坛北部的坛地是由商人承租，在此设有茶社、饭馆、戏楼、酒肆、杂货摊等，因此格外引人注目，一直都是车水马龙，非常热闹。因为这里聚集了大量的"人气"，先农坛还曾发行有奖彩票。

当时，民国政府财政紧张，大力发行储蓄有奖彩券。为了使募捐顺利进行，民国政府委托新华银行负责有奖储蓄彩券的发行。先农坛此后连续进行了三届抽奖，人们纷纷光顾，一试手气。

1917年6月，为纪念北京先农坛公园开园日，公园与新华银行共同筹划举办燃放焰火活动，目的还是借此吸引人，促进发售有奖彩票。

当时的《群强报》报道："先农坛公园因本月十九日，系该园开幕纪念日。

故于是日晚九时，在园内燃放焰火，以志纪念。又闻新华银行，因开签会场布置已毕，借此纪念日燃放烟火，以引起商民人等兴起购票夺奖之心，想是日必有一番热闹。"

因为当时先农坛外坛热闹非凡，北洋政府内务部决定辟外坛北为"城南公园"。1918年，两园因紧邻并存不易统一管理而合并，到1919年，公园被正式命名为"城南公园"。

1919年夏天，由京都市政公所出面，在城南游艺园（位于先农坛外坛区域）建起了一座欧式四面钟楼，构成先农坛的又一新景致。这座四面钟楼还有一段逸事：

当年，北洋政府开发香厂"新市区"时，江西军阀陈光远进行投资，他的五姨太在万明路与香厂路相交的东北角建造了一座颇具西洋风格的四层大楼。大楼被设计成轮船模样的外形，起名"新世界游艺场"，建造人还美其名曰："我的船就要向'钱'（前）开，我就要'钱'。"

为了与新世界游艺场竞争，城南游艺园特意修建了这座四面钟楼。钟楼高十几米，四面皆装有钟表，状似铁锚。其意是用这只铁锚，拴住船形的游艺场，使它无法起航，从而断了新世界游艺场的"钱"脉。

四、美国杂技团举行飞行表演

1920年，北洋政府内务部在先农坛内坛成立"先农坛事务所"，管理先农坛事务。这一时期，在先农坛还举办过飞行展。

1921年元月，一个美国杂技团要从上海来北京演出，此消息迅速传遍了北京城。这个杂技团实力雄厚，有一个压轴节目，就是杂技团成员巴尔要在北京先农坛上空做飞行表演，这可是一件新鲜事。

这项活动需上报京师警视厅批准。《市政通告》记载了当时的批准函："查此次美人巴尔来京试演飞机，供人阅看。暨经外交部核定办法，并指定先农坛为飞演区域，自可准予借用。即希贵厅饬该管理区署，与城南公园事务所迳行接洽办理。除知照该事务所外，相应函达查照。"

此后，先农坛逐渐衰败。到1927年，南京政府成立，定都南京，先农坛更是荒凉破败。1928年，内政部发布"神祠存废标准令"，彻底废除先农、太岁、星辰、山川等祭祀活动。不过，内政部还是决定将北京先农坛内原来农历三月的耕籍田改为植树节。据1928年《北平坛庙事务所档案》记载，当时在坛内拜台前划定了一块地方作为植树地点，为了使这块区域平整，原处不成行的杂树和小树被移到别处另行栽植。两年后，先农坛迎来高光时刻：1930年，首届植树节典礼就在北京先农坛内举办，农商部以及北京地方官员悉数参加。

此时的先农坛，虽然有门票收入，但门票售价较低（六个铜板），收入甚微。先农坛就想出了个办法，出租其中的二百余亩场地，每亩租金三元五角至五元，并设立四处鹿园、一处牛乳场，每处每年租金约一百元。但是这样仍然入不敷出，于是又拍卖坛内的部分鹿只、伐树卖薪等，这给先农坛造成了极大的破坏。

在1929年12月的《北平坛庙事务所档案》中记载了拍卖鹿只的情况："因鹿只增加，喂鹿薯秧较前预算甚多，靡费一百二十二元三角二分，加以现时薯秧市价更加昂贵，此后超出预算之数实已无法弥补。兹谨按本年新生小鹿十三只数计算。应出售大牡鹿两只、小牡鹿四只、大牝鹿三只、小牝鹿四只，遂于本月三十日与城内各药号接洽出售。以同济堂药铺所递价额为最高：计大小鹿十三只，共价大洋贰千零五十六元。正当面收交现洋五百元，其余一千五百五十六元。言明于十九年一月十日交鹿时全数交清。"

（作者为文史学者、资深媒体人）

永定门，风景旧曾谙

杨 征

要想了解北京这座城市的历史，就离不开中轴线。在历史上，这条中轴线也被称作"龙脉"。它是一条贯穿南北的中轴线，南起永定门，北到钟鼓楼。在这条长达7.86公里的中轴线上，汇集了北京古代城市建筑的精髓。

建筑大师梁思成曾这样赞美这条中轴线："一根长达八公里，全世界最长，也最伟大的南北中轴线穿过全城，北京独有的壮美秩序就由这条中轴的建立而产生。"

在这条中轴线上，作为京城外城最重要的城门，也是南中轴线起点的永定门，其作用至关重要。而永定门因为其独特的位置，呈现出别样的韵致。

明嘉靖三十二年（1553年），北京城迎来了又一次大规模的建设高潮。此次工程的主要目的是环绕着原有的京城修筑一圈"外罗城"，以保护各城门关厢地区以及京城周边东西南北四郊各坛庙不受到北方蒙古军队的侵袭。然而由于经费有限，原有计划最终搁浅，取而代之的是只在南侧修建起了一座"南城"，并开有七座城门，这七座城门中最为宏伟的当属永定门。永定门最早称"正阳外门"，明嘉靖四十三年被正式命名为永定门。

永定门位于外城南侧城墙的正中央，也是北京城中轴线的南侧起点，其规制完全依照内城城门的做法，采用重檐歇山三滴水楼阁样式，面阔七间，但进深略小，只有三间，所以可以说永定门是"瘦版"的内城城门。

不过永定门并不是一开始就是这个规模，当年嘉靖皇帝修筑外城的时候毕竟财力有限，因此当时的永定门，没有修建箭楼，只有一圈瓮城，城门楼也只

图 / 永定门
赵瑞 / 摄

是和其余六座城楼一样的单檐歇山顶的三开间建筑，这一点能从乾隆十五年（1750年）所绘制的京城全图中看到。乾隆三十二年（1767年）这座城楼才被升格改造，并增建了箭楼。新改造的永定门和北侧的正阳门遥相呼应，并和在中轴线上交错分布着的皇家祭坛以及繁华街区一起勾勒出了北京城一道亮丽的风景线。

20世纪二三十年代，瑞典的建筑学家奥斯伍尔德·喜仁龙在考察完北京的所有城门后，在《北京的城墙和城门》一书中曾用这样的话描述当时永定门的情景：

> 瓮城内景色优美，有若干树木和店铺。除了用长扁担挑着筐子的人，还有人力车、手推车、骆驼队和军用物资（运往南面营地），川流不息地从这里通过……

在这些景观中，最值得一提的是永定门外的燕墩，虽然这只是一座墩台式的烽火台，但它的身份确是北京城的"五大镇物"之一。元明两代，在京城南方五行属火的方位筑起了这座烽火台。对于这京城"五镇"的说法，清代的乾隆皇帝在他所作的《神木谣》中明确做了定义，清末光绪年间出版的一本北京旅游指南小册子《都市丛载》更是对其进行了详尽的描述。其中，有这样描述燕墩的诗句："沙路迢迢古迹存，石幢卓立号燕墩。大都旧事谁能说，正对当年丽正门。"

燕墩在明嘉靖年间以前是一座土墩，嘉靖年间修筑外罗城时对它进行了包砖。清乾隆年间在燕墩之上立起了一块御制碑，上面刻有乾隆皇帝的两篇文章，即《御制皇都篇》和《御制帝都篇》，这两篇文章应该算作当时封建国家最高统治者为首都所作的最权威、最有力的"广告"。将其镌刻在京城南大门外，可以向来往路人宣传北京城。

永定门内的景色，则是对南方五行"属火"这一说法的最大讽刺，因为一旦遇到雨天，永定门内大街就是一片水乡泽国的景象。不过这一带的路况多少随着清末北京城内第一条铁路的开通有所改善。1865年，英国商人在北京城外修造了一条长约0.5公里的小铁路，试行小火车。不料，当时的中国人视火车为"怪物"，没过多久，慈禧太后也急忙饬令步军统领衙门将其拆卸。此事在李岳瑞的《春冰室野乘》中有记载。

清末对北京城墙的拆除，也是从永定门开始。1900年，八国联军攻占北京城，英国军队以天坛为自己的大本营。为了方便军用物资和士兵的运输，英军决定弃用已经被焚毁的马家堡车站，而将铁路继续往东北方向延伸至天坛西门，并在永定门城楼下凿开了城楼西侧的城墙，以方便火车的来往。清政府认为将皇帝专用的祭坛大门改成车站实在是有失体统，要求他们重新选址。后来，英军就把新的火车站选在了今天的正阳门城楼东南侧，并着手兴建正阳门东车站。此后，永定门的豁口被封上，永定门附近的铁路也被拆除。

（作者为北京五中高中英语教师）

第二辑

岁月融情

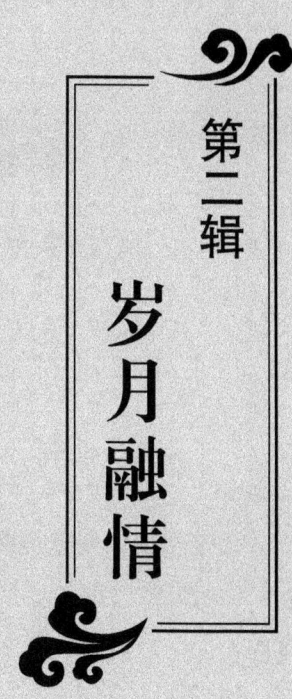

奏响时代的洪钟大吕

——记北京景山公园牡丹苑的"牡丹高峰论坛"

韩小蕙

大疫当前,全世界都在备受煎熬,全中国都在严防死守,所以百年一度的景山公园牡丹苑的"牡丹高峰论坛",2022年只能在网上召开了。尽管非常遗憾,但能够在互联网上相见,这让喜爱牡丹的人们,已经觉得是不幸中的万幸,相当满足了。

2022年大会的主办地点,是在北京景山公园的牡丹苑。

谁都知道,景山公园正是站在北京中轴线的中心点上。

一

先简略介绍一下牡丹在中华大地上的发展历程吧:

牡丹原产于中国长江流域与黄河流域诸省的山间,在被人们发现了它的药用价值和观赏价值后,逐渐从野生变为家养,最早有史可查的信息始于南北朝。唐代韦绚所著的《刘宾客嘉话录》中记载:"北齐杨子华有画牡丹极分明。子华北齐人,则知牡丹久矣。"宋代的《太平御览》中载:"南朝宋时,永嘉(今温州一带)水际竹间多牡丹。"至今牡丹在中国的栽培历史,已有1600多年了。牡丹兴盛于唐代,民间都知道武则天把牡丹贬到洛阳,结果反倒激发了人们追逐牡丹的狂热。文学是历史的晴雨表,有关牡丹花的诗文由此猛增,凡文人雅士都对牡丹有热烈的描述,最有代表性的当数刘禹锡的名句"唯有牡丹真国色,花开时节动京城",从此,"国色天香"便成为牡丹花的第一"花语"。

自五胡十六国时期，牡丹便在北京燕山脚下的这片土地上，有了自己的一席之地。北京牡丹有很多故事感天动地，让人敬仰，最著名的有两大传说：其一，1644年春天，北京牡丹没有开花，因为那个春天正是被人们称为"煤山之恨"的春天。崇祯皇帝吊死在煤山（今景山）上，无疑是中国历史上的一个悲剧。崇祯并不是一个坏皇帝，相反，他是一个竭力克尽帝职、一心想中兴大明的最高统治者，可是他受愚昧、贪婪、自私、庸懦的群臣牵制，终至国破身亡。那是中国历史上一场十分不堪的群氓误国的悲剧。因此，北京牡丹哀而不放。其二，1898年（光绪二十四年）秋天，9月28日，以慈禧为首的清廷顽固派，在北京菜市口残忍杀害了"戊戌变法"六君子，天黑云暗，地恸河哭。翌年春天，北京牡丹开花了，花色殷红如血，一朵朵牡丹始终昂着头，露水滴答，似泪珠滴答，雨水涟涟，似泪水涟涟。仰面朝天的牡丹满面泪水，也流不尽在它们胸中蓄藏着的哀与伤、悲与愤、冤与恨……

景山公园栽培牡丹的历史悠久，可以追溯到元代。元代建大都城时，将景山建为皇家花园，并在花园中专门开辟出牡丹园，种植了大量各地进贡的牡丹名品，其中当然少不了已负盛名的洛阳牡丹、曹州（菏泽）牡丹，还有珍贵的甘肃临夏牡丹、江浙牡丹，甚至还有来自东瀛的日本牡丹。景山牡丹一直以株形高大、树龄长、花朵丰富、颜色艳丽、气质动人而名冠京城。到目前为止，景山公园汇集了国内外的牡丹品种569种，种植牡丹2万余株，涵盖了9大色系、10大花型。最常见的花型主要有单瓣型、荷花型、菊花型、蔷薇型、托桂型、皇冠型、金环型、绣球型、千层台阁型、楼子台阁型；牡丹花中的四大名品姚黄、魏紫、欧碧、赵粉，也都在景山公园里被培养出来了。尤其要说明的是，"欧碧"是一种罕见的牡丹品种，真正的"欧碧"早在清代就已经绝迹了，现在所有的"欧碧"都是后来人们又培养出的一种绿色牡丹，名字叫"豆绿"，因其色如青豆而得名，在阳光照射下，花色浅白，略带绿意，俗称"绿牡丹"。景山偌大的公园里，只有一株绿牡丹，因此格外珍贵，也格外让人爱惜，人们就给它起了一个非常独特的名字，叫"绿幕隐玉"，听起来便似一位谦谦君子，书卷气十足，不仅典雅，而且暗藏智慧。

二

本届大会的主题是"中华精神",而景山牡丹园正坐落在北京中轴线的中心点上,那么也可以说,它是中华精神大放光彩的一个凝聚点。作为本届大会的轮值主席,我虽然准备了很长时间,做了方方面面的准备工作,但内心还是很紧张,担心出差错。未料到,所有的发言都像蓝天白云下的繁花一般,热烈开放,婀娜多姿!

中华文明是世界上唯一没有中断的文明,在五千年的文化传统中,世世代代凝聚了许多"中华精神",比如家国情怀、正心修身、耕读传家、坚忍不拔、吃苦耐劳、勤劳勇敢、团结一心、孝慈爱幼、先人后己、助人为乐、薪火相传……

2022年4月,北京景山公园的"牡丹高峰论坛"如期而至,牡丹们争先恐后,各自选择了一个最契合自己的角度,畅谈起自己的"花生"。

(一)姚黄选择了"家国情怀"

十大名花之一的姚黄,通常被称为"花王",便由它首先以"大哥大"的身份发言:

> 大家知道,古往今来,我们中华文明古国涌现出了无数圣贤良相和英雄豪杰。我个人最推崇的是范仲淹,他的《岳阳楼记》乃千古第一雄文,他的"先天下"思想,上接尧舜禹的爱民思想,下至"天下为公"的现代情怀。我认为正是无数仁人志士代代接续,高举着这崇高的思想火炬,引领着华夏民族不懈奋进,才使得中华民族不断续写辉煌,走到了今天。
>
> 我们牡丹家族能有今天,也是受惠于此。今天咱们牡丹大家族已经有三百多个品种了,我既然被各位推为"花王",也要践行前辈们"先天下"的初心,为牡丹服好务!

（二）魏紫选择了"吃苦耐劳"

十大名花之二的魏紫，一向被尊为"花后"，便也顺理成章地以"大姐大"的身份讲了起来，不过她说的是另一番花语：

> 我第一次去四川的时候是20世纪80年代，那时的我啊，还相当年轻。当时我看到了一个特别震惊的情景，就是在田地里干活的，怎么全都是妇女？正是插秧时节，她们两脚蹚在泥水里，深深弯着腰，有的背上还背着孩子，手上不停地插着秧。远远地看不清她们脸上的表情，但毒辣的大太阳晒着，背上的孩子在大哭……我就忍不住问道："为什么都是女人在干活儿，男人们呢？"回答我的，竟然是不以为然的轻松口吻："你看你不晓得了吧，这就是我们的地方特色哦，男人们在茶馆里摆龙门阵呢！他们每年犁地时才下地干活儿，因为那活儿太重了，女人做不来。""我们四川女人可能吃苦耐劳哦，下地干一阵子以后，还要赶快回家给男人做饭吃哦……"
>
> 要说中华的母亲们，真是最让我敬佩。在过去几千年农业文明时期，一年四季里，她们每天披星戴月起得最早，先去推碾子碾米碾面，然后赶紧回家做早饭；伺候了公婆、丈夫、孩子之后，自己囫囵吃两口剩的，就下地干农活；眼瞅着到了晌午，又小跑着回家做午饭，把早上的程序重复一遍；下午和晚饭再重复一遍。然后，男人们可以休息了，家家的母亲们又拿起针线，给一家老小缝缝补补，直熬到深夜……一年到头，三百六十五天，天天都是这样的辛苦，干不完的活儿，受不尽的苦！可是母亲们咬着牙，用自己瘦弱的肩膀支撑着一家老小的日月春秋，也扛起了民族的繁衍生息。
>
> 而且，最难能可贵的，就是在这么艰难困顿的情况下，很多母亲也没有放弃对美的追求，总是像对待她们的孩子一样，精心照顾着咱们姐妹，即使穷得家徒四壁，也要养几枝牡丹花摆在家里。因此，咱们可要更加美丽地绽放，不能辜负了生养咱们的母亲们啊！

（三）欧碧选择了"百折不挠"

十大名花之三的欧碧听到此，用力抖动了一下淡绿色的花瓣，抢着发言了：

我想起了当年上大学时，写作课老师点评我们的作文。有个同学写了一段话："黄河是我们的母亲，长城是我们的父亲，他们的结合诞生了中华民族……"老师是用有点嘲笑的口吻点评的，引起全班同学哄堂大笑，但我没笑，因为我觉得这位同学的比喻虽然有点不恰当，可是他的引申义并不错。

长城被全世界看作中华民族的象征，用长城比喻中国男人，大体是恰当的。中国男人具有的优秀品质太多了，比如对国家和社会、对家族和家庭、对妇孺和老弱，天然地负有一种撑门立户的责任感，他们是"门户"的主心骨，是脊梁，所以干最重的活儿的是他们，打仗冲锋的是他们，屯垦戍边的是他们，灾难降临时挺在最前面的是他们……而且他们没有抱怨、牢骚、退却和逃脱，认定这是他们立身于世界的职责所在。他们咬定青山，百折不挠，他们就是黄河边奋勇前行的汉子。

他们中的英雄豪杰、仁人志士更是中华民族的优秀代表。"壮志饥餐胡虏肉，笑谈渴饮匈奴血"的岳飞，"人生自古谁无死，留取丹心照汗青"的文天祥，"粉身碎骨浑不怕，要留清白在人间"的于谦，还有袁崇焕、郑成功、戚继光、戊戌七君子、黄花岗七十二烈士、杨靖宇、赵尚志、佟麟阁、赵登禹、张自忠、黄继光、邱少云、杨根思、雷锋、王杰、焦裕禄……这些古往今来的中华好男儿，如黄土地上的金沙，聚沙成塔，带领着一代又一代炎黄子孙，挺起了民族的脊梁。

在牡丹家族中，我们欧碧虽然是数量最少的一支，但这并不代表欧碧没有中华好男儿的血性，争锋，争锋，披荆斩棘！前进，前进，百折不挠！

（四）赵粉选择了"正心修身"

十大名花之四的赵粉听到此，忍不住接嘴道：

且慢，我要做一个重要的补充。从以孔孟为代表的诸子百家，到屈原、司马迁、竹林七贤、陶渊明，再到以李白、杜甫为首的唐朝诗人群，以韩愈、柳宗元为首的古文八大家，以苏轼、辛弃疾为标杆的宋词群贤，之后是元曲四大家关汉卿、白朴、郑光祖、马致远，明清四大小说家罗贯中、施耐庵、吴承恩、曹雪芹，乃至到现当代以鲁迅为旗帜的文学家……中华民族一代接一代的文学大师，创造出了《诗经》、《楚辞》、汉赋、《史记》、唐诗、宋词、元曲、明清小说、现当代海量作品，这些是中华文化集大成的文学精粹，惊天地、泣鬼神，放到世界上可与任何文明比肩。

　　所以我认为，如果说英雄豪杰是黄土地上的金沙，那么文化大师们就是一串串闪亮在空中的明灯，他们呕心沥血地挖掘、整理和创造出中华文学艺术，照亮了神州大地，教化了人民大众，让民族精神像我们牡丹花一样盛开，功莫大焉！

（五）二乔献诗一首，并选择了"薪火相传"

十大名花之五的二乔，献诗一首：

> 自古艰辛读书郎，皓首穷经著文章。
> 千秋黑白一支笔，万年是非论短长。
> 高天压打青云志，洼地陷谤热衷肠。
> 薪火相传使命在，忍辱负重弱肩扛。

它接着说道：

　　不能小看了文化的力量，一个民族在世界之林能否立起来，其文化精神是一个重要的标志。中华民族五千年巍然屹立在世界的东方，中华民族优秀文化的传承起到了扛鼎作用。比如我们的小孩子，哪个不会背"锄禾日当午，汗滴禾下土。谁知盘中餐，粒粒皆辛苦"？还有"学而时习之，不亦乐乎""三人行必有我师"，等等。民族精神就是在这样的牙牙学语中，潜移默化，代代相传下来，所以要多读书多学习呢！

二乔说到这里，停顿了一下，说起它观察到的一个现象：

  近年来我发现，中国作家和学者中，重新回过头来读传统经典的越来越多了，比如余秋雨研读《金刚经》，鲍鹏山解析秦国，张炜重读王维等唐代五诗人……为什么呢？记得20世纪80年代以降，西学东渐，我自己就是爱读西方世界名著的，比如托尔斯泰、雨果、巴尔扎克、陀思妥耶夫斯基、马尔克斯……现在呢，我也变得越来越迷恋起咱们中华民族的圣哲和诗人了，每天捡起年轻时背过或没背过的古典诗词，重新背诵，细细体会，有了一点点新的发现就高兴得如沐春风。我也时时问自己，这是为什么呢？

  唉，我们这一代还是读书太少，就拿我来说，只读到小学五年级就停学了，六年级和初中、高中的语文课都没上过。季羡林先生亲口跟我说过，他虽然只是一个普通农民家庭的孩子，但四五岁时就已经会背诵很多诗文了，并且一直到90多岁还能流利地背出六七十篇。而我们这一代却没有这样的童子功，后来虽说是幸运地读了大学中文系，可四年匆匆忙忙就滑过去了，当时，文、史、哲、外语等都需要恶补，就像小猫抓鱼，也就只是扒拉了几下水面而已，现在越来越觉得需要重新补课。

（六）洛阳红选择了"高格做事，低调做人"

十大名花之六的洛阳红听到这里，频频点头，深以为然，大声说道：

  我们的确需要重新沉下心来，好好地补补课。对比五千年的民族历程，我们每朵花儿的生命实在是太短暂的一瞬。然而要端正地过好这一生，也是不容易的，甚至可以说是非常艰难的，人与花，都要经历许多事情，战胜九九八十一难。

我们的老祖宗，其实早已经为后世子孙点亮了一盏盏明灯，告诉我们应该怎么做。比如我始终牢记着20多年前读到的一句话，"念高危，则思谦冲而自牧；惧满溢，则思江海下百川"，当时就觉得特别对，就是人应该对自己有所要求，哪怕自己只是一朵普通的花，也应该高格做事，低调做花。

我喜欢大海，每每羡慕东边和南方的朋友可以经常到海边，感受大海的辽阔与深远。当然，作为内陆的北方花，我们也能仰观云海，尽情享受天空的苍茫与辽阔。我的意思是，不要把眼睛仅盯在自己身上，那格局就太小了。

（七）御衣黄选择了"无私忘我，先人后己"

十大名花之七的御衣黄，"啪啪"地拍起巴掌，表示支持，也借机表达了自己的选择：

听了以上各位哥哥姐姐们的发言，很受教益。我一直把自己定位为普通花，所以我选择一个普通人的视角，想要表态自己要做一个君子，或者用老百姓的话说就是做一个好人。

什么样的好人呢？听我讲一个当代君子的故事吧，这就是备受尊敬的季羡林先生。大家都知道他替学生看行李的事，就是有一年新生报到时，恰逢季先生路过那里，一个愣头青新生看到穿着蓝布衣裳、黑布鞋的老人家，把他当作一位工友了，竟请他帮忙看一下行李，然后就匆匆忙忙离开了。季先生果然就守在那里，帮忙看了半天，直到那愣头青回来了才离开。在第二天的全校迎新大会上，那愣头青看到前一天帮他看行李的老人家坐在主席台上，才知道他竟然是北大副校长季羡林。

这种克己忘我、一心为他人着想的事，在季羡林先生的人生中还有很多，他就是具有君子情怀的人，有时简直做到了圣人的高度。我承认自己达不到他的境界，但我愿意学习这种精神，"毫不利己，专门利人"，这是中华民族所倡导的美德，我愿做这样一朵中华牡丹花。

（八）青龙卧墨池选择了"孝慈爱幼"

十大名花之八的青龙卧墨池，接着上面的话，也表示自己想生活在普通人中，做一朵普通的花，孝慈爱幼，愿为提高人们的幸福感，献上一点绵薄之力：

现在我们中国的老年人比例越来越高，北京市户籍居民的平均寿命已达82.47岁，60岁以上常住人口总量已达400多万人，占常住总人口比例已超过20%，百岁老人逐年增加。我多次看到，70多岁的儿女推着轮椅，带90多岁、100多岁的父母去医院看病，他们这一代尽孝心做得还是不错的。但我却很少看到二三十岁的儿女陪六七十岁的父母上医院，原因可能是他们太忙，正是需要拼搏事业的时候；也可能是他们的父母觉得自己还行，不愿给儿女添麻烦。不过我要弱弱地说一句，我想通过自己的孝行率先垂范，比如老人摔倒了，我要伸手去扶一把；他们过马路畏惧时，要搀着他们慢慢走；要帮忙拎起他们拎不动的东西；他们在公共场合弄不好手机时，要主动上去帮帮忙；开车遇到他们时一定要主动礼让……

孟子给梁惠王讲解如何做一个仁义君王的时候，就讲到"老吾老，以及人之老；幼吾幼，以及人之幼"，几千年来，这句话成为中国人世代遵循的经典名句。我觉得现在的年轻人在爱幼上做得很好，我愿助他们在孝慈方面接续传统，继续发扬光大。

（九）醉酒杨妃选择了"和睦邻里"

十大名花之九的醉酒杨妃，难免让人联想到杨贵妃，当年她"回眸一笑百媚生，六宫粉黛无颜色"，独得唐明皇的专宠之后，变得骄奢淫逸、骄横跋扈，最终招致了"宛转蛾眉马前死"的结局。现在我们的醉酒杨妃牡丹花可完全不是这般心性了，她说：

我想说一说人际关系方面的事。我小时候住在北京的一个大杂院里，那时父母都是双职工，我们家的钥匙就放在邻居王奶奶那儿，有时候父母下班回来晚了，我就在王奶奶家蹭吃蹭喝，王奶奶也不拿我当外人，我犯错时就教训我一顿。不仅是我，我们院儿里凡双职工家庭的钥匙基本都放在王奶奶、张奶奶、李奶奶家里，孩子们都在这些奶奶们家里蹭吃蹭喝。那时自行车还是珍贵东西，有时一个孩子骑出家里的自行车，全院的孩子都轮着骑。滚铁环、踢球、抓拐、跳皮筋也都是孩子们一起玩……我很怀念那时的邻里关系，和睦、亲热，像是一个大家庭。可惜后来搬进楼房以后，这种关系被各自单元的防盗门隔开了。

我很不甘心，就主动做一些和睦邻里的事，人心都是肉长的，其实家家户户也都是这么希望的。可惜我们小区楼太多了，楼层太高了，住户也都不是一个单位的，还经常换，所以我熟悉的邻里很有限，有时我就到街道居委会去帮忙，做一些力所能及的事。有时候碰到一些摘花折柳的事，我也批评一下，大部分人都能接受，我也就算了，下次碰面还是好邻居。可也有素质非常差的人，蛮不讲理，还骂骂咧咧，我也不跟他们急，毕竟十个指头不一般齐，人的生长环境不同，所受到的教育也不同，就像叶子有黄的也有绿的，花朵有大的也有小的。

不过要叫我说，加强教育，提高文明程度，还是有必要大力抓起来的。兄弟姐妹们，咱们也都尽一份绵薄之力吧！

（十）白雪塔选择了"众志成城"

十大名花之十的白雪塔，听完后也站起身，接着做了一番慷慨激昂的发言，振奋了全体与会者：

> 作为大会最后的发言者，谢谢诸位把最好的一个话题留给了我。说起中国的民族素质，近年来批评的声音颇多，因为确实有相当一部分国民的素质较差，最招人恨的就是损人利己。我认为批评是有必要的，正如孔子所说的："见贤思齐焉，见不贤而内自省也。"
>
> 一度，我自己也有点沮丧，信心不足。但在这场与新冠肺炎病毒的大战斗中，我看到了深埋在中华民族心灵和躯体中的力量，这是众志成城、催人奋进的力量，显示和预示着我们大中华自立于世界的辉

煌前景！

泪奔！当我看到一位位不同性别、不同年龄的医务人员，急匆匆地奔赴抗疫现场，他们的身后，是被自己果断舍下的小家和亲人；他们的前面，是不可知的巨大危险……

泪奔！当我看到寒风中、酷暑里，从上至国家领导人，下到最基层的居委会干部，一级级工作人员坚守在抗疫第一线，领导和指挥着民众决绝行动，誓把病毒阻挡在国门、省门、市门、区门、镇门、村门和街道门外……

泪奔！当我看到就连我们的孩子，甚至是三四岁的幼儿，也不哭不闹，全副武装穿起隔离服，独自走向隔离车，那小小的身影，是那么的刚强和勇毅……

泪奔！当我看到在突然被封控的小区里，猝不及防的邻居们展开自救，你给我送来一把米，我给你递出一个土豆，他给我们拎来两桶饮用水……

泪奔！当我看到空荡荡的大街上，一位位快递小哥在风驰电掣地与时间赛跑，不仅把人们需要的物资送来了，也把战胜大疫的信心点燃……

泪奔！当我看到一个个解封的小区和村庄里的人们涌出家门，欢呼雀跃，互相拥抱，泪流满面，庆贺胜利……

在祖国的大江南北、村村寨寨、山山水水，这一幕幕众志成城的画面，一再上演……我一次次热泪盈眶，我看到了中华民族的伟大精神底蕴原来是这样的深厚和不可战胜！

（十一）作为大会主持人，我的结束语

"哗——哗——哗——"白雪塔说得太棒了，会场里响起了经久不息的掌声，我看到每朵牡丹花的眼睛里，都闪烁着晶莹的泪光。今天各位牡丹花的发言，都十分精彩，不愧为十大名花，它们不仅有出众的花貌，而且文化水平高、见解深刻，基本上把中华民族的文化精神全面梳理了一遍。作为大会主持人，我没有什么要补充的了，就献上一篇散文诗，来表明自己的心迹吧：

我愿意成为一颗晨星，吹响唤起宇宙天地醒来的号角
我愿意成为一缕阳光，为万物生长提供源源不竭的热能
我愿意成为一朵红霞，挽起所有夕阳红的手臂
我愿意成为一轮明月，照亮普天下花好月圆的美景
我愿意成为一丝清风，将百花的芳香吹遍世界的各个角落
我愿意成为一片雪花，让纯洁的晶莹感动每个人的心田
我愿意成为一座高山，鼓励有志者不断向上攀登
我愿意成为一泓大海，用无垠的胸怀开阔更广大的视野
我愿意成为一枚绿叶，使世界充满葱茏的绿意
我愿意成为一粒稻米，争取年年五谷丰登
我愿意成为一个逗号，永不停歇地续写辉煌
我愿意成为一个句号，每天都去完成一篇新变化的报道
我愿意成为一首诗歌，唱响时代的洪钟大吕
我愿意成为一篇文章，写出生活的丰厚与内涵
我愿意成为一颗大心脏，为需要的人排忧解难
我愿意成为全能的花神，为提高全人类的幸福指数竭尽所能

三

我真是没想到，大会在"云"上，也能取得这么圆满的成功。

百年一度的"牡丹高峰论坛"，让国色天香的牡丹们找到了一个直抒胸臆的机会。看得出来，它们的思考很深，且已久蓄在胸，今天终于借此机会说了出来。可惜因为时间的关系，只能择其精要说一个观点，大会若能开个十天半个月，让它们说个痛快淋漓，该有多好！

想到此，我是激情难抑、欲罢不能。于是，我们临时动议，邀请花团锦簇的牡丹花众们，一起去登上万春亭，去观览今天的北京城胜景。

万春亭是景山公园最高的亭阁，建于乾隆十五年（1750年），位于景山五座亭子最中央，正好站在北京南北中轴线的中心点上，也是北京城的城市中心点。亭内供奉着毗卢遮那佛（大日如来佛），即释迦牟尼佛的法身。原供奉于

此的佛像高 6 米，为铜质精雕，法相庄严，当年被八国联军严重损毁。现佛像重塑于 1998 年，政府还启动了贴金工程，将薄如蝉翼、共计 650 克的金箔贴到佛像表面，使佛像金光闪闪，更显端肃。

这是在北京众多盛景中，我认为最美的一个观览地，我曾给无数朋友和读者推荐过：前有气象森森的紫禁城、天安门，后有端庄肃穆的钟鼓楼、地安门，东有轰轰烈烈的北大红楼、五四广场，西有红墙绿波的北海公园、中南海……一条神龙见首不见尾的中轴线，风云际会，连接着北京城的一条条大小神经与血脉，展现着数百年的京城发展史，还将无数为国为民的英雄人物拥抱在怀中，将中华民族的优秀精神薪火相传。

抬望眼，天空澄澈，碧蓝如海，艳阳金黄，天空晴朗得没有一丝云彩，像一面巨大的魔镜在讲述着大地上的各种故事。远凝眸，奇迹出现了，我突然感觉脚下的万春亭变成了一只聚宝盆，我和花团锦簇的众牡丹站在聚宝盆的正中央，眼见着远处连绵不绝的西山群峰、近端鳞次栉比的现代后现代大厦，还有一条条胡同、一道道大街、一座座机关学府、一家家商贾店铺，以及忙碌的、欢快的、悠闲的、像蜜蜂般勤劳工作的人们……他们和它们，全都在呐喊着、高歌着、欢呼着、跳跃着、涌动着，向这中心奔跑过来！

这是电影蒙太奇吗？不，不是，分明是生发在我眼里、心中的实实在在的宏大叙事。

众牡丹欢声雷动，纷纷拼命地摇动花枝，抛出五彩缤纷的花瓣，扬起一轮又一轮精彩绝伦的梦幻花海。

我说："且慢，北京中轴线这条充满激情的巨龙，还在蓄势待发的准备当中。"

"准备什么？"

"申请世界文化遗产。"

2006 年春花烂漫时，我曾应"中国南方喀斯特"申遗机构邀请，带领着包括人民日报社、光明日报社、经济日报社、新华社、中新社等首都十余家重磅新闻媒体组成的采访团，到黔东南荔波县，帮助申请"世界自然遗产"，到当年秋果累累压枝时节即获得了圆满成功。这回申遗是在自己的家乡，当然更是在所不辞。我们东城作家协会全体会员一定披坚执锐、倾尽全力，助力申遗成功，让北京中枢的这条中华巨龙高高地腾飞！

"噼——啪，噼噼——啪啪！"这是什么声音？哈，是所有大大小小、花花绿绿的牡丹们，都涨红了自己的花容月貌，在用劲儿鼓掌。

好啊，让我们团结一心，奋力拼搏，奏响时代的洪钟大吕！

（作者为中国作家协会第九届全国委员会委员、东城作家协会主席）

天安门前留个影

杜 染

在北京中轴线上，每一座建筑都像一颗璀璨的明珠，承载着历史的沧桑，辉映着时代的光彩，而天安门及其周边建筑，则是位于中轴线中心的、最硕大最耀眼的那颗明珠。

天安门是我们伟大祖国的象征，以其雄伟壮丽的姿态巍然屹立在世界的东方。天安门城楼上悬挂着毛主席像代表着全国各族人民对中华人民共和国开国领袖的无比敬仰，毛主席像两侧的标语"中华人民共和国万岁""世界人民大团结万岁"是新中国向世界传达的和平、友好之声，为天安门赋予了崭新的内涵。从举国欢庆的开国大典、国庆盛典，到庆祝中国共产党成立100周年大会，天安门穿越历史风云，既古老又年轻，英姿勃发、灿烂辉煌，向世界展示着中华民族的气韵与风采，见证着新中国的成立与发展，倾听着新时代昂首奋进的雄沉足音。

天安门是全国人民都向往的地方，天安门广场及周边建筑组成了一个错落有致的整体，不仅是建筑美学的典范，更体现了"人民至上"的社会主义意识形态的主旨。天安门广场及人民英雄纪念碑、毛主席纪念堂、人民大会堂、国家博物馆、北京市劳动人民文化宫、中山公园、故宫等，既是国家举办重大活动的场所，也是人民群众日常生活和节日中的活动场所。昔日的皇家禁地，变成了人民实现政治和文化权利、共建共享的公共空间。

我想，对于每一个中国人来说，应该没有人不知道天安门，即使没有到过北京，也应该在央视新闻联播节目中看到过天安门，或听说过天安门，想象过天安门的样子。我上幼儿园时学唱的第一首歌就是《我爱北京天安门》，也一直记得老师让我站起来给大家唱这首歌时的稚嫩与紧张。那时对天安门还没有近距离接触过，还没有见过天安门，只是在心里充满想象和向往。随着年龄的增长，对于生活和工作在北京的我来说，已经记不清多少次经过天安门前，我也曾登上天安门城楼俯瞰金水桥、长安街和天安门广场，多次到天安门广场或参观游览，或参加群众文化活动。对于在天安门前留影，我想这也应该是每一个到过北京、到过天安门广场的人的一大心愿。但这个愿望需要有照相机，现在当然不成问题，用手机就可以随时拍摄，但在照相机还是普通百姓日常生活中属于奢侈品的年代，这个心愿并不是每个人或每次来都能实现的。我在刚上初中时，第一次一个人从通州骑着自行车到天安门广场游玩并看完降旗才回家，当时没有照相机，就没有留影。后来自己有了照相机，拍照就便利多了，有几次在天安门前的留影至今还能记得。

20世纪80年代，我在通州读书，学校在课余时间为住校的学生开设了多个艺术门类的兴趣班，由本校老师授课，我报了摄影班、音乐班、书法班。其中在摄影班不仅学习基础的摄影知识和技能，还学习冲洗胶卷，我还自制了在暗房里使用的曝光灯箱，自己冲洗胶卷、洗印照片。当时我是在位于天安门广场东南角的一个大商场里买的海鸥牌照相机。那个年代，一名普通学生能有一架相机是非常少见的，用这架相机，我为家人、同学、老师拍了不少照片，其中就包括到天安门广场拍照。记得有一次是老师和我们几个同学一起从通州骑车到市区，在天安门广场我给每个人照了相，整卷胶卷用完后，我到王府井大街的中国照相馆去冲洗，由于胶片尺寸大，当时的冲洗费对我这个学生来说简直是天价，但既然兴致勃勃地拍摄了，也只好洗出来为此行留个纪念。

20世纪90年代初，我刚参加工作，假日里乘坐公交车带着母亲、妹妹、表妹和侄女一起到天安门广场参观游览。母亲应该是第一次到天安门广场，母亲年轻时曾由父亲带着到位于崇文门内的同仁医院看过病，虽然天安门近在咫尺，但因受病痛折磨，看病要紧，哪还有心思去看天安门呢？我们一行人到了天安门广场后，我带着她们参观了人民英雄纪念碑，排着队到毛主席纪念堂瞻仰了毛主席遗容，在天安门广场和天安门城楼下石狮子前都拍了照，还到故宫前和王府井大街逛了逛。我给母亲在天安门广场拍的照片至今有一张还放在我

图 / 天安门
赵瑞 / 摄

书桌上的玻璃板下面，母亲已经不在了，但有这张照片陪伴着我，我还能回想起拍照时的情景，可惜这些时光一去不复返了。

21世纪初，女儿已经出生了，当时我们住在崇文门外的花市上头条胡同，离天安门很近，假日里我们一家三口骑着自行车到天安门广场游玩，我抱着女儿在天安门前留了影，还能想起女儿当时稚嫩的小脸和眼神，转眼间现在她都快大学毕业准备考研了，我也人到中年。

我从事的是群众文化工作，在天安门前曾先后参加过庆祝香港回归祖国、澳门回归祖国，北京申奥成功首都各界群众联欢活动，庆祝新中国成立50周年、60周年的首都各界群众游行和群众联欢活动以及群众游园活动。在活动中有时是没有条件也无暇拍照的，有时也会有机会用相机留下工作中的瞬间。那些工作的场景还留在脑海里，记得我们和群众一起在天安门广场庆祝香港回归、澳门回归的喜悦；记得在北京申奥成功之夜，广场上的所有群众一同高唱

《歌唱祖国》的欢乐情景；记得在国庆50周年群众游行活动筹备工作中为了安排游行队伍集结，我们深夜在长安街上对行进位置进行丈量；记得我们负责的几个彩车从设计、制作到游行、展示的整个过程中亲身参与的日日夜夜；记得我坐在因受彩车装饰遮挡而视线有限的驾驶室内，行进在游行队伍中间，提示着司机开着彩车从天安门前驶过，接受检阅；记得国庆60周年时和群众联欢队伍一起在天安门前欢歌起舞的不眠之夜……我们在活动中代表首都各界群众表达着对祖国的无比热爱，抒发着内心的喜悦之情。在这些群众文化活动中，有时也留下了自己的工作照，有的照片是我站在集结时的彩车前拍摄的，有的是我在群众联欢活动中或活动结束后在天安门广场拍的工作照、纪念照，这些照片留下了我和同志们在天安门前工作的身影，也留下了我和首都各界群众一起饱含深情祝福祖国、歌唱祖国的美好时光。

　　天安门前留个影，一个个鲜活的表情、一份份真情的祝福，在瞬间中化作永恒。我们的表情汇集到一起，像一幅幅流动的画卷，映射着时代的表情。天安门广场上万众欢腾、高歌起舞的表情凝结在一起，深情似海，映射着祖国繁荣昌盛、人民幸福安康的表情。你、我、他，我们大家的表情通过一幅幅照片定格在天安门前，又传递到千家万户、五湖四海。这是在中轴线上、在天安门前铭记下的一个个人生中的美好瞬间。

　　天安门前留个影，带着喜悦，带着神圣，带着庄严，是一份留念，也是一份象征，记录下难忘时光、人生瞬间、家国情怀，身心永远与祖国紧紧地连在一起。

（作者为北京市文化馆副研究馆员、东城作家协会副主席）

三上钟鼓楼

李 强

北京胡同里长大的孩子，都对钟鼓楼有着特殊的情感。我出生在东直门，如果赶上好天儿，站在东直门大街上往西边看，映入眼帘的一准儿是鼓楼那高大的身躯，给鼓楼做背景的一定是剪影一般的西山。这时候，恰巧蓝天上飘来一片白云，一群信鸽大约有几十只，在白云边自由地飞翔，耳边传来阵阵委婉如歌的鸽哨声。鼓楼镶嵌在黛山之前，配上蓝天、白云、飞鸽，您说像不像一幅美丽的画卷？那真是美极了！细想起来，我曾经三次登上钟鼓楼，每次都在不同的社会背景下，每次都有不同的感觉与收获，每次都给我留下了深刻的印记，让我永不能忘。

一

那是1965年春天的一个下午，天清气朗，在家憋了一冬的爷爷对我说："孙子，我带你去鼓楼拿个弯儿怎么样？"北京人把出去玩儿常常轻松地说成"拿个弯儿"。我大声地说："我要吃糖葫芦。"我知道鼓楼前是个热闹的地方。爷爷和我乘107路无轨电车直接到鼓楼，下车后，爷爷先给我买了一串糖葫芦，然后对我说："走，咱们去钟鼓楼转一圈。"这是我第一次走进钟鼓楼。

据史料记载，钟楼高近50米，底层基座的四面均有门，内设75级石阶，沿阶可上二层的主楼。主楼面阔三间，上有黑琉璃瓦绿剪边覆顶，下有汉白玉须弥座承托；四面分别开一座门，门的左右各有一座石雕窗，周围环绕着石护栏。钟楼的正中立有八角形的钟架,钟架上悬挂着一口刻有"大明永乐吉日"几个字的大铜钟。钟高 7.02 米,直径 3.4 米,重 63 吨,是中国现存体量最大、分量最重的古代铜钟,有"钟王"之称。据史料记载,它的声音悠远绵长、圆润洪亮,可以传播数十里远。

走进钟楼大门,沿着台阶爬上二楼,我就看到了一口大钟,对于我这个不到十岁的少年来说,这口大钟就是个巨无霸,我站在钟下,仰面朝上才能看到大钟的顶部。

爷爷拉着我的手说道:"看见这口大钟了吧,这里面还有一个传说呢。"我咬了一口糖葫芦,问:"什么传说?""传说钟楼原有一口铁钟,但声音不够洪亮,传得不远,于是皇帝下令召来最有名的铜匠华严来京负责铸钟。一年两年三年过去,铜钟仍然没能铸好。皇帝发怒了,杀了管事的太监,并说,如果 80 天内再没有铸好大钟,全体工匠将被送到菜市口斩首。华严为了铸造好这口大钟,耗尽了心血,这天他回到家里,仍然不停地念叨着,说铸不成大钟一定是缺什么东西。这句话让他的女儿华仙听到了。为铸钟的事儿,她也琢磨了好多日子,看见父亲日渐消瘦的脸庞,华仙忙上前说道:'爹,我想是不是因为火候不到?'华严一听感觉有道理。不过,怎么才能提高炉温呢?女儿说:'我有办法,铸钟那天您带我去吧。'到铸钟这天大小官员都到齐了,工匠们烧呀烧,但炉温仍然上不去。华严无奈地坐在了地上,看来这一炉铜水又报废了,就在这时,华仙突然从人群里飞奔出来,她穿一身红袄红裤,脚着一双绣花小红鞋。只见她冲到炉边,纵身跳进炉去。华严一把没抓住,只抓住一只绣花小鞋。这时候,炉火瞬间沸腾,华严忍着悲痛下令铸钟,铜钟终于铸成了。为了纪念这位为了铸钟而献身的华仙,人们尊称她为'铸钟娘娘'。"我当时不到十岁,看着大钟,听着故事,起了一身的鸡皮疙瘩,不能想象,一个女孩子,怎么能够飞身投火铸成铜钟,至于传说的意义是什么,我更不明白。我拉着爷爷的手,嘴里含着糖葫芦跑下了钟楼。

鼓楼和钟楼高矮差不多,但是鼓楼显得更加厚重。楼体面阔五间,形制为灰瓦绿琉璃剪边屋面,从外观上看它是一座两层的建筑,楼台东北隅有一门,门内有石梯 69 级,由此登楼。鼓楼内有一面大鼓,鼓高 2.22 米,长 2.25 米,腰径 1.71 米,鼓面直径 1.40 米。八国联军入侵北京时,钟鼓楼中的文物遭到

图 / 钟楼
赵瑞 / 摄

了破坏，建筑幸免于难。民国年间钟鼓楼对外开放，民国十三年（1924年）鼓楼改称明耻楼。1957年钟鼓楼被列为北京市市级文物保护单位。1984年政府拨款重修钟鼓楼，随后它们作为具有展览功能的文物建筑，得到了保护和利用。1996年，钟鼓楼被列为全国重点文物保护单位。

鼓楼没有像钟楼那样的传说，爷爷扶着鼓楼的大鼓，讲了一个燕子李三劫富济贫的故事。相传，河北人李三，专门偷窃有钱人家的钱财送给贫苦人家，每次偷盗得手，都要留下一只纸叠的燕子，时间长了人们便给了他一个绰号"燕子李三"。有一次，李三偷了民国段祺瑞执政府的东西后便把它们藏在了鼓楼上，之后的几天，李三就陆续将东西扔在穷苦人家的门口。

我问爷爷："您见过李三吗？他长什么样？"爷爷说："我没见过，可穷人都喜欢他，所以传说就很多。"我说："那您再讲个真人真事好不好？您见过的。"爷爷笑着说，还真有真人真事。接着他就讲了我叔叔当地下党，在鼓楼接头的故事。我父亲这一辈是哥俩姐俩，1946年的一天，正在读书的叔叔突然失踪了，急得爷爷奶奶像热锅上的蚂蚁一样慌了手脚。学校同学都不知道叔叔去哪里了，我姑妈认为是让抓兵的带走了，当时东单那一片有个新兵训练点，我姑妈到门口又哭又闹，当官的实在受不了了，就放姑妈进去自己找，结果也没有找到。过了没几天，我家的院子里有了一张纸条，上面只有几个大字——放心，一切都好。那是叔叔的字，没有上下款，这时候家里才知道叔叔一定是干大事去了。原来，叔叔上学时就加入了共产党，这次是组织派他到唐山做地下工作。未想到，当地的党组织出现了叛徒，为了保护大家，叔叔只身吸引敌人，遭到特务追杀，藏在破庙里三天三夜，后来抽身徒步走回了北京。我妈还记得那一天夜里，一只黑手捅破了窗户纸，家人打开屋门后，一个人便摔进屋里，我父亲一看，正是我叔叔。叔叔胡子拉碴、头发凌乱，在家躺了三天，到第四天，叔叔理发洗澡，穿上学生装，又是一个俊朗少年。爷爷说："你叔叔就是穿着学生服到鼓楼和党组织接头，在这张大鼓前，一个算命的老头和叔叔接上了暗号，派给了叔叔新的任务。可以说，这鼓楼是叔叔革命经历中的加油站，这张大鼓就是叔叔革命精神的见证人。"

我家出了两个参加革命的老党员，一个是我的三爷爷，也就是我爷爷的弟弟，他当过红军，另一个就是我的叔叔。新中国成立后叔叔从事关于航天火箭方面的工作，在一次次试验当中，他的身体受到损害，54岁时叔叔就去世了。在我的心中，叔叔就是一个大英雄。为了人民的解放事业，16岁的少年离家出走追随革命，多次死里逃生，始终不渝坚守信仰，直至献出生命。后来我才知道，叔叔所在的那个研究所，13位党员中有12位为航天事业牺牲了，我坚信这13位都是人民英雄。

这就是我第一次上钟鼓楼听到的三个故事，一个是神话，遥远而神秘、悲壮而凄凉。铸钟娘娘飞身投火，成就了大钟的永恒与成功，也侧面反映了很久以前大国工匠的执着与献身精神。另一个是传说，燕子李三的壮举，新奇而刺激，富有侠义精神，也是千百年来为百姓所期盼的人物，反映出那时的人们把改变人生的愿望寄托在一两个人的身上。第三个故事真实而感人，它反映出共产党人具备的献身精神，他们不忘初心、信仰永存，叔叔代表的是千千万万优秀共产党人的形象。

二

我第二次爬上钟鼓楼是在那个动荡不安的 1967 年。当时学校早已停课，我们这些胡同里的孩子成帮搭伙地四处游荡，哪个院子的枣儿红圈了，哪儿就是我们的游乐场。那年秋天，一条胡同里的枣树都被我们这些十几岁的孩子扫荡干净了。

小九跟我最要好，他家孩子多家里穷，于是他的兄弟姐妹就都有了副业，有往家捡砖头的，有往家捡煤核的，有在家糊纸盒的，小九负责捡烂纸。

有一天，我刚吃完饭，小九就探头探脑地叫我出去。我问去哪儿玩，他说，鼓楼墙上贴满了大字报，一层又一层，可厚了，揭下来准保卖一个好价钱。小九看着我，我想看看大字报上写的是什么，于是我俩一拍即合。我家离钟鼓楼只有六站地，我和小九走着去。

小九只要看到废纸就兴奋，他有专门的工具——一辆由四个轴承做成的小平板车，车前部有个铁环，铁环上拴着一根麻绳，拉着麻绳往前走，四个轴承就发出哗哗的声音，离老远都能听见。有一回，在天安门广场上召开万人群众大会，声讨美帝国主义。大会结束后，满地都是垫在屁股下面的报纸。小九就在小轴承车前面系上一根木棍，木棍就像一个小孩儿伸出的两条臂膀，小九推着小车往前跑，两条"臂膀"收拢着地上的纸张，一会儿就收了一大堆，他把废纸塞在麻袋里，继续往前跑。那天晚上小九收获颇丰。

鼓楼南面的院墙上贴满了大字报，还有人踩着梯子，继续往上粘贴。大字报前面站满了人。小九拉着我的衣襟把我拽出人群，说："这么多人看着也没法去撕大字报呀，咱们先到钟楼上玩一会儿吧。"我们爬上钟楼，窄窄的楼梯上布满了尘土，这是好多天没有人打扫了。我们在昏暗的钟楼上往下看，只见雾茫茫的一片，顺着钟楼的垛口向东望去，只见低矮的平房院子里倒是有缕

第二辑 | 岁月融情

图 / 鼓楼
赵瑞 / 摄

缕的炊烟,那是人们生活的地方,显示出人气浓浓的,让人感觉安详、舒服多了。

很晚了,看大字报的人都散去了,我和小九从鼓楼上下来,趁着没人的时候,把一层又一层的大字报撕下来,叠放在轴承车上,拉起车赶紧往家跑。小九说,可以卖两块钱呢!我回头看去,那红色的鼓楼院墙已经变得斑驳陆离,一条条用糨糊刷过的痕迹,像人身体上的一条条鞭痕一样瘆人,红的黑的白的灰的掺杂在一起,我想那一定是鼓楼最悲惨的时刻,我想起一个词——体无完肤,不禁心生恐惧,扭头就跑,把小九远远地甩在后面。第二天,人们传说,头天夜里有一个人从鼓楼上跳下来了,眼镜被摔得粉碎。

这次钟鼓楼之行,像一道抹不去的阴影一般,深深地印刻在我的脑海里。鼓楼啊,你身上的条条伤痕不正说明着一切吗?我感到心痛,痛了很多年。

三

  我第三次登上钟鼓楼是在 2021 年的秋天，这时候，我们国家已经走进了改革开放的新时代，日新月异的新北京带给人们不断的惊喜。中轴线申遗工作已经如火如荼地开展起来，钟鼓楼作为中轴线上的两颗明珠也焕发出了别样的风采。

  在我的心里，鼓楼高大威武、庄重威严，历尽艰辛其志不改，受尽折磨稳如泰山，有男人的胸怀、壮士的气魄，说起话来也是瓮声瓮气，传播甚远。而钟楼婀娜多姿，容颜柔美动人，七百余年多劫难，一朝舒展俏京城，呈现出少女的风姿、美妇的体态，唱起歌来亦是声如莺啼、清新悠远。

  和几十年前我第一次登上钟鼓楼时有什么不同呢？我问自己。首先是时代不同了，一个富强民主强大的时代到来了，我国的经济总量已经跃居世界第二，脱贫攻坚已取得决定性的胜利，中国再也不是那个积贫积弱的国家了。站在鼓楼上放眼望去，只见道路上车水马龙，人们的精神状态与以前不一样，走路的状态也不一样了，好时代就有好状态，让人感觉心旷神怡。其次是年龄不同了。我第一次爬上钟鼓楼时还不到十岁，小屁孩儿一个，听一个神话传说都觉得害怕。如今我已有六十多岁，到了含饴弄孙的年龄，心智更成熟，看得更遥远，想得也更广阔。最后是思想、学识、经历都不一样。我当过知青下过乡，当过工人学过徒，上过大学读过书，搞过企业经过商，做过主任在官场，写过小说和文章。小的时候两片烤干的窝头片就是一顿早点，连窝头片都没有的时候我就干脆饿着肚子去上学。插队时，夏天的骄阳把脊背晒得几天就脱一层皮；冬天我们穿着棉袄，迎着大风整治河滩，那时的口号是——白薯豆面汤吃饱了战沙荒。在官场上我也经历过失意与挫折。这些历练，使我对面前历尽沧桑的钟鼓楼有了更深的理解、更多的体贴和更多的眷恋。

  钟鼓楼是中轴线上的两颗明珠，更如历经数百年风雨的老人。有时候我就想，它们目睹过狂风暴雨、雷鸣电闪、地震火灾、大旱瘟疫；它们经历过朝代更迭的暴风骤雨，感受过政权争夺的腥风血雨；它们见过侠客义士的英勇，感叹过戊戌君子的悲哀；它们听到过有识之士的呼喊和贫苦百姓穷困潦倒的呻吟；

它们目睹了国民党的腐败，看到了中华民族的新生。因此，我们说它们身上每一处都隐藏着无数的故事，它们发出的每一声叹息都是一部编年史也不为过。

我站在钟鼓楼旁边和他们聊天谈心，仿佛每一块砖、每一级石阶都有 360 个故事，讲不完、听不够。

北京钟鼓楼始建于元代至元九年，也就是 1272 年，算起来，至今已经有整整 750 岁了。可是你看，钟鼓楼老了吗？没有呢，腰杆倍儿直，正当年呢，还和刚建成的时候一样美丽帅气。我想，这是新时代让他们焕发了青春活力。十年前，7.8 公里长的中轴线申遗成为北京历史文化保护方面的重点工作。东城区开始建设中轴线上的钟鼓楼广场，要呈现出明清时期的古朴风貌，突出古都独一无二的历史文化资源优势。为了建设钟鼓楼广场，政府对钟楼湾胡同东西两侧的入口进行疏解，经过不懈的努力，如今这里已经成为钟楼和鼓楼之间的金丝带，也成为市民休闲徜徉的好地方。

广场上有三十几位学生正在听老师介绍钟鼓楼，年轻的女老师，梳着马尾辫，高声说道："同学们，这钟鼓楼是干吗用的呀？是告诉人们按时间安排生活的呀，就像我们的上课铃一样。"时间这个概念不断被老师强调着。是啊，晨钟暮鼓，一直到 20 世纪 20 年代北京城都是通过这钟鼓二楼的报时指导着城门开闭、官员上朝、农工劳作和市民生活。人的一生，出生有时辰，亡故有钟点，谁能离得开时间呢？细想起来，时间就像人的影子一样，跟随人的一生，形影不离。我看着年轻女老师的马尾辫在不停地晃动，像一架大钟的钟摆。我想，这钟和鼓代表的时间到底是什么呢？

钟楼说，时间是长江的江水，圣人说过"逝者如斯夫，不舍昼夜"，时间一去不复返。你再有钱也买不来时间，你再尊贵也拦不住时辰，在它面前，穷和富，贵与贱统统都是一个待遇。就像它每天敲的钟声，人人都在听，听过了就永远过去了。

鼓楼说，时间就是生命，没有生命时间就没有意义，每一个人是这样，一个国家一个民族也是这样。秦始皇统一六国后，谁还知道那六个国家现在怎么样了，时间在那一点上便终止了。它的大鼓被侵略者划破以后就不能出声了，那也是生命终止了。

钟楼说，时间是财富，人的一生都在积累和创造财富，财富改变我们的生

图 / 钟鼓楼
赵瑞 / 摄

活，时间没有了财富也就消失了。

鼓楼说，时间是力量，在战争中抢占有利地形就说明了这一点，早一步则胜，晚一步则败。

钟楼说，时间是衡量是非曲直的尺子，风物长宜放眼量，让时间证明一切说的就是这个意思吧！时间是最好的试金石。

鼓楼说，时间是山中的清泉，用它冲刷灵魂的污垢，能够浴后重生，用它洗涤生活的伤口，可以轻装前行。

钟楼说，时间是号角，它激励我们快步前行，追赶人生的目标。不要少壮不努力，老大徒伤悲。

鼓楼说，时间是一轮明月。举头望明月，低头思故乡，时间真的是一种乡愁。

钟楼说，时间是一杯清茶，茶香四溢，平静如斯，连灵魂都是透明的。

鼓楼说，时间就是最深情的爱，时间越久爱意越浓。

钟楼说，时间就是反思，反思才是历史进步的动力，只有反思才会使历史上的悲剧不会重演。

鼓楼说，时间就是信仰，要相信未来会越来越好。

…………

梳着马尾辫的年轻老师带着孩子们朗诵着伟人的诗句，诗句传入耳中，传入灵魂，"一万年太久，只争朝夕"。童声清澈透明、干净明达，这不就是对时间最好的认知吗？我知道了，时间是万众的希望，是伟人的理想，是时代的强音，更是奋斗者的号角。

感谢钟鼓楼！

（作者原任职东城区东二环建设管理办公室，现为北京作家协会会员、东城作家协会会员）

中轴线上展风采

秦景棉

阳春三月，草长莺飞，京城所到之处，满眼花开，满眼新绿，置身在充满生机的春天里，人仿佛一下子年轻了许多。我健步登上景山公园的万春亭，站在这里俯瞰全城，金碧辉煌的古老紫禁城与现代化的北京城新貌尽收眼底。

景山公园地处北京城的中轴线上，占地23公顷，南与紫禁城的神武门隔街相望，西邻北海公园。我站在那块圆形铜牌上，向南看，是故宫全貌，向北看，钟鼓楼赫然入目，并且可以一直看到北京奥林匹克塔。我是专门来观望中轴线及其沿线建筑的，心灵又一次受到强烈的震撼！

中轴线是北京老城的灵魂与脊梁，从永定门到钟鼓楼，长约7.8公里，是古都北京的中心标志，也是世界上现存最长的城市中轴线。经过50多年的变迁，今日的中轴线从南苑至北京奥林匹克公园已长达25公里，成为世界大城市规划建设中独一无二的精品。

眺望中轴线，我不禁思绪万千，往事一件接着一件，像玉色蝴蝶扑闪着翅膀，从昔日的岁月中翩然而至，飞到眼前。

一、中轴路上传火炬

2008年8月6日，天气异常闷热。那天，我作为北新桥街道365阳光驿站的工作人员，作为一名"第29届奥运会火炬接力观众志愿者"，按照规定时间，提前来到中轴路。

令我震惊的是，许多观众比我们到得更早。中轴路上已是人山人海，来观看奥运火炬传递的人们，一个个挥动着国旗，不时爆发出"中国加油""奥运加油""北京加油""东城加油"的呐喊声。映入眼帘的是一张张兴奋、激动的面孔，很多人脑门上、面颊上贴着奥运五环标志，激动得又蹦又跳。

从 1908 年中国人第一次提出申办奥运的设想，到 2008 年举办的第 29 届奥运会，中国人的奥运梦延续了一百年。如今，13 亿中国人民的久久期盼、华夏儿女的百年梦想终于实现了，怎不叫人欢呼雀跃！耳边的欢呼声像大海的波涛，一浪高过一浪。前来观看奥运火炬传递的人太多了，他们伸长脖子翘首以盼。

不少大人带着孩子，为了从小培养他们的家国情怀和参与意识。孩子们被大人托举到肩膀上，突然"长高"了，视野顿觉开阔，笑得格外灿烂，脸上的汗珠子把五环标志衬托得越发醒目。一个小男孩儿摸着爸爸的脑门说："爸爸，我也要举着火炬跑。"爸爸告诉他："火炬手都是很优秀的人。"男孩儿说："我长大也要做优秀的人。"爸爸高兴地夸他："好样的！"我看着他们父子俩会心地笑了。沿着中轴路向南北方向望去，坐在大人肩膀上的小观众们，成为人群中醒目的一景。

我佩戴着志愿者胸章，站在所管辖的路段上，同其他党员志愿者一起，各负其责，认真疏导着，维持现场秩序。激动喜悦的人们，个个都想看得清楚些，他们在翘首张望的同时，双脚不由自主地向前挪动。为避免观众向路中央拥挤，影响奥运火炬传递，我和其他志愿者手拉手，形成一道拦截线。

来了，来了！火炬手高举着奥运火炬，频频向道路两旁的观众招手致意。无数双热情的目光，齐刷刷地聚焦在火炬上。置身在热烈、宏大、壮观的场面中，融入激动、喜悦、欢腾的氛围里，我深切地感受到，东城人民的热情是那样的诚挚与热烈！群众的支持和参与是那样的有力与广泛！我们同来自世界各地的朋友一起，在中华大地见证奥运圣火的传递，是那样的激动人心！

在这次火炬传递中，有一名火炬手是来自北新桥街道的社区工作者，她叫曹建军。2002 年 8 月 17 日，北京市东城区九道湾社区通过直接、差额选举的方式，产生了新一届社区居委会成员和社区代表会议代表，这是北京市第一次由社区成员直选社区当家人。有同事成为火炬手让我们都感到分外亲切。

随后，观众纷纷同曹建军合影留念，我拿起她的第 173 棒火炬，欣赏着，高举着，庄严地跑了几步，感受着那份激动与喜悦。在这次奥运火炬传递活动中，我们被"更快、更高、更强"的奥运精神鼓舞着，立志做"自信、自强、自尊"的人。这既是奥运精神的原动力，更是奥运精神的境界升华。奥运会不仅是世界性的体育竞技比赛，而且象征着世界和平、友谊和团结。奥运会是集体育精神、民族精神和国际主义精神于一身的世界级运动盛会。其比赛过程不仅反映了一个国家的体育运动水平，而且是一个国家、一个民族综合实力和民族素质的具体体现。奥运精神旨在鼓励人们在各方面不断超越自我，永远保持积极向上的勃勃生机和朝气。

奥运会举办期间，一场场扣人心弦的激烈角逐，一个个精彩纷呈的夺冠镜头，一支支热情高涨的文明啦啦队，不同国度、不同肤色的运动健儿的顽强拼搏……都让我在收看电视转播或在现场观看时深受感动。

2008 年，北京成功举办了一届举世瞩目的奥运会。在这次奥运会上，中国取得总排名第一名的好成绩。

14 年后，2022 年，北京又成功举办了冬奥会和冬残奥会，成为全球唯一一座既举办过夏季奥运会又举办过冬季奥运会的城市。在冬奥会和冬残奥会上中国分别取得总排名第三和第一的好成绩。运动员不断拼搏超越自我的精神，极大地鼓舞了全国人民。

二、天安门前彩球飞

2000 年 6 月 10 日，为纪念毛主席题词"发展体育运动，增强人民体质"发表 48 周年，北京市总工会、北京市职工体育协会在天安门广场举办了一场大型健身球展示活动。我作为东城区北新桥街道健身舞队的一员，有幸参加了这次活动。能够站在天安门广场上，成为健身球表演展示方阵中的一员，我感到既高兴，又自豪。全民健身的队伍在日益普及壮大，这是件令人喜悦的事情。

听，音乐响起来了，歌声清脆、悦耳、动听：五十六个星座，五十六枝花，五十六族兄弟姐妹是一家；五十六种语言，汇成一句话，爱我中华，爱我中华，

第二辑 | 岁月融情

图 / 天安门广场中央的人民英雄纪念碑
赵瑞 / 摄

爱我中华……

　　看，伴随着歌曲，呈现在眼前的，是几千人的健身球表演，一支又一支队伍，统一着装，井然有序，人人春风满面，个个精神抖擞，大家步调一致，挥舞着彩球击打身上不同的穴位，动作干脆有力，姿态矫健优美。无数只彩球上下翻飞，犹如群蝶飞舞，表演队所展示出的全民健身的场面，美极了、壮观极了、震撼极了！

　　我站在天安门广场上，紧贴着祖国的心房，感受到祖国的心脏强有力的跳动。天安门广场是首都北京的中心,是世界上最大的城市中心广场。我们的舞动不时变换着方向,面向北,是雄伟壮观的天安门城楼;面向南,广场中央矗立着高大的人民英雄纪念碑,碑身正面是毛泽东主席题写的"人民英雄永垂不朽"八个金光闪闪的大字,广场南端是毛主席纪念堂;转向东,是国家博物馆;转向西,是巍峨壮丽的人民大会堂。

我站在雄伟的建筑中间,尤其站在天安门广场南北中轴线上,感到格外庄严、神圣与自豪。这是我第一次在如此宽阔的广场上进行表演,在整个舞动的过程中,我始终挺胸抬头、笑容满面,代表首都职工、首都市民展示出英姿飒爽的精神面貌。这一幕令我终生难忘,每每忆起,总有一股无形的力量在激励着我。

三、中山公园里舞翩翩

首都北京是全国的政治、经济、文化中心。为了满足人民群众日益增长的精神文化生活需求,北京开展了十分丰富的群众性文化活动。

多年来,我曾和舞蹈队的队员们一起,参加过无数次义务演出。且不说在正规的舞台上演出,仅在搭建的露天舞台上,我们就演出过很多次,比如在中山公园、地坛公园、日坛公园、朝阳公园等很多地方,都曾留下我们的身影。

中轴线西侧的中山公园,位于北京市中心紫禁城的南面、天安门的西侧,与故宫仅一墙之隔。它原是明清两代的社稷坛,是与太庙(如今的劳动人民文化宫)一起,沿袭周代以来"左祖右社"的礼制建造的。

1914年,在北洋政府内务总长朱启钤的主持下,社稷坛被辟为公园向社会开放,初称中央公园,是当时北京城内第一座公共园林。1925年孙中山先生逝世,其灵柩即在园内的拜殿(如今的中山堂)停放。为纪念这位伟大的民主革命先驱,1928年中央公园被改名为中山公园。中山公园现占地23万平方米,是一座纪念性的古典坛庙园林。

记得在2001年左右,有一次我们在中山公园参加了一场文艺演出。我们表演的舞蹈是《又唱浏阳河》。我和姐妹们手持斗笠,身穿飘逸的水蓝色服装，迈着欢快的脚步登场了。伴舞的歌词是："家乡有支歌，一支流蜜的歌，你唱过我也唱过，千家万户都唱过。它染绿过湘江水，映红过洞庭波，它流入湘江奔大海，歌声飞遍全中国，啊，浏阳河，你是一支流蜜的歌，永远温暖我心窝。"我们满怀深情，用形象的肢体语言，表达着歌词的意境。圆场步敏捷灵动，如脚生莲花；花帮步轻盈美妙，似小溪流水，不时溅起欢快的浪花。"神州有支歌，一支幸福的歌……它沸腾过千座山，激荡过万条河，它载着家乡奔世界，情比河水韵更多。啊，浏阳河，你是一支幸福的歌，鼓励我们去开拓。"我们双臂伸曲柔韧，斗笠在手中不断变换着花样，曼妙的舞姿、优雅的神韵，赢得阵阵掌声。

  我们全身心地投入，发挥出了最好的水平。能够参加在中山公园内举办的演出，能为北京市、东城区组织的文艺演出尽一份力，我们的心情是愉悦的。

  白天，忙于工作，我们就利用晚上的业余时间进行排练，经常练习到很晚。每当有演出任务，我们就要放弃休息日进行演练，一遍遍纠正动作，直到练得烂熟于心、整齐划一，直到圆满完成任务。我们所做的一切，都是义务的，没有一分钱报酬。正是这些最基层的业余文艺团队，正是这种无偿的一场场文艺演出，为首都居民送去了欢乐，丰富了他们的文化生活。

  演出结束了，有好几位陌生人友好地冲我打招呼，他们说："看了你们的舞蹈，跳得真好！"一个小女孩儿听到大人们的谈论，松开妈妈的手，跑到我面前说："阿姨，我也会跳。"她迅速摘掉头上的帽子，用两只小手托举着当斗笠，踮脚尖儿，起范儿，在我面前转了一圈，还做了几个动作，像模像样的。我夸赞道："你真聪明！看一遍就会模仿，跳得真美！"她说："我在托儿所也跳舞。"她妈妈介绍道："这孩子可喜欢跳舞了，刚才看你们演出，她在台下也伸胳膊踢腿地跟着跳。"

  中山公园的文艺演出，成为我们交流的话题，我们彼此之间的距离，一下子便拉近了。陌生观众的认可、小女孩儿惟妙惟肖的模仿，顿时化作一股鞭策的力量。

  有人说，音乐是最高的艺术，最能直抵人心。我希望我们的舞蹈，伴着悠扬甜美的歌声，去温润人们的生活，陶醉人们的心灵。

四、钟鼓楼前庆百年

中国著名建筑大师梁思成先生曾经说:"北京独有的壮美秩序,就由这条中轴的建立而产生。"

在庆祝中国共产党100周年诞辰之际,东城区在钟楼和鼓楼之间的广场上,举办了一次题为"情献百年·舞赞华诞"的大型演出,这里也是东城区第九届广场舞大赛现场。那天是个下雨天,活动一直等到雨停了才开始。

我们表演的舞蹈《向党看齐》,一出场就抓住了观众的视线,16名女子,挥舞着长长的彩扇,像火苗,像旗帜。我们满怀深情,舞步轻盈,队形变换流畅,忽而密集,忽而散开如满天星,忽而呈雁阵,耳边回荡着悠扬的歌声:"南湖的小船升起一面旗,铁锤砸烂旧岁月带来希冀,镰刀割断旧世界的枷锁,托起红太阳照亮中华大地。复兴的宣言震彻在耳际,改革开放带人们走向富裕,胸中放飞中国梦的承诺,心系老百姓何惧狂风暴雨。向党看齐,自强不息,我愿将梦想和您融会一起,不忘初心,矢志不移,踏上新征程豪迈自信的步履。向党看齐,凝心聚力,我愿将生命和您融于一体,不忘初心,前仆后继,愿和您共铸大国的崛起。"歌词表达着我们的心声,从心中流淌出来的情感,由肢体语言诠释着,由丰富的表情演绎着。我们的舞蹈,给人以力量,给人以鼓舞,给人以美的享受,场上不时响起阵阵掌声。最终,我们的表演获得第一名的好成绩。

演出结束后,有位年近花甲的女士摇着轮椅向我驶来,她夸赞道:"看了你们的演出,我心里可舒坦、可敞亮了。以前我也爱跳舞,自从腿出了毛病,连家门都不想出了。但听说家附近有演出,我就出来了。我喜欢这种接地气的演出,喜欢这种送到家门口的演出。我把你们的舞蹈,还有其他几个舞蹈,都用手机录下来了,回家可以反复欣赏。"听了她的话,我觉得平时所付出的辛苦都是值得的。

"情献百年·舞赞华诞"文艺演出,为美丽的中轴线增添了一抹色彩,也为中轴线申遗送上了我们的美好祝愿。

五、国际旅游文化节

北京国际旅游文化节自 1998 年开始举办，举办时间大多在每年的 9 月。它是各国朋友了解北京和北京人民的一个重要渠道，是中外文化交流的窗口。

2002 年 9 月 21 日上午，为期 20 天的第五届北京国际旅游文化节正式开幕。来自 45 个国家和我国 15 个省市共 60 多个演出团队、近 5000 名中外演艺人员，在平安大街至北河沿大街长达 4 公里的路段上载歌载舞。这是北京申奥成功后在京举办的一次盛大的国际性活动。

此次旅游文化节开幕式由四部分组成：地球的歌声、北京走向奥运、五彩缤纷的民间艺术、绚丽多彩的头饰文化。

健身哑铃舞《大地之歌》，是东城区参加的一个节目，女队员身穿粉红色服装，男队员身穿白色运动服，每个人手持两把绿色哑铃，一边行进一边跳舞。"踏平了山路唱山歌，撒开了渔网唱渔歌，唱起那牧歌牛羊多呀，哎，多过了天上的群星座座。牡丹开了唱花歌，荔枝红了唱甜歌，唱起那欢歌友谊长呀，哎，长过了刘三姐门前那条河。"哑铃舞方阵伴随着激昂、动听的乐曲，动作柔中带刚，节奏铿锵有力。"唱过春歌唱秋歌，唱过茶歌唱酒歌，唱不尽满眼的好风景，好日子天天都放在歌里过。"行进中的队员，步伐一致，动作整齐，情绪饱满，每一步都踏在重拍上。"唱过老歌唱新歌，唱过情歌唱喜歌，唱不尽今朝好心情，好歌越唱大路越宽阔。"整个方阵朝气蓬勃，给人以力量和鼓舞。观众跟随着我们，眼放光芒，边走边欣赏。有些外国友人也追随着方阵行进，不时向我们竖起大拇指。

在第五届北京国际旅游文化节举办前夕，我们日复一日、一遍又一遍地刻苦练习。没有排练场地，我们就站在东城区文化馆的楼顶平台上演练。那些天，烈日当空，我们练得汗湿衣衫、四肢酸疼，但没有一个人叫苦叫累。

正式表演前，有位主力队员突然病倒了，担任教练的姜老师又心疼又着急，临时换新人已经来不及了，怎么办？姜老师决定亲自上场顶替。开幕式那天，我们的方阵满怀激情，从北海北门出发，经过中轴线地安门，再到皇城根遗址公园。我们手中的哑铃是健美和力量的象征，体现了人文奥运精神，表达了广大市民投身奥运的热情。哑铃舞《大地之歌》，充分展示了北京人喜迎奥运的精神面貌，为第五届北京国际旅游文化节增添了精彩的一笔。

中轴线上的几次大型活动，曾留下我的身影，留下许多社区工作者的身影，留下首都市民丰富多彩的文化生活片段和幸福生活的美好瞬间。这些片段与瞬间，犹如一颗颗珍珠，闪耀在中轴线上，为正在申遗的中轴线增色添彩，使美丽、壮观的中轴线越发熠熠生辉。

（作者为东城作家协会会员、中国作家协会会员）

红墙·原点·我们

——记我的至亲、母校和师友

上官卫红

  天安门、太庙、社稷坛、紫禁城、筒子河，从南池子到北池子，从南河沿到北河沿，从东华门到王府井，从东单到西单……可以说，围绕中轴线的两侧都是我熟悉到骨髓的地方。这里是中国的心脏、北京的中心，这里更是我从小长大、生活、学习和工作的地方。至今我已在这里走过了半个世纪。

  这里有位于骑河楼的我出生时的医院；有坐落在南池子大街上一条悠长胡同里的我温暖的家；有我一迈出胡同，就能一眼看到的帝都红墙；有我上了六年学的北池子小学；还有位于东华门大街上的百年母校——由著名教育家蔡元培先生创办的孔德学校，即今天的北京市第二十七中学，我在此学习了六年又至今已工作了30年。因此，红墙——中轴线，这里不仅是我生命的原点，更是我灵魂的皈依处。

  我的家、我的亲人、我的学校、我的师友，这一切的一切，都与红墙相契合，都让我从原点起步、发展，直至收获，而后又反思、沉静和再出发，周而复始，这就是身处中轴线的红墙、原点给予我的温暖、自信与力量。然后，忽然有一天，我发现我已成为其中的一部分。

一、红墙与光影

  我的名字中有一个"红"字，这与我出生的时代极为契合。只是随着年龄的增长，我才发觉这个"红"字又与我生活的环境相贴合，而那红墙却在光影

图 / 午门
赵瑞 / 摄

流淌中愈发沉静与安详。

　　从三岁起，我就跟着父母和哥哥一起搬到了南池子大街的东侧，对我而言，我们是搬到了这条街最南端第一条四通八达的胡同里。之所以这样说，是因为街南端还有一条紧贴皇史宬且被红墙围绕的短而窄的小胡同，也是我们常说的"死胡同"，那里唯一的院落中住着父亲的同事一家。而我们这条胡同则更通达——这里是我从有记忆开始就一直居住到今天的娘家。虽然半个世纪过去，父亲早已离去，母亲也已年过八旬，当年我们居住的整齐的排房小院和外围的两个大院已合成了一个院落，并且在我幼时的记忆中还是崭新的灰砖平房早已荡然无存，取而代之的是两座20世纪八九十年代的坐北朝南的三层小楼，但周边的环境依然是闹中取静、曲径通幽。再往西大约百米的胡同与南池子大街相交，若往南直走再折东是南河沿大街，而北面，也就是父亲单位家属院位置的北侧，则是曲曲折折的缎库胡同。现在，这里有号称首善之区的"南池子社区"居民委员会的漂亮四合院，再往北走则又是红墙高台、被我们儿时称作"大庙"的地方——今天的普渡寺。

因此，我记忆与现实中的家，一直都是被红墙围绕的，无论是外观颜色还是内在精神。

记得我很小的时候，坐在当时还很年轻俊朗的父亲骑的二八自行车大梁上，听他慢声细语地教我说："如果有人问你住哪儿，你就说住在天安门，知道吗？"而我也乖巧地回答："知道。"是的，也就是从那时开始，我就记住了，看到天安门就快到家了。于是，天安门城楼和母亲的工作地——劳动人民文化宫，连同长安街上南池子东西两侧的红墙便深深地印入我的脑海，也映入我的内心。

要上小学时，我到底是去离家最近的在北侧大庙的南池子小学，还是去较近的位于南河沿大街、接临王府井的大甜水井小学呢？我不知父母是怎么商量的，最后我去了离家稍远的坐落在凝和庙的北池子小学。后来我明白了：父亲的单位在北池子35号院，就在学校的对面，而且只比我大三岁的哥哥因为早上学，也已升入在北池子小学的最高年级。而北池子小学校内外也多是庙殿红墙，于是"生在新中国、长在红旗下、出入红墙间"就是我小学学习和生活环境的写照。而且我也知道，我和哥哥都出生在当时位于沙滩南巷南侧的父母的合同医院，即北京市公安医院。我俩自出生后又都一直住在父亲单位位于合同医院附近的骑河楼家属宿舍院，也即北池子小学东侧。现在那里也被代之以20世纪80年代的红砖小楼。我每次路过那里，都有一种莫名的亲切感，虽然我对那里的生活并没有什么记忆，但这或许就是一个人生命中永远抹不去的色彩吧。

我对红墙的记忆还有很多。不仅因为母亲的工作地是在劳动人民文化宫，我从小就可以在公园里自由地奔跑傻玩，还因为我从小学到中学读的很多书，比如《格林童话》《蛇岛的秘密》《稻草人》《红楼梦》等都是从文化宫图书馆借来的。

再稍大些，我对"红墙"的刻骨印象则是因为我父母工作太忙，而老家来人却无一例外都要去游故宫。哥哥因为要上学同样没有时间，为此学龄前的我就成为无偿的小导游。又因为母亲在劳动人民文化宫工作，所以我常带客人从文化宫东门进，西门出，再进午门游故宫——太和殿、中和殿、保和殿、御花园，这便成为我自小就极其熟悉的路线和业务。后来妈妈曾跟我说，有一次他们的一位长辈买完故宫门票却被我直接带回了家，之后他们问我原因，我回答说"我累了，走不动了"。看着母亲笑着回忆这件事，我却在想当时不定把他们气成什么样呢！那时忙碌的父母很无奈，而对于尚属幼童的我来说，这种经历又是多么神奇！

大概在我上小学三年级时，少先队过队日，我们或选择在文化宫东门外的墙根下挖蛹除"四害"；或学雷锋，在东华门外帮警察叔叔擦岗亭；或在书包里放一两块板砖，再背上书包围着故宫外墙跑一圈，完成三公斤四公里的负重行军的锻炼测试；再或者，就是几个同学跟着一位转学来的、其父是故宫员工的曹姓男生冲进东华门，在故宫长满荒草的红墙下疯跑瞎玩——不久班主任老师就特意把这位同学调过来当我的同桌，让我帮他提高成绩。之后，便是班里一位穿着喇叭裤的周姓女孩儿对我们说："跟我去玩吧，我爸在中山公园，咱们也都能进去。"于是，我们一群孩子又一起熟知了中山公园的每个角落。

至今我还记得1976年唐山大地震后，我们住在劳动人民文化宫内靠近西树林搭起来的防震棚中。有一天正在大通铺上傻玩的我看到爸爸拎着饭盒进来。打开饭盒一看，居然是满满的热饺子。原来是不惧危险的爸爸回到空无一人的院落从容地为我们做好的。当听到身旁有人惊讶地说"您真行"时，爸爸却满脸笑意又满不在乎地说"没事了"。等我们后来搬回家时，我却分明看到了院墙上的裂缝……再以后我上学了，每逢暑假，除了在文化宫看学校早为我们定好的包场电影，我还会在后河边看书，抑或晚上跟着拿着凉席的哥哥和他的伙伴们冲进天安门广场——男孩子们打牌、玩球，我就在一边跳绳，累了，我会躺在凉席上数星星……起身收拾回家时，我便一眼望见广场对面的天安门城楼，望见毛主席画像，望见东西两侧的观礼台，红墙、红色，这也是我生命的底色，原来我与美好的距离是这样近。

转瞬多年，现在我偶尔会坐地铁从天安门东南出口进南池子回母亲家。记得一个深冬的晚上，路上行人寥寥，当我渐渐走近灯影映照的红墙路口时，猛然想起30年前的某日，同样的天气，同样的位置，同样的场景，同样的氛围，我那当时虽已中年却仍帅气的父亲就站在这里——他穿着制服大衣站在寒风中，站在红墙之下，他是在等我这个从北京师范大学上完晚上的选修课回家的女儿。记得我当时还笑着说："咱家这么安全，您不用等我。"而他也放下心来对我说："是呀，咱家胡同有点长，其实也没事啊……"

再以后，与我同路的大学同窗，一个博学沉稳又善良幽默的大男孩儿成了我的男朋友，后来又成为我的先生、孩子的父亲。我们也一起从红墙下走过，一起在天安门广场看风筝，一起在太庙东配殿看书画展，一起逛劳动人民文化宫的特大书市，并相约赏尽故宫的四季——春天看"晒画"，夏季观雨，秋天听风，冬季赏雪。只是此时我的父亲已不在南池子路口的红墙下等我，更不会如当年一般，站在中山公园的旋转木马边，笑着看我转圈，担心我摔下来。我知道，他对我、对我们一直都是很放心的……我又想到自己的名字，虽说我从小病弱，20岁之前三次入院治疗，其中某次还几乎是死里逃生，让他和母亲操了不少心。

而今父亲离去已整20年，想起2002年4月16日，父亲头七事毕，我送别异地亲朋，翌日回海淀产检，检查结果正常，不料隔日便挂急诊住院。记得那天正是周六，也是先生的生日，他匆匆地从单位赶到医院，两天后的周一——对双胞胎出生，早产了近一个月……生命仿佛一场轮回，母亲常说我根本没有给她时间悲痛……现在我已人到中年，泪光中浮现的却是2000年父亲节，健康的老爸穿着我送他的淡绿色重磅真丝衬衫和米色长裤的潇洒，并听他回家给我讲如何在单位骄傲地嘚瑟这是闺女送的礼物……

父亲走后，母亲和婆婆各帮我带一个孩子，直到孩子上中学，其间无论什么情况，只要我们脱不开身，我们的母亲就毫无怨言地帮助照顾孩子，即使在2005年一开年，我亲爱的母亲做了心脏支架安装手术，她也无怨无悔……那时我突然明白了，我们常说心怀感恩，但世上有的恩情恐怕是一辈子也无法回报的，就如一首歌所写的：总以为来日方长，却忘记世事无常。的确，常以为还有时间，可是我们忘了，忘了人生的短暂，忘了生命有时脆弱得不堪一击。为此，对于自己深爱的人与事，愿我们都能及时力行，不要让自己日后后悔。

天安门、中轴线、紫禁城、文化宫，这些都是让我熟悉到深入骨髓的地方，而这里的红墙与光影，至今也已流淌了六百多年。

二、原点与母校

构思此文时,"原点"一直是萦绕在我脑海中的词语。所谓原点,意指出发的地方。就如一道高考题中所写的:大千世界,原点无所不在。原点可以是道路的起点,可以是长河的源头,可以是坐标的中心,也可以是事物的根本。而之所以想到这个词,是因为我想到了自己精神成长的原点也与红墙相关,那就是我的母校——坐落在东华门大街上的北京市第二十七中学,我在这里度过了六年的中学时光,以后又在此工作了30年。这里不仅有红色传统的基因,更有对深厚文化的传承。

当年之所以想上二十七中,是因为在小学毕业前,我正好看过一个纪录片介绍二十七中的教育、教学如何厉害,加之我哥哥的一个同学前一年高考落榜,后来在二十七中复读班学习了一年,就如愿以偿考入他心仪的高校。又因为二十七中距离我家比小学还近,所以我最终选择了二十七中,并且很开心地被录取了。

再以后,在这里愈久,我陷得愈深,深到无法自拔,深到终己一生,深到我从学生转为教师,深到从青春年少到青丝微霜。

记得我跟很多人聊过,选择教师这个职业,或是机缘巧合或是命中注定,但上天既然选我为师,一定自有其道理,所以时至今日,我不后悔。而更幸运的是,我还能重回我中学时的母校任教,并倾尽一生,我为此而骄傲。

"一片冰心在玉壶"是我从小就很喜欢的诗句,究其原因,不仅在其文辞之美,更在其意境之高。回想起来,作为一名在大多数人眼中属于经验丰富的中学教师,我似乎更愿时时把自己定位为一名学生教师,在教与学的过程中不断融合与推进,带着对教育的崇敬、热爱与虔诚,不求一枝独秀,但求春色满园,秉承"把智慧锻造成阶梯,留给后来的攀登者"的信念,一路前行。而寻根溯源,或可以说,这一信念是我的中学母校和我的老师们传承给我并深入我骨髓的。

至今还记得1982—1988年,我在北京市第二十七中学度过的六年时光,就在天安门东、紫禁城下、筒子河旁、东华门大街上,我就读于这所百年老校。

在这里，有我太多的回忆：有刚上初一时的新奇，有对当时新婚不久、身着白色西服、有着一双漂亮大眼睛又言辞利落、教政治的贾玉珍老师的特别记忆，也有对高中毕业即留校当大队辅导员、年轻的蒋晓微老师的深刻印象，还有我的好友、玩伴，以及太多太多时而清晰时而又模糊的影像。

还记得初二某个下午的一节语文课上，冯琳老师指导大家阅读教材上的一首课外现代诗歌《黄山松》，其中开篇便是"好！黄山松，我大声为你叫好，谁有你挺得硬，扎得稳，站得高；九万里雷霆，八千里风暴，劈不歪，砍不动，轰不倒！要站就站上云头，七十二峰你峰峰皆到……"初读时，很多同学都在窃笑，大概他们都如我一样，虽然认为这首诗的气势很好，但是因为感觉气场不对，所以都不愿意当着全班同学的面大声朗诵。然而不幸的是，还没容我偷着乐，冯老师便突然点到"上官"，霎时，我真是一百个不乐意，心想：班里那么多男生，为什么叫我？这首诗不该男生读更好吗？或者让大家齐声朗读也可以呀！我觉得自己作为一个女生，读这么激昂的诗根本不合适，但我又不得不站起身，磨蹭了好一会儿，希望老师能换个人，却不想老师仍看着我说："怎么啦？读呀！"没办法，我只能硬着头皮故意用最平静的毫无抑扬顿挫的语气读出第一句"好，黄山松，我大声为你叫好"。接着，我就听到了意料之中的同学的哄笑声，待大家笑够了，老师略带疑惑地看着我："怎么读成这样，是这种语气吗？"我没有回答，只是调整了语气，用我平时应有的略含感情的声调读完了这首诗。等我落座，老师评价道："后面比开头读得好。"我心说："那当然，这开头，好好读，怎么可能？正经搞活动让我上台表演还差不多，就这课堂，认真朗读，大家不更笑翻了。"

应该说，初中阶段的我，认真努力却也有小错，但我依然得到了太多老师的鼓励与肯定，得到了青少年时期成长的欢乐。

记得一次给我开完家长会回到家的父亲，高兴地说"二十七中真是特别棒"，母亲问"怎么了"，父亲说他在学校散会出来时，遇到当时的刘速校长，父亲随口问了声好，刘校长也热情地同父亲打招呼并问"孩子是谁"，父亲报出我的名字，不想老校长居然脱口说出我所在的班级初三一班，而且还说，"嗯，是个好学生"。记得那天父亲认真地对我说，一个有着学生上千名的中学校长居然能清楚地知道一个普通孩子，只冲这点就很了不起……

1985年初中毕业时，班主任李浩老师曾找我谈话，问我是否愿意被保送上东城师范学校，毕业可以当小学教师。当时，我有点惊异也很是兴奋，惊异的是，老师居然觉得我很适合做教师；兴奋的是，全年级三百多学生只有两个名额，老师居然也能想到我。不过在我与父母商量后，还是婉谢了李老师。之后，我就被保送进入本校高中继续学习。

　　高中阶段，也有很多难忘的故事。其中有年轻潇洒的教我们化学的林春宜老师漂亮的板书，有教物理的倪春竹老师课下在操场上翻单杠的身影，还有教我高一语文的王振华老师娓娓讲述黄叶村曹雪芹故居的发现过程，曹雪芹故居竟然是我校已退休的语文教师舒成勋先生曾经的住所，特别是王老师讲到舒先生如何在他老伴儿打扫房间时，看到脱落的墙皮后露出的里层墙面的文字，讲到如何溯源曹雪芹和《红楼梦》，等等，这些都深深地印在我的脑海中。现在想来，正是因为那时的深刻记忆，才使得我多年后开发出"都云作者痴，我解其中味"的黄叶村曹雪芹纪念馆的精品校本学习课程《韶华初绽品红楼——〈红楼梦〉之行走阅读》。

　　我的高中生活是充实的，转瞬到了1988年高考前，或许是因我常常在班里站在黑板前为同学们边板书边讲习题的缘故，我的班主任廖老师和后来的语文老师王仕香又评价我"太适合当老师了"。于是，本也希望我当教师的父母最终也鼓励我填好志愿，于是我被推优并顺利地考入北京师范大学中文系。

　　当时正是改革开放最初的十年，下海大潮席卷全国，师范专业并不受宠，然而我的高三语文王老师在课堂上曾经高声说过的一句话"教师与医生是天下最崇高的职业"却深深地印在了我的心里，至今挥之不去。

　　这又令我想起1992年6月底的一天，从北京师范大学毕业并已被某中学通知录用的我，兴奋地回到四年前的母校看望我的原班主任——多年以后成为校党支部书记的廖明媚老师。不料一听说我的毕业去向，廖老师便笑着说了一句："你是从咱们学校考到北师大的，现在母校也特别需要语文教师，希望你回来啊！""回母校，跟原来的老师做同事，有点别扭"，我心里想着，还未回答，热情干练的廖老师就一把拽起我，直接拉着我冲进了当时的教学主任——不久后的黄旭光校长办公室，最后领导当机立断——马上给我要去的学校拨通电话，一口回绝，彻底断了我在他校任教的念想……于是我这个当年老师心中

"极适合当教师的学生"又乖乖地听从了老师的意见,回到了自己的母校,转瞬就到了今天。

那天才出大学校门的我,切实感受到了以廖老师、黄校长为代表的老一辈师长对学校教育的热爱,以及对自己学生的了解和厚爱。特别是我敬爱的班主任廖明媚老师,在我的心目中,她是一名极其出色的数学教师。记得我上高一时,第一次上廖老师的数学课,就被她的风采所吸引——短发,戴着眼镜,笑意轻盈,个子不高却神采飞扬。一笔在黑板上画出一个圆的是她,语言简洁明了的是她,教学深入浅出的是她,教育张弛有度的是她,性格开朗可爱的也是她,这一切正似廖老师的名字——"明媚"如她。是她让本就喜欢数学的我愈发感到数学世界是那么的充满乐趣,一个个数字是那么的神奇,以致后来当我到了廖老师担任班主任的文科班,成为数学课代表时,我是那么的欢愉。

犹记得当时我所在的五班虽然成绩突出,但毕竟文科班部分同学数学并不灵光,为此廖老师要求我每周要在教室侧墙的黑板上,为全班同学分别就解析几何、立体几何各出一道有难度的数学题,然后我还要利用中午自习时间向大家进行讲解。所以我每周除了班级的其他工作,还要选题、做题、讲题,为此我还专门买了本厚厚的高三复习题集,对准备工作也极花心思,效果当然也不错。尤其这一过程,让我自己对数学的思考、对学习的理解更加透彻,并使我最终高考的数学成绩几乎获得满分。

虽然多年之后我成了一名语文教师,但我相信教育理念是相通的,教书育人、言传身教、激发学生学习兴趣,以及注重对学生思想尤其是思维的培养,这些教育的基因,或许就是在我的中学时代,由廖老师和诸多如她一般优秀的老师为我植入的。因此,也可以说,在六年的中学学习经历中,学校深厚的文化底蕴、整饬谨严的校风,教师扎实务实的教风和学生昂扬向上的学风使我在北京师范大学中文系毕业后,毅然遵从召唤,回到母校教书,也回到了我精神的原点,这是一种情结,亦是一种感恩,感恩我敬爱的老师,感恩我挚爱的母校。

教师的成长与发展离不开自己的刻苦努力,更离不开师父的悉心呵护与帮助。我们二十七中一直有师徒结对的传统。在最初的九年里,有三位师父带过我,他们分别是初中教师张奉瑜、高中教师李春冰和徐安崇。这三位老师,性格不同、风格迥异，但他们对我都如慈母良父，让我如沐春风。

特别记得 1992 年 11 月，刚工作两个月的我，忽然接到区教研室通知，要派人来听我作为区级新任教师的一节研究课。初为人师的我虽然紧张，却也有"无知者无畏"的心理。而当时身为教研组长的张奉瑜老师，似乎比我更重视，她不断地给我指导，在临上课前的一个周六，她还特地把我带到她家，请她同为语文教师出身的爱人——王珏老师为我娓娓讲解并细致打磨……记得那天下午，在舒爽的秋光中，儒雅的王老师为我剖析文本又梳理思路，而慈爱的张老师就像母亲一样，坐在一旁温柔地看着我，她美丽的大眼睛流露出的鼓励与信任也时时与我了悟后的快乐相对接。

后来，我的这节初一语文课《为学》因为表现出色而得到区里所有听课教师的认可。由此初出茅庐的我在东城区教育舞台上崭露头角，逐渐为人所知。而这绝对要归功于我最敬爱的师父张奉瑜老师及其爱人王珏老师对我的悉心指导——他们为我埋下了不畏艰难、精益求精的种子。这种专业态度使得我在后来多年的工作中始终都能克服困难、追求完美。如今，我已成为一名有独立教学思考的老教师，但我知道我精神的原点就在这里。

今年春节，我照例去灯市口探望年近八旬、几十年都视我为亲生女儿的师父张老师，给恩师拜年。每次去她家，最开心的是她还认识我，因为多年前她已就诊于北医六院，常常不记得自己的往事，甚至家人、亲戚，可是她每次见到我都很高兴并且反反复复只有两句话：一是向保姆阿姨大声介绍，"她是我闺女！"二是拉着我的手不住地问我，"想我了吧？"曾经她还会不时地往我手里塞各种玩具让我玩……临别，同样高龄的师公王老师仍不忘堵在门口硬让我收下两个红包，一定要我带给孩子们……我告别两位老师，上电梯下楼，忽然感觉眼眶早已被泪水打湿，于是我默默地立在楼下，身边出入稻香村的顾客如织，我再挪步路边，站立良久……

三、师友与我们

回望自己从出生至今，除了大学四年奔赴自己又一所深爱并感骄傲的母校北京师范大学，以及之后不断返回大学母校或到其他高校包括国外高校进修，我一直植根于东城，也可以说从未离开过被红墙映照的中轴线，更没有离开过我热爱的东城，尤其是我的中学母校。

近几年，学校里一些老教师陆续退休。特别是在去年的教师节，一位老师的退休感言也让我忽生感慨。于是，我向几位较为熟悉的老师承诺，在她们将退之时，我会为她们每人写一篇文章做纪念，文章的题目暂拟为"孔德廿七师者情"。

就如这位——她，是我的老师；她，是我的同事；她是我们的姐姐。时光退回到38年前的1984年的6月，那时我还是一个在学校上初二的中学生。记得有一天我在教学楼的二楼楼梯口，突然见到一位青涩的年轻女老师和当时主管大队团委工作的张春静老师一起上楼，于是按照习惯，我恭恭敬敬地站定，对她们喊了一声"老师好"，然后就看见两位老师也冲我微笑。或许因为当时学校这么年轻的老师并不多，所以她让我非常好奇也印象深刻。"这位老师是干什么的？好年轻啊！"我心想。尤其给我印象颇深的是她那白皙、亮眼的肌肤，她的身材虽有些丰满，却蛮可爱的。后来跟同学聊起来，我才知道她是学校新来的大队团干部，叫蒋晓薇。这就是我对她的初次印象，现在想来，如果当时我读的诗文够多，一定会引用"垆边人似月，皓腕凝霜雪"来形容青春的蒋老师带给我的惊艳之感。

之后我再见到她就是八年以后，那时我大学毕业，刚回到母校任教。每次见到蒋老师，我依然恭恭敬敬地叫"蒋老师好"，而她也总是笑眯眯地回应。那时这位曾经的校团委老师，已成为一名英语教师，并且新婚不久。我不知道她是何时转换了岗位，更不知她是怎样把英文拿下而转入教学工作的，只觉得搞得定外语的人都很不简单。

真正认识蒋老师，跟她合作是在1995年7月，那时也很年轻的我，身体却很差，心脏、颈椎都莫名地出了问题，我动辄就犯晕，无论在操场还是教室，毫无征兆地说倒就倒，着实让人心慌。虽然学校对我的教育、教学能力还比较认可，但面对我所带的即将升入初三的学生，校领导经过充分研究后，最终决定让我从9月起的新学年，只教初三两个班的语文课，并从照顾我的角度出发，将我所带的初三三班的班主任工作，连同班里近50位学生转交给了此时已为人母的蒋晓薇老师。也就是从那时起，我才真正地认识了她——这个我曾经的老师、我的姐姐，可真是个聪明能干的人！

　　内行人都知道，半途接其他班的工作不太好做或很不好做，无论是教学还是教育。而我当时转交给蒋老师的班同样如此。学校里似有"逢三必闹、逢三必乱"的魔咒，我所带的三班虽也说不上多闹或乱，但活猴儿一样的男孩儿、小心机的女孩儿，聪明的、憨憨的却也不少。记得带他们刚上初二时，也是因为我身体不适，一位刚从外地调入学校的中年女老师临时帮我代了两三周的班主任，就被他们折磨得快疯掉了，后来我返校又跟这帮学生斗智斗勇了很久才消停过来。蒋老师接班会怎样，我也说不好。不过我相信，作为团干部出身的她，做学生教育工作多年，班主任工作对她来说，那就是小菜一碟，一定错不了！

　　果然，记得有一天在年级组，我忽然看见班里最聪明也是最有个性的男生张健站在蒋老师办公桌前梗着红红的脖子嗡嗡地哭，这在之前可是从未有过的，因为在我的印象中，张健，只有他气老师的份儿。而此刻，蒋老师却不慌不忙地笑眯眯地逗他，"哟，哭啦？别介，好像我欺负你似的，你这么大本事，千万别吓唬我，我胆儿小"，说着还装作害怕状去拉他，把孩子气得够呛又无可奈何。我知道这次一定又是张健跟老师较上劲了。这孩子聪明、成绩好、很可爱，但就是有点任性、有点散。以往我对他们这样的学生从来都是一本正经地说教，因为自己年轻，有时生怕学生不服，我还会故意板着脸，语气生硬，可是效果却一般甚至干脆没啥效果，学生还是小错不断。而蒋老师则不同，她说话常似随意，或引人捧腹，但却令学生无法反驳并信服。之后，等孩子情绪正常了，蒋老师才会言简意赅地把理阐明。她就有这样的本领，无论多棘手的学生和家长，她都能驾轻就熟，不着痕迹，仿佛于嬉笑怒骂、轻松自如中就搞定了一切，让各方心服口服。

　　其实除了拥有智慧与温情，我们的蒋姐还是具有超能力和多元型的人才。

　　多年前，蒋姐从年级组长升任教务主任直至行政副校长，逐渐远离了教学，我与她的接触也越发有限。但无论教务还是行政都是为教学一线服务的，不可否认，有她的地方就能化繁为简，有她的地方就有欢声笑语，有她的地方也定然少不了美食诱惑。从学校的外事活动、送教交流及各种接待工作，到教师的孩子入托、上学等复杂生活困难的解决，她事无巨细都能化棘手为绵软。即使问题不能圆满解决让多方满意，她的话语也一定让人舒心顺畅。前年一位年轻老师的孩子入托问题没有解决，她专门打电话嘱咐我："妹子，一定帮我好好安慰孩子啊，实在是没办法……"那一刻，我隔着电话都能感受到她的遗憾。

记得有一次复习课我讲"语言表达——注意得体"这个主题，当时我对学生开玩笑说"你们可以到教学楼二层去学习"，这时，班里参加过国庆70周年联欢晚会的孩子们立刻心领神会，呼应我说："对对对，找蒋校长，她说话太快乐啦！"

年前，蒋姐告诉我，她是1984年6月14日入校，2021年5月5日退休的。不知怎么，我心里忽然一阵感动。

思忖自己在二十七中学习了六年及工作至今走过的30年时光，我常常觉得自己能以教师为职业，是一种天赐的幸福与幸运。幸福的是我一直能在母校为师，踏踏实实，乐此不疲；幸运的是在我成长的过程中，我能不断地遇到良师。还有很多当年如我一般年轻、怀着满腔热情走进这所百年校园的同事、老师、朋友，他们是英语王宏老师，数学徐依军老师、罗旭老师，如今的党总支书记袁利军；还有我入职首日一进教学楼第一眼就看到的一位身着淡蓝碎花连衣裙、正在教育学生的年轻漂亮的女老师，后来听说她是教地理的，也就是我们学校如今非常有魄力地克服一切艰难推进改革的冯云校长；还有身体欠佳，却让我无限感念的历史老师邢瑛；更有本学期将退离讲台、我最钦佩的政治教师，也是我极为敬重的集睿智、德行于一身，始终淡泊名利、温柔如水的好友王立新老师；还有急人之困、热情如火、雷厉风行、快言快语的工会主席南春红老师；还有已退休两年、待我如姐妹、让我满怀温馨与想念、对教学一丝不苟的数学老师孙素梅；亦有刚退休一年、被我誉为"芬芳桃李映崔嵬"、被几位小朋友称为"美丽阿姨"的英语老师赵健，以及更多的前辈、同辈与后来者，在他们的引领和帮助下，我和我的同事们犹如信徒一般不断前行。

从这一点来说，我必须是幸福又幸运的。在二十七中多年的工作中，这种感受也一直在蔓延，直至化作今天深入我骨髓中的眷念与热爱——对学生、对师长、对同事、对学校、对教育……尤其近十几年，与诸多非示范校一样，二十七中也经历了巨大变革，其间也有太多名校不断邀我调入，十几年来反反复复历经数次，但最终，我还是选择留在这里。原因很简单——这里是我的母校，这里有我的韶华记忆，我爱这里，爱这里的老师、爱这里的学生、爱这里的一切，无论过去还是现在抑或将来，只因一份源自心底的、沉甸甸的敬意和深情！

至此，红墙、原点，我们仿佛已化为一体，融入骨血。于是我回眸凝思，提笔以记，记录其中的点点滴滴，谨以此致敬我最爱的至亲，致敬我的母校与师友，致敬我挚爱的东城与北京。

（作者现为北京市第二十七中学语文教研组组长、北京市特级教师，曾荣获北京市优秀教师、东城区教育系统杰出教师等称号，东城作家协会会员）

中轴线两旁的百年记忆

张世仪 口述　　陈 揆 整理

我是一名在北京中轴线旁生活了95个春秋的人民教师,我亲身经历和亲眼见证了它的百年沧桑,在那里有我少年的记忆,青春的邂逅,生活、工作的足印和不释的情怀。我把这真实的人生经历作为中轴线旁千家万户千姿百态生活中的沧海一滴水奉献给亲爱的读者。

一、永定门历险

中轴线的起点在永定门,我的故事就从这里讲起。九岁时我家租住在万寿西宫(现万寿公园),它原来是一座建在高高土坡上的蒙古贵族奚公子的家庙,民国时期奚家衰败,将万寿西宫租给了平民百姓。那里距永定门也就七八里路,我时常和几个小伙伴从永内大街走出去,在护城河边逮蜻蜓、捞蝌蚪。永内大街上有不少店铺以及高大的门楼和瓦房,餐厅、酒馆、小吃店和杂货店一应俱全。出了永定门,马路两旁就是地摊儿和推车叫卖的小商贩。七月的盛夏,小名叫"四代"的二舅的儿子到我家来串门,他长我三岁,小时候总是欺负我们女孩子,为了报复他我们就叫他"四蛋",叫来叫去就改不过来了。四蛋跟着我走到永定门外的鸭子坊去观赏养鸭人喂养的成鸭和鸭仔。这一天永定门外正好有庙会,道路两旁熙熙攘攘。突然间,人们匆匆忙忙地往城里跑,有人说南苑的国军和日本兵打起来了,我和四蛋也急忙回家,到了永定门前却发现城门紧闭,大家不停地拍也叫不开。大约过了一个时辰,道路上的人越聚越多,我被大家挤在离城门几米远的地方动弹不得。这时,城门忽然打开了,男女老少便一窝蜂地向城内拥去,我被绊倒了,后面的人相继踩在我的身上,我连气都喘不出来,万分紧急的时刻身旁一位好心的大爷使劲将我拽了起来,我几乎是在双脚离地的状态下被拥进了城门楼。到了城里才发现,两只鞋都给挤丢了,四蛋也失散了,我光着脚一瘸一拐地走回了家。那一天是1937年的7月7日,史称"七七事变"。百姓也从那一天开始慌乱起来,有钱人忙着变卖家产撤离北平;母亲带着我熬了些糨糊,然后把碎布裁成布条,将门窗上的玻璃都贴上了米字带。一星期后,永定门外响起了激烈的枪炮声,传说是宋哲元的29军在抵抗日本人的进攻,但到了7月底,城门便被日军踏破,城楼上竖起了太阳旗。北平百姓开始了亡国奴的生活,永定门内外再不像往常那样喧嚣热闹。当时我在西钱串小学读书,日本人强迫学校开设日语课,我们每天要学习一小时日语,大街小巷整日间都显得黯淡无光。

二、漂无定所的家

我的母亲叫胡恕行,1906年出生于怀来县,她聪明好学,14岁考进县女子师范学校,17岁便成为一名20世纪20年代的村办小学教师。校舍就是村头的小庙,她白天教学晚上独身宿在庙里。她的聪慧和果敢引来了县城里唯一的大学生、法律系学士张冠伍的青睐,之后他们结为一对幸福的伉俪。后来,我父亲应聘在段祺瑞执政府教育厅做科长,便举家来到北平。我六岁那年,父亲患肺结核英年早逝,母亲带着我和年幼的弟弟靠父亲生前留下的积蓄和给人家代课勉强度日。

四叔张世英在河北医学院教书,有一天他从保定来京,说学校要躲避日军对华北的侵占而南迁。母亲考虑再三,请求四叔把我弟弟张征带走抚养,四叔同意了,母亲忙给弟弟收拾衣物,一边打发我到外面把他叫回来,母亲嘱咐说,别告诉他真情,就说去保定玩几天。弟弟高兴地跟着四叔迈出了家门,母亲让我去送,自己却躲在屋中哭泣。四叔领着弟弟三步一回头,五步一挥手,不知情的弟弟还冲我喊:"姐,快回吧,过几天我陪你去河边捞蝌蚪!"我扬着手,心里难过极了。他们渐渐远去的身影被路人淹没,我转身跑到了万寿西宫的土山顶上，从攒动的人群中又看到了那矮小的人头——我朝夕相处的弟弟，我使劲地朝他挥舞着双手，两行热泪流了下来。

1937年北平人口约有150万人，七七事变后大量的侨民从日本移居过来（据历史记载，约有8万人），自1938年起日本侵略者在城里规划了许多日侨生活专区，如四牌楼等地，中国人被一概迁出，也不准在这些区域通行；还在东单、王府井、东交民巷和西交民巷一带安置经营商铺的日本人，原来在此居住的中国人也必须都搬走。百姓居住的空间骤然拥挤起来，像我家这样的租房户被挤对得到处换房，两年之内我们搬了五次家。西砖胡同、梁家园胡同、前海胡同、鸦儿胡同、琉璃寺胡同等处都留下了母亲和我生活的足迹。

我印象最深的是在什刹海旁边前海胡同13号院居住的那段时间。那是一座两进的宅院，母亲和我租住在前院北侧房，院子西边紧挨着原来老北京最有名气的会贤堂大饭庄，饭庄内有一百多间房，最大的一座院子能摆百桌酒席，还建有大戏台。听邻居说那里一年四季婚丧嫁娶、宴会、堂会不断。梅兰芳、程砚秋、尚小云、荀慧生等四大名旦经常登台助兴。我常趁人不备混到院子里偷偷地踮着脚张望，想一睹梅兰芳的风采，但始终没有见到他的踪影。后来我才知道，日寇占领北平以后，梅大师拒绝任何演出，直到抗战胜利后才又复出。

会贤堂饭庄内灯火辉煌，充斥着酒肉饭香、歌舞欢笑。然而，在贴着我家西墙外的一片空地上，却总是站着一大排破衣邋遢的穷苦百姓，他们怀抱着锅碗瓢盆靠在墙边，等着那宴席后大桶的剩菜剩饭充饥，他们中有七八十岁的老人，也有年仅五六岁无家可归的孩子。我们在前海胡同居住了半年的时间，就又搬走了。后来听说会贤堂在被日本人统治的后期，也因生意惨淡而倒闭。我那居无定所的家，就像是茫茫海面上一叶脱了帆的轻舟，漫无目的地随波逐流。

三、好心人的帮助

虽然生活困难、环境艰苦，但母亲仍然督促我认真学习。她告诉我，孙中山先生说"国之复兴首在陶冶人才"，要想长大以后改变国家的命运，必须认真苦读。我牢记母亲的话刻苦勤奋地努力着。1941年,我考入位于故宫东侧北长街的市立女子第一中学,学校原址是清朝内务府会计司南花园,走进校园就能感受到皇家的味道。在招生榜上我的成绩排名第一,引来许多同学和我交朋友。我最喜欢的同学叫张光莆,她有着一双大眼睛,双眼皮儿,高高的个子,学习成绩虽然不是特别好,但她唱京剧可是一绝。我经常放学后到她家里和她一起做功课,每次写完作业,书本一合,我就要听她唱两段。一来二去,我跟张光莆就成了好姐妹。她的家境不错,住在一个有着20多间房的宅院里,房主人是她的奶奶陈效英——一位身材不高、圆脸庞、戴着眼镜、和蔼可亲的老人。到她家去了几次后,和奶奶也混熟了,我调皮地叫她眼镜奶奶,她笑呵呵地接受了我对她的这个称谓。当她了解到我家的状况之后便对我说:"我这院里可以给你们腾出一间房,你和母亲搬过来住吧,房租无所谓,给多少都行!"我带着母亲第二个月就搬了过去。眼镜奶奶果不食言,我们跟着她搬了三次家,从刘海胡同到琉璃寺胡同再到铁匠营胡同,她从不跟我们催房租,有就给点,没有就拉倒。我们和她共同生活了十多年。

　　1943年,我以优异成绩考入女一中高中部,但我没去上。母亲那时身体不好,我必须挑起家庭的重担。一位高中的学姐托日本校长为我写了封推荐信,介绍我去一家日本人开办的燕声无线电株式会社(以下简称燕声无线电公司)工作。起初我不敢去,那位学姐说:"别怕,厂里有一位车间主任,是正在北京大学读书的高才生,他会教你帮咱中国人办事。"我半信半疑地走进西城区大酱坊胡同的燕声无线电公司,这是由日本人开办的生产电台的工厂。该工厂由一所三进的四合院组成,前院是车间;中院是社长、总管、主任办公室,实验室和库房;后院是宿舍,住着方鹤社长、黑田总管、翻译官李松石和他们的家眷。方鹤看了推荐信后就留我在中院做黑田总管的协理,并兼管库房。第二天一上班我就问前院的工人,主任办公室怎么没人?工人回答说他有时会外出,让我上午早一点来,那时院里通常会有一个正在朗读英语的年轻人,他就是车间主任。第二天我提前一个小时来到了工厂,果然在院子里看到一位英俊青年在高声朗读英语,于是我快步走上前问道:"你就是车间主任吧?"那青年点了一下头说他叫陈旭,在厂里管技术。没等他说

第二辑 | 岁月融情

图 / 故宫角楼
赵瑞 / 摄

完我就急着说:"我是女一中学姐介绍来的,学姐说让我听你的。"陈旭立即对我"嘘……"了一下,小声对我说:"你先把工作熟悉好,下班后等我。"下班后我最后一个走了出来。大门口没有人,我疑惑地骑上自行车走到大酱坊胡同东口时,看见陈旭正在那里等着。我们边走边聊,他向我询问了学习、生活情况。不一会儿我们就到了景山西街南口,按理说该分手了,他向东、我向北,我下了车等他给我布置工作,陈旭也停下来了。我们站在筒子河边,明月和角楼倒映在水中。陈旭仿佛想起了什么,指着对面的角楼问我:"你知道这角楼有多大的学问吗?"我说不知道。他说我们育英学校的老师曾经讲过,故宫角楼虽小,但其九梁十八柱七十二脊的结构使人眼花缭乱,是中国工匠的经典之作。我叹了口气说,角楼再精致现在不是也归日本人了吗?

他说:"中国人有智慧有能力,我们已经组织起来了!你要取得黑田的信任。在厂里我们别多说话,下班后联系我。"陈旭说完骑上车走了。我心中涌出一股暖流,他是一个热血青年,我庆幸身边能遇到这些好心的人。

四、育英学校的火花

我早来晚走,为黑田端茶倒水、打扫卫生、清点库存,没几天黑田就把我当成了自己人。这期间只要陈旭来,我都会下班后跟他一同回家谈谈工作,我们之间的话题也渐渐多了。有一次我问他:"你怎么一个星期只去两次北大而且你刚上大二怎么就什么都会呀?"他说这要托我们育英学校的福。灯市口公理会教堂附近有一所育英学校,是由美国人于1864年创建的,从小学四年级起学校就用在美国出版的《英文津逮》原文课本做教材;中学阶段,数学、化学、地理也都用英文教,因此学生们的英语水平都很高。1935年,学校已经有相当大的规模并建立了高中部。学校还有能容纳500多人的图书馆,馆藏了大量图书。育英特别注重培养发展个人才能,着重于实验,开设了大量选修课。无线电技术在中国从20世纪30年代开始兴起,引起了学生们很大的兴趣,学校建立了育英广播电台。陈旭就是其中的一员,他阅读了大量的电子技术书籍,在美国教师的指导下制作了扩音机、收音机、收发报机等,高中毕业后陈旭如愿考入北京大学电机系。

从1935年开始,北平的大中学校相继成立了抗日救国学生联合会,育英因为是所教会学校,所以抗日救国学生联合会一直在地下活动,他们在北平中共组织的领导下传阅进步书刊、宣传抗日、支援抗战。陈旭是他们的外围重点联络人。

日占时期北平对电子器材和收音机的使用进行了严格的管控。购置者必须填写住址、职业,使用收音机也需登记,管理人员随时可能到购置者家中核查。在这种恶劣情势下,抗日根据地要想获得电子器件很困难。和陈旭单线联系的是北平学联委员孙志远,很久后我才得知他是中共地下党员。孙志远先把陈旭安排到燕生无线电公司做技术主管,又通过女一中的学联把我安插到库房管理的位置上,目的是设法为抗日根据地解决一部分通信器材的急需。

图 / 1945 年，作者张世仪（左）和陈旭在燕声无线电公司留影

那时我住在钟鼓楼脚下的琉璃寺胡同，该胡同因有一座全部用琉璃瓦铺顶的小寺庙而得名。一天下班后，陈旭送我穿过地安门大街，走过鼓楼和钟楼，来到了琉璃寺胡同。他悄悄地跟我说："现在是时候了，你要想办法从库房里把我要的电子管拿出来。有三种办法：第一，我向社长申请做实验用，当然不能总做实验；第二，我给你报废的管，你去置换出来，一般的坏管子大都是灯丝断了，为防止黑田测出来，你要设法轻轻地把电子管玻璃壳敲出一个裂缝，然后报告说是传递时摔裂的，他没法测；第三，在入库的时候少写，把多余的拿出来。这三种办法你交替使用不容易被发现，祝你成功！"说完，陈旭跨上自行车飞快地骑出琉璃寺胡同。暗淡的路灯下，他远去的身躯消逝在钟楼硕大的阴影里。

我按照这个办法，每个月都能搞出急需的电子管，凑齐一定数量后给陈旭送过去。他家在东总布胡同 15 号，那也是一个不小的四合院，里面居住着他的父母和兄弟姐妹六人以及保姆和车夫，是一个和睦的大家庭。1940 年，陈旭的胞弟陈仲文在育英学校学联参加抗日救亡活动时被日本宪兵抓走迫害致死，陈旭的母亲林绮青（民族英雄林则徐的曾孙女）也在十几天后因悲痛至极而病故，年仅 49 岁。陈旭的父亲陈慎言是中国北方名噪一时的小说家，他怀念爱妻，发誓绝不再娶，并一连写下《义愤填膺》《恨海难填》等多部小说以寄托情思。陈旭独自住在一个跨院里，日夜想着为亲人报仇。我走进他的房间时吓了一跳，只见地上、桌上全是电子零件和摞成摞的收音机，还有打开机盖等待维修的电台。我关心地问道："这些被管制的东西摆了一屋，你不怕被日本宪兵发现吗？"他掏出燕声无线电公司的工作证，说："这不是

最好的掩护嘛！"我这才恍然大悟。可是如何通过检查站把电子管送出城呢？陈旭发明了一种非常隐蔽的方法：日伪时期北平总是经常停电，所以不管是穷人还是富人，家里都要备上一桶灯油在停电的时候用来照明。装灯油的容器是两升和五升的铜皮桶，有长方形的也有圆柱形的，桶上有盖，拧下来就可以灌油。陈旭先用电烙铁把桶底焊下来，然后在底部的桶壁上焊上几根铜丝，把电子管捆好，再把桶底焊上去后灌满灯油。市面上拿着灯油进出城的人挺多，此招屡试不爽。有一次孙志远要带枪出城，情急之下，他让陈旭把手枪封装在油桶里提着通过了日本兵哨卡。在大酱坊胡同工作的那段时间，我们共同为支援根据地的抗日活动做出了贡献。

五、胜利的喜悦

8月初的一天，我正在厂里工作时，忽然看见黑田带着几个日本宪兵把两个工人抓走了。陈旭当晚就把这个情况报告给了孙志远，孙志远判断黑田可能察觉了什么，于是指示陈旭组织工人罢工，防止黑田顺藤摸瓜。陈旭连夜联系大家做准备，第二天罢工就开始了。黑田和方贺急得像热锅上的蚂蚁，让翻译官把陈旭请来谈条件，双方谈了几天都没谈拢。8月11日清晨我还在睡梦中时，陈旭来到我家，小声地跟我说："昨晚我从重庆和延安的广播中听到日本人投降了！消息还没有公布，你在家等着，我先到宪兵队把人要回来。"陈旭拿着工人们联合签名的担保书没费什么口舌就把两位师傅接了回来。8月14日，日本人投降的消息便在大街小巷都传开了。8月15日，各大报纸正式披露了这条新闻。人们沸腾了，我从家中跑了出来，看到从鼓楼到地安门的街上，人们都在敲锣打鼓地欢庆胜利。道路两旁的店铺拉上了"抗战胜利万岁""打倒日本帝国主义"等横幅。我骑上自行车飞奔到陈旭的家。进门一看，他那小跨院里挤满了欢笑的育英校友，我连忙转身退出，还没走出大门，陈旭就从跨院里追了出来，我转过身来，在双眸相对的瞬间，他把我紧紧地抱在了怀中，我的心扑扑地跳，我也感到了他的心脏在剧烈地跳动，这是胜利的喜悦、是共同奋斗的激情、是相互倾慕的爱恋。

1945年10月10日，在故宫太和殿前广场举行了庄重的受降仪式。此前报纸上刊登了这条消息,并公示对市民开放,陈旭想带着我和他们育英学校的校友一起参加,我感觉我夹在育英的男生里面有点不好意思,就没有过去,现在想起来挺后悔。仪式结束以后,陈旭兴高采烈地给我描述了当时的场景:一大早紫禁城从午门外到太和殿广场的警戒线旁都聚满了观礼的人群。上午10点,太和殿上空响起了长长的汽笛声,鸣礼炮、奏军乐,所有与会者为抗战中的烈士默哀,然后在司仪的号令下展开日本国战败投降书,孙连仲将军代表中国政府签字,日本华北派遣军司令官根本博代表日本政府签字,会场上所有的日本人都低头弯腰谢罪,这是所有中国人民扬眉吐气的时刻。

六、渴望和平

1947年5月31日星期六下午两点钟,我和陈旭在北京饭店小宴会厅举行了一个宾朋满堂、仪式简约的婚礼。有100多位嘉宾前来祝贺,陈旭的父亲是著名小说家,所以嘉宾中有作家和报业、出版业的人士。本来胡适答应做证婚人,因临时有急事便委托育英学校李如松校长代替他为我们证婚。嘉宾中还有政界、军界、文化界的人士,以及女一中和育英学校的校友,如今我还珍藏着结婚那天唯一保留下来的纪念物——一块签满密密麻麻名字的粉色丝巾,遗憾的是那上面至今还活着的人已寥寥无几。当时北平人结婚的风俗是三部曲——婚礼、宴会、堂会。因当时正值战争,北平颁布了戒严令,晚上8点必须熄灯,百姓一律不许上街,所以办完婚礼仪式后大家赶紧吃些西餐就匆匆散了。陈旭安慰我说:"等以后天下太平了,我再带你去旅行结婚。"

七、和平解放

前门大街西侧有一个粮食店街,这条街因最初是粮食交易场所而得名,自康熙年间开始街上的店铺逐年增多,经营类别也变得多种多样。六必居酱菜园、会友镖局、源升号酒坊、中和戏院以及永盛馆、兴升馆、海宾楼、万年居等十几家饭馆和旅馆先后在此落户，使这条不足 500 米的街道变成了繁华熙攘的综合商业街。

在兴升馆的对面有一家双盛功裁缝铺，这是由我三舅胡汉卿在 1931 年开办的，三舅是著名的旗袍裁缝。他时常接济母亲，逢年过节时接我们住在他包的客栈里，还带我们去中和大戏院听戏。那时二舅胡汉文在北京的小学教书，位于粮食店街的双盛功裁缝铺便成为大家聚会的场所。二舅的儿子四蛋对那一带特别熟，每次见面他总领着我在大栅栏和廊坊头条、二条、三条的商铺间穿来穿去。

1948 年中秋，三舅交给母亲一封四叔的来信。因为之前我和母亲总是不断地搬家，所以往来的信件都寄到三舅这里。四叔说弟弟张征初中毕业以后报名参加了解放军，现在第一兵团部队中做文书。这时的北平物价飞涨，人心惶惶，陈旭也对国民党内部滋生的贪污和腐败产生了厌恶之情。那段时间，陈旭的父亲陈慎言胃部不适，有时疼得卧床不起，但报刊上的小说连载是停不得的。我经常帮助他誊写书稿，他躺在床上口述，我坐在床前一边听一边写。写完之后，他过一下目，修改几个字，就马上送给在客厅等候的各报社的人员。这其中揭露国民党接收大员腐败的《你争我夺》《飞来客》等小说的很多章回内容都是由我亲笔记下来的，连载小说被刊登后在社会上引起不小的共鸣，由此可见国民党当局的腐败在北平不得人心。

陈旭在家中制作了一架全波段收音机，他经常在夜间收听延安和莫斯科的广播，对共产党的新民主主义革命和建立统一战线的民主方针是很赞同的。他得知我弟弟参加了解放军后很欣慰，说张征选择的道路是正确的。

没过多久，张家口和天津就解放了，后来北平被包围得水泄不通。当时的城区不大，傅作义的部队实际上被包围在东直门到西直门、永定门到德胜门这片狭小的区域里，相当于现在的二环路以里。西郊机场和南苑机场已被解放军夺取，国民党高官和富豪纷纷从临时修建的东单机场逃跑，北平笼罩在飞机马达的轰鸣之中，老百姓人心惶惶，害怕出现战事。陈旭倒不慌，因为军队中已经在传说傅作义将军正在和解放军进行谈判。

1949 年 1 月 22 日，傅作义在《关于北平和平解放问题的协议书》上正式签字，并发表广播讲话。从这天起，国民党作战部队陆续撤出市区进行整编，非作战人员原地等候解放军入城。1949年1月31日，傅作义宣布率25万官兵起义，北平终于和平解放，千年古都得以保全，百万生灵免遭涂炭。这是中华民族近代史上弥足珍贵的一次和平解放！陈旭经过三个多月的学习，成为中央军委通信部的一名工程师。上班第一天他刚跨进办公室，就发现老朋友、老校友徐树滋正坐在办公室等着他，他们的两双手紧紧地握在了一起。

八、激情迸发，矢志不渝

1949年9月，党中央决定把北平更名为北京，在天安门广场举行开国大典。

中央军委通信部指定陈旭负责音响和通信工程。陈旭到天安门广场做准备工作时，却发现那里没有任何音响设备。这时离10月1日只有不到两周时间了，怎么办呢？琢磨半天后他忽然想起美国人曾经给国民党部队配备过阵前喊话用的高音扬声矩阵，那是由九个15寸的高音喇叭组成的，俗称九头鸟。于是他马上跑到几个仓库里，拼凑出两组九头鸟，但是没找到功率放大器。情急之下他从库房里的大功率电台上拆下零件，夜以继日地攒出了一台功率放大器，把它拿到天安门广场一试，声音不错，他悬着的心才放了下来。

10月1日，陈旭站在天安门城楼下的主机旁，下午3点，两组九头鸟在天安门的东西两侧，响亮地传出了毛主席的声音。陈旭还仔细计算和设计了两组中波和短波，把开国大典的实况传遍了全球。

新中国的成立迎来了激情燃烧的岁月。我出生在教育世家，和平解放后的北京百废待兴，母亲鼓励我到小学去应聘。她拿出了当初教学用的语文和算术课本，一点一点地教我如何给孩子们上课、如何写板书。最终，我鼓起勇气来到了东单麻线胡同小学，那是一个由四合院改成的学校，学校里有高大的房檐、两扇紫红色的大门，门前还有两座小石狮子。我填写了登记表格后跟校长谈了话，又给教务处长模拟上了一会儿课，我就被录取了。

我第一次走上讲台时非常紧张，但看见一个个可爱的孩子后心情立即就放松了。等铃声一响刚要下课，陈旭忽然推门走了进来，他是一个业余摄影爱好

图 / 在麻线胡同小学拍摄的珍贵纪念照

者,他拿着相机要给我和学生们照一个合影。我说毕业的时候再照吧,陈旭说:"这是新中国第一届小学生的开学,我们要留个纪念!"于是我带着孩子们走到对面朝向阳光的五年级教室门口,留下了这张珍贵的纪念照。

新中国成立不到一年,朝鲜战争就爆发了,当祖国刚刚赢来的和平受到威胁的时候,全国人民紧密地团结在一起,中国再不是从前那个贫弱涣散、任人宰割的中国了,大家有钱出钱、有力出力,同仇敌忾,一致抗美援朝。

陈旭的父亲把老家福建的祖传遗产——一所占地五亩多的三进西洋式大宅院捐献给了政府;陈旭带着一个工作小组,夜以继日地把那些报废的日本坦克和装甲车上的步话机拆下来进行改装调试,装备补充到志愿军的部队中;表哥四蛋报名参加了中国人民志愿军,最后长眠在朝鲜的土地上。我至今也没有记下他的学名,我没有想到这位原来在我心目中没占多少分量的表哥,在祖国最需要的时刻,为了祖国和人民的安宁英勇地奉献了他年轻的生命,我深深地怀念着那些最可爱的人。

九、逆境中成长

后来几经辗转,我来到厂桥地区的后库小学。校长周光灿微笑着对我说:"给你一个乱班你敢接吗?"我毫不犹豫地回答:"没问题。"

周校长立即找来三年级的组长。组长说三年级有一个乱班,几天前班长范中勤带着几个男生演了一场给老师送殡的闹剧,把老师气病了,现在老师还住在医院里,学校给这几个学生停了课。我要了这几个学生的材料,骑上自行车就去家访,我沿着西直门城墙走到一排用土坯、碎砖头、破木板搭起来的低矮的房前,找到了范中勤的家,掀起沉甸甸的棉门帘正想敲门,不料那帘子后面却连门都没有。只见一个妇人躺在土炕上,一个男孩儿正站在炕头给她喂粥,我走上前去说:"我是班里新来的张老师,这是范中勤家吧?"范中勤的母亲坐起来颤颤巍巍地说:"老师,我的孩子不好管教,我多想让孩子学好知识出人头地,但人穷志短,等我身体好一点就让孩子跟他爹去学手艺,我们不给学校添乱了。"听了这番话我好难过,我灵机一动转过头来对范中勤说:"孩子,你能帮我办一件事吗?你带我去找一下薛德春、张连生、李东海,通知他们明天去学校上课。"范中勤拉上我就走了出去。

  第二天,上课的铃声一响,我发现周校长微笑着坐在了最后一排的空位上,我顿时受到了鼓舞。我给学生上了一堂特殊的语文课——关于抗日英雄王二小的故事。穷苦的放牛郎用鲜血和生命换来了抗日干部和乡亲们安全的英勇行为深深地打动了孩子们的心,教室里鸦雀无声。讲完了故事,我教大家唱起那首动人的《歌唱二小放牛郎》。当嘹亮的歌声从教室里响起的时候,周光灿校长点着头,竖起大拇指起身从后门悄悄走了出去。我满怀信心地对大家说:"新中国成立了!你们将成为建设国家的栋梁。学习英雄要从身边一点一滴做起,今天下课后班长和组长留下,我们共同在教室后墙上做一个园地,哪位同学做了好事或学习取得了进步,就在他的名字旁贴上一枚红五星,到了期末,看谁的红五星最多。昨天晚上范中勤同学带着我走访了四个同学的家,所以我要把第一枚红五星送给他!"大家回过头把目光集中在范中勤身上,他红着脸低下了头。

  在后来的日子里,我每星期都进行家访,了解到学生家庭的困难就解囊相助。一个学期下来,班风变了、成绩提升了,每个学生都获得了不少红五星。范中勤得的最多,他成为名副其实的班长。五年级时他光荣地当选为少先队大队长,后来成为一名海军战士。薛德春,这个因学习成绩差而蹲班的学生,经过努力在六年级毕业升学考试时竟成为学校的状元,考进了著名的北京男四中。李东海后来成为优秀的小学校长。张连生,一个从小就失去了母亲的孩子，不爱学习，就喜欢玩倒立、翻跟头。我在报纸上看到北京杂技学校招收特长生的广告，立即在获得家长同意后替他报上了名，经过测试他被录取了。转学这一天，我推着自行车，后架上驮着为他准备的被褥和几件衣服，一直将他送到杂技学校门口，张连生含泪向我深深地鞠了一躬。他后来刻苦训练被国家体操队选中，最终成为一名体操健将。我也被区教育局评为先进教师，开始了我长达40年的教育生涯。

十、和谐的家，拼搏的路

1955年，陈旭的父亲陈慎言卖掉了文昌阁的大宅院，买下位于米市大街东侧的什坊院36号。这是一个单进的四合院，东西北房一共有十间，院子虽小却井然有序，门口视线开阔、安静优雅。陈慎言的好友曾以诗评价："什坊院落漫清闲，九陌红墙待往还，花柳园林返杖履，尘扉岁月负云山。"我终于有了一个安定的家，我和陈旭在这里度过了40个春秋。

陈慎言一生撰写小说400多部，新中国成立后成为中国作家协会、中国戏曲家协会的委员，工作和生活都很如意。1957年，我和陈旭有了一个可爱的宝宝，陈慎言70岁得孙欣喜若狂，亲自给孩子起名陈撰，撰字代表70。两年以后，陈慎言病逝，他兑现了自己不再娶妻的诺言，与爱妻林绮青共眠于福田公墓。

此后，为了照顾孩子，我们把我的母亲接到家里。弟弟张征回京探亲，他跟随王震的部队到达新疆以后，转业成为商业厅厅长秘书。弟弟在北京和大家吃了团圆饭，照了合家欢，一家人其乐融融。为了让张征全身心地投入建设边疆的工作中，陈旭把他三岁和四岁的两个孩子留在了北京，那时候我也生下了老二陈光，每天下班以后，我看着院里四个孩子在我母亲的照顾下欢蹦乱跳、活泼可爱，立刻就把一天的劳累全都忘掉了。

十一、特别的十年

1964年，国家开始制订第三个五年计划发展纲要。陈旭在提交给卫生部的发展纲要中，提出五年之内解决常规诊断设备的生产制造问题，并力争十年以后，中国的大型X射线诊断设备达到世界先进水平。就在这个历史发展的关键时刻，一场长达十年、给党和人民造成严重灾难的"文化大革命"爆发了。北京理工厂更名为北京东方红医疗器械厂，从这时开始，国家大部分科研项目被停顿，工农业生产离开了正轨，全国人民都被卷入阶级斗争的旋涡中。陈旭单位里的文革造反派给他扣上了两顶帽子——历史反革命和走资派的宠儿。陈旭被隔离审查了一段时间之后，又被下放到喷漆车间去劳动，有时还陪着老厂长上台挨斗。

"文化大革命"时期，我已被调到朝阳门下三条中心小学教书，校舍是由东岳庙的后半截改造的，校内有一个不小的操场。作为一名人民教师，即使在那个特殊的时代，强烈的使命感仍然督促我千方百计把一班班的学生合格地送到中学。我经过反复思考后，觉得对学生的综合素质培养还得靠写作。我把班干部召集起来，让他们每周在班里评比出一个优秀的好人好事，公布在"活学活用"的园地里，全班同学要根据这件事做一事一议，写评论和感想。这个方法不仅使大家的写作水平有所提高，而且为了让自己能够成为一事一议的典范，每位同学都在千方百计地争做好事。

在1967届的小学毕业班里，有一个叫许书平的学生，他是从其他班转过来的闹将，学习不好，经常打架，但他爱画素描。我根据他的这个特长，在班里给他举办了一个画展，然后让大家为他开展一事一议。这件事对许书平触动很大，他在班会上说："大家说我是很有才华的小画家，从今以后我要努力，我不能当一个学习不好的不守纪律的画家。"许书平迅速改变了自己，他一直将此作为他前进的动力，后来他成为一名火车司机，还被光荣地评为全国铁路劳动模范。

我对调皮学生的写作坚持表扬和鼓励，而对优秀学生及班干部却要刻意磨炼他们。有一个叫班清河的学生是下三条小学1970届的班长，他受到过我严格的历练。无论是在插队锻炼时还是在回城后的工作中，他都时刻严格要求自己，最后他担任了中国作协机关服务中心的副主任，并成为一名现代诗人。班清河在1994年给我写了一封深情的信，他写道："张世仪老师、我亲爱的妈妈，从1970年分手，斗转星移，转瞬间近23年过去了，二十几年来我始终铭记您的教诲，在生活的每一个阶段都不敢懈怠，不好高骛远，在属于自己的社会位置上，踏踏实实工作，老老实实做人，按照您的要求，做正直的人，让所有关心我的人放心……"

十二、改革开放

1976年国家取得了粉碎"四人帮"的胜利，终结了十年内乱。国内工农业生产和科研教育等各项工作逐步回到正轨。

我在粉碎"四人帮"后因中学急需加强教师队伍而被调到东城127中学教语文。该校是原汇文中学的一部分，学校的建筑留有教会风格。后来127中被改成东城区职教中心，我只做班主任。当时我为一个旅游职高班带过几次课，讲的就是故宫。记得我曾经特别讲解过故宫的"紫禁三和"：

"太和"为天地阴阳之大和；"中和"乃儒家中庸之道，是人和的最高境界，意喻治国理政不偏不倚、公平公正；"保和"为万事万家圆满之谐和。三大殿与天安门、地安门、东安门、西安门在名字上构成内和四安，即皇城内"三和"、皇城外"四安"，代表了和谐、团结才能四海安宁的中华"和"文化的精髓。

2003年，什坊院在北京迎奥运市政建设中被拆迁，孩子们为我们购置了安定门滨河路边的一套高层商品房。我和陈旭住在16层的一个南北通透的三居室里，向南可以看到故宫那一大片铺满琉璃瓦的金色屋顶以及北海公园、景山公园；向北可以看到地坛公园、鸟巢、水立方；向东可以看到新建成的中央电视台总部大楼、国贸大厦。离开生活了40多年的什坊院原本恋恋不舍，可当居高临下看到改革开放给北京带来的巨大变化时，我们那小院儿还有什么难以割舍不下的呢！

为了欣赏北京城的美景，陈旭特意买了一架高倍望远镜。清晨可以观赏到在北护城河清澈碧绿的水中游戏的野鸭、觅食的白鹭，南边就是二环路川流不息的车水马龙，朝霞披在紫禁城黄色的屋顶上闪烁出耀眼的金光；夕阳西下，景山的万春亭和北海的白塔轮廓清晰，就像是悬在空中的剪纸，我最喜欢的当属夏日雨后从西山之脉飘出的布满天际的火烧云。深夜，北京城灯影婆娑、万籁俱静，每当难以入睡的时候，我就坐在落地窗边，欣赏中轴线美丽的夜色，回忆走过的人生。2008年我们在这儿瞭望了奥运的圣火，观赏了缤纷的礼花，国庆60周年大阅兵时，我们看到了威武雄壮的空中编队从空中飞过。这真是足不出户即可尽览天下。人民用辛勤的汗水铸造强大的祖国，祖国用美好的生活惠泽膝下的儿女，我们的人生能够奋斗在这个百年中是多么幸福！

十三、中轴线上未了情

我相信，一个拥有强大生命力的人一定具有坚忍的意志与品格。2009年，已经88岁的陈旭因突发脑缺血昏倒在地摔成颅内出血。天坛医院的戴建平院士是陈旭的好友，他曾经不止一次地称赞陈旭为中国的射线机之父。天坛医院的医生为陈旭做了颅内穿刺术，三个月以后陈旭恢复良好，他继续开始收集和研究国内外最新的医疗器械动态。2011年，先前的颅内出血诱发了血栓，他住院治疗了一个多月，又顽强地走了出来。2013年，第二十四届国际医疗设备展览会在福州举办，陈旭收到了组委会的邀请，我们全家考虑到他的年龄和身体情况都劝他不要去了。他用乞求的口吻说："让我最后再看一次国际医疗器械的成就，再看一眼我的老家吧！"于是我和两个孩子一起陪他完成了这次福建之行。在展会上，陈旭看到了万东医疗股份公司把他亲手设计的大型X光血管造影机经重新集成化之后以崭新的面貌呈现在展台上，同时还有下一代科技工作者开发的CT核磁共振设备，他发自内心地笑了。

2015年，陈旭再次复发脑血栓，这次情况严重，血栓影响了他的思维、语言和吞咽功能，并发而来的阿尔茨海默病也开始摧残他盛满了智慧的大脑。由于吞咽功能降低，他把饮食呛到了肺里，2016年底患上了急性肺炎，住进宽街北京中医医院的ICU病房，他继续与疾病进行着反复的拼搏和较量，医院数次报病危他又数次转危为安。

2017年5月31日，我手持一束鲜花走进ICU病房，来到他的身边，我握住他的手说："陈旭你快醒醒，今天是我们结婚70周年的纪念日！宽街离北京饭店公交车只需五站，可我们俩整整走了70年啊！你一定要坚持从ICU病房出去，我等着你带我去北京饭店点我喜欢吃的菜！"陈旭仿佛听懂了我的话,他把我的手使劲地握了一下。他与肺炎顽强拼搏到 2018 年的 3 月,终于可以走出 ICU 了。不过他要长期佩戴着鼻饲以避免肺部再次感染,每天还要进行多次吸痰治疗。医生建议将陈旭转到床位不紧张的二级医院。经孩子们多方联系,最后鼓楼中医院同意接收陈旭在急诊病房住院。医院把陈旭照料得非常好,他再也没有发生血栓,再也没有复发肺炎,但是他的脉搏却一天比一天弱,最后因心力衰竭,他的生命定格在 2018 年 8 月 19 日。

灵车缓缓地驶出鼓楼中医院的后门向西拐进王佐胡同,胡同东口就对着琉璃寺,这地方我再熟悉不过了。路很窄,车速也很慢,一座座老旧的宅门罩上了新油漆,门前的小石狮子还残留着岁月的痕迹。我望着远去的钟鼓楼默默祈祷:沧桑古建啊,我虽然从未听到过你的晨钟暮鼓,但请你永远地记住我们在你身边奋斗的足印。

2020 年 8 月 19 日,在历经墓地管理所为采购墓碑而举行的漫长招标、规避冬日施工不便,以及因新冠肺炎疫情有所延误之后,终于在陈旭逝世两周年的日子,其骨灰得以在福田公墓安葬。那一天,天空阴云密布,孙子劲研从骨灰堂抱着爷爷的骨灰走到墓地缓缓放入墓穴中。当初爷爷把孙子抱大,现在孙子抱着爷爷静静地把他安放在先祖的坟前,这一幕让人感动和难忘。此时此刻,我的心胸仿佛豁达了一些,中轴线旁的人们生生不息,中轴线上的情结永远不会了,中轴线上的故事也永远讲不完。

(张世仪,北京市下三条中心小学退休教师;陈揆,东城作家协会会员)

一生难忘中轴线

李 相

我一生中无数次到景山公园,而每次去,必攀登景山之巅万春亭。置身于这个京城最高处,俯瞰整个北京城,是我最高兴、最快乐、最忘情的时候。我久久地在那里流连,不忍离去,满怀畅想……

少年时,我的目光多是"东望"——吸引我的是东郊鳞次栉比的高大厂房、林立的大烟筒、滚滚的浓烟,我把这视为"现代化",是"北京的骄傲",那里是我追求的"理想之地"。

少年的时光一晃就过去了,盛年的岁月更是被迅疾地丢在了往昔,老年的门槛也已跨过多年。当我追怀逝去的岁月时,我会再次登临万春亭。在我已褪去少时的幼稚,但并不悔少时的观察和认识的同时,我也早已无心"东望",而极目所至,是"南望"的一片金碧辉煌,那儿是举世无双的故宫,是无与伦比的北京"中轴线"!

我平凡的一生有几个重要节点都与中轴线密切相关,这更加深了我对中轴线的感情。

一、第一次站在天安门前

一个人的一生会有许许多多"第一次",但随着岁月的流逝,有多少人生的"第一次"被湮没在纷繁的世事中,没有留下丝毫的记忆痕迹,化作尘埃飘散得无影无踪;它们有的已经模糊不清,只能捕捉到一些支离破碎的残片;而

图 / 天安门
赵瑞 / 摄

有的无论过去多少年都难以忘怀，清晰得有如在眼前——60 多年前我第一次站在国庆时的天安门前，就是我人生中这样的"第一次"。

1960 年 2 月，10 多岁的我随妈妈由内蒙古包头来到北京。妈妈抱着三岁多的大弟弟，我抱着只有几个月大的小弟弟，随着人流鱼贯走出刚建成不久的富丽堂皇的北京站。爸爸从出站口快步迎上来，接过我怀抱的小弟弟，我们一家随后坐上苏联产的"胜利 20"小汽车向我们北京的新家开去。

从塞外初次来到朝思暮想只有在梦里描摹过的北京，对一个 10 多岁的孩子来说一切都是新奇的，我趴在小轿车的车窗上，贪婪地注视着沿途飞驰而过的景色。至今我还记得，那天风沙弥漫，料峭的春寒让我们更不能打开车窗。小汽车经过方巾巷径直向西开去。爸爸只顾着他怀中的小弟弟，似乎忽略了我的存在，当车行至天安门前时，由于没人指点，天安门一闪而过。第一次见到的天安门居然是模糊的，这无疑给我留下了遗憾。

自有记忆以后，我六七岁时才第一次见到父亲，后来又是聚少离多，也因此养成对妈妈的依恋，对爸爸更多的是畏惧或者说是敬畏。这是为什么我不敢问爸爸沿途的景色，而错过了提前认识天安门。其实我们和爸爸刚刚分别几个月，由于工作调动，他提前到了北京。我1955年随父母由天津到包头，那是新中国第一个五年计划时期，父亲所在的单位参加苏联援建的包头项目。原以为再也不会离开包头，没想到几年以后却辗转来到首都，来到毛主席和天安门的所在地！在那个时代，一个少年对这一切的向往，以及当梦想成为现实时，他激动的心情可想而知。

"好好看看天安门！"这是我一踏上北京的土地便始终挥之不去的强烈愿望。但由于爸爸整天忙于工作，妈妈操劳家务，特别是身有残疾的大弟弟更让她难以分心，所以虽然已经来北京七八个月了，我还是无缘与天安门面对面。

当时我们家住在甘家口偏西北，即今天"增光路"的西边。那是为建筑工程部修建、还未最后完工的一幢四层家属楼，里面包括我家一共有四五户，我们几家都是从包头调来的，临时住在那里。四周孤零零的，除了菜地就是旷野，稍有"生气"的就是被人踩出的一条土路偶有人走过。我就读的小学叫马神庙中心小学，由于地处城乡接合部，大概有一半同学是玉渊潭公社的农民子弟。我因为是从偏远的外地初来乍到，一时还未融入同学中，所以每天放学后是我最难熬的时分。没有玩伴，我最大的"乐趣"就是站在住家三楼朝向东的阳台上，长久地向远处眺望……我最渴望的还是见到天安门。时间到了1960年10月1日，这是我们全家来京后的第一个国庆节。我向父亲提出想去天安门看看。他说："今天肯定戒严，过不去。等改日再说吧。"我不敢违抗父亲的话，但又心有不甘。

大概当天下午4点多钟，我鬼使神差地悄悄溜出了家门。我因为身上一分钱都没有，所以只能步行。我至今清晰地记得当年的"路线图"：沿着门前的土路，大概走两站地，从甘家口商场向南，一直朝阜成门走去。在阜成门外的第一个十字路口拐弯朝南奔南礼士路，走到复兴门外大街，再一直朝东走，踏上长安街。我远远地望见了电报大楼，但由于戒严，我的跋涉止于西单。

这时，电报大楼的大钟指向六点半，我已经走了两个多小时。

好在那时的戒严并不严格，我七钻八钻地就通过了由人墙组成的"封锁线"。那里到处是一群群盛装狂欢的人，到处是旗帜和横幅。从西长安街绵延数公里直到天安门广场，都是人的海洋、舞蹈的海洋、歌声的海洋和尽情欢乐的海洋。

我走走停停，始终向着一个少年心中的圣地——天安门走去。当五颜六色的礼花腾空而起，当四面八方探照灯的光柱聚焦在天安门广场上空时，我终于站在了天安门前！

那一刻，我是怎样的激动，怎样的骄傲，又是怎样的幸运！一个曾经远在塞外的孩子，居然能和天安门面对面，而且是在国庆之夜，能有多少人有这个机会，有这份"殊荣"？

我翘首仰望天安门，极力搜寻着城楼上的人影。由于看不清，多少有些失望，但我想象那上面必定有毛主席，有在课本中才能见到的党和国家领导人，与这些伟人近在咫尺不是已经很幸福了吗？

后来的结果是我又饿又渴又累，直到凌晨才回家。父亲平生第一次打了我，好在那时社会治安非常好，我突然不见了，父母尽管十分焦急，但并不太担心，他们隐隐约约想到我可能去了天安门。

如今，60多年过去了，我早已离开了那个来京后的第一个家，父母也永远离我而去，我也步入了最不情愿但又无法绕开的老年行列。

多少往事已经淡忘，但我忘不了1960年的国庆之夜，忘不了第一次在那样的时刻的天安门前忘情流连！

这是我人生中第一次投入中轴线的怀抱，从此我与中轴线便结下了不解之缘。

二、母校二十八中曾是离天安门最近的学校

"天安门情结"是我一生挥之不去的情感，这种情感贯穿了我的一生。这也决定了我与中轴线再次紧密相连。

1961年，我小学毕业。在面临报考哪所中学的"历史时刻"，在规定可

填报的三个志愿中，我毫不犹豫地全部填了"二十八中"。我并不了解这所学校，它的教学水平如何，设施、设备怎么样，优势、特点是什么，我一概不清楚，而且离我家较远，坐公交车的话有八站地。当时我家所在的平安里周围名校云集，但我都视而不见。我唯一的"理由"是"二十八中是离天安门最近的学校"——它位于西长安街1号，与中南海东侧仅有一墙之隔，距天安门也是一箭之遥。这样的"理由"，在一般人看来，可能是盲目的、天真的，甚至是匪夷所思、难以理解的，但是我却抱定这是我的理想，是我心之所向的地方！

1961年9月1日，我怀着激动、兴奋还有些忐忑的心情第一次走进了二十八中。坦率地说，当时我稍稍有些失落，因为校园整体陈旧、灰暗，操场不大，还很简陋，教室布局杂乱、拥挤。如果"以貌取人"它是不合格的，但"儿不嫌母丑"，在随后几年的时光中，我早已抛却了最初的印象，深深地爱上了自己的母校。教我的老师、母校的精神气质、母校深厚的历史渊源、母校光荣的革命传统，当然还有她因离天安门最近而享有的"特殊待遇"，都令我骄傲和自豪。

对母校最难忘的是那些老师们。我的第一任班主任是张美玲老师，她是教语文的，祖籍广东，但说一口标准的普通话。她对学生亲切、慈爱，像母亲一样呵护着她的学生，让我更感念的是她提名我为少先队大队委候选人。

那是入学不久，大队委要经过全校少先队员的选举，只有超半数通过才能当选。记得那天我们几个候选人坐在操场上的前排，大队辅导员秦淑仪老师首先讲话，然后讲明选举程序和注意事项，最后分发选票开始选举。

那一刻是我人生中经历的第一次煎熬——我骨子里始终把"当官"看作负担，认为那将束缚和扼杀我的自由；同时，虚荣心作怪，觉得选上还好，选不上多丢人！还好，最终票数超过半数，并且我以不太低的选票当选。以最高票当选大队委的叫胡青懿，是其他班的女生。如今已经过去60多年了，但我对这些细节还记得那样清楚，可见这件事对我是多么重要。

当时的大队委主席叫黄祖尧，是高我一年级的女生。她美丽、善良、热情，尽管年纪与我相仿，但她却像大姐姐一样布置工作，还常常对我"嘘寒问暖"。后来离开二十八中几年后，我们在南长街偶遇，但只说了几句话就匆匆分手了。几十年了，我一直记得我们的"大队委主席"，记得那双真诚又有一丝淡淡忧郁的大眼睛。

后来继任的班主任也是教语文的。我忘记了她的名字,只记得她是越南华侨,不到半年时间就离开了二十八中。她在任时,曾自己出钱请全班同学到首都电影院看电影。她给我的印象是永远微笑着,无论是课上还是课下,她的微笑让学生永远心生温暖。

教音乐的黄老师也给我留下了深刻印象。我对音乐课并无兴趣,之所以记得这位音乐老师是因为有一年,高三的一位女生可能是要报考艺术院校或艺术团体,黄老师在那段日子里一遍又一遍地一边弹琴一边唱,为这位学生做示范与辅导,为学生的未来可谓呕心沥血。

还有一年的新年前夜,全校师生举办新年联欢会,黄老师一改平时不修边幅甚至有些邋遢的形象,西装革履,打着玫瑰色领带,意气风发地引吭高歌,真像一个大歌唱家。那一夜,他气宇轩昂的形象永远留在了我的心中。

教俄语的老师叫安静慧。她的母亲是俄日混血,父亲是中国人,她也就有了中、俄、日的基因。她皮肤白皙,身材高挑,着装时髦,做派洋气。她对学生有求必应,当年,尽管中苏关系已十分冷淡,但民间尚未受大的影响,中苏首都的中学生还相互通信,保持着友谊的纽带。那时候班上很多同学都有苏联的少年朋友,他们每每来信,安老师都不厌其烦地帮同学们将俄文翻译成中文,再将同学们写的中文信译成俄文,寄往莫斯科。这些事都是安老师利用业余时间做的,这耗费了她不少精力与时间,但安老师乐此不疲。

我也不会忘记管理图书馆的金老师。她当年有40多岁,是上海人。我因为从小爱看书,所以对管图书的老师自然格外关注。我总是老远就向她敬礼鞠躬,对她尊敬有加,其实不无"讨好"的成分。初中三年,我从金老师手中借了不计其数的诗歌、小说,读遍了拜伦、雪莱、歌德、海涅,那三年,奠定了我一生都无法改变的以书为伴、以书为乐的生活习惯。

还有教体育的张建国老师、教几何的冯梅老师、教代数的白老师、教地理的金老师、教导主任金家瑞、大队辅导员秦淑仪老师……二十八中许许多多的老师都让我难忘,他们敬业、正直、爱学生,他们是当之无愧的园丁!笔者无法忘记的还有"学工""学农"以及其他社会实践活动。记得那是1961年冬天,尽管已到了"三年困难时期"的尾声,但饥饿仍像愁云惨雾般笼罩着全社会，人们最大的愿望就是能填饱肚子。我们这些十三四岁的半大小子是最能吃的年纪，又何尝不抱有同样的想法呢？这时，学校组织我们到中山公园"来今雨轩"劳动。师傅分配给我们的工作是剥核桃仁。当时我一边剥一边流口水，那些核桃仁在市面上根本见不到，而此刻就在自己手中，那种诱惑真是让人难以抵挡。但我和同学们没有一个人偷吃。这既是苦难的写照，也是我们曾经的骄傲。

由于位于西长安街1号，离天安门最近，所以我们学校比其他中学参加"政治活动"的机会更多一些，比如外国元首来华时，我们多次在夹道欢迎的队伍中，可以近距离目睹国家领导人的风采；每年国庆节，我们都能观看游行队伍。

1964年我从二十八中初中毕业后很久都没有回去过，母校的形象只在梦中才能出现了。没想到的是，2019年的一天，时隔半个多世纪后，我再一次踏进母校的校门，这应该也是我今生最后一次再见母校的容颜！

事情的原委还要从头说起。一个老朋友知道我曾就读二十八中，而他的夫人也毕业于该校。一天，他突然给我打来电话，说二十八中将举办一个活动，他夫人准备参加。他说得有些语焉不详。这时正值暑假，学生们都放假了，能有什么活动？会是校庆吗？但二十八中的"机构设置"已经不存在了呀！带着这个疑问，次日，我直奔母校旧址西长安街1号。

1999年，二十八中与六中合并，改称"长安中学"。2004年长安中学与一六一中（原女一中）合并为"一六一中学"。

学校门前熙熙攘攘，人头攒动，还不断有人加入，一拨拨人群走进学校。原来并不是校庆，而是根据首都发展需要，一六一中学不久将从原二十八中旧址迁往他处，也就是说二十八中不仅"机构设置"没有了，"旧址"也即将不存，这意味着今后若再要寻找她，恐怕就只有回忆了。

笔者原来对母校的历史并不十分清楚，只知道她原称"艺文"。这次回母校，我这个"老学生"才比较详细地了解了母校的历史。

二十八中原称北京艺文中学，筹建于20世纪20年代初，是在"五四"新文化运动中兴办的学校之一。学校开始位于北京油坊胡同，后来迁到西长安街清朝升平署故址，也即原二十八中所在地。

北京艺文中学是我国最早的实验学校，实行自学辅导制，学校授课不分班级，学生以自学为主，每门课程每个单元都由教师先编写详细的辅导计划，经学校批准以后，按单元发给学生，学生按提纲自学。理化课则由教师结合实验进行辅导。外语课很强调作文、演讲、会话。学校在教育上强调进行群育、智育、德育、体育、美育"五育教育"。当时学校聘请了一批水平很高的教师，后来其中不少人都成了知名学者。到了30年代，北京艺文中学设立了幼儿园、小学部、中学部、职业教育班，形成了一套完整的普通教育系统。北京艺文中学也很重视丰富学生的课外生活，如1927年曾请英国文豪萧伯纳来校讲演。

北京艺文中学第一任校长高仁山先生是现代著名的教育家。早年他曾到美国、英国，日本等国留学，归国后历任北京大学教育系主任、北京师范大学教育系教授等职。1922年他放弃大学的优越生活，从普通教育入手，创办了北京艺文中学。

高仁山先生具有强烈的民主思想，是我国早期接受进步思想的知识分子之一。他主张教育救国，认为只有从普通教育着手提高国民文化水平才可以改变社会。他在办学期间，努力宣传反封建、反帝国主义民主思想，并带领学生积极参加民主运动。因此，他深为反动军阀张作霖等人所嫉恨。1926年，在李大钊同志被捕的第二天，他受到警察厅的监视。友人劝他躲避，他却坚定地说："我既然许身教育，志在救国，就不能畏惧任何艰险。我绝不离开艺文中学。"

1927年4月，李大钊同志殉难。不久，高仁山被枪杀于天桥刑场。他死后被学生和友人殓葬于京西潭柘寺。1931年老校友为缅怀老校长的业绩，曾以高仁山常说的一句话"身世悲壮，一丝不挂，无瞻前顾后之忧，乃能言救国，做救国事业"刻碑志念。这块碑至今仍保存在二十八中旧址。

在高校长的带动和影响下，不少学生投入到反封建、反帝国主义的民主运动洪流中，形成了北京艺文中学光荣的革命传统。北京前市委副书记刘仁同志就是在高校长的直接影响下参加了共产主义青年团，以后成长为领导干部。

二十八中的"机构设置"没有了，尽管它的"血脉"融入了一六一中学，但一六一中学也由西长安街1号迁往新址，当然也就远离了中轴线（此篇文章为作者以前写的回忆文章，现在最新的情况是一六一中学高中部仍在西长安街1号。——编者注）。这就越发让我留恋"曾经"的母校，留恋曾与中轴线耳鬓厮磨的难忘岁月。曾经"离天安门最近的学校"消失了,一个曾经为这个"最近"而深感骄傲自豪的她的学生,在母校旧址尚存的最后时刻,记述一笔,也算是对母校的最后告别!

三、妻家老宅曾在西单东

20年前,坐落在西长安街、电报大楼对过儿的北京最有名的首都电影院因首都发展的需要而被拆迁,从此长安街上再也没有了这座标志性老建筑。十几年前,原首都电影院东侧不多的几处民宅和零星的小店铺也走上拆迁之路,从此,西长安街103号这处曾与首都影院一墙之隔的民宅也消失在历史的尘烟中。

这处民宅是我岳父的家,自然也就是我妻子的家。这个小院有十余间房,它的历史从我妻子这代算起,可上溯五代,至少有近二百年了。

十多年前,当推土机推走了最后一堆断砖残瓦,"隆隆"声戛然而止时,我在远处久久伫立。那一刻,我的思绪一下子飞回几十年前,鲜活的画面一幕幕地从眼前闪过,胸中有热血在奔涌,脑中有记忆在疾流。

当情绪渐渐平复,最后瞥一眼已经了无痕迹的老宅的平地后,我默默地自言自语:妻家从此远离了西单,远离了长安街,远离了天安门,我与中轴线相关联的"实物标志"也最后消失,只有回忆可以"再现"那段经历了。

以20世纪五六十年代为坐标,将历史拉回到60多年前,103号西侧与首都影院仅有一墙之隔,再向西还有(难以准确地说出"依次")沙利文食品店、银星照相馆、大食堂(饭馆)、人民银行、土特产商店、天源酱园、鸿宾楼饭庄、大地西餐厅、庆丰包子铺、燎原日夜商店等。

103号向东,有新新礼服店、同天永饭馆(后改为晋风刀削面馆)、自行车修车铺,隔着六部口胡同,是纸张批发部、邮局等。

103号对面的西长安街北侧,曾是中央人民广播电台、市民政局,后在中央人民广播电台原址处建起了电报大楼;南侧是安福胡同,中央电影院(后改为北京音乐厅)与其相邻。

学生时代,我曾无数次进出首都电影院、中央电影院,寒假、暑假更是把电影院当成了"家"，它们曾给我带来很多欢乐。

"大食堂"，顾名思义，以经营大众饭菜和物美价廉而著称。当年，我第一次走进"大食堂"就是和当时还只是"朋友"的妻子一起吃饭。记得我要了二两青梅酒，借着初沾酒的兴奋（也是为了遮掩），浅薄地夸夸其谈，妻居然认为我很有"学问"。今天想来，我仍然不免脸红。

至于六部口邮局，我更是再熟悉不过了。上中学时，我几乎日日光顾，会写点儿东西后，这里更成了我心中的一处"圣地"。直到在拆迁的前几年，该邮局仍经营报纸、杂志时，我还不时去转转。

妻家可能是北京最早经营存车处（自行车）的人家之一。早在20世纪30年代初，随着首都电影院的建成开张，借"地利"之便，妻家就开起了存车处。这个"地利"，既因紧挨着电影院，又因门前的便道十分宽敞，可以停放多辆自行车。一辆车2分钱，多少年来未曾涨过价，一分一分积攒，居然养了一大家子人；而在妻父辈的六人中，还培养出了三个大学生！

这是一个老式的传统家庭，但他们没有重男轻女，反而"重女轻男"，三个儿子或初中毕业或小学未毕业就早早参加了工作，而三个女儿却一个毕业于北京航空学院（现北京航空航天大学），一个毕业于北京工业学院（现北京理工大学），一个毕业于北京石油学院。

后来，妻家的存车处与西单的存车处合并组成了合作组，但是随着形势的变化，没过几年它就寿终正寝了。妻家从此告别了存车处"生涯"。

妻是西长安街103号的第五代。她出生时上面已有两个哥哥两个姐姐，三年后，又降临了一个弟弟。八口之家只有父亲一个人工作，母亲常年有病，生活的拮据和困顿可想而知。但生活并没有压垮他们，除了坚忍和"自救"，从这个家里还时时传出琴声和唱戏声。

岳父老实厚道，性格内向；岳母爱说爱道，只要一开腔，就像开闸之水一发而不可收。岳父一天难得说一句话，记得成家后我和妻去看望老人，岳父一成不变地说句"来了"，就再也不说什么了。就是这样一个人，却喜欢京剧，当儿女们围坐在一起时，他会边拉边唱，妻就在父亲的影响和浸润下，也喜欢上了评剧、京剧和唱歌。

生在这样的家庭，妻过早地背负起生活的重担，她六岁就开始卖报、卖大碗茶、卖瓜子，以稚嫩的双肩扶助父母走过了艰辛之路。更辛酸的是，妻参加工作后，父亲遭遇错案，原本在可以稍稍喘口气的时候，艰难又向她袭来！妻为了补贴那个风雨飘摇的家，每月工资 17 元时，给家里 7 元；19 元时，给家里 9 元；32 元时，给家里 20 元；39.8 元时，给家里 25 元。她在远离市区的工厂上班，每周只能回家一次，要在食堂吃饭，要买长途汽车票，除了"必不可少"的花销，她几乎什么都不买。为此，她在食堂永远买 5 分钱的菜，从未吃过一毛钱的菜。黄澄澄的鸡蛋羹是她最想吃的，多少次她都想狠狠心买一份"解解馋"，但每一次都忍住了转身走开。她舍不得那 2 毛钱，她要省出这 2 毛钱交给父母，以渡过生活的难关！一份 2 毛钱的菜，六七年间，她没碰一下！多少年后，当妻给我讲述这一段经历时，我难以自持，泪眼模糊！

我从小学开始就爱看报，尤其是晚报。20 世纪 60 年代初，中苏就国际共运展开论战。这又把我的兴趣引向了《人民日报》。为了看论战文章，我每天早晨上学前都到六部口邮局前买《人民日报》，晚上放学后又到那里买《北京晚报》。天长日久，总是一个小姑娘站在邮局前的马路边卖报纸，我也总是从她手里接过报纸，然后匆匆离去。

时间长了，我开始注意到这个小姑娘：她总是站在固定的位置，左胳臂夹着一摞报纸，右手把报纸递给买报人；夏天总是穿一件长袖白衬衫，冬天在棉袄外罩一件紫底小白兰花外衣，她俊俏的面庞上有一双招人喜爱的大眼睛，她的目光纯真、温润，让人心生怜惜。那个年代北京的冬天是十分寒冷的，尤其在北风呼啸的日子，街头人们行色匆匆，很少停留。但小姑娘却一直站在那个固定的位置卖她尚未卖完的晚报。这时候，她让人生出的就不仅是怜惜，而更是心疼了。一个尚需呵护的小女孩儿，却在寒风中为父母分忧，为那 2 分钱忍受着刺骨的寒风和街头的孤寂！多少年后，我也忘不了这个小姑娘，忘不了这个卖报的小女孩儿！她永远定格在我的记忆中！

后来我参加了工作，也结束了在六部口的"买报生涯"，也就"告别"了那个大眼睛的卖报小女孩儿。

"这个小女孩儿"1968 年初中毕业后，1969 年被分配到和我同一个远离市区的工厂，也巧合地跟我分在同一个车间。我们后来由相识、相知到成家，不过那时我并不知道妻的这段经历。

十几年前，在妻家老宅拆迁之际，我与妻聊起老宅，我联想起六部口邮局，联想起我的"买报生涯"，自然地便想到那个卖报的小女孩儿。我说她特像一个人，像当年一个小姑娘。当我说出那些细节时，妻子先是惊讶，继而是沉默，最后她潸然泪下。她哽咽着说："那就是我啊！"

世上难道真有这种巧合？

我们已经是老夫老妻了，我"认真"地看着妻，从她已不年轻的面庞上我读出了沧桑，读出了坚毅，更读出了善良和真诚！她说："我从1958年《北京晚报》一创刊就开始卖报，直到1966年停刊。我从6岁到14岁一直卖报。早晨上学前卖《人民日报》《北京日报》，晚上下学后卖《北京晚报》。这份'差事'还是靠父亲在邮局工作之'便'得到的。"

妻子说，那时候，自己并不觉得苦，小孩儿也不知道累，倒是这段经历，让她看到了人生的冷暖，也体会到了人性的善良和温馨。她说，经常有叔叔阿姨递过来五分钱或一毛钱，拿起报纸就走。当她要找给人家钱时，却听到一连声的"不找了，不找了"。这些暖人的"小事"，让她一生都铭记于心！

妻子出生在西长安街103号，那儿是她的家。103号自然与我这个曾经的"局外人"也有了关系。我和妻子无数次出入这个"家门"，无数次"遥望"天安门，也无数次享受着毗邻中轴线的快乐。

上述这些经历都已经过去了，但每每忆起，它们还是那样清晰、那样生动、那样鲜活，仿佛就在眼前！如果问我这是为什么，我会回答："我对北京爱得太深，对天安门爱得太深，当然也包含着对中轴线的一往情深！"

时代在变，社会在变，人们的观念也在变。作为一个已在北京生活了60多年的"不老也不新"的北京人，我永远不会改变的是对天安门的热爱，以及对中轴线的永远依恋！

（作者为北京市交通委员会路政局退休干部、中国散文学会会员、东城作家协会会员）

国庆，我站在天安门广场

马占顺

时间一晃，半个多世纪过去了。每当在金秋的日子里，我就会回忆起1968年和1969年国庆节当天，我参加天安门广场庆祝活动时那欢乐的时光，那时我才十一二岁。

20世纪60年代以后，在我的记忆中，每逢国庆节当日都要在天安门举行盛大的群众游行活动，天安门广场都会成为"花"的海洋。当天会有北京十多万名大中小学校的学生站在广场上，手持不同颜色的纸花，用组字的方式来庆祝国庆节。

记得随着庆祝活动的开始，最先出现在广场上的硕大图案，就是"1949—庄重的国徽图案—1968"，这幅图案是由数万朵纸花组成的。而后学生们用纸花分别组成"中华人民共和国万岁""世界人民大团结万岁""热烈庆祝中华人民共和国成立十九周年"等十几种不同的图案。最常见的组字是黄字、红底儿，或者是红字、黄底儿。组字的周边还镶着黄、红、绿等颜色的花边，这是后来我在电影纪录片中看到的。

那年我有幸参加了庆祝新中国成立19周年广场上的组字活动，至今虽已过去半个多世纪，但仍让我记忆犹新。

记得当时我手里拿着两种纸花：一种是黄色的，另一种是红色的。这组字用的花都是用皱纹纸做成折叠式的，折起来就跟一个小平面扇子一样大小，可以把它装在书包里拿起就走，可只要顺着扇子面的把儿，把纸花打开再攥住扇子的两个把儿，它就变成一个圆形的大花环了。在广场上组字，不是想举哪种花就举哪种花，而是要根据广场上指挥小旗的颜色，来判断该举哪种花。后来我才知道，这指挥小旗都是挂在广场的华灯上由人单独控制的。如果指挥旗子升起来的是黄色，那么按照事先的规定，我可能就举黄纸花，右边的人也许就举红纸花，所以在平时练习时，就要求我们精力集中，要随时看着指挥旗子的升降和颜色的变换，当然记住自己手中该举哪个颜色的纸花是最关键的！

记得那年九月中下旬的两个晚上，我们排着队到天安门广场参加了两次彩排。广场的地面都是用方水泥砖砌成的，地砖上面编着白色的号码，这就是参加组字的人要站的位置。

国庆节当天早晨 5 点，我们都穿着干干净净的白衬衫、蓝裤子在学校集合，排着队来到广场。因为我所在的小学离广场近，所以我们很快就走到了。6 点左右带队的老师帮着我们找准位置，我们记住自己所站地砖上的号码，就可以原地休息了。这期间参加国庆活动的人们从广场的几个方位陆续进场，直到熙熙攘攘的组字人员都聚在这里为止。

10 点庆祝活动开始，太阳已经当头照了。这时，从广场上每根灯柱上的喇叭中都传出总指挥的声音，老师指挥我们赶紧站立好，我们共同期待着庆祝活动马上开始。

在《中华人民共和国国歌》奏响的同时，天安门广场上的图案就在变化着。离我最近的华灯上，随时升起不同颜色的小旗，当然手里的纸花也在跟着变化。我由于年龄小，左臂臂力较差，没举一会儿，就感到有些吃不消。带队的老师不时地穿插在队伍里，看谁有什么反应，我心中期待着小旗颜色的变化……

在国庆 20 周年之际，我又有幸参加了首都青少年的游行队伍展示。

在距国庆节还有一个多月时，学校开始选拔参加国庆的同学。在选拔的标准中，表现好、担任班干部是参加国庆活动的头条标准，身高和胖瘦是第二条标准。当学校通过每个教室里的小喇叭公布被选上的学生名单时，教室里真是安静极了，平时不遵守纪律的学生都安静了下来。我们都在认真地听着，生怕漏掉了自己的名字。被选上的学生个个都有点趾高气扬的，我也算其中之一。

当天下午下了课，入选的同学就开始集合，参加第一次的训练动员会。我记得校领导激动地说："同学们，这国庆二十周年是个大节庆啊！你们将代表我们学校的几千名学生,参加北京青少年的游行方阵,接受毛主席的检阅,这是你们的幸福,也是学校的光荣!希望大家不要辜负学校老师和同学们的期望。"

队列训练还是很艰苦的。9月那似火的骄阳就挂在脑袋顶上,我们每天下午都要进行几个小时的训练,指挥部还为我们请来了解放军叔叔,他们那认真的态度,以及对我们的要求丝毫不亚于对每一个新兵的训练要求。

训练时的口渴,是每一天都会发生的。临时解散休息时,在学校后山墙前面的一排十几个自来水龙头处,便挤满了嗷嗷叫渴、汗流浃背的学生,我们迫不及待地搂着水龙头张嘴就喝,一会儿大家的肚子就被清凉的自来水灌饱了。

训练时的腿疼,是大家都体验到了的。我们每天都要在操场上来回齐步走、正步走几个小时,等回到家里,大腿带着小腿都是酸酸的,就连平日放学后几个小伙伴相约在胡同里再踢会儿小足球的兴致也荡然无存了。

训练时的"吃土",也是太正常不过的。由于学校的操场全是用黄土铺成的,所以整齐的队伍一走过,大家脚下的黄土就会漫天飞舞。这黄土像是朋友似的追随着我们,包围着我们,飘落在我们身上,钻进我们的鼻腔……

就像这样,阳光见证了我们的汗水,操场映印着我们的身影,自来水龙头记录着我们抢水喝的幸福。

1969年的国庆当天,在头天的一场小雨过后,晴朗的天空飘起了带有秋意的小风。我们这个代表首都青少年的方阵是最后一个出场的,不管是男同学还是女同学,每个人都身穿白色长袖衬衫和蓝色长裤,胸前系着鲜艳的红领巾。

在南池子大街的门楼前,我们排好队,手擎着红色氢气球,伴着《歌唱祖国》的音乐节奏向天安门走去。过了东标语塔,大家的步子便一律改为铿锵有力的正步。

我们这个方阵代表着"共产主义事业后继有人"。根据"国庆游行指挥部"的要求,在方阵行进到天安门的金水桥前时,我们要手持飘扬的气球,向毛主席宣誓……

这两次活动对我来说都有着非同寻常的意义,因为在1968年的庆祝活动中,我的父亲作为观礼代表也登上了天安门城楼。

在那次的组字任务完成以后，我回到家便兴冲冲地问父亲："爸爸，您在天安门城楼上能看见我组字的情况吗？"父亲抚摸着我的脑袋说："傻孩子，广场上那么多的人，再说又离着那么远，我只能按你说的方位来猜，这一块就是我儿子他们学校的。"听到这儿我就高兴了，在国庆节这一天，爸爸作为英雄的代表，我作为革命后代能同时出现在国庆的活动中，这是全家的骄傲啊！

父亲还说："这天安门就是北京的中心，站在这里在过去是咱穷人想都不敢想的啊！"结合这次国庆，父亲又给我讲了许多关于北京的故事，他还特别谈到天安门的南北延伸线就是北京的中轴线，也是一条历史悠久的文化线，不过当时我听得似懂非懂。

后来我又知道，中轴线是北京老城的"脊梁"和"灵魂"，它是贯穿北京市中心的一条建筑群，更是烙刻在老北京人心中的一条美丽的飘带。而生活在中轴线附近的我，打小就在心里对中轴线上的天安门和天安门广场充满了敬仰！这既是北京中轴线的中心部位，也是全国人民心中的首都啊！

从小生活在中轴线附近的我们，是多么幸运和幸福！正是因为当时的家与学校都在天安门附近，我才能有这些宝贵的机遇与美好的回忆。

参加工作后，这些美好的记忆也一直激励着我不断奋进。

（作者为东城作家协会会员）

情系什刹海

张大锁

什刹海又名后海，紧挨着中轴线，位于鼓楼的西南侧。但凡北京人，恐怕没有人不知道它的。我自打记事起，就一直住在什刹海附近，几十年里从来没有搬过家，因而与什刹海结下了不解之缘。

一

什刹海是我儿时的乐园：春天钓小鱼，夏天粘知了，秋天捞螺蛳，冬天滑冰车。其中，最难忘的就是滑冰车。我小的时候，北京的冬天要比现在冷得多，可以说是滴水成冰。那时候，孩子们玩的东西不像现在这么丰富，尤其到了冬天，滑冰车便成了男孩子最喜欢的运动。每到寒假，我们这些胡同里的半大小子除了吃饭，几乎不着家，整天仿佛长在什刹海的冰上了。

我们玩的冰车全是家里大人帮忙做的，工艺特别简单：下面用两根40—50厘米的长方形木条做轨道框，上面钉几块木板儿，再踅摸一对儿可当冰锥的钢筋火筷子，基本就算齐活。实在没火筷子，就用两根木棍儿，揳上两颗钉子也能凑合。这冰车的好赖关键在于轨道的材质。讲究的人，会镶上两根钢锯条，要不就装两块儿角铁，最不济的是安两段粗铁丝。我的"座驾"属于第三者，速度没法儿和前两者比。

假日，写完作业的孩子们会成群结队带着自己的"坐骑"奔赴冰场。什刹海的冰面开阔，而且没人管，大家可以敞开了玩儿。记得当时冰车的玩法主要是赛速度和"分拨儿打仗"。大家或盘腿而坐，或跪在冰车上，一个个兴趣盎然。冰车稍大的，还能带上弟弟一起玩儿。由于我的冰车忒慢，赛车吧，回回垫底儿；玩打仗吧，开始没一会儿，准叫"敌人"俘虏。由于老拖大家的后腿，所以我不太招人待见。

一次，我们在后海玩"分拨儿打仗"，我又早早儿成了俘虏，看伙伴儿们玩得热火朝天，我闲得无聊，发现边儿上有一个脸盆大小的冰窟窿，我突发奇想，要来个冰车过"陷阱"。我盘膝坐好，面对冰窟窿加速猛冲过去，结果由于冰窟窿四周有冰凌子，车一歪，我一下子躺在了冰窟窿上，冰车打着转儿飞了出去。我忙来个就地十八滚，骨碌到了一边。还好，除了棉袄后背湿了一大片之外，没啥事儿。我拎着冰车悄没声儿地回到家，趁着家里大人不在的空当儿，自个儿偷偷地把棉袄在火炉子上烤干了，再重新穿上一转身又奔了冰场……

不知道从什么时候起，冬天的什刹海再不能随便滑冰了，冰面被人用铁栅栏圈了起来，按小时收费，而且价格不菲。现在每每路过什刹海，我都不禁想起小时候自由自在地在冰上驰骋的情景……

二

什刹海是我收获爱情的福地。那是2000年春天的一个周末，天灰蒙蒙的，和我的心情一样，见不到一丝阳光。身为单身大龄青年的我拿了本小说，来到什刹海，准备以看书打发孤独寂寥的时光。或许是由于天气的缘故，水边的人不是很多。就在我走到一处石凳旁边准备坐下的时候，忽然发现凳子上放着一个墨绿色的蛇皮小坤包。看看周围，一个人也没有，我打开包，里面有个银白色的化妆盒、一本通讯录、一部蓝色的诺基亚3310手机和一包面巾纸。虽然我当时的收入并不高，但打小受父母教诲人穷志不能短，于是我决心做回活雷锋。我边看书边等，可是溜溜等了一个多小时也不见失主。瞅瞅表，已经快晌午了，我只得拿起包，准备回家。此时包中的手机突然响了起来。估摸着是失主打来的，我慌忙打开手机，里面传出一个女孩儿清脆的声音："喂，您好，我知道是您捡到了我的包，谢谢您，不知道您能不能把东西还给我，其中的通讯录对我很重要。""是您的东西当然要物归原主了，其实我在什刹海等了您好久，您一直没来。您什么时候过来？"我问道。"我一会儿就到，干脆您就在什刹海与鼓楼大街交界处的路边等我吧。""好的。""那一会儿见。""一会儿见！"

放下电话，我猛然想起，刚才着急忙慌竟然忘记问对方穿着打扮，姓甚名谁，待会儿认不出可咋办？

走出什刹海，来到马路边，路上的行人很少，我左右踅摸着，不知道姑娘从哪个方向来。这时，一辆红色的桑塔纳从左边驶了过来，嘎地停在了我的身边，车门一开，一个身材苗条穿着一袭淡蓝色长裙留着长发的女孩儿出现在我面前。她径直朝我走了过来，脸山挂着迷人的微笑："您好，让您等久了吧！"说着女孩儿主动伸出手。"咱们找个地方坐坐好吗？"女孩儿说道。"好，那就去前面的麦当劳吧。""行。"为了表示感谢女孩儿要了一份薯条两杯咖啡。我们面对面坐下，我把包递给她，女孩儿连声道谢。在谈话中我知道了女孩儿叫林雨霞，在华文文化传播公司工作。虽然她大学学的是经济管理，但她对文学却情有独钟。相同的爱好，使我俩越聊越投机，不知不觉，我们竟聊了两个多钟头，都有种相见恨晚的感觉，分手时我们互相留了电话。

后来嘛，在我的努力下，雨霞成了我的妻子，这段什刹海情缘在我的朋友中也就成了公开的秘密。

三

什刹海是我净化心灵的圣地。2013年，我的女儿已经五岁了。小丫头聪明伶俐、活泼可爱。一个阳光明媚的周日，我带她来到什刹海散步。绿草簇拥着五颜六色的鲜花，铺满地上的角角落落。望着这一切，女儿的心顿时兴奋起来。我跟随着女儿欢快的脚步，一时间心无旁骛。正在忘情之间，我一不留神撞折了一段花枝，上面有一朵开得正艳的月季花，花枝上的刺扎了我一下，我立即将它甩在一边。这时候女儿跑了过来，她惋惜地看着那朵低垂着的花，摸着它柔嫩的花瓣，随即解下自己头上的红丝带，递过来并出乎意料地对我说："爸爸，它受伤了，一定很疼，用我的头绳把它的伤口包上吧。看，它开的花多漂亮啊！"面对着女儿期盼的小脸，我觉得无法用成年人的世故告诉她花很快就会凋谢的。我在女儿热切的注视下将花绑在了枝蔓上。

我们渐渐走远了，回望那朵俏立枝头的月季，它竟然依旧那么美丽，继续快乐地行使着展示生命艳丽的权利。红丝带像一缕窜动的火苗，久久地跳跃着。我心灵的垢片在不知不觉间，被那火苗烧灼得一点点脱落，一束光仿佛顺着夕阳的指引照射进我的心房，使我的心变得晶莹剔透起来……

不知从什么时候起，我开始轻视周围许多生命的存在，我熟视无睹于它们的毁灭，我有意无意地挫伤着那些脆弱的生命，却无动于衷地看着它们在痛苦的泥潭里挣扎。而我五岁的女儿，在什刹海边，用她那稚嫩的童心感化了我，鸟儿啁啾般地鸣唱出了我心中那一抹久违的嫩绿。从此，它让我知道了如何为人师，如何关爱每一个生命，如何呵护孩子健康成长……

岁月不居，时节如流。什刹海伴随我走过了将近半个世纪。如今的它水更清、草更绿、花更艳，而我对它的情感也更加深厚。在这里有我童年的欢乐时光，有我爱情的浪漫回忆，有我和女儿的心灵互动与共同成长，什刹海已经与我的生命融为一体，我们彼此无法割舍，将会相伴一生。

（作者为东城作家协会会员）

银杏树下话"育英"

张小屹

二十五中坐落在灯市口大街,我在这所学校工作过十多年,在我心里,这所学校的标志是校园里那棵高大的银杏树。每年秋天,金黄的树叶挂满枝头,被风吹得沙沙作响。一夜秋风之后,落叶遍地,铺满了大树的周围,那真是一景!师生们都会收集几片落叶,把它们当成书签。也有学生会把遍地的落叶当成画笔,在地面上用落叶勾勒出几个字母或者符号,也许是谁名字的字母缩写,也许寄托了一些小秘密,这样的"作品"就像是一张秋天寄来的明信片,把学校的操场装点得格外漂亮。这棵大树被白色栏杆包围着。学生们经常在栏杆旁三五成群或立或坐,有说有笑,那时的操场显得格外有生气。

学校的景致还有很多,比如古色古香的校门、校门内的大影壁、校园里三座民国风格的灰砖小楼等。很多人路过这所学校,都会被它的景色吸引,如果门前没有悬挂着校名牌,人们会以为这里是什么"名胜古迹"呢!其实这所学校说它是"古迹"也并不为过,因为从建校以来,这所学校就一直在这里。这是一所百年老校,在北京的教育历史中也曾留下自己深深的印记。学校的前身是由美国基督教公理会传教士白汉理在1864年创建的"男蒙馆",当时是以小学教育为主。这所学校1900年毁于义和团运动,后于1902年重建,并更名为"育英学校"。育英学校可以说是北京近代教育史中引进西方科学、开展现代教育最早的学校之一。"育英"一词,取自《孟子》中的"得天下英才而教育之"。何为"英才"?有一定品德和技能的人被称为人才。《淮南子·泰族训》云:"智过万人者谓之英,千人者谓之俊,百人者谓之豪，十人者谓之杰。是为'英俊豪杰'。""育英"，即为"培育最优秀的人才"之意。1934 年的春季，在北平市的首次会考中，育英学校的梁炳文、唐统一分获高中、初中第一名，被社会广为赞誉，史称"双元"，当时的教育局为了表彰学校的办学成绩，特颁发"双元"匾。"育英"的目标确实得到了实现！新中国成立以后，育英学校于 1952 年更名为北京市第二十五中学，1958 年被评为北京市十所"红旗学校"之一。

这样一所有着历史传承的学校，在 20 世纪 90 年代曾引领了当时教育改革之风。说来惭愧，当时我还只是刚入职的青年教师，虽"身在此山中"，却"不识庐山真面目"。我虽是亲历者，却也很难把"教育改革"这个大事件做全景式的呈现。但是现在回想起来，这股改革之风确实真实地在我身边刮过，其中有几件事给我留下了很深的印象，在潜移默化之中也影响了我对学校、对教育的认识。

一、铺地毯

当年，学校里的楼道、教室都是水泥地面，学生放学后要做的一件事情就是做值日。每天有一个小组，由组长做好分工，确定谁来扫地，谁来擦地，谁来擦黑板。有时候会有学生悄悄地溜走，老师若是知道了，就会罚他连着做几天值日。忽然有一天，不知从哪里传来的消息，说学校要在教室里、楼道里铺地毯！那时候人们只见过在家里，或者在一些高档场所铺地毯，谁见过在学校这样的地方铺地毯呢？一时间这成了大家议论的话题：

"地毯多贵呀！那么多学生，每天踩来踩去的，弄坏了多可惜！弄脏了怎么办？"

"铺了地毯学生没法做值日，怎么培养劳动观念？"

"有钱就铺在地上？瞎花钱！"

....

这些议论并没有阻止地毯的铺设。终于有一天，在楼道、教室里，铺上了一层绿色的地毯，踩上去软软的，绿绿的颜色似乎把学校应有的青春气息渲染得格外醒目，学生们在楼道里好像都有些不敢跑了，走路都加着小心，过了一段时间才适应了。自然做值日也没有了扫地擦地的内容,每天放学后学生们都会低头看看,把自己座位周围的纸屑捡起来。擦黑板的值日生每次擦的时候都小心翼翼,生怕把抹布上的水滴在地毯上。

铺地毯这件事很快就在社会上传开了,不停地有人问我:"听说你们学校铺地毯了?"语气中有好奇、有羡慕。每次给别人讲这件事情,我都会觉得有一种"荣誉感"。是啊,自己在一个让别人羡慕的环境中工作,是一件挺让人高兴的事情。再看看学生们的表现,他们并没有因为铺了地毯就"丧失"了劳动观念,他们反而更加珍惜自己所在的环境,这不也是对学生的一种教育吗?看来教育真的是无处不在!对"教育"的理解也不能机械死板。

二、建民众楼

校园里原来有一排平房,被我们称为"小院"。小院曾经是学校青年教师的宿舍,后来被改成了教室,正好可以容纳三个班上课。小院里有一棵柳树,长得很茂盛。记得有一次上课的时候,外面忽然传来嘭嘭的声音,学生们纷纷往外看,原来是一个年轻的男老师戴着拳击手套正对着树干一下一下地击打,那声音就是他用拳头打在树干上的声响。他练得很起劲,学生们看得很高兴,课也上不下去了。

随着学校规模的扩大,校长提出要拆掉小院,然后学校自筹资金建一座实验楼。盖楼?!就凭一个学校的经济实力?这对一众普通老师来说,根本是不可想象的。校长在全体大会上反复向老师们解释:这是用学校改革以来创造的利润建成的楼,所以要起名"民众楼",说明这座楼有每位老师的贡献,是大家用自己的辛勤工作建成的。那时的我们心里还很有些自豪!一个学校,靠着老师们的辛勤努力,竟然可以盖起一座大楼!每个人似乎都为这座楼添了一块砖或一片瓦。校长还产生过让老师们集资建楼的想法,也就是学校向大家集资,并按时支付利息,这在当时都是极具震撼性的,每次都引起大家长时间的议论。我只记得开工后大楼建设的周期有点长,自己带的一届学生都毕业了,也没有用上这座楼,他们带着些许遗憾离开了学校。

终于楼建成了。这中间的周折甘苦我并不清楚，可当我再看到这座有着红色尖顶的大楼时，还是会感慨：这座楼就像一座纪念碑，记录着这所学校所有的老师为教育作出的贡献！楼顶上的大钟就像学校里的老师，每时每刻都在兢兢业业地工作着，老师们每分每秒的工作，换来了眼前的这座大楼。

三、校园书市

学校里每年的读书节是学生的节日，也是学生的欢乐季。很多学校现在都有类似的活动，这已成为一种惯例，但在当时还是一件新鲜事。读书节的活动设计很有新意，有读书推荐、图书捐赠、知识竞赛、读书心得交流、演讲比赛等，但最吸引学生的，还是"校园书市"。"校园书市"就是各班学生把自己看过又不想保留的书都带到学校，汇集在一起，然后各班在操场上摆摊出售。

每到校园书市开张的时候，操场上真是彩旗飘扬、人声鼎沸。各班都有一个指定的位置，学生们摆上几张课桌，布置好小摊后，就开始卖力地推销起本班的图书了，吆喝声此起彼伏，好不热闹！除了有固定的摊位，学生们还动脑筋开发出了很多销售的方法。有些学生开始了"流动售货"，操场上到处都可以看到跑来跑去的学生，他们拿着几本书，热情地向别人推销；有的开始"走街串巷"，从别的班里"进货"，然后再想办法把这些书卖出去；有的开始"以货易货"，用自己班里的书去与别人做交换。这热闹的活动也吸引了周边许多人走进校园来挑选书，就连专门贩卖旧书的书贩子也来进货了。周边的新华书店也在操场上摆摊售书，也曾有作者来签名售书，十分热闹。

卖书的学生并没有太在乎收获的多少，他们感受到的是"卖书"带给他们的快乐，享受着从中获得的乐趣。卖书得来的钱，一部分充作班费，一部分用于购买饮料作为奖励发给学生。和同学一起在操场上摆摊、喝饮料，这样的快乐会让人终生难忘吧！操场上随处都能见到抱着几本书的学生，他们的收获就是手里的书。三五成群的学生找个地方坐下来，全神贯注地在那里看书，不顾周围的嘈杂，全然沉浸在阅读的世界里。

书市结束后，热闹的校园又逐渐地安静下来了。这样的活动到底想带给学生怎样的教育呢？我想学生们在这其中学会的是社会交往，是简单的经济活动，可以感受一下在校园里形成的"小社会"，体验着"商品经济"给他们带来的喜怒哀乐，谁又能说这不是一种"教育"呢？现在看来，这是一种很好的教育形式，只是这样的教育现在又有新的样态了吧！

（作者为北京市东城区教育科学研究院高中语文教研员、中学教研部副主任、中学党支部书记）

红墙绿瓦寄情思

——记故宫修缮中心主任李永革

王俪颖

19岁身着军装从青海转业回北京的李永革对未来充满了迷茫,未来干什么呢?当年在一起的战友有的去了公安局,有的去了新华社,有的去了医院工作,而他在父亲的指引下,选择了到故宫学习木工。他喜欢木工的精巧,感叹故宫的宏伟壮丽,二者的结合对他来讲是再合适不过了。从此他便跟故宫结下了不解之缘。

1975年进入故宫博物院工程队的第一天,李永革看着巍峨的西华门,有一种愿望得以实现的开心和满足。不过从西华门到位于隆宗门外的工程队,李永革一路走来,在明媚的阳光照射下,只见斑驳的红墙、灰蒙蒙的彩画,以及屋顶上一簇簇随风轻摇显得异常突兀的杂草,这些与他心中的故宫相去甚远,这让他的心情有些失落,从此恢复故宫古建筑的健康与辉煌便成为他心中的愿望,也因此埋下了他一生修缮故宫、保护故宫、守护故宫的种子。

1974年4月,国务院批准了故宫博物院院长吴仲超亲自撰写的《故宫博物院五年修缮计划》。1976年唐山大地震波及故宫建筑群,故宫在开展五年修缮计划工作的同时,也开始对全院古建筑的安全健康状况进行逐一的摸底排查。正是在这样的历史阶段,李永革参与到对故宫古建筑的维修保护工作中,他以干带学,边学边干,凭借军人能吃苦、不怕脏不怕累的过硬作风,以及勤奋、谦虚、努力的学习精神,很快地进入工作角色中,他的足迹遍布故宫内的每一座建筑。扛梯子、爬房顶、检查大木结构、观察檐头、斗拱是否歪闪移位,排查安全隐患等成为他每天的必修课。在五年修缮计划中,对东南角楼、畅音阁、阅是楼的维修为他深入学习、掌握官式古建筑营造技艺与木作工艺提供了机会。白天，他在工地现场勤学苦练；晚上，他在蚊帐中抄写从刘德汇师傅那里借来的《清式营造则例》和《营造算例》。在系统理论与亲身实践的共同加持下，他进步飞快，不久就成长为同辈工匠中的翘楚，成为木工二组的副组长。

一次，銮仪卫东大库的修缮需要更换四缝单步梁，队里安排了一位经验丰富的老师傅负责。经过开料、划线、制作等过程，在准备安装的时候发现每根单步梁比实际需要足足短了 16 厘米，经过反复校核寻找原因，原来是老师傅在制作时误把肩膀线看成了截头线，致使四五立方米的木料被浪费，所有单步梁都需重新制作。这是很严重的工作失误，当时还处于计划经济时期，所有木料都需要打报告经过批准才能获得。经历此事，老师傅不复往日光彩，在工作中经常沉默不语，也不再被委以重任，不久即悻悻退休。这件事给李永革带来很大的触动，从事古建修缮工作，掌握各种晦涩难懂的名词、技术很难，木作尤其将所有责任集中于掌线师傅一人身上，因此难度更大，但最难的是一辈子不犯错。因为在工匠眼中，技术上的错误是一辈子的错误，没有修改的余地。从此，李永革对待自己的工作更多了份严谨，他的字典中从此增加了"战战兢兢"和"如履薄冰"八个大字。

日子在工作与学习中稳步向前，1984 年底，李永革被任命为故宫工程队主管生产的副队长。从一线一下子就跳到管理岗位的他曾开玩笑地说："昨天我还腰里别着斧子在房上干活，今天就要开始给大家安排活了。"他的话里充满了不安和窘迫，那一年他 29 岁，是当时文化部系统中最年轻的处级干部。

十年的一线工作，让他在管理上有足够的底气。他清楚地知道一斤 6 寸圆钉大概有十五六个，5 寸圆钉有十七八个，4 寸圆钉有二十五六个……四五百米的距离内人工小推车可以一天运输二城样城砖 200 块，尺七方砖每人每天砍制两三块……但每天他还是会骑着一辆旧自行车，穿梭在故宫的各个工地现场，有时是为检查，有时是为解决问题。他还推动工程队进行工资绩效改革，提高施工效率，制定工程队工作管理办法，优化工程队的组织结构。1990 年 12 月，工程队更名为古建修缮处；1998 年 1 月，工程队撤销古建修缮处，组建工程管理处；2003 年初，又从工程管理处分出了古建修缮中心。

20年间稳扎稳打，一步一个脚印，工程队几乎包揽了故宫内部的所有修缮改造项目，正式职工也一度达到400余人。20年间他兢兢业业，每天最早到，最晚走，确保施工项目安全无事故才放心，他办公室的灯照亮了工程队每一个人的心。20年间他从一个大木匠蜕变为熟练掌握官式古建筑营造技艺八大作的复合型技术技能人才。1995年他成为国家文物局古建专家组成员，从此，他开启了对全国各地传统建筑营造技艺的学习、研究与交流活动。

都说机会是留给有准备的人的，这话一点也没错。1999年建福宫花园复建工程（故宫唯一的复建区域）开始启动，作为复建工程的负责人，李永革带领工程队利用五年时间对建福宫进行复建，复建的建筑面积有近4000平方米。他在《建福宫复建工程的回顾与体会》一文中写道："复建工程的重要环节是坚持使用传统材料和传统工艺技术，费尽周折也要找到传统材料，坚持使用原材质，利用传统工具，反映原工艺。建福宫花园有大小共十一个殿座，它们不仅在外观上要与历史同时期工艺保持一致，而且内在的榫卯比例式样也应与历史同时期情况保持一致，得充分反映乾隆早期的工艺特点。"他对故宫官式古建筑营造技艺的坚持与坚守，使得建福宫花园与故宫融为一个整体，再现了乾隆早期的时代风貌，获得了专家们的一致好评。

2002年开始对故宫进行整体大修，这是新中国成立后，国家对故宫最大规模的一次修缮。武英殿区建筑试点工程，以及钦安殿、太和门、太和殿、慈宁宫等维修工程全部落在古建修缮中心。其中太和殿的修缮尤为引人注目，三百年未曾有过大修的太和殿汇集了无数古建人的精湛技艺，谁若能参与其中可谓三生有幸。从工程之初的脚手架搭设、物料运输、材料订购到过程中的技术、安全、质量管理，再到结束后的记录、总结等，李永革都亲自过问，不遗余力地将自己的所学、所得贡献给大家。工程中的难题在他那里总能得到很好的解决，但古建筑修缮技术工人的断档却成为萦绕在他心头的一朵阴云。

2005年，在李永革的组织下古建修缮中心恢复了拜师仪式。2008年，官式古建筑营造技艺被列为国家级非物质文化遗产。2012年，李永革、刘增玉被评为该项目的代表性传承人。同年，古建修缮中心面向社会招收派遣制学员15名，专习官式古建筑营造技艺。在李永革的推动下，故宫在非物质文化遗产保护、人才培养方面，起到了先试先行的模范带头作用，也为今天故宫官式古建筑营造技艺的传承留下了宝贵的火种。

2015年，对于进入花甲之年的李永革来说，人生到了新的阶段。无论是建福宫花园的复建还是持续了十余年的大修，李永革无疑都交出了一份令人满意的答卷，也完成了自己最初的心愿——恢复故宫古建筑的健康与辉煌。他在故宫工作了40年，这一时期也是故宫大力发展的40年，是故宫古建筑修缮保护不断升级的40年，更是他个人成长的40年，是他的人生与故宫的发展交织在一起的40年。

退休后的他被故宫博物院返聘，仍然奔波于各种工地现场和学生工坊间，他说自己是在故宫成长起来的，故宫在他的心目中永远排在第一位，他要用一生的精力去学习它、钻研它，为传承官式古建筑营造技艺不懈努力，时至今日他仍然在践行自己的诺言。

2021年6月28日晚，李永革作为行业的翘楚、故宫人的代表，在国家体育场观看了庆祝中国共产党成立100周年的文艺演出节目《伟大征程》；同年7月1日，他获邀在天安门参加庆祝中国共产党成立100周年的现场活动。这些都是对他莫大的肯定和鼓舞。

（作者为故宫博物院副研究馆员）

鼓楼庙会中走出的"鬃人白"

高锋霜

"鬃人白"白大成先生对中轴线上的鼓楼怀有深深的感情,他说,鼓楼于他有着特殊的意义,因为现如今享誉京城的"鬃人白",就是从鼓楼庙会起家的。

那是在1964年,北京首次恢复了鼓楼庙会,并在传统形式的基础上,邀请了诸多民间艺人参加,使文化氛围更加浓烈。白大成先生受邀在鼓楼下设置了展位,使当时近乎失传的北京鬃人,重新得到了市民百姓的关注和喜爱,白大成对于这种民间传统技艺的继承与创新,也获得了社会的肯定。

一、鬃人的往昔

北京鬃人已有一百多年的历史,冰心在散文《我到了北京》中,就生动记述了她于1913年第一次看到鬃人时的情景:"这些戏装小人都放在一个大铜盘上,耍的人一敲那铜盘子,个个鬃人都旋转起来,刀来枪往,煞是好看。"

近日,笔者有幸拜会了白大成先生。老人虽然已是84岁高龄,但依然精神矍铄、热情健谈,介绍起北京鬃人的往昔更是兴致盎然。最早有一位海姓满族票友,靠租赁剧装为生,偶尔他会做几个鬃人到白塔寺去卖。将鬃人引入老北京八大庙会的是王春佩,人称"鬃人王"。鬃人均为戏剧人物,秫秸的骨架、彩纸的衣饰,胶泥底座下粘一圈猪鬃,手中的兵器是用锡纸粘贴的。

"鬃人王"的作品一般是两人一组,如《龙虎斗》里的赵匡胤、呼延赞,

《金钱豹》里的金钱豹、孙悟空，也有三人一组的《失街亭》《三娘教子》等。鬃人七八厘米高，售价便宜，很受平民百姓欢迎。大型多人作品很少，如《八大锤》中有岳飞观阵、陆文龙大战四锤将，另有金邦四锤将，共计10人；又如《阳平关》中的曹操登高而立，下面赵云、黄忠酣战张辽、许褚等八员大将，共计11人。

1915年，北京鬃人在巴拿马万国博览会获银质奖章，从此名声大震。20世纪30年代美国商人曾以高额报酬聘请王春佩赴美行艺，王春佩以"穷家难舍，故土难离"为由婉言回绝。

王春佩去世后，其子王汉卿继承父业。新中国成立前夕百业凋零，王汉卿改学修理无线电，市场上只有零星制作出的鬃人被摆在临街窗户上，展卖给过路的行人，鬃人的命运岌岌可危。

二、继承与创新

白大成先生说，自己是北京旗人，从小醉心于京剧和绘画。1958年他因病从航空工业学校休学在家，去中国美术学院进修时路过南池子王汉卿的门前，对王家窗内展示的鬃人十分喜爱，后又偶然结识了一位李姓的鬃人技师，白大成很快学会了基本的制作技艺。

再后来白大成在中国美协副秘书长、中国美术馆研究馆员李寸松先生的引见下，到"鬃人王"的家中，拜访了年届六旬的王汉卿。看到白大成做的鬃人，老人说："行，你若能恢复起来是件好事。旧社会教会徒弟饿死师傅，现在是新社会，我愿意把技艺全都传授给你。"那时老人的儿子去了西北，又因他家是回民不喜猪鬃，所以老人把鬃人的工艺流程和制作方法毫无保留地教给了年轻的白大成。

王氏鬃人正如冰心所述，是纸糊的"戏装小人"。白大成不满足于传统的工艺和造型，在以后多年的实践中，对鬃人进行了大胆的改革与创新。

他给原本锥形体的鬃人加了腿，使人物更显潇洒俊美、英气勃勃，舞台效果十足。他把鬃人的纸衣换成了绸缎，并在绸布的背面裱上一层宣纸，使鬃人的外形更为鲜亮挺括、雍容华贵。鬃人的脸部严格以京剧脸谱为准，顶缨、软靠、硬靠、护背旗、凤冠霞帔也按照舞台上的实物绘制，兵刃改用经过精心剪裁的薄铝片来制作，用小药丸包裹的八大锤玲珑剔透、熠熠生辉，同时仍然保留了王氏鬃人金银铜铁"大四件"（八卦紫金锤、梅花亮银锤、青铜六合锤、混铁压油锤）和"小四件"（擂鼓瓮金锤、宝瓜錾银锤、八楞灌铜锤、生铁一字锤）的特点和样式。

白大成创作的人物、场面也更大，例如在《大闹天宫》中，孙悟空带领小猴子对阵天兵天将，共有 30 多个形象。鬃人的身高也增加到十七八厘米，白大成还应买主要求做了 80 厘米高的美猴王。经过白大成精心打造的鬃人敲打起来是玩具，摆在那里则是赏心悦目的工艺品。

三、"鬃人白"火了

"文革"中一些民间工艺品成为"四旧"，白大成为了生计做起了瓦木工。改革开放后王汉卿老人去世，庙会上白先生"鬃人白"的声名越叫越响。著名电影艺术家谢添现场为他左手反写了"绝技"二字，胡絜青也欣然题字、签名以示勉励。

自 1979 年以来，白大成先生参加了首届中国美术馆民间工艺美术展、全国民间艺术精品展、昆明世界园艺博览会、上海世博会北京周艺术展等诸多活动；1997 年白先生应邀两次出访耶路撒冷国际手工艺博览会，同年 11 月应邀在法国五大城市举办展览。法中友协、英国民间收藏家、西班牙博物馆等都收藏了白先生的作品。一位美国女士买了鬃人，10 年后再次来京时告诉白先生："这些年去中国的香港、台湾，泰国，印度尼西亚工作，鬃人一直伴随在身边。"她再次离京回国时，又带走了十多个经典"三国"人物。

恢复庙会以来，白先生每年应邀在地坛组织民间手工艺品展览。1997 年，他与中央电视台合作，策划了以民间艺术为主的中粮广场文化周、恭王府中秋赏月会和中国首届国际民间手工艺周等大型文化活动。1999 年在有关部门支持下，他组建了新东安市场的"老北京一条街"，请来各地有特色的民间艺人进行制作表演。

为了给民间艺人和民间艺术提供展示平台，2014 年至今，白先生与中国园林博物馆合作，在每年的春节、清明节、端午节和中秋节等传统节日，举办以非物质文化遗产为主题的文化展览，并进行现场技艺体验交流，展品都是国家级、市级非物质文化遗产传承人及民间艺术大师的精品。

2003年白大成先生被北京玩具协会授予"北京民间玩具工艺大师"称号，2007年被批准成为非物质文化遗产保护项目北京市传承人，2010年荣获"北京市非物质文化遗产保护贡献奖"，2004年其家被西城文委挂牌为"家庭艺术馆"。

四、传承有责

如今，进入耄耋之年的白大成先生，把鬃人技艺的传承当作自己的责任和使命。前几年，北京电视台播放了有关他制作鬃人的电视片后，上门求教者络绎不绝。但是了解到民间艺人必须守得住清贫、耐得住寂寞，了解到他付出的艰辛和遭遇的坎坷后，慕名而来的人纷纷打了退堂鼓。这让老人很无奈，他不得不回到民间工艺的家族式传承之路。

白先生的弟弟白广成，69岁，从小便为哥哥制作鬃人打下手。经过30多年的勤学苦练，他创作的作品单人不单薄、双人有喜剧情绪，保持了"鬃人白"独有的风格特点，凸显了京剧和国画两大民族瑰宝的艺术魅力。2009年，他在"鬃人王""鬃人白"的起源地王府井地区创办了鬃人艺术工作室，以扩大"鬃人白"的市场和影响。

白先生的儿子白霖，1979年出生，自幼受家庭熏陶顺利接棒，成为北京鬃人技艺第四代传承人，其作品被中国美术馆和日本、法国、美国、瑞典等国家的艺术馆、博物馆收藏。2003年以来，他凭借外语优势，接待了挪威外交部长、丹麦皇室成员等来访者，奥运会期间接待了近两百名来华记者，2008年他家被授予"北京市文化艺术家庭"荣誉。

2012年白霖率队参加了新加坡春节庆典和"春到河畔"活动，2017年受邀参与中国驻美大使馆"欢乐春节"活动，用英语向来宾介绍了现场的各种中国传统民间艺术品。

2015年以来，市区政府推动"非遗"进校园活动，白霖在西城、朝阳、海淀区等三十几所中小学、近百个街道社区举办了讲座,2010年被授予西城区非物质文化遗产传承人。

如今,白大成先生经常带着孙子去听戏、学习绘画,给孙子讲述"鬃人白"背后的故事。老人的最大心愿就是:"不能让'盘中戏'成为绝唱,更不能让这门手艺从我这里消失。"

(作者为东城作家协会会员、东城区书画协会会员、北京史地民俗学会会员、北京作家协会会员、中国散文学会会员)

从鼓楼前的后门桥到前门外

——"爆肚冯"的辉煌

马占顺

2018年的初冬,我有幸结识了"爆肚冯"的第四代传人冯伏生先生。那天我在陶然亭东侧的一间宽敞明亮的办公室里,听着大栅栏老字号"爆肚冯"的第四代传人、如今的掌门人冯伏生先生讲述"爆肚冯"的起源、发展和后来的辉煌历程。我边听边记,恨不得马上就置身于位于前门廊房二条的"爆肚冯"餐馆,坐在那古朴典雅的餐桌前,点上几盘"羊肚板、羊肚领、羊散丹和羊蘑菇头",再来几瓶"红星小二",然后叫上几个文友,大家一边喝着,一边聊着,一边回忆着"爆肚冯"百余年来所经历的风风雨雨。

冯伏生先生的故事,让我仿佛走进了过去的一个"朝代":

"爆肚冯"是由山东陵县人、我的太爷爷冯立山于清朝光绪十一年(1885年)在北京鼓楼前的后门桥创建的。到光绪末年,我爷爷冯金河作为第二代传人继续在后门桥经营爆肚。

清帝逊位以后,在后门桥的买卖不好做了。为了维持生意,我爷爷便把"爆肚冯"迁至前门外廊房二条,与爆肉马、烫面饺马等五家组成了一个小吃店,被当时各界誉为"小六国饭店"。老话说"同行是冤家",几家字号能聚在一起做餐饮生意,实属难得!可以说这个小六国饭店,是北京最早的小吃城。

第三代传人是我父亲冯广聚。他自幼跟着我爷爷学习传统制作方法,而且在继承传统的基础上,对原料的精选狠下功夫,尤其在佐料的配制上细心钻研、大胆创新，使爆肚的色、香、味俱佳，受到各界食客的好评。

1935年，我父亲又在门框胡同北段路东开设了"爆肚冯"饭馆，在门框胡同南段同乐电影院周边与豆腐脑白、年糕杨、厨子杨、爆肚杨、奶酪魏、豌豆黄、复顺斋酱牛肉等老店一起摆摊做生意，形成了北京最早的小吃街。康家的老豆腐、包子杨的包子、祥瑞饭馆的褡裢火烧、德顺斋的烧饼以及羊头马的白水羊头肉，皆为门框胡同的名吃，吸引了各界人士前来品尝，如作家鲁迅、巴金、丁玲等，影视界的韩兰根、陈燕燕、白杨等，戏曲界的金少山、裘盛戎、荀慧生、尚小云、李万春、谭富英等皆是门框胡同的常客。

1956年公私合营基本完成，"爆肚冯"与爆肚杨、包子杨等几家老字号合并到了门框胡同的同羲饭庄；公私合营时我母亲刘凤文进入同羲饭庄，继续负责爆肚这摊工作，一直干到1985年退休。由于合营后的同羲饭庄仍由这些合营过来的传人继续负责各种小吃的制作，所以饭庄依旧赢得各界人士的偏爱，这里成为他们品尝真正北京风味小吃的重要场所。

听着"爆肚冯"那超越时空的精彩历史，我仿佛闻到了跨越几个世纪、沉淀在几代人心中的浓浓的老北京饮食文化的气味。坐在我对面的冯伏生先生又说：

我爷爷13岁随我太爷爷学徒，16岁接替经营"爆肚冯"这杆大旗，数十寒暑，他潜心钻研，终于使冯家爆肚具有了明显特色。

我家爆肚因种类不同、部位不同，刀法也就不同；爆肚粗细有别、形状各异。只有这样才能在水爆、芫爆、油爆时，展现爆肚的脆嫩。这是我家"爆肚冯"的特色。同时，我家的调料配方与众不同，是沿袭百年来专用的调料，和涮肉调料略有区别，这调料味道浓厚、清爽，既能表现肚味儿的清香，又不影响肚儿的鲜美。

我爷爷冯金河是靠诚信赚钱，靠手艺吃饭。一年四季都能保证爆出的肚儿块块脆嫩。

听着冯先生的娓娓叙述，记忆中"爆肚冯"飘出的阵阵香味又一次袭上头来，差点让我流出了口水。

这时，随着冯先生那嗓门清亮的几声吆喝，好像又把我带回到那个遥远的年代。这吆喝声透着几分沧桑，更透着冯伏生先生那骨子里老北京人的智慧和勤劳！

他说："见到顾客上门，你得热情张罗。"

"怎么张罗啊？"我顿生疑问。

"楼上三号桌，上海老客儿。来一盘羊蘑菇头儿，再来一盘羊肚仁儿，您嘞！"冯先生吆喝的声音拉得长长的，在屋子里回荡着，仿佛散发着诱人的香气……

"又是二位您嘞！一盘羊肚领儿、一盘羊肚板儿，再加一壶竹叶青老酒您嘞！""八号桌同仁堂贾总，加一盘羊散丹儿、一盘牛百叶儿！"

冯先生那清脆的吆喝声一遍一遍地在我耳边回响着……

"吆喝的嗓门必须是响亮的、清脆的，要让来客听见，让人家心中有宾至如归的感觉。"冯先生向我描述着。

听着冯先生的吆喝声，我都有身临其境的感觉了。他端起放在桌上的茶杯，抿了一口冒着热气的茶水，又轻轻地告诉我：

"您可别小看店铺里这几声吆喝，它的学问可大了，后厨的师傅们全凭前堂掌柜这提示性的一嗓子一嗓子的吆喝，才知道客人想吃什么口味。他们根据这吆喝声，判断出用餐的是哪里人。如是山西人，伙计会在端上爆肚和调料的同时，为主顾再加上一个精致的小醋壶。"

"听到吆喝，得知楼上窗前三号桌坐着的那两位是上海人，后厨的师傅们会在佐料里稍加点糖，这样更适合他们的口味。"

"哎呀，这传统的经营可真有秘诀呀！"我颇为感叹。

望着冯先生，我想这不就是我们现在所说的"优质服务"吗？

您看我们的前辈是多么聪明啊，这"优质服务"就贯穿于他们的一言一行当中。

"爆肚冯"成功的秘诀除了前面所说的要有精湛的技艺，今天我从冯伏生先生这里，又得到了"优质服务"这第二个秘诀。

在听冯伏生先生深情地回忆其爷爷的"勤俭是致富之路，行规乃求财之源"教诲的同时，我悟出了"爆肚冯"百年辉煌的又一个秘诀，那就是"遵守行规"。

150多年以来，历经几朝，"爆肚冯"能辉煌至今，最根本的一条就是遵规守纪、诚信做人、童叟无欺。

"在清光绪二年，我爷爷冯金河在经营中通过潜心钻研、精心制作，使'爆肚冯'的名气更大，后经宫内宦官的推荐，'爆肚冯'成了清宫御膳房专用肚子的特供点。"

冯先生接着说："1985年，'爆肚冯'的第三代传人我父亲冯广聚携我哥哥、弟弟和我在前门外廊房二条恢复了'爆肚冯'的老字号。"

1986年厂甸市场开业，"爆肚冯"携手年糕钱、茶汤李、羊头李等几家比较有特色的老字号，加入了厂甸市场的经营，恢复了老北京春节厂甸庙会的风貌。

1992年，西四小吃胡同开业，"爆肚冯"与门框胡同豆腐脑白、奶酪魏等同时加入了西四小吃胡同的经营，深受京城百姓的欢迎，也得到了北京市委、市政府领导的支持和鼓励。首都各家媒体都给予了宣传，中央电视台、北京电视台和有线电视台对这几家老字号进行了专访，并在电视台进行报道。

"1996年，中央电视台《东方时空》栏目为'爆肚冯'拍摄了上、中、下三部讲述'爆肚冯'故事的纪录片，并于1997年的大年初二、初三和初四在中央电视台播出，这不仅让中国人，更让全世界各国人民都看到了'爆肚冯'的家史、经营史及传继的全过程。"

2001年11月北京申奥成功，"爆肚冯"在清真烹饪技术大赛上获得金奖，第三代传人冯广聚同时获得个人金牌。

2008年的奥运会期间，"爆肚冯"为了宣传奥运、弘扬奥运精神，在爆肚盘中，特意用原料摆上"五环"的奥运标志，让许许多多喜爱"爆肚冯"的朋友永远留住奥运记忆。

这些年来"爆肚冯"这一老字号，也获得了北京申奥成功清真烹饪技术大赛金奖以及"中国名菜点""中华名小吃""北京名火锅店""北京市著名商标"等多项荣誉。

冯伏生先生的话语中无不透露出自豪感,因为"爆肚冯"的辉煌,渗透着他和几辈人的汗水。

现如今,"爆肚冯"等北京著名小吃已超出自身价值,成为北京中轴线上的重要标志。

(作者为东城作家协会会员)

皇城根遗址公园素描

韩宗燕

我还清楚地记得那一天，2001年9月11日上午，我接到民革中央机关主席办公室秘书打给我的电话，让我即刻去皇城根遗址公园南口，采写公园的竣工开园仪式。我立刻骑着自行车就过去了。

皇城根遗址公园是在原明清北京城第二重城垣——皇城东墙的位置挖掘出墙根儿的墙砖后经过设计而建成的。20世纪20年代，皇城东墙被陆续拆除。世事变迁，在皇城墙遗址上逐渐形成了密集的杂乱建筑，我曾在骑河楼的小理发馆听一位老人讲过，40年代末冬天，他在断壁残垣的墙根儿那里还看到过冻死的人。记得七八十年代在皇城根这条小街上都是低矮的平房，那里有经营各种杂物的摊贩摆摊儿卖货，直到90年代，在东皇城根一带还有一片不规则的平房，很多外来户在这里租房开起了一家挨着一家的小饭馆。

为了恢复古都的历史风貌，展示皇城的历史文脉，给北京营造良好的生态环境，东城区委、区政府按照北京市委、市政府的决策，投资8亿元进行拆违改造，在市中心中轴线东侧建成一条能体现城市新风貌的绿色长廊、文化长廊。这个带状公园总长2.4千米，占地7.6公顷，共种植2000多棵大树，铺种了大面积的花卉草坪。公园里的九座雕塑和浮雕也成为公园的一大特色。紫藤垂吊架下，一个扎着羊角辫子的小女孩儿与老者棋战正酣，引来另一位老人隔窗站立观看。这个名叫《对弈》的雕塑是一组反映老北京百姓生活的铜雕。还有一组超写实的铜雕叫《时空对话》，一位穿着入时的女青年端坐在长椅上，胸前挂着一个小巧玲珑的手机，膝上放着打开的笔记本电脑，长椅后一位留着山羊胡子、身穿长袍、头戴瓜皮帽的老者，手持一把纸扇，好奇地看着电脑，巧妙地表达出时代的变化。

如今，时光已过去21年了，当年栽种的树木已经长得高大浓密，人们常常可以见到灰喜鹊、花喜鹊、乌鸦、小麻雀飞来飞去……前两天我看到一个帅小伙儿举着相机朝天空拍照，便好奇地打听他在拍什么，他很耐心地指给我看，并说："那树洞里有个鸟窝，是一对南方品种的八哥。"我问："八哥不是黑颜色的吗？"他说："这种八哥头上是白色的。"他还把相机拿过来给我看。路过的几个老人也都凑过来了，看到以往少见的鸟都十分欣喜，大家都对环境改变后的这片绿地赞不绝口。

初春时，第一批花开放了！有玉兰花、连翘花、迎春花，紧接着紫薇、碧桃、紫叶李、月季、玉簪花等也陆续绽放，丰富的色彩使公园产生了富有韵律的美。

由于是修建在市中心的黄金地带，所以皇城根遗址公园被誉为"北京的绿肺"。按照把自然引入城市的思路，以"绿色·人文"为主题，公园内先后共栽种乔木2130棵、灌木4400余株，铺设草坪4万平方米，花卉满园，总绿化率达90%，精心营造出"梅兰春雨""御泉夏爽""银枫秋色""松竹冬翠"等主题绿化带。这里栽种了适合北京气候条件的玉兰、银杏油松、白皮松、大国槐、元宝枫等各类乔木，包括1800多种名贵树种。深秋时节的银杏树格外醒目，当年分点、片栽种的银杏树如今已经长到直径达20多厘米了，抬头望去，只见粗壮的树干上金黄色的树叶在阳光照耀下金光闪闪，随阵阵秋风飘落的树叶给大地铺上了金黄色的地毯，这里已然成为北京城四条著名的银杏大道之一。

绿树成荫的公园起到了调节城市气温的作用，据测算，公园里的温度在夏天可比马路上低七八摄氏度，而冬天会比马路上高四五摄氏度；湿度能增加10%至20%；公园一天可以制造氧气6000升，吸收二氧化碳8000升；另外还具有防尘、减噪、杀菌等诸多功能，真是无愧于"绿肺"之称！

沿2.4公里长的带状公园游览，犹如走过一道历史的长廊，皇城根遗址、中法大学旧址、欧美同学会、四合院、北大红楼等众多人文景观贯穿一线，东西扩展开来，还有老舍故居、中国美术馆、故宫、北海公园、景山公园等，步行在这条见证了无数历史事件的遗址公园中，在某一个刹那会有时空交错之感。虽然我们无法目睹这一段段凝固在历史中的人物和事件，但被保留下来的这些景物却仿佛在提醒着人们，这是一个充满了故事的公园，这是一座曾无数次改变历史的城市。我们感恩先辈们的付出，也珍惜今日来之不易的幸福生活，皇城根遗址公园的故事还会一直被续写下去，在这一章里，你我将不再是旁观者，而是故事的书写者。

（作者为东城作家协会副秘书长）

皇城根遗址公园的设计往事

魏 科

最近，北京电视台播出了《最美中轴线》系列节目，其中一集最后的演出场地就设在皇城根遗址公园的北端广场，画面中以复原的皇城墙为背景，南侧是为庆祝建党百年摆放的鲜花，西侧、北侧围满了观众，歌手们尽情地歌唱，观众报以热烈掌声……

皇城根遗址公园是在东皇城遗址上建起的街心公园，它于2001年9月竣工，建成后成为人们追昔抚今的好去处。

如今，皇城根遗址公园已建成21周年，笔者就是当年的设计者之一。最近，随着中轴线申遗步伐的加快，我又重走了一遍皇城根遗址公园，并回忆起当年设计遗址公园时的诸多细节。

2000年，为了做好皇城根遗址公园的规划设计，相关单位委托北京市城市规划设计研究院在制定标书的基础上，于当年12月邀请国内六家设计单位参加投标。2001年1月由王府井建设管理办公室组织召开了"皇城根遗址公园征集方案评审会"。评审会成员由清华大学、北京大学、林业大学、北京市规划委员会、市园林局、市文物局、中国城市规划设计研究院等单位的专家组成。经过投票，东城区园林局、北京建筑工程学院、华特顾问设计公司提出的三个方案被评为优秀方案。

综合上述获奖方案，我们初步确定，在皇城根遗址公园建设中，必须要突出几个关键地段，并列出了多个节点。比如一级节点有四个：地安门东大街、五四大街、东安门、南入口；二级节点有三个：中法大学旧址、东黄城根南街、32号四合院；补充节点有一个：公园中的一座老房子。

　　最终，根据市领导意见，我们召集设计单位重新对规划方案进行修改和深化。在各个节点，我们确定不同的主题，根据统一的设计要求，通过不同的方法保护和再现历史遗存，创建新的特色景观。地安门东大街节点位于皇城根遗址公园的北入口。在这一节点处，为了强调皇城根遗址公园的历史文化内涵，我们复建了一段约30米长的皇城墙，皇城墙尽管不算长，但高高的红墙、夺目的黄瓦，映衬着历史变迁中文脉的延续。

　　在中法大学旧址这一节点，我们曾颇费一番工夫。原设计方案拟在此修建一座西式的亭子外加雕塑，经反复推敲后改为休闲广场，修建了一处园林，并在其中栽种了五颜六色的鲜花。设计者用石材围成了一个"画框"，使景观非常巧妙，犹如一幅多彩的油画，园林中还有一对精美的石雕花盆。现在这个小广场成了老人们的乐园，而北边林子中的《露珠》雕塑，则吸引了很多小孩子，这一静、一动、一老、一小，恰似浓缩的人生画卷。

　　五四大街北大红楼东侧这一节点值得重点说一说。最初，我们是想通过雕塑来充分表现"五四"精神。在最初的征集方案中，有一个方案提到"五四"广场由三种不同颜色的石头来表现：黑色代表封建统治，蓝色代表美好的未来，红色代表中国共产党。但我们感到不够直观，于是请来雕塑家重新设计，就有了现在《翻开历史新的一页》的雕塑。雕塑建成后，非常具有感染力，与不远处的北大红楼等建筑遥相呼应，象征着中国现代百年历史从这里开始。

　　当年，为了沟通公园南、北向交通，还特意在五四大街路口新建了地下通道，地下通道是当时工程的一大亮点。通道内一尘不染，墙面两侧特意设立了11面浮雕，艺术感十足，给人以美的享受。

　　东安门节点是集中体现皇城根遗址遗存的关键地段，最初的设计构想是恢复东安门遗址，但考虑与当前的交通矛盾太大，故放弃了。最后采用的设计构想是展示文物部门挖掘整理出的明代城门基础，它西望故宫东华门，东望王府井大街，成为历史与现代的交汇处。目前两处露天皇城墙遗址所展示的下沉广场，设计得很到位，简洁、大方，让人们在这里可以感受和触摸到历史。

　　十多年前，我的一位同学带着他的老板、2000年悉尼奥运会主场馆的设计者考克斯先生来此参观。当时，考克斯先生对下沉广场的设计比较认可，但对场地上临时摆放的木桶种植提出了批评，他说："下沉广场主要是展示文物，有其他东西反而干扰了观众。"

这次故地重游，感觉下沉广场还是非常值得称赞的，场地里除了文物，干干净净，没有多余的东西。

如今，在公园里还可以看到一座老北房，中式房脊，做工精细。这栋房子在原规划方案中险些被拆除，现在保留了整座建筑以及院内的树木。开园时，它是一座茶馆，现在在这里会不定期组织一些活动。

在游览中，我无意间发现公园里几乎每棵树上都用线绳拴着一块不大的卡片，上面写有认养人姓名、班级以及寄语等内容。小朋友们的行动深深地打动了我，我也冒出来一个想法——尽快向有关部门申请认养一棵树，寄语也想好了：我愿看你长大，你陪我慢慢变老。

回想20年，弹指一瞬间。曾经的设计师、建设者们，如今有的成了单位的领军人物，有的则退休了。再过几十年，我们也许都不在了，但皇城根遗址公园还在，这些树还会在，它们会承担我们的记忆和希望。

（作者为教授级高工、注册规划师，在北京老城从事城市规划管理工作）

52年，我围着天坛绕了一个圈

刘永卫

我出生于1970年，小时候住在红桥一带，中轴线旁边的天坛就像我家的后花园伴着我长大。

天坛起初叫天地坛，始建于明永乐十八年（1420年），距今已有602年历史。永乐十八年建天地坛时并没有祈年殿，祈年殿原址上的建筑为大祀殿。当时丹陛桥之南也没有圜丘坛和皇穹宇（回音壁）。明嘉靖九年（1530年）建圜丘坛及泰神殿，在北郊另建地坛，分祀天地；嘉靖十三年（1534年）改天地坛为天坛；嘉靖十七年（1538年）改泰神殿为皇穹宇；嘉靖二十一年（1542年）拆除大祀殿；嘉靖二十四年（1545年）在大祀殿原址上建大享殿；清乾隆十六年（1751年）改大享殿为祈年殿。

52年来，我和天坛公园的关系太紧密了，下面我就循着我的成长轨迹来写写我和天坛公园的美好回忆吧。

一、天坛之东

红桥紧邻天坛东门。从我记事起，邻居们主要的娱乐项目就是"上天坛"。当时住在附近的人如果发生口角，准会甩出一句话——不服去坛根儿。那时红桥这块儿比较偏僻，坛根儿就是指天坛的外坛坛墙外，那里僻静，路人很少。

小时候天坛的一张门票只有五分钱，大一点的孩子进天坛根本不买票，他们会找破损的坛墙翻进去。那时祈年殿、皇穹宇还不要门票，每年的劳动节和国庆节都有游园会。游园会上有各种游艺项目及演出，游艺项目的奖品一般都是游园纪念的小画片。每当有游园活动，天坛公园里的游人就会摩肩接踵。

当时，我最向往的还是周末的露天电影晚会。那时每周只休息一天，电影晚会则在周六晚上举行。每当有电影晚会的时候，公园就会在下午静园，晚上观众凭电影晚会的门票入场。每次都会在园内设置多个放映点，每个放映点的电影也不一样，给我印象最深的是一部喜剧电影，叫《小小得月楼》。

1976年发生了唐山大地震，北京也有震感且暴雨连天。邻居们都不敢在家里住，都到坛根儿搭起了抗震棚。那会儿各单位会发给职工苫布、油毡、竹竿、铁丝等抗震物资。

抗震棚搭好了，每家之间只隔一道布帘。我们这些小孩子可不懂得害怕，倒是显得异常兴奋，从自己家一迈腿就到别人家了，地震棚里充满了小孩儿们的嬉笑声以及大人们的呵斥声。

天坛公园的职工家属都会在公园内搭地震棚。建地震棚大多是先挖个坑儿，然后再搭建起来。过了很多年，在天坛内坛东南角的树林内还能看到当年地震棚的痕迹。

小时候天坛公园的西门内有一座儿童游乐场，里面多是滑梯、秋千、转椅等设施。游乐场的中间是一座"大树滑梯"，这是一座组合滑梯，造型模仿一棵大树。其中最特别的一座滑梯只有两根铁棍，从上面滑下来时要用四肢夹住铁棍，仿佛是躺在铁棍上滑行，谁要敢从这里滑下去肯定会受到小伙伴们的赞扬。

这里还有一座两层转椅，坐在上层的感觉就是自在、清凉。坐转椅就怕碰上比自己大一些的"坏孩子"，他们会站在转椅的四周不停地旋转转椅，直到让坐转椅的孩子连声求饶，他们才会在一阵起哄声中得意地离开。

应该是到了20世纪70年代末，在祈年殿的东北方向又建了一座较现代的儿童乐园，里面全都是电动游乐设施，有旋转飞机、太空飞船等，噢，还有小火车！小火车的车厢是仿照地铁列车建造的，但在我的记忆中运行时间不长就关了。

后来在天坛公园里还办过几届商品展销会，我的第一双尼龙面运动鞋（那会儿叫旅游鞋）就是在这儿买的，当时花了18块钱，真是不便宜。

上图 / 旧时的天坛公园儿童乐园入场券　　下图 / 20 世纪 80 年代，市民在天坛公园举办的商品展销会上抢购保温杯

我从小就记得，天坛内有座土山，高达 32 米，那是用 1974 年到 1979 年挖防空洞的土堆积起来的。

"备战、备荒，为人民"和"深挖洞，广积粮，不称霸"都是那时期的口号。这座山是名副其实的土山，山上没有什么植被，小孩儿们都乐意在这里玩。

那时国庆节要燃放礼花，土山上就是一个燃放点。放礼花的时候，邻居们就会来到坛根儿观赏，大人们备好竹竿，等待"收获"挂在树上的降落伞。降落伞是用上好的白绸布制成的，一顶降落伞上的绸布正好可以做一个床单。

1993 年的秋天，有一次我从东门进天坛，一进门就看见果园的工人正在卖国光苹果，卖苹果不用称，两块钱一秤盘儿。这秤盘可不是现在台秤的秤盘，这种秤盘呈椭圆形，挺深的，倍儿能装东西。

国光苹果本来就好吃，天坛果园的国光苹果就更胜一筹，可是我没带家伙什儿，盛不了呀！随后我灵机一动，马上转身出东门（反正有天坛月票），来到自行车存车处。骑车的人一般都会有个习惯，就是在自行车车座底下放个塑料袋，以防下雨时车座被淋湿。

最后，我如愿把两袋子苹果拎回家，晚上看电视时洗上一盘，那脆甜脆甜脆甜（重要的事说三遍）的口感让人回味无穷……时至今日我写这篇文章时，口腔里的唾液还在急剧地分泌。

直到 1990 年北京亚运会前夕，土山才被搬走。有一次我在土山上往北望，

看到一座红色的楼房，别人告诉我那是十一中。

二、天坛之北

不曾想，我小学毕业就考入了那座红楼的所在地——北京市第十一中学。十一中坐落在原崇文区东晓市，就在天坛北边。

图 / 1990 年，天坛公园在搬运土山

十一中是原崇文区的第一所公立中学，从前是座药王庙，是为纪念药王孙思邈的。

校内的两座大殿都已另作他用，南侧的被改为电化教室，北侧的被改为食堂，大家都叫它"五一堂"。初一年级的学生都是在灰楼里上课，初二以后就搬到了我曾经在天坛土山上看到的红楼里。

十一中是区重点学校，学生素质比较高。我们三班的同学关系都比较好，放学后我们经常在一起玩耍，去得最多的还是天坛公园。一到放学或者周六下午，同学们都会进天坛北门，直奔我们的根据地——双环亭。

双环亭原在中南海，是乾隆皇帝为母亲庆祝 50 大寿修建的，1975 年迁至天坛公园。同学们一般会在进园前买上一箱北冰洋汽水，然后到双环亭旁的草地上席地而坐，或聊天或嬉戏，每次我们都会玩"摸瞎子"。

初中时，一位姓王的同学和大家打赌——他能骑车进天坛公园。王同学当时在全班个子最高，平时总爱穿绿军装，那天他骑着他的二八大杠，到了公园门口都没下车，一脚点地，跟收票的说他是果树三班的，您猜怎么着？他愣是进去了！

初中毕业后我们在每月的第一个周六下午还会来到双环亭聚会，坚持了很长一段时间。

图 / 北京市第十一中学

现在同学聚会时还都会聊到天坛，聊到当年"摸瞎子"的情景。后来，同学聚会的地点又改在天坛西天门（西二门）外的餐厅，我们真是和天坛有着不解之缘。

三、天坛之西

初中毕业考学时，我深知自己的学习成绩不佳，考大学无望，毅然决然地报考了职业高中。也许是命运的安排，我考入了天坛西门附近的一〇三中学。一〇三中有两个专业，一个是服装制作，另一个就是我报考的烹饪专业。

一〇三中没有操场，体育课都在学校外面上，说是上体育课，还不如说是游玩，有时组织我们去陶然亭划船，有时去龙潭湖滑旱冰，去得最多的当然还是天坛公园。

记得有一年冬天下大雪，我们班全体男生午饭后都到天坛公园打雪仗，正巧在天坛碰上了外班同学，那是"仇人见面分外眼红"，一场"恶战"在所难免。

一阵雪球招呼得好不痛快，最后都来不及团雪球了，地上的树枝、土块齐上阵，那场面甚是壮观。临近下午上课时我们才跑回学校，一进温暖的教室，每个同学的头上都冒着热气。来上下午第一节课的老师看到这种情景，立即宣布这节课改为自习。

有一年赶上植树节，我们全校师生都到天坛果园劳动，记得是挖施肥沟。我们要沿着果树的树冠挖，以便工人给果树施肥。

校长平时都穿皮鞋，那天他破天荒地穿了一双高帮的回力球鞋。那时受美国电影《霹雳舞》的影响，社会上盛行跳霹雳舞，几个新潮的同学没事儿就走太空步或者"擦玻璃"。看到校长穿上了高帮回力球鞋，同学们都疯传校长最近在练霹雳舞。

职高毕业后我被分配到天坛饭店，又回到天坛之东。天坛饭店于 1990 年 9 月 19 日开业，开业三天后北京第十一届亚运会召开。从小因受三舅熏陶，我喜欢上了摄影，1997 年伴随着女儿的出生我买了一台单反相机。后来得知成人高考有艺术类的摄影专业，而且报考艺术类专业不用考数学和英语，我立刻麻利儿地报了名。嘿！别说，经过努力，我还真考上了，那一年我 30 岁。

通过三年的系统学习，我对摄影有了更深层的认识和理解。这所学校也在天坛之东——位于板厂的原崇文区职工大学。

四、天坛之南

光阴似箭，转眼间我就成家立业了。结婚后我们一直和父母住在一起，2000 年我决定买房。正巧，同事在成寿寺那边新买了楼房，我便决定去实地考察一下，结果因为是六层红砖楼，感觉不十分满意。

后来听说石榴园这个地方楼房比较多，经打听石榴园就在成寿寺的西边，我便骑车抄近道儿直奔石榴园。

当时，一个楼盘刚刚封顶，正在预售（当时叫"慧时家园"，后改名为"慧时欣园"），我一时冲动就把首付交了，当时的房价是 3770 元每平方米，买房后和谁说谁都觉得这房子不值，当时我的心都凉了，觉得自己太草率了。没想到后来北京的房价一路攀升，我还真是买对了。

石榴园在天坛公园的正南方，骑车十几分钟就能到达天坛南门，所以我还是经常去天坛遛弯。

天坛南门外是天坛南里，要说天坛南里，我们先得弄清一件事，那就是天坛的外坛南墙在哪里，难道天坛南门不就是天坛的最南边吗？

其实不然，现在的天坛南门（昭亨门）是圜丘坛之南天门，按照中轴线东西对称的建筑物布局来看，天坛外坛的南墙应和先农坛南外墙在一条直线上，也就是说天坛的外坛南墙应该接近今天的永定门东街。

这么看来，天坛南里的简易楼就是建在天坛公园里面了？那么，天坛外坛南墙到哪儿去了？怎么能在天坛里盖楼呢？下面我就和大家说说天坛南里简易楼的前世今生。

从清代灭亡到北京解放，天坛遭受过一次较大规模的破坏。1948年国民党在天坛修建机场，地点就在天坛昭亨门（现在的天坛南门）以南，这个地方的面积有440亩。北京解放前夕，南苑机场、西苑机场均被人民解放军攻占，因天坛机场靠近城外，容易被炮火攻击，所以天坛机场尚未建成就胎死腹中。1958年大炼钢铁时，崇文区在这个地方搭建起了几十座炼钢炉，1959年以后又在这里建起了临时库房。1965年中央决定在北京修建地铁，这里成为北京市地铁工程局的材料库，后来在这里又建起了有上百间平房的职工宿舍。1968年以后的两年里，这里盖起了38座简易楼，即现在的天坛南里中区和东区。

这38座简易楼是分两次盖好的，先盖起来的是18栋地铁职工宿舍，其余的20栋是1970年由崇文区房管局盖的，用于解决崇文区企事业单位职工的住房问题。

几年前，天坛南里开始拆迁，到2030年天坛将重现清乾隆时期的规制。单位同事杨工以前就住在天坛南里，他对天坛果园特别了解，曾给我讲过天坛果园在天坛南门附近的分布情况：进南门后左转往西的道路两边，以前种的都是海棠树，现在的公共卫生间附近种的是小国光，从这片小国光树一直奔西到广利门，种的都是梨树。从这条东西方向的路往北，经过三座门可到斋宫。在通往斋宫的路两边种的是核桃树（现在还保留着）。

据杨工说，到现在他吃过很多桃，什么深州大蜜桃、南方的水蜜桃，这些桃和天坛果园的桃子相比简直差远了。天坛果园的桃子汁浓、肉厚、桃味足，那真是吃一个想两个。

近几年，天坛公园的古杏林又多见诸报端。

天坛公园的古杏林是北京五环路内最大的一片杏林。这里有很多清朝时期的老树，每年三月底，杏花怒放，你到这里可以体会一把李清照的"有暗香盈袖"的词意。北京地区的杏树开花于农历二月，这也是明清时期各地举子抵京赶考的日子，所以杏花又被称为"及第花"。"杏"与"幸"谐音，有着美好的寓意。要是赏杏花再赶上个小雨天，那就更文艺了，你可以尽情地感受纳兰性德的"杏花微雨湿轻绡，那将红豆寄无聊"的意境了。

天坛公园的杏花大多是白色的，你去的时候赶不上微雨也罢了，赶上微风也不错。阵风袭来，在杏树林里打着圈儿，忽然像发生"共振"似的，几株树的花瓣一起落下。不管你是赏花的、采果的，还是拍照的，都沉浸在花瓣雨之中。好音律之人，这时脑子里肯定会响起童安格的那首《花瓣雨》的旋律。不知道有没有人也像林妹妹那样，把花瓣放在锦囊中，找个地方埋了去。

如今，我住在天坛南边了，经常会路过永定门。永定门是明清北京外城城墙的正门，也是北京外城城门中最大的一座，更是从南部出入京城的要道。永定门始建于明嘉靖三十二年（1553年），寓意"永远安定"。

永定门瓮城城墙于1950年开始被陆续拆除，1957年永定门城楼和箭楼被拆除。2004年北京市对永定门城楼进行复建，这是北京城进行复建的第一座城门。

永定门是北京中轴线的南起点。中轴线南起永定门，北至钟鼓楼，直线距离达7.8公里。

中轴线蕴藏着无尽的文化魅力，更是华夏文明的华彩标记。它以"中轴对称"原则布局，重现中国传统建筑的醇厚之美，是集中体现古都保护和城市发展的"脊梁"与"灵魂"之路。

酝酿已久的北京中轴线申遗，现已列入政府重要工作，我坚信中轴线这条传统文化的"利剑"，在新时代一定会迸发出更加耀眼的光芒。

（作者为东城作家协会会员）

寻访李大钊在北京的红色足迹

冯 雷

五四运动后,以北大学生为主体,少年中国学会、马克思学说研究会先后在北京成立。1920年10月,李大钊发起成立了北京共产主义小组,不久将该小组定名为中国共产党北京支部,同时还建立了社会主义青年团,党在北京的早期组织真正建立了起来。在这个历史过程中,李大钊发挥了不可替代的重要作用。从1916年北上办报到1927年慷慨就义,除却出访和避难,李大钊人生中的最后十年都是在北京度过的,这十年也是他最为浓墨重彩的十年。在中国共产党成立100周年之际,让我们穿行在北京的街市胡同里,寻访李大钊的红色足迹。

一、索我理想之中华,青春之中华

1903年,22岁的鲁迅吟得"灵台无计逃神矢,风雨如磐暗故园。寄意寒星荃不察,我以我血荐轩辕"(《自题小像》)。1916年,20岁的郁达夫吟出"茫茫烟水回头望,也为神州泪暗弹"(《席间口占》)。他们为民族、为国家的前途感到深深的忧虑。同时代正值青春的李大钊在想什么、做什么呢?

1916年7月,刚刚从日本归国、28岁的李大钊应朋友的邀约北上进京办报,经过一段时间的休整之后他先在皮裤胡同安顿下来。今天知道皮裤胡同的人恐怕不会太多;而曾经路过皮裤胡同的人想必不在少数,试问北京城里谁没有去过西单的君太百货和大悦城呢?皮裤胡同就夹在这两座商厦之间,而在熙熙攘攘的人流中，知道李大钊曾暂住在皮裤胡同里的人恐怕是寥若晨星。的确，因为大规模的城市改造，现在人们已经无法确定李大钊是住在皮裤胡同的哪个宅门里了。

此番进京，李大钊似乎显得踌躇满志，他将新生的报纸命名为"晨钟"。在报纸的创刊号上，和许多热忱的爱国者一样，李大钊写道："外人之诋吾者，辄曰：中华之国家，待亡之国家也；中华之民族，衰老之民族也。""过去之中华，老辈所有之中华，历史之中华，坟墓中之中华也"，而"今日之中华，犹是老辈把持之中华也，古董陈列之中华也"。李大钊将振兴国家命运的希望寄托在青年人身上，他说"中华自身无所谓命运也，而以青年之命运为命运"，"青年不死，即中华不亡"，"国家不可一日无青年，青年不可一日无觉醒"，他热切地期待着"振此'晨钟'"，"发新中华青春中应发之曙光"，"索我理想之中华，青春之中华"。在两个月的时间里，李大钊写了许多以"青春""青年"为关键词的文章，例如《青春》《〈晨钟〉之使命——青春中华之创造》《新生命诞孕之努力》《奋斗之青年》，这与陈独秀创办的《新青年》是声气相通的，更与他初次进京时的忧虑形成鲜明的对比。

其实早在清帝退位不久的1912年至1913年，李大钊便为寻求报国之路而几次进京。或许是因为"城头变幻大王旗"的时局使然，或许是因为法政专业的熏陶使然，从早期的诗文创作来看，李大钊对社会问题、政治问题体现出浓厚的兴趣。民国初年党派林立，李大钊一度还加入过中国社会党。然而仅仅过了半年多，身边的好友惨遭杀害，投身的政党也被查禁解散，李大钊也不禁感到彷徨、失落而"羡慕一种适于出世思想的净土社会生活"（李大钊：《我的自传》），这同李大钊一贯的气质、作风是极不相符的，可以说是其心情极其低落的表现。1913年，李大钊开始筹划东渡日本求学，在启程前夕，孙中山、黄兴发动了"二次革命"，李大钊忧心忡忡地写道："班生此去意何云？破碎神州日已曛。去国徒深屈子恨，靖氛空说岳家军。风尘河北音书断，戎马江南羽檄纷。无限伤心劫后话，连天烽火独思君。"（李大钊：《南天动乱，适将去国，忆天问军中》）其忧国忧民之情与风华正茂的鲁迅、郁达夫如出一辙。旅居日本期间，李大钊一方面积极探索救国真理，另一方面坚持从事反袁斗争。

值得一提的是，1916年初，李大钊在东京郊外高田村的月印精舍住过一段时间，巧的是 1921 年田汉也住进了这里。我在东京时对现代旅日文人的历史遗迹很感兴趣，曾专门到过去的高田村、现在的高田马场一带去寻访、凭吊，然而和皮裤胡同一样一无所获。是意料之中的失落吗？那一刻我也说不清，只是不由得想起陶渊明的名句："精卫衔微木，将以填沧海。刑天舞干戚，猛志固常在。"前辈同胞的行迹已经烟消云散，但是他们救亡图存、矢志报国的气场却似乎还盘亘在历史的角落之中。

二、什么是新文学

北京地铁四号线菜市口站东南出口背后有一座非常残破的二层小楼，有资料说这里是民国时期老便宜坊所在地。搬进皮裤胡同的当天，李大钊约了几位朋友相聚在老便宜坊，一来算是庆祝乔迁之喜，二来也讨论一下下一步的生计。和今天许多初到北京的年轻人相似，李大钊的生活委实不易。因为人事方面的原因，李大钊在《晨钟》报社的工作并没有持续多久，后来他又相继参与过《宪法公言》和《甲寅》刊物的撰稿工作，直到 1918 年 1 月接替章士钊担任北大图书馆主任，生活才逐渐稳定下来。1916 年 9 月 7 日，李大钊住进皮裤胡同，10 月 30 日又到现在的光明胡同一带看房，看来皮裤胡同并不宜居。转过年来，李大钊在朝阳门的竹竿巷度过了春节，因为张勋复辟，1917 年 7 月李大钊避居上海，直到 11 月才返回北京，这时竹竿巷的房子里已经搬来了新房客——胡适。待到在北大任职之后，李大钊把妻儿也接到北京，一家人团圆在回回营 2 号。现如今，竹竿巷、回回营也早已不是当年的模样了。

两年的时间里，李大钊在北大声誉日隆。1920 年 7 月李大钊被聘为教授，10 月进入北大的领导核心——校评议会。评议员由教授们互相推选产生，人数不多，且每年改选，李大钊连续四年当选，票数逐年增加，到 1923 年时，其所获的票数比名满天下的胡适还多出 11 张。而回想刚到北大任职时，因为没有完成早稻田大学的学业，李大钊曾受到一些守旧学究的轻视，章士钊回忆说："浅薄者流，致不免以樊哙视守常。"（章士钊：《李大钊先生传·序》）假如不是时任校长蔡元培力倡"思想自由，兼容并包"，李大钊恐怕是难以进入北大的。也同样是因为蔡元培的开放和宽容，陈独秀、胡适、钱玄同、刘半农以及鲁迅等新文学的干将才得以先后加入北大,从而使北大成为引领新文学风气之先的堡垒。李大钊早年用文言文写得一手好文章,被章士钊盛赞为"温文醇懿,神似欧公"。受到陈独秀、胡适等人的影响,从1918年开始李大钊改用白话文写作。李大钊与《新青年》同人的关系非常密切、融洽。鲁迅曾回忆说,李大钊留给他的印象是"很好的,诚实,谦和,不多说话。《新青年》的同人中,虽然也很有喜欢明争暗斗,扶植自己势力的人,但他一直到后来,绝对的不是"(鲁迅:《〈守常全集〉题记》)。李大钊虽然并不专事文学,但从1918年开始他也发表了一些白话短诗。他还在文章中提出"什么是新文学",在他看来,"我们所要求的新文学,是为社会写实的文学,不是为个人造名的文学;是以博爱心为基础的文学,不是以好名心为基础的文学;是为文学而创作的文学,不是为文学本身以外的什么东西而创作的文学"(李大钊:《什么是新文学》)。李大钊讲"为文学而创作的文学",并不是像唯美主义那样主张生活应该模仿艺术,而是秉持启蒙主义立场,非常看重文学介入现实的能力。人力车夫是当时社会中常见的行当,胡适、沈尹默、鲁迅、郁达夫、闻一多等都写过表现人力车夫悲惨生活的作品,但大多并未深入到这些引车卖浆者的实际生活中去。1938年何其芳在《坐人力车有感》中写道:"坐在车子上,让别人弯着背流着汗地拉着走,却还有什么感想,而且要把它写出来——真是可耻笑的事。"比新文学同人都要早,在1917年2月李大钊便发表过一篇《可怜之人力车夫》,在文中李大钊除了表达了怜悯体恤之情,还提出了不少切实的措施来保护人力车夫,可以说,这正是李大钊启蒙主义文学观的体现。

三、"试看将来的环球,必是赤旗的世界!"

天安门西侧的中山公园原叫"中央公园",为了纪念孙中山,1925年改名为"中山公园"。当时,中央公园是群众聚会、文人雅集常去的地方,李大钊也曾多次造访。

出于对底层民众的同情,李大钊特别关注饱受战乱之苦的劳苦大众。1918年11月第一次世界大战结束,中国以战胜国的身份沉浸在胜利的喜悦之中。李大钊在中央公园演讲时却冷静地反思道:"我们庆祝,究竟是为哪个庆祝?"

（李大钊：《庶民的胜利》）他指出，大战的胜利是专制与强权的失败，是资本主义的失败，是民主主义、劳工主义的胜利，是全世界的"庶民的胜利"。他号召人们要积极地创造劳工世界，主导世界的新潮流。也许是觉得演讲时的表达不够细致周全，很快李大钊又发表了《Bolshevism 的胜利》（Bolshevism，今译作"布尔什维克主义"），将欧战的胜利归结为人道主义、平和思想、公理、自由、民主主义、社会主义、布尔什维主义、赤旗、世界劳工阶级的胜利。他把匈牙利、奥地利、德国、保加利亚的革命以及荷兰、瑞典、西班牙革命社会党的积极活动都看作俄国式的革命。被"赤色旗到处翻飞，劳工会纷纷成立"的景象所鼓舞，李大钊以在前不久赞颂民主的心情预言道："由今而后，到处所见的，都是 Bolshevism 战胜的旗。到处所闻的，都是 Bolshevism 的凯歌的声。人道的警钟响了，自由的曙光现了！试看将来的环球，必是赤旗的世界！"

1918 年 10 月，北大红楼落成，图书馆也随之迁往新址，红楼的整个一层几乎全被图书馆占去，共有 21 个书库、6 个阅览室，足见其规模之大。一层东南角连通的两间房是图书馆主任室，外间是会议室，里间则是李大钊日常办公的所在。也是在这个月，经杨昌济介绍，毛泽东到北大图书馆任助理员，和李大钊一起工作了四个多月。在《西行漫记》一书中，毛泽东还专门谈到他在李大钊手下的国立北京大学图书馆做助理员的时候，就迅速地朝着马克思主义的方向发展。

1919 年李大钊在《新青年》第六卷第五、第六号上连载发表了《我的马克思主义观》，他指出社会主义经济学优于个人主义经济学和人道主义经济学，"马克思是社会主义经济学的学祖，现在正是社会主义经济学改造世界的新纪元"。他把马克思主义拆分成历史论、经济论、政策论三个部分，认为各个部分对应的社会组织进化论、资本主义经济论、社会主义运动论分别是关于过去、现在和将来的科学理论。他还较为详细地讨论了马克思主义的唯物史观、阶级斗争学说和剩余价值理论。这是中国第一篇较为系统地介绍马克思主义的文章，标志着马克思主义在中国的传播进入新的历史阶段，也是李大钊从民主主义者成长为马克思主义者的证明。

1920 年初，经李大钊的介绍，毛泽东加入了少年中国学会。同年 3 月，李大钊在北京大学秘密组织起"马克思学说研究会"，同期，"平民教育演讲团"

也受到李大钊号召知识分子到工农中去的影响,决定除了城市,还要重视到乡村和工厂去开展活动,不久便选定了长辛店作为固定的活动地点。在李大钊的组织带动下,北大已经成为探索马克思主义的桥头堡。

在北大校外,石驸马大街后闸35号则成为进步青年时时向往的地方。1919年,李大钊的第三个孩子炎华出生,一家五口挤在回回营的房子里非常不便,于是在1920年9月李大钊一家搬到了石驸马大街,并一直住到1924年。石驸马指的是明朝顺德公主的丈夫石璟,他的官邸当年就在这一带。驸马府南门外东西向的大街当时叫石驸马大街,民国时许广平、刘和珍等就读的"京师女子师范学堂"就在大街东头;北门外的街道原叫作石驸马后闸,宣统年间改叫"后宅"。20世纪60年代中期北京整顿地名,为了纪念新文化运动,石驸马大街被改为新文化街,石驸马后宅改称文华胡同。现在文华胡同24号院是北京城里唯一保留下来并且以"李大钊故居"命名的院落。院子在路南,所以在西北角开门,院子里没有南房,正房堂屋北墙上挂着李大钊手书的"铁肩担道义,妙手著文章"的对联。正房东屋是李大钊、赵纫兰夫妇的卧室,为了适应赵纫兰的习惯,屋里还特意盘了炕。东厢房主要用作客房,瞿秋白、邓中夏、陈乔年、赵世炎、高君宇、张太雷、秦德君等都曾在这里借住。

院子里最重要的恐怕要属西厢房,那里是李大钊的书房兼会客室。1920年10月,北京共产主义小组在李大钊的办公室里宣告成立。同年11月底,北京共产主义小组改组为中国共产党北京支部,李大钊担任书记,并且根据上海党组织的经验和要求,李大钊还指导建立了党的外围组织——社会主义青年团。党组织建立以后,李大钊多次在家中的西厢房召集会议,指导大家创办报刊宣传马克思主义,举办工人补习学校,成立工会性质的工人俱乐部,派人到郑州、天津、唐山、济南等地组织开展工人运动并建立共产主义小组,领导发动北方工农运动。据说开会期间,李大钊不准家人出入西厢房,唯有夫人赵纫兰被允许在正房窗户边观望西厢房里的情形,适时进去添些茶水。

四、国民革命的事业,便是我们的事业

早在中国共产党成立前,李大钊就深入铁路工人中做了大量工作。1921

年3月，李大钊赴郑州开展工人运动，他在工人夜校的黑板上写了个"工"字，又在下面写了个"人"字，说两个字连起来就是"天"字，以此勉励工人们奋发努力。到1922年底，京汉铁路沿线工会组织已经遍及全国，在此基础上，党组织决定于1923年2月1日在郑州举行京汉铁路总工会成立大会，但遭到军阀吴佩孚的武力禁止，为此京汉铁路工人举行总同盟罢工。这是党领导下的第一次工人运动高潮的顶点。吴佩孚大开杀戒，酿成了震惊中外的"二七惨案"，北京政府发布了对李大钊等领导同志的通缉令。当时李大钊正在武汉、上海讲学，他在石驸马大街的住宅遭到特务、暗探的监视与骚扰。1924年2月，李大钊一家人不堪其扰，被迫告别了石驸马大街宽敞的院落，搬到了南边不远的铜幌子胡同甲3号。5月21日，张国焘违背李大钊"迅速躲避"的指示以致被捕，旋即鹰犬爪牙们扑到铜幌子胡同去抓人，好在李大钊一家已提前撤回河北，6月李大钊启程去苏联出席共产国际第五次代表大会。到9月开学之际，为了不耽误子女的学业，夫人赵纫兰带着孩子们搬到西单附近的邱祖胡同。10月，冯玉祥在北京发动政变，北方的形势朝着有利于革命的方向发展，李大钊在党的指示下回到北京迎接孙中山，一家人又团圆在府右街后坑朝阳里4号。现如今，铜幌子胡同已被改为同光胡同，并且只剩下短短一截，邱祖胡同和朝阳里则已被淹没在历史的记忆中了。

大名鼎鼎的东交民巷现在已经成为一条网红街道，许多年轻人到这里打卡拍照，殊不知这里是李大钊在北京的第八个也是最后一个栖身之所。1926年"三一八"惨案之后，段祺瑞政府对李大钊发布通缉令，李大钊率领革命同志躲入苏联大使馆西院的旧兵营内，转做地下工作。很快，段祺瑞政府被民众推翻，奉系军阀借机入主北京。血腥镇压之下的北京已经难以开展群众工作，李大钊"因不得稳妥出京之道路"被困在北京。1927年4月6日，奉系军阀悍然闯入苏联大使馆院内拘捕了李大钊。今天沿着东交民巷西口往东，在最高人民法院西侧有一条小巷子，巷口西侧的墙上还保留着一块路牌，上面写着"USSR EMBASSY COMPOUND LANE"，下面是中文"苏联豁子"，"苏联"二字已经漫漶不清，李大钊就是在这儿附近被掳走的。李大钊被捕之后，社会各界营救未果，4月28日，在西交民巷的京师看守所内，李大钊"首登绞刑台"，"神色未变，从容就义"。

东交民巷、西交民巷之间是天安门广场，站在开阔的广场上，我对李大钊的寻访可以暂且告一段落了。说实话，阅读李大钊相关资料的感受远比阅读一般资料要沉重，在历史和现实之间寻访李大钊的踪迹也更加困难。今天，人们在盘点"京畿红迹"时都会把李大钊在文华胡同的故居纳入其中，然而回溯李大钊的一生便会意识到，其实北京城里，包括中轴线区域的许许多多胡同、公园内，都曾见证了早期革命者们的艰辛和执着，它们有的被较为完好地保存下来，有的则渐渐沉淀在北京城市记忆的深处。这些红色印迹也如中轴线一样，需要被保护和恢复，因为它们同样值得被留存与铭记。

（作者为北方工业大学副教授）

第三辑 街巷风情

漫步珠市口

史 宁

小时候我家住在天坛西胡同，姥姥家在广渠门外垂杨柳，每次去姥姥家我都会先到天坛西门坐一站116路公交车，到珠市口路口下车，再步行到珠市口西换乘23路公交车一路向东。在记忆中，珠市口路口非常窄小，我总是担心公交车司机在驶过路口时会和两边毗邻的车、人或房屋相撞，但每每总是有惊无险地经过，不由得让我极度钦佩司机师傅高超的车技。珠市口繁华又不乏生趣，整条珠市口大街车水马龙、熙来攘往，从虎坊桥经过珠市口一直到磁器口莫不如此。除了去姥姥家经过珠市口，我还常和父母到前门儿童书店买书，只需多坐一站116路到前门下车，印象里那应该是离我家最近的一处繁华地界了。

后来我搬家到朝阳，但工作单位几乎都在南城，所以我差不多仍能接长不短地路过珠市口。看着它一天天地变化、发展，感觉它就像和我一同成长的一位故交，隔了一段时间没见，我心里就惦记、想念。随着北京中轴线日益受到关注，南中轴线的改造也提上了议事日程。永定门城楼复建了，前门大街改造了，天桥石桥也恢复了，而天桥至珠市口这一段是最晚进行改造的，其变化也是巨大的。前一段时间，借由中轴御道和两侧道路改造完毕的契机，我重新走了一遍曾经熟悉的珠市口。

以往天桥和前门大街的界线总是有点模糊。传统意义上从天桥路口往北到珠市口路口这一大片地方，以及马路两边基本都可以并入天桥的范围，只不过这里已经不是天桥最核心最热闹的地方了。好在从清末到民国时期的南中轴线各段名称和今天大体上是一样的。从现在的天桥商场路口到天桥路口这一段今天叫天桥南大街,从天桥路口往北一直到前门这一段今天叫前门大街,过去叫正阳门大街。所以这里出现了一个很奇怪的现象,天桥只有南大街,没有北大街。那天桥的北大街到底去哪儿了呢?从常理上说,天桥的北大街应该就是天桥路口到珠市口路口这一段。可是前人命名的时候偏偏不叫天桥北大街,而叫正阳门大街,也就是前门大街,所以我行走的这段路基本是前门大街的南半段。

今天天桥十字路口的中央大约就是历史上天桥石桥的原始位置,2013年底复建的时候因为交通原因把它向南移了二百米。过天桥路口往北路东有两个地名很有意思——红庙街和山涧口街。原来的红庙街叫老虎洞前街,红庙这个名字源于弘济院。最早天桥石桥东侧的正阳桥疏渠记碑后来就给搬到这里,并保留至今,只是始终被隐没于一片民居杂屋的包围之中。历史上的弘济院是一座小型道观,里面供奉着关羽塑像。因为小庙名字里带一个"弘"字,所以就被老百姓俗称为红庙。红庙所在的地方前面有一条小街,最早叫老虎洞前街。与它相垂直的一条东西走向的大一点的街道,叫山涧口。山涧口的得名是因为整条街道的地势中间高两边低,每到夏季暴雨时,雨水从街当间儿向两边分流,就像从山顶流入山涧一般。这名字还有个传说:当年有两个大户,一户姓李一户姓刘,两家人经常互相斗富。他们先是修饰大门,把门前装潢得富丽堂皇。后来其中一家把门口的门墩换成了石狮子,结果另一家的门口就换成了铜麒麟,可谓是针锋相对、寸步不让。后来李家干脆把胡同的名字改成老虎洞,意思是刘家的人从这个路口经过的话就让老虎出来咬他们。刘家当然不甘示弱,就把自己门口这条胡同起了个名字叫山涧口。意思很明显,老虎虽然凶猛但是也难免失足掉落在这山涧里。这虽然是个传说,但确实老虎洞的名字没能一直叫下去。

前几年有一部反映老北京生活的电视剧叫《芝麻胡同》,里面涉及一个地方,也在天桥附近。剧中牧春花落魄时曾租住在一条叫作铺陈市胡同的大杂院里,这个铺陈市胡同就在今天天桥的西北角。剧中这个情节设计得还算合理,因为铺陈市胡同在过去就是一条穷人住的胡同。铺陈市其实最初指的就是售卖破旧棉织品的集市,清代时该胡同叫穷汉市,光绪年间称补拆市,总之就是贫苦大众居住的地方,所以牧春化住的地方一开始还遭到了严振声太太林翠卿的嘲笑。由铺陈市胡同往西不远的永胜巷，里面也有一座康熙年间的小道观，叫斗姥宫。弘济院和斗姥宫这两个小庙一左一右，位列天桥东西两侧，距离也都差不多，或许不仅仅是巧合吧。今天这两个庙都已经不存在了，甚至连名字都已经被人淡忘。

这条街上最有名的庙宇非精忠庙莫属了。这是当年北京南城的一座大庙，香火极盛。精忠庙是祭祀岳飞的庙宇，全国各地许多地方都有供奉岳飞的岳王庙，在北京有两座，但是不叫岳王庙，而是都叫精忠庙，取其"精忠报国"之义。其中一座在北新桥附近，另一座就是天桥附近这座。每逢初一、十五，游人、香客便络绎不绝。每年灯节，精忠庙都有一项为群众所喜闻乐见的习俗，叫"烧秦桧"。人们用泥土塑起一个秦桧的跪像，然后一起用煤炭将它焚烧成焦土，彼时每每观者如云。后来精忠庙还成了京城梨园界人士的聚会场所，在清代北京戏曲艺人行会组织就设在这里，有点类似于今天的北京演出行业协会。当年"同光十三绝"中的程长庚就多年在这里担任庙首。因为梨园公会的办事机构设在精忠庙内，所以就把庙名当作了会名。烧香的、唱戏的都往来于此，精忠庙在京城就更加出名了。现在曾经的精忠庙所在的小街名字还叫精忠街，里面还有一所精忠街小学，也都是依庙而得名。精忠庙在1958年被改建成华北光学仪器厂，俗称二一八厂，现在这里又被改成了天鼎218文化金融园和北京金霖酒店。

这条街的两侧大体上没有特别成规模的商业，都是一些相对较小的店铺。记忆中这条街路西有一家土产公司，我家过冬用的炉子、烟筒都在这家商店买过。路东还有一家纸店也是我学生时代为了美术课经常光顾的地方。真正像模像样的买卖，还得数珠市口路口附近。说到珠市口就不得不提这个名字的来历。这里最早原是个污秽不堪的地方，和珠宝首饰完全不沾边。过去北京地名带"市"字的基本都是大型的商品交易市场。珠市口也是如此，不过在这里卖的并非金银珠宝，而是生猪，有点像现在北京南边的新发地集贸市场。后来猪市迁到了东四，猪市口遂改称珠市口。

历史上的珠市口路口是一个异常繁华的地方，在老北京时期有"金十字"的美誉。所谓"金十字"指的是珠市口的十字路口。虽然路口的东西一线不像南北中轴线的道路那么平直而是有点倾斜，但是珠市口的地理位置非常重要，它不仅是南城贫富的分水岭，也是雅和俗的天然分界线。在过去这里有"道儿南道儿北不同天"的说法。这里的"道儿"就是今天的珠市口东大街和西大街，这条东西走向的大街是一个分界线，大街以南代表了贫苦和粗俗，大街以北则体现了富裕和高雅。以前人们经常说北京城东富西贵、南贫北贱，其中这南贫的范围基本到珠市口为止。珠市口大街南北都有店铺、戏园子，但是两边档次截然不同。好的店铺和戏园子，都在"道儿北"。一些有钱却在前门附近找不到地盘儿的商家，或者一些缺钱想找便宜一些地方的商家，都会把目光投射到这里。在今天的珠市口西大街，像晋阳饭庄、丰泽园和德寿堂药店这些知名招牌依然都在"道儿北"。

但是客观来看，虽说"道儿南道儿北不同天"，所谓的"道儿南"也并不是一无是处，有几个重要的地标反而就在"道儿南"。头一样就是珠市口基督教堂。这座教堂建于1904年，是美国卫理公会在京城开设的八座教堂中最早的一座。这座略显哥特式风格的教堂正面的左右两边并不对称，右边的屋顶比左边略高，那是因为最早右边屋顶上曾有一座小型的钟楼。今天我们在教堂的后身儿，还能看到一口巨大的挂钟，不过这应该已经不是当初钟楼上的那一个了。珠市口教堂是北京基督教会的南堂，当初它是南城仅有的一座基督教堂，所以前来做礼拜的信徒非常多。它和精忠庙一样，由于人流众多，客观上促进了周边区域的经济发展。历史上的珠市口教堂和今天所处的环境略有不同，昔日的教堂并不是紧挨着珠市口十字路口，在它的北面相邻的原本还有好几家店铺。也就是说，过去的珠市口路口要比现在窄得多。所幸当年在扩建两广大街和修地铁7号线时，珠市口教堂躲过了被拆除的命运，在它的南侧开辟出一条机动车道，客观上将整个建筑保护了起来。

除了教堂，往西不远还有一座在京城闻名的娱乐场所——开明戏院。那是民国初期北京城少有的欧式巴洛克风格建筑，而且是由中国自己的建筑师设计、专门为戏剧演出而建的一座现代化大型剧场。它共有三层，门脸不大但是气派十足，在当年的南城是一道别致的风景。许多演员都以能登上开明戏院的舞台为荣，就像今天的明星登上央视春晚的舞台一样。1924年梅兰芳专门在此邀请来华访问的印度诗人泰戈尔观看自己的新戏《洛神》。泰戈尔看过之后惊叹不已，回赠梅兰芳一把团扇并题字作为感谢，一时被传为文坛佳话。这座戏院

图 / 御道
赵瑞 / 摄

是天桥市场里任何一个大戏园子也比不了的，很多在天桥撂地演出的艺人也都是通过登上开明戏院的舞台而逐渐走红的。1949年后开明戏院被更名为民主剧场，一度一些话剧在此上演，后来剧场又被改为珠市口电影院。我小时候还经常去那里看电影。可惜它在2000年修两广路时被拆除了。

走过珠市口教堂，当宽阔的两广路横亘在面前时，脚下的中轴御道在此暂时中断，我只能对不远处的前门大街隔街兴叹。街上车流的喧扰将我的思绪从过去拉回到现实中。当我驻足于珠市口教堂前，回望一里地之遥的中轴线御道时，我的视野中仿佛恍然出现了某些失衡。珠市口教堂大门所在的位置应是这条街道原始的道路边界，而新恢复的天桥至珠市口的这段道路似乎让人感到太过空旷，空得使人心中缺乏一丝安全感。大概是修建地铁8号线的缘故，道路两边的原有建筑全部被拆除，只把一座教堂孤零零地抛在了道路北侧的尽头，显得它无比寂寥、无依无靠。现今这种孤岛式的保护已经越发凸显出些许弊端与不足，将其与周边环境发生隔离断裂并不能有效地保存历史建筑的原生样态，孤岛式保护只能保护建筑外观，无法留存建筑的精神内涵。这是整个城市道路在"大城市病"下进行横向式扩展后暴露出的弱点，它改变的不仅是城市格局，也在一定程度上破坏了城市原本的人居生态环境。正如眼前的珠市口路口一样，昔日的金十字已徒有其表，它消逝的是以精忠庙、开明戏院等历史坐标和鳞次栉比的商铺为代表的文化景观。说到底，它丢失了一缕昔日的烟火气。

眼前的珠市口似乎异常宽阔而陌生，儿时记忆中的繁华街巷大都一去不复返。中轴线上的永定门城楼、天桥四面钟、石桥乃至前门五牌楼无一不是近年来重新修建的。复制品自有其历史价值和意义，但这个价值和意义有多大则需要我们对其进行理性的考量。根治北京"大城市病"需要相当长的时间，北京传统历史文化资源的更新与再生或许需要更长的时间和多方的努力，期待珠市口能够真正迎来华丽转身的那一天。

（作者为光明日报出版社编辑、人文学者，现任中国老舍研究会常务理事、副秘书长）

雍和宫大街

吴京华

在中国，有无数条大街。但是，要从中找出一条半街香火、半街烟火，半是王府、半是学府，并且还得是出了两位皇帝的大街，那就仅有位于北京市东城区的雍和宫大街了。

雍和宫大街在明代被称为集贤街；清代称大市街；1947年，被改名为雍和宫大街；20世纪六七十年代，又改称"红日北路"，后恢复原名，并沿用至今。

雍和宫大街因雍和宫而得名。雍和宫位于雍和宫大街路东。

雍和宫对于北京人来说并不陌生。每年一到大年三十，就有很多善男信女顶着呼啸的北风，提前站在雍和宫外排队，准备第二天一早儿在雍和宫开门的一瞬间，以迅雷不及掩耳之势冲进去，冲到最前面，抢到雍和宫大年初一头一炷香的敬献机会。善男信女之所以来这里上香祈福，是因为雍和宫是雍正皇帝登基前的府邸。清康熙三十三年（1694年），康熙帝在此建造府邸，将其赐予四子雍亲王，因而称其为雍亲王府。雍正三年（1725年），王府被改为行宫，称雍和宫。雍正十三年（1735年），雍正帝驾崩，此处用于停放灵柩。因此，雍和宫主院原绿色琉璃瓦被改为黄色琉璃瓦。又因后来的乾隆皇帝弘历诞生于此，雍和宫出了两位皇帝，因此此处便成了"龙潜福地"。所以，雍和宫的殿宇为黄瓦红墙，与紫禁城皇宫是一样的规格。乾隆九年（1744年），雍和宫被改为喇嘛庙，由特派总理事务王大臣管理本宫事务，无定员。可以说，雍和宫是全国规格最高的一座佛教寺院。

来雍和宫游览的不仅有北京人，也有外地人；不仅有中国人，还有外国人。我自然也不例外，经常走在雍和宫大街上。但让我注意到这条大街的存在，却是在今年春天。我乘地铁去东城区第一图书馆参加活动，从北新桥地铁口出站后，环顾四周，一下子就惊呆了。也就是一年多没来这里，这条大街便仿佛乘坐了时光机一般，变化巨大！只见地铁口儿有古色古香的回廊，大街两侧的店铺也出现了很多京城老字号。单单看雍和宫大街北新桥这段的商铺，至少是仿佛穿越到了民国。而在雍和宫大街的北端，因有雍和宫和国子监两个更古老的古代建筑，便会让人追溯到更久远的朝代。我想，如果我蹬上高跟鞋，穿上民国风的缎面旗袍，梳着民国女子的鬓发，抹着民国时期著名品牌的化妆品，款款地走在雍和宫大街上，与这条民国风的商铺融为一体，那一定会别有一番滋味在心头。于是，我决定回家先准备准备，打扮妥当了，再来好好地逛一逛这条大街。

4月24日，谷雨刚过，我往脸上搽了点儿"上海女人"雪花膏，身着一身在瑞蚨祥订制的桑蚕缎旗袍，手挎白色的精致皮包，再次踏上了这条有着几百年历史的雍和宫大街。

雍和宫大街总长1130米，宽20米。它北起安定门东大街，南至东直门内大街，东侧与北新桥头条、戏楼胡同等相通，西与交道口、北头条、方家胡同、国子监街、五道营胡同相通。这一条条与雍和宫大街相通的胡同，与雍和宫大街共同见证着历史风云和社会变迁。故而，我决定由雍和宫大街随便走进一条胡同，去聆听一个个久远的故事。

我沿着雍和宫大街路西的便道往北新桥方向前行，没走几步就走到了官书院胡同。一抬眼，就看见官书院胡同1号的门上挂着"佛宝居"的牌匾，这家店铺是北京李居明专卖店。就在我扭着脖子往店里观看时，在我身后的一家店铺门前，有一位老婆婆问我："算命吗？"我摇了摇头，抬腿就迈进了这条胡同。

走到官书院胡同7号，我停下了脚步。这所清朝建筑风格的宅院不仅比它周边的现代平房要高大一些，其院门上的砖雕、门挡也比一般的民房精美许多。虽然房屋的年代有些久远，但从它门前的五级台阶、两块圆形的抱鼓石来看，仍能看出这所院落有着不同寻常的故事。以前能住在雍和宫大街上与皇家为邻的，非富即贵。古时，文官门前的门墩是方形的，代表这家里的主人是书香门第。而像战鼓一样的圆形门墩，则表明这家的主人是一员武将。我蹲下身子，仔细地看了看这对门墩，只见上面刻有狮子、葫芦、路路通等吉祥图案。抬头看门挡上贴着"吉祥如意"，门挡上方那两块灰色的砖雕上也刻有图案。左侧的砖雕上刻有蝙蝠、梅花鹿、喜鹊，寓意"福禄寿喜"。右侧的砖雕上刻有马，还有猴子，寓意"马上封侯"。"咯吱吱……"随着推门声，从院里走出了一位银发老者，我忙上前询问，这所院落以前是何人居住？老者说，在清朝末期，这里住着一个武官。到了民国时期，蒋介石手下一个姓马的司令住在这里。北平和平解放后，这所院落由政府分给了民众居住。

我征得主人的同意后走进了这所深宅大院，院子里有一棵老槐树。我想，每年到了5月，院儿里那一串串雪白的槐花散发着芬芳，若是搬一把竹躺椅置于槐树下，躺在上面或品茗观书，或半闭双目，那该有多么惬意啊！

我沿着官书院胡同继续前行，走到拐弯处是国学胡同。就在这时，有一个人从我身后走过，我见他身穿明朝的官服，头戴明朝的官帽，迈着大步急匆匆地往前走，一会儿便消失在国学胡同的尽头。我愣住了，这也太突然了吧！光天化日之下，一眨眼的工夫就穿越到明朝啦？！他行色匆匆地是要去国子监为学子们主考去吗？我追随他的背影一直走，就到了国子监。

国子监外立有一块石碑，上面分别用满文和汉文刻着"官员人等，至此下马"的文字。我不知道这块石碑是在什么朝代立在这里的，但我知道北京的国子监始建于元大德十年（1306年），至今已有700多年的历史，它是元、明、清三代的国家最高学府及教育行政管理机构，明初洪武年改称"北平郡学"，永乐二年（1404年）仍称"国子学"，后改称"国子监"。

国子监位于北京市东城区国子监街，现为全国重点文物保护单位。在国子监博物馆里存放着很多古代石碑，其中有不少石碑上都刻有历届中榜举人的姓名。这其中就有宰相刘墉、大学士纪晓岚，他们就是在这里参加科考，一举成名天下知，实现了他们人生的抱负。

沿着雍和宫大街往南走，走到这条街另一半的地方，就能看见两排老字号商铺的门脸，充满了人间烟火气。这里有新和小馆的打卤面和锅贴、福荣居的褡裢火烧、北新桥的卤煮、姚记炒肝、鸦儿李记的各种外卖……这里，妥妥的就是美食家们的天堂。若是想把这条街上所有的美食都吃个遍,至少要在这里吃上一个月。

在这里有北京最后一家国营粮店,它成立于20世纪50年代,至今在这条雍和宫大街上已经经营60多年了。这家店曾经叫"北新桥粮店",而今已更名为"同日升粮行"。因他们家的"二八酱"卖得火遍了全国,来的人多了,这里竟然成了网红打卡地。我也慕名同全国各地的网友一道佩戴好口罩,扫码进店,寻找"二八酱"。

"二八酱",指的是二成芝麻、八成花生。我记得,我儿时拿着空瓶子,举着副食本去副食店里打麻酱,售货员拿着竹舀子往瓶子里舀的麻酱就是"二八酱"。我家四口人,我就是把全家的定量都打回来,也打不满一瓶。打回来后,我小心翼翼地将它抹在馒头上,再往那薄薄一层的"二八酱"上撒少许白糖(这白糖也是有定量的),然后仔细地端详一番,好像我手里拿的不是馒头,而是一块制作精美的蛋糕。我轻轻地咬上一小口,甜滋滋的……那一小块抹着麻酱、蘸着白糖的馒头,在我历经半个世纪的风雨后,仍然在记忆中挥之不去。

我进店后,站在门口看见的都是米面粮油、熟食、小吃,二八酱在哪里?这时,我看见很多手里举着空瓶子的大爷大妈,我就跟在他们身后往货架后面走,很快就看见了分别盛着二八酱、散黄酱和香油的大缸。售货员手拿舀子往空瓶子里一勺一勺地舀着酱,像极了我儿时见到的情景。在黄酱缸旁边的墙上,贴着二八酱、芝麻酱、黑芝麻酱的价钱。没有带空瓶子的顾客,也可以在店里买空瓶子,麻酱瓶2元钱1个,香油瓶2元钱1个。虽然我家里刚买了2瓶麻酱、1桶香油,但我还是忍不住掏出两张百元大钞在这里每一样都买了1瓶,准备拿回家与家人一同分享。倒不是我多么有钱,这是在买一种情怀。

买完麻酱、散黄酱,我又来到鸦儿李记小馆买了5斤鲜牛肉、2斤酱牛肉、2斤牛蹄筋、10个金牌烧饼、2个炸糕、10个粽子。我之所以在鸦儿李记小馆一次买这么多吃的,是因为我之前曾多次在他们店里买过鲜牛肉、酱牛肉,还有金牌烧饼。他们家的牛肉,不但吃着放心,炖出来的味道也很鲜美。我把从他家买来的酱牛肉夹在他家的金牌烧饼里,咬上一口,那真是地道的北京味儿,确实好吃。要是追溯这家店铺的历史,能追溯到民国时期。我走遍了祖国的南北西东，吃过了很多家老字号的酱牛肉、腊牛肉，却独好他家的这一口。

我继续沿着雍和宫大街往南走，就走到了北新桥地铁站，到了这里，这条街也快逛完了，再往南就是东四北大街，往东逛，就是东直门内大街，往西走是交道口东大街。这里有东城区法院、东城区第一图书馆……我曾经在东城区第一图书馆听莫言、韩小惠、石钟山等名家授课。课后，我与隋军、罗雨笙、王苏华等众多文朋诗友来到雍和宫大街路东的一家饭店，径直登上饭店的二层包间，我们围坐在桌边，边喝边聊，继续交流文学创作的体会。这家店主人都不知道，连续多年来在他家小馆里落座的有诗人，有散文家，有舞蹈家，有书画家，还有剧作家、收藏家……但是，店主知道每周六都要在他家二楼给我们预留出一个两桌的包间。时光流逝着，岁月沉淀着，一转身便是一个光阴的故事。

回首雍和宫大街，它仿佛就是一条时间轴。时间轴的北端是久远的历史，沿着时间轴越往南越接近我们现在的时代。雍和宫大街，又仿佛是一条衣襟，衣襟上每一个衣扣就是一条胡同。其中，上面最闪亮的衣扣左边连着孔庙和国子监；右边连着雍和宫；最下面的衣扣是北新桥，它一边连着传播知识的东城区第一图书馆，一边连着刘伯温和锁龙井的故事。当我的高跟鞋在雍和宫大街上敲击时，雍和宫大街也在回响着，向我讲述着关于这条大街的光阴故事……

（作者为东城作家协会会员）

复原东四街景

姜宝君

2018年5月，由北京市城市规划设计研究院主办的"京城回眸——东四地区老照片及模型展"在史家胡同博物馆举办，展出了20世纪60年代初期，东四北大街、东四南大街、猪市大街（如今的东四西大街）、朝阳门大街等东四一带的街景老照片。这些老照片，是当时的摄影师顺着街道一步一拍，然后拼接而成的，它们为人们留下了珍贵的影像资料。

除了老照片，还展出了一位老人花了七年时间制作完成的猪市大街街景模型，这组模型也是老人为其96岁高龄的老父亲制作的。

珍贵的照片加上细节逼真的模型，唤起了这个城市里很多老人的记忆，他们在这里可以寻找到当年生活的点点滴滴。

一、50多年前拍下北京"三横三纵"的街景

熟悉老北京的都知道，"东四"是"东四牌楼"的简称，建于明代。明代同时修建的，还有皇城以西的四座牌楼，相应的，西边的四座牌楼被称为"西四"。这两处牌楼自修建之后，从东南西北四个方向延伸出四条街道，以此成为商业聚集地，吸引了大量的商铺和住户。虽然这两处当年的建筑大多不复存在，但它们留下的故事和记忆，却沉淀在历史深处。

在史家胡同博物馆展厅的墙壁上，挂着数十幅东四一带沿街建筑物的黑白照片，这些照片拍摄于1960年至1963年。事实上，当年拍摄的照片远不止这

些，当时北京城内几条主要街道的风貌都被如实地记录了下来。史家胡同博物馆馆长马玉明讲述了这些照片的来源。

20世纪50年代，彭真市长提出，随着北京城市的发展，旧的城市风貌也要记录下来。于是，在调拨了大量粮食后，都市计划委员会（北京市城市规划设计研究院的前身）换取了大量的拍摄设备，并从全国招募了多位摄影师，让他们如实地将北京城的风貌保存下来。马玉明馆长介绍，1960年至1963年，摄影师们拍摄了"三横三纵"的城市街景："三横"是西直门到东直门、阜成门到朝阳门、复兴门到建国门；"三纵"是菜市口至新街口豁口、前门南边至鼓楼（隔开故宫）、崇文门至雍和宫。

细心的观展者会发现，所有的照片都是冬天的景色，人们穿着厚厚的衣服，树枝光秃秃的。其实这是有意为之，因为"冬天建筑受树木影响最小，能够最大程度记录当时的街景"。当时的摄影师们是走一步拍一步，最后拼接成一整条街道的照片。

史家胡同位于东四南侧，因此本次展览就选取了以东四十字路口为坐标轴，向周围延伸的一些主要街道的老照片。在展厅的地面上，主办方还特意设计了一个非常有趣的小细节：地面上铺设了2017年以东四十字路口为中心的街景图，在每条街道的两边摆了一长条小桌子，桌子上贴着每条街道在20世纪60年代初的街景老照片。50多年的时光，就这样浓缩在小小的空间里，让人顿时生出"穿越之感"。

马玉明馆长说，墙壁上挂着的老照片，是经过精心挑选的，他们选取了与居民生活息息相关的店铺的老照片，比如浴池、理发馆、药店、粮店、医院等，"就是想要唤起大家的记忆"。

他们的精心设计，调动了参展观众的热情。来观展的许多老年人，一见这些场景，就像小孩子一样高兴地"大呼小叫"："我小时候在这个浴池里洗过澡，在这个理发馆理过发……"

看着老人们积极地诉说当年的记忆，策展人之一的孙天培也非常开心，他不无感慨地说："如果照片只是放在相册或者资料库里，它们就是'死的'，只有往照片里浇注记忆，照片才能'活起来'。我们这次就是想让这些'死'的照片，变成'活'的记忆。"

二、70岁老人用模型复原猪市大街

除了这些记录了大量细节的老照片，展厅里还有一件展品，吸引了众人的目光——一组旧时老北京建筑物的模型。这些建筑物摆放在一起就如街景的再现。细看之下，这组木质的模型制作得非常精致，不仅四合院的屋脊、窗棂等细节栩栩如生，而且胡同指示牌、店铺的匾额也被如实呈现，更令人赞叹不已的是，模型上店铺的大门和窗户还能打开。

这组模型复原的正是20世纪60年代初期猪市大街西北侧大约一百多米长的一段街景。在模型上方，张贴着与模型相对应的那一段街景的老照片。两相对比就能发现，模型的复原程度极高。这组街景模型瞬间让人们的记忆立体起来。孙天培告诉记者，有一天，北京史地民俗学会副会长张双林来观展，他看到这组模型后，指着其中一栋建筑说："我就在这里住了几十年。"

街景的复原者是一位叫林冀生的老人。他今年70岁，退休之后，利用空闲时间，从零开始学习建筑知识和模型制作方法，并凭借记忆和老照片等资料，耗时七年，最终手工制作出一组模型，还原了猪市大街西北侧的街景。林冀生老人为何如此执着于这份艰巨的任务？这源于他的父亲林光华老爷子的一个心愿。

林光华老先生今年96岁高龄，他从小就生活在猪市大街一带，这里的一草一木都给他留下了深刻的印象。后来，随着城市的发展，猪市大街早已变了模样。林光华老先生心想，复原猪市大街旧时的风貌，是不可能的了，只能通过想象来"复原"当年的场景。20世纪90年代，已经退休的林光华琢磨着通过制作四合院模型来回忆童年。曾经是古建筑高级工程师的林光华，开始利用生活中的废弃材料来制作四合院模型。2010年，四合院模型制作完成，它们不仅有东西厢房、正房、垂花门等建筑，还有门钉、门座、门环以及花纹等细节，这些细节使得四合院模型十分巧妙、逼真。

后来，林光华想把猪市大街上所有的建筑都给复原出来，但是，此时的林光华确实感到精力不济，正好他的儿子林冀生退休了，这样，在老先生的指导下，林冀生开始制作猪市大街的街景模型。

4月中旬的一天,林光华和林冀生爷俩也到了展览现场。林光华老先生指着模型中的一栋建筑说:"这就是我小时候住的地方,底下是我家的铺子,叫德厚鱼店。"他还记得,他家楼下有一家饽饽铺,铺里最有名的糕点就是芙蓉糕。"芙蓉糕分两种,一种是荤的,一种是素的;素的是白色的,荤的是黄色的。如果糕点没吃完,下次吃的时候再回笼蒸一下,跟新做的一样。"

林光华老先生指着模型上离他家几十厘米开外的另一栋二层小楼,颇有几分自豪地说:"那是一家烤鸭店,也是我父亲开的。"20世纪40年代,林光华的父亲去世了,他们一家不久后就搬离了猪市大街。

三、理发师为舞台角色设计发型

80余岁的人艺老艺术家蓝荫海先生,也来到了展厅。他从小就生活在史家胡同,对这一带非常熟悉。进入展厅,他仿佛一下回到了年轻的时候,在看到"春风理发馆"的老照片时,老人记忆的闸门瞬间便被打开了。

"那个时候这个春风理发馆相对贵点,但师傅的手艺确实好。"蓝荫海在20世纪50年代初,考上了人艺。从那时起,他就一直在春风理发馆理发。他和当时的理发师傅非常熟,现在帮他理发的正是那位师傅的第三代徒弟,现如今也70来岁了。

20世纪50年代末,年轻的蓝荫海在吴祖光编剧、夏淳导演的话剧《风雪夜归人》中饰演一个富家少爷。为了演好这个角色,蓝荫海自己设计了一个发型——中分头,并去春风理发馆,让师傅给他理成那样的发型。结果师傅告诉他,在当时,不管是电影还是文学作品,中分头都是"特务"的固有形象。于是师傅就给他改了改发型,理了一个稍微偏一点的分头发型,这个发型帮助蓝荫海成功地塑造了一个经典角色。

在内务部街住了几十年的老居民邵阿姨,对春风理发馆同样记忆深刻。她回忆,当年理发馆里有个理发师特别帅,女孩子们去那里理发时,都爱找这个师傅,于是这个师傅名下常常是排着长长的队伍。有其他理发师要求给她们理发时,女孩子都借口说她们等候的那个师傅手艺好。想起这些细节,邵阿姨仿佛回到了豆蔻年华,情不自禁地笑了起来,"其实,当时大家都是想看看那个帅哥"。

在展厅里，春风理发馆老照片的不远处就是一张青海餐厅的老照片。从照片上看，餐厅有两层，外观非常有气势，而且建筑上所用的线条非常细致独特，与周边的建筑有着明显的区别。这些细节昭示着，在当时，这是一家非常高档的餐厅。蓝荫海老先生的回忆证实了笔者的这个猜测。当年他们排演了一部郭沫若写的话剧，郭沫若看过之后非常高兴，特意请全体剧组人员到青海餐厅吃饭，以示感谢。剧组人员也非常高兴，蓝荫海还记得这样一个细节："当时郭老请大家喝的是茅台。"

有趣的是，当年在街边工作的一位老人回忆，青海餐厅有道著名的菜叫"蚂蚁上树"，这道菜，如今在主打南方菜系的餐馆里非常流行。

在这些老照片中，明星电影院唤起了众多老人的回忆。当时，学生票价是一毛，成人票价是两毛，如果是新片上映则是两毛五分一张，尽管如此，电影票仍是一票难求。

除了诸多给人们留下珍贵记忆的老店铺，老照片还留下了很多当时人们的生活细节，这也成为如今宝贵的研究资料。孙天培说："当年在拍摄照片时，因为胶卷昂贵，摄影师为了突出建筑，所以能避开车和人的就尽量避开。尽管如此，还是留下了不少当时人们生活的景象，反映了60年前人们的生活风貌。"他指着一栋建筑的照片介绍，在这个建筑的左下角有一堆人围在那里，周围有马扎，还摆了几个杯子，很多人都不知道那是在干什么。有个来观展的老人告诉他，这就是当年的茶摊，冬天可以卖给人们热茶喝。

四、二郎庙周边曾有三座石像

在这组老照片中，引起最多关注的还要数二郎庙。从老照片中可以看到，当年二郎庙坐落于东四南大街与灯市口大街相交之处，庙在路东，坐东朝西，再往南走几步就是史家胡同。

明清时期，灯市口大街两边都是经营各种灯笼的商铺，每逢农历正月十三到十八灯节的时候，这里便熙熙攘攘都是来观灯的人，所以在历史上，对于这座庙有不少记载。如乾隆钦定的《日下旧闻考》中记载："二郎神庙在今灯市口大街东，存小殿一楹，本朝康熙三十五年（1696年）重修。"清代纪晓岚在《阅微草堂笔记》中更是记载过这样的神奇画面：早晨日出时，有一缕金光射入这座二郎神庙。当年有说法认为，这是皇宫中和殿屋顶上的镏金宝顶折射出的金光。

这座二郎庙的门口曾有两座哮天犬石像，后来流传最广的说法是，这两座石像中的一座不见了，另一座因为各种原因得以保存，如今就在离二郎庙不远处的一家店铺门口。通过这次老照片的展出，人们发现了这样一个事实：20世纪60年代，二郎庙门口确实有两座哮天犬石像，而不远处还有一座类似哮天犬的石像。也就是说，如今人们看见的得以保存的哮天犬石像，并不是二郎庙门口的两座石像之一，50多年前甚至更早之前，在如今大致相同的位置（二郎庙北侧约30米处），本来就有一座类似哮天犬的石像。这张老照片也为众多关注老北京的文史爱好者提供了不可多得的资料。

在这一带生活了多年的李大爷说，二郎庙不大，香炉就在马路的便道上，庙门上挂着"有求必应"的匾额。在他小时候，二郎庙就已经衰败了。那时，庙里的人已经不穿道服，他们小孩子常常溜进去捡香头放鞭炮。他的父亲知道后，还曾告诉他们："这庙过去皇帝都不敢进。"李大爷还说，二郎庙南侧曾有个小夹道，顺着夹道一直往东走，还有个小院。在20世纪三四十年代，这个小院是路对面咸亨酒店放酒的地儿，咸亨酒店酿造的一种叫"绿豆烧"的酒特别有名，当年很多人都慕名而来。

通过这次展览，人们发现，在二郎庙外还有一座石碑。如今，这里是一家卖水果的小店，庙早已不复存在，就更不用说石碑了。不过，一直关注二郎庙的"潘家园老彭"告诉记者，这座二郎庙的石碑存放在石刻博物馆。他的一位朋友就在石刻博物馆里工作，曾亲口对他说过这件事。而且除了石碑，石刻博物馆里还存放着二郎庙的一些其他遗存，至于是不是哮天犬石像，还有待确认。

在展览中，令"潘家园老彭"感到亲切的还有"永济水会总局"的老照片。"潘家园老彭"指出，永济水会总局是当年民间互助的消防组织，"可不是卖水的地方"。尽管在民国初年，北京城就有了消防队，但永济水会总局作为民间的消防组织，依然发挥着保护商铺安全的重大作用。

东四街景老照片，自然少不了当时"赫赫有名"的东四信托商店。信托商店当年是买卖旧货的地方，可不是如今作为理财产品的"信托"。按照当年信托商店的规矩，无论是来出售还是来委托的顾客，都得带上户口本等身份证明，如果是卖自行车这种在当时还较为贵重的物品，还得带上自行车执照。

五、为数不多的老楼依然健在

已退休多年的俞万林老先生，这次来观展有一个重要的目的：寻找他工作了30年的化学试剂公司所在地的老建筑。1979年，他在东四南大街的化学试剂批发商店工作，一直到2007年退休。

来之前，他查过企业史，据资料记载，化学试剂公司的前身是化学试剂批发商店，批发商店于1964年迁往东四南大街164号。俞万林特别想知道，在商店迁入之前的老建筑是什么模样。

在浏览从东四路口东南角至如今金宝街这一段的老照片时，一幢似曾相识的老建筑引起了俞万林的注意。这栋建筑有两层，一楼有四个橱窗，橱窗上挂着窗板，正中间是个防风门；二楼有三组窗户，也挂着窗板，二楼窗上有"中国百货公司北京市公司"几个字。楼旁的小门上有明显的"162"门牌号，162号右侧的大门是东四电话局的老建筑，那么按照当时的规则，其左侧的楼就是164号了。看到这些，俞万林惊喜不已，他猜测这幢老建筑就是当时北京化学试剂批发商店迁往东四南大街之前的建筑。他有一张20世纪70年代初期化学试剂批发商店的照片，从照片中可以看出，商店的建筑格局与老照片中的非常类似：二楼有三组窗户，一楼有四个橱窗，只是当时大门外的防风门没有了。这再次证实了他的猜测。

俞万林把这张照片发给一些老同志看，一位曾参与企业大事记编写的老同志告诉他，化学试剂批发商店当时属于中国医药公司北京科学用品站，该建筑在1963年供其所属的仪器仪表商店使用，后仪器仪表商店搬走，化学试剂批发商店及其上级科学用品站才于1964年迁入。本次展出的这些照片正是拍摄于1960年至1963年，那么原来建筑大门旁挂的应该是中国医药公司北京科学用品站仪器仪表商店的牌匾。令俞万林惊喜的是，在老照片的牌匾上，"仪"字清晰可见。

在惊喜与满足中，如同很多老人一样，俞万林在看完街景老照片的展览后，就到车水马龙的东四一带寻访老建筑的遗迹。其实，这些老照片中的大多数建筑，随着世事变迁早已不复存在，但是还有为数不多的建筑得以幸存。

内务部街旁的继仁堂，在20世纪60年代，是一家中药铺，根据一份《北平乐家继仁堂老药铺丸散膏丹价目表》可知，继仁堂与同仁堂是一家，而继仁堂的经理正是同仁堂的铺东乐鉴秋。在内务部街生活了多年的邵阿姨回忆：当年进继仁堂买药，场景特别壮观，一进门，整个店铺里几乎全是装药材的柜子，接待顾客的区域特别小。买药者在柜台交了方子之后，就在一旁等候。当时，店里的医生穿梭于店铺中为人们抓药。如今继仁堂早已不在，但幸运的是，昔日的药店，如今依然是药店，只不过品牌换成了永安堂，而且现在的建筑比原来多了一层，不过建筑风格依然未变。

老照片中，在20世纪60年代的演乐胡同北边，有一家电工研究所。如今这座楼还在，人们所熟知的广义修笔店，就是在20世纪70年代末开设于这座楼中。当年，电工研究所大门上有"大兴公寓"的字样，现如今，在广义修笔店南侧，还能看见"大兴公寓"四个字，不过，这四个字被店铺的商标牌挡住了一大半，稍不留意就会错过。

不管当年的建筑是否健在，这些建筑和店铺背后的记忆从不会消失，展览主办方要做的正是通过这些资料唤回人们的记忆，还原更多的历史。正如孙天培为这次展览所打的一个比喻："这次展览就像发了一个帖子，大家积极'跟帖'，只不过，这次'跟帖'的人，不是年轻的网友，而是在这里生活过的老人们。"

（作者为《北京晚报》五色土副刊编辑）

南锣鼓巷与五道营，老胡同里的新生机

梁　霄

我徜徉过很多酒吧街，从北京、桂林、深圳到伦敦、墨尔本、温哥华。它们各有各的特色，各有各的风景。

你一定觉得我是个喜欢聚众狂欢的"派对动物"，但事实正好相反，我是一个喜欢独处的人，或者顶多是邀三五挚友相聚小酌。如果我说我逛酒吧街是去寻找内心宁静的，听起来是不是特别吊诡？去一些如此喧闹繁杂的地方寻找宁静？

酒吧（bar）最初源于欧洲大陆，但bar一词到16世纪才有"卖饮料的柜台"这个意思。后来酒吧文化在美国西部大开发时期被推向一个高峰，因为那时牛仔们很喜欢聚在小酒馆里喝酒。

酒吧这个舶来品在改革开放后传入中国，颇经历了一番野蛮生长，导致在很多国人印象中酒吧仍是灯光昏暗、氛围暧昧的猎艳场所。随着时间的推移，酒吧早已衍生出很多种类：酒类爱好者的品酒吧、供应简餐的餐吧、看球赛直播的体育吧、有驻唱歌手的休闲吧、俱乐部沙龙型酒吧……要说我最喜欢的类型，大概是清吧。清吧就是以轻音乐为主，比较安静，适合与朋友沟通感情、喝点东西、聊会儿天儿的地方。

说起北京的酒吧街，人们的第一印象想必大多是三里屯，但作为土生土长的北京人，我反倒是从来没有去过那里的酒吧，也是因为最初总会戴着有色眼镜看酒吧文化，直到南锣鼓巷的酒吧彻底改变了我的成见。

南锣鼓巷位于北京中轴线的东侧、鼓楼东大街南侧，南北走向，北到鼓楼东大街，南到地安门东大街，全长786米，宽8米，东西两侧各与八条胡同相交。南锣鼓巷的历史最早可追溯到明朝，当时属昭回靖恭坊，称"锣锅巷"。在清朝，南锣鼓巷属镶黄旗，称"南锣鼓巷"。在清朝乾隆十五年（1750年）绘制完成的《京城全图》中也标明此地为南锣鼓巷。

新中国成立后，南锣鼓巷一直是很普通的传统老北京居民区，附近最著名的机构是中央戏剧学院。20世纪90年代，只在中央戏剧学院外面有个面积很小的饭馆，经常有中戏的学生在此开小灶。1999年，"过客"酒吧在南锣鼓巷开张，这是南锣鼓巷历史上第一个酒吧。在"过客"之后，越来越多胡同里的住户把自己的房子租出去，于是酒吧越开越多，南锣鼓巷便成了新兴的北京酒吧街。

我最早的"泡吧"经历大概是在2005年，那时南锣鼓巷的游客并不太多。那时的北京还没有如今遍地开花的连锁咖啡店和桌游吧，能供朋友聚会聊天的地方并不多，三里屯的酒吧太过嘈杂，而南锣鼓巷离我家很近，所以它便成了我与好友聚会的绝佳选择。

南锣鼓巷的酒吧最大的特色就是，它们都是由胡同里的民居改建的，面积都很小，但是置身其间却让人产生一种亲切感。点一壶水果茶慵懒地坐在沙发上和朋友闲谈，窗外就是灰砖灰瓦、原汁原味的胡同景色。在那一刻，舶来的酒吧完美地融入老北京的胡同之中。在这里你可以安静地读一下午书，也可以完全放空自己，来一场和自己内心的对话。

南锣鼓巷给我最深刻的记忆是在2008年8月16日那天，当时在深圳工作的我回北京看奥运会，当天下午从深圳飞回北京，由于和同学约好了聚会，所以下了飞机后我就从首都机场直奔南锣鼓巷。当我刚走到巷口的时候，发现十几个身披中国国旗的球迷在载歌载舞，那天是奥运会男篮小组赛最关键的一场，姚明带领的中国男篮击败了诺维茨基带领的德国男篮，首次晋级奥运会八强。欢呼的人群雀跃着从一个胡同跑到另一个胡同，整个南锣鼓巷都被喜庆的气氛包围着。我继续往胡同里面走，迎面碰上了几个头戴巴伐利亚帽子、身披德国国旗的德国球迷，尽管他们脸上难掩遗憾之情，但最后他们还是跟中国球迷握手、拥抱在一起。那一刻，这个拥有百年历史的老北京胡同见证了奥运会将世界与中国紧密相连的画面。

2008年北京奥运会后，随着境内外媒体纷纷对南锣鼓巷进行报道，南锣鼓巷的知名度迅速上升。北京市财政局、北京市商务局、东城区人民政府决定筹集1300万元人民币，建立"南锣鼓巷商业业态调整资金"。南锣鼓巷的店铺从五六十家猛增至一百多家，种类也日益丰富，包括餐饮、酒吧、小吃店、创意小店等。2008年，南锣鼓巷被澳大利亚21世纪创新国际评价中心评选为"全球游客最喜爱的中国四大特色商业街区"；2009年，又被美国《时代周刊》推荐为亚洲必游25处旅游风情体验地之一。

说完了南锣鼓巷，再来说说另一个和南锣鼓巷气质极像的胡同——五道营。这里是京城内另一块潮流之地，如果说南锣鼓巷吸引的是文艺青年，那么在五道营胡同聚集的大概就是对美食颇有讲究的"小资"了。

五道营胡同也位于东城区，同样紧邻北京的中轴线，呈东西走向，东起雍和宫大街，西至安定门内大街，全长632米。据传，明代守城军队的营房便建于此，被称为"武德卫营"，清代改称"五道营"，1965年整顿地名时又改称"五道营胡同"。

2006年，一个于1997年就来到中国、早已练就了一口地道的普通话的英国人卫涛榕（Will Yorke）由于想念家乡的美食，于是在五道营胡同里开了第一家西餐厅——葡萄院儿。卫涛榕说："我的餐厅选址在五道营胡同有很多原因，当时我们想找一个原汁原味的老北京胡同，得知北京有个五道营，过来一看，感觉很安静，非常符合要求。而且我觉得这里的地理位置很好，周围有孔庙、雍和宫和地坛，所以我觉得它蕴含着很多老北京文化的东西。"卫涛榕说："因为我们主要做酒，在欧洲做酒的庄园都叫'葡萄园'，而我们的店开在北京的胡同院子里，所以取名叫'葡萄院儿'。"

后来有个希腊人开了"朋坐西厨堂"餐厅，其后又有其他外国人开了不少咖啡厅、酒吧、小商品店。从此，本地居民与国际游客纷至沓来、络绎不绝。三里屯、南锣鼓巷之外的第三个北京著名酒吧街从此名声在外。

由于南锣鼓巷的游客越来越多，很难再找到偏安一隅的安静角落，于是我和朋友们就转战五道营，开启了老北京新酒吧街的第二个篇章。对我们来说，五道营最吸引人的特色是美食聚集地，那时候普通老百姓能消费得起的正宗西餐并不多，而五道营将各国美食散落在老北京的胡同之间，可让人杯酒把世界醉遍。

五道营胡同比南锣鼓巷更宽敞一些，很多餐厅租下了整个四合院，所以环境也更敞亮，装修风格更多样。在胡同之中，孩子们放学后归家的身影，北京老大爷提着鸟笼徜徉的脚步，不同肤色的各国游客擦身而过，彼此并行不悖，融合得如此自然，这就是老北京胡同的新模样。

南锣鼓巷和五道营，这两条依傍着首都中轴线的老北京胡同里的酒吧街，充分展现了北京作为文化之都的开放、包容、深邃的城市气质。中西文化完美地融为一体，它们各展所长、交相呼应。如今的北京早已成为全球闻名的国际大都市，既拥抱外来文化，又坚守自己独一无二的特色，老北京城中的新故事还将继续被书写下去。

（作者为东城作家协会会员）

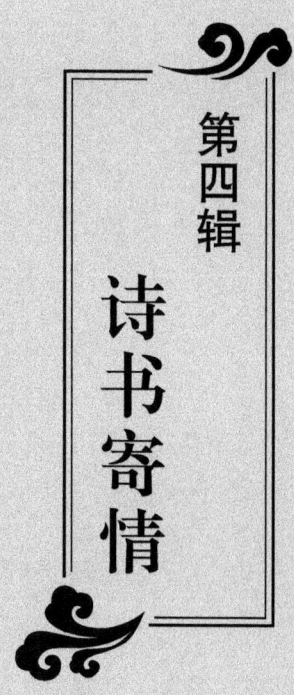

第四辑
诗书寄情

家在北京中轴线

——《协和大院》写作断想

韩小蕙

一

时间真不禁过，经过转瞬即逝的 18 个月，拙著纪实散文集《协和大院》已在《美文》杂志上全部连载完毕，并收获了很多文友的关注。

《美文》自 1992 年创刊，至今已历 30 年，在中国文坛上生长为一株枝叶参天的大树。《美文》由贾平凹主编，强将手下无弱兵。

拙著能在这本大刊上得以连载，就像是把一部普通平装书刷上了一层金粉，顿时就有了跻身豪华精装书之列的感觉。更重要的是，通过这本在中国备受瞩目的大刊，能让全中国甚至世界上的许多读者，都知晓了协和大院紧邻北京中轴线的中心。北京中轴线正在紧锣密鼓地做申遗工作，我能有幸为此做一点贡献，幸甚。

二

《协和大院》是我半辈子一直想写、一辈子里最重要的一部书。自 1985 年写下散文《我的大院，我昔日的梦》之后，几十年间陆陆续续又写过几篇，却一直未能尽情，一直心心念念放不下这件事。

谁让我是这个著名大院的女儿呢？谁让我一直在这个院子里生活了 60 年呢？北京的"大院"虽多，但这么独特的大医之家、欧式大院却只有一双，另一个姐妹院是距此只有一箭之隔的北京东单北极阁26号院。两个大院都是中国医学科学院下辖的宿舍大院，一个称"北院"，即我居住的大院，面积略大，住的名医略多，名气更大些，因而是"姐姐院"；另一个称"南院"，稍小些，是为"妹妹院"。协和大院中独特的美国乡村式别墅和英国哥特式洋楼，独特的中国顶尖名医和大医文化，独特的百年经历和起伏的命运……构成了深藏在北京城中的别样风景、别样故事和别样沧桑。

这是我命中注定的书写任务，一天不完成，我就心存不安。

三

感谢几位文友一直督着我动笔。他们到了协和大院，都无不惊艳于大院的美丽，仰慕其岁月掩不住的底蕴。小说家徐小斌最早来过我家，那是20世纪80年代初，当时我刚结婚，蜗居在5号灰色英式楼的半个大阳台里，里面只有一张床和一个写字台，但那已经令小斌羡慕不已。从那时起，几十年里，她想起来就问我写了没有，有一次她竟然很严厉地批评我说："小蕙，你再不写，我可要问你偷懒之罪了……"

散文家素素有一次从大连来，我领她在大院里转了一圈儿，她也很感慨，回去就写了一篇散文，题为《协和大院里的韩小蕙》。从此，她也多次催我动笔，要我把大院的精彩故事写出来。

一催再催的，还有今天已成为中国作协书记处书记的小说家邱华栋，好几次一见到我，他便问我动笔了没有。一促再促的，还有文坛常青树周明，20世纪80年代，他住在离我们大院仅一条小马路之隔的胡同里，有一天他和刘茵大姐来我家做客，那时我已搬入39号小楼的一间大卧室里，还附有一个带窗户的格子间，以及一个可以放下一张单人床的大储藏室。那是他二人第一次走进协和大院和小洋楼，觉得既熟悉又陌生。此番，陕西人周明看到《协和大院》在《美文》上连载，又由人民文学出版社出了书，满心欢喜，专门打电话来，聊起他以前经常路过的协和大院。

过去，北京城没有今天这么阔大，三环就算郊区了。人们基本都住在二环以里，机关单位也都不远。从我们协和大院走到胡同东口，在对面的小羊宜宾胡同里，就有中国作协和中国文联的两个宿舍楼，那时张志民、朱寨、张凤珠、周明、肖德生、陈喜儒、石湾、刘茵、李炳银、岳建一、章德宁等许多作家都住在那里。再往北就到了比邻的赵堂子胡同西口，这里的第一个小院就是臧克家老人一家的居所。老人喜欢孩子，每天出门散步时，兜里都装着糖块，见了小孩子就往他们手里塞。往南的东总布胡同里，有一座旧时是某家大商行的几进大院落，曾做过中国作协的大院，赵树理、康濯、张光年、刘白羽、严文井、草明等鼎鼎大名的作家，都曾在其中居住过。再往东不太远，还有梁思成、林徽因故宅。然后再往北一些就是赵家楼，即当年的"火烧赵家楼"旧址，就是从那里掀开了"五四运动"的序幕……以上这片地域，都是在北京中轴线的一侧。

可以说，越了解这些历史，越觉得背后的故事太多了，似乎路边的每一棵树、脚下的每一粒石子，都有说不完的故事。

四

可是，我却迟迟没有动笔，因为没思透、想不清！

说来真让人难以置信，让我迟迟下不了决心的，反倒是因为素材过于丰富，这么多历史事件的曲曲折折，这么多大人物的起起伏伏，这么多思想、文化、观念、人性、人心、道德、是非、荣辱等的交汇与交锋，该用什么体裁，方能表达得最为完美呢？

一度，我认为散文的身躯太单薄了，可能无法扛起这副沉重的大担子。散文似乎也太单纯了，无法如实记录下那些最激烈的、大动荡的、革命式的历史片段。散文还太善良了，它能描绘出世间的真善美，能表达出人心的期盼与追求，却很难呈现出疯狂、野蛮、阴毒、邪恶、鬼魅等兽行与兽性！因此，我想来想去，觉得还是写一部长篇小说为好，假亦真来真亦假，真亦假来假亦真，小说的疆域更宽广，可以信马由缰，可以借着故事和真人假事、假人真事、假人假事或真人真事的无限演绎，尽情地在艺术的天地中抒发一回……于是，我开始做功课。

重读了一系列世界名著，比如狄更斯、哈代、德莱塞、海明威、卡夫卡等名家的著作，又读了当代的《达·芬奇密码》《白牙》《一个人的朝圣》《追风筝的人》……我一边读一边进行构思。然而名著是名著，我是我；名著的每一部都如行云流水，人物活灵活现，而到了我这里，故事却越编织越成碎片，就像一滴水珠掉进了一片汪洋里，连水花都没溅起来就不见了踪影；人物也是越写越多，这个拽着我的胳膊，那个揪着我的腿，老的、小的、好人、坏人、名医、干部、奸佞、小人、痞子……你叫我喊，互相揪扯着不放手，谁也不甘心放弃出场的机会，弄得我心里不断长起一团团草，脚下绊起一个个趔趄，使我在几年时间里，一直在原地打转转……

我说小说太难写了，杜卫东却说"小说好写呀！你看，我这几年已经写了两部长篇了，还改编成了电视剧"。他给我打气说："小蕙，你能写小说，你的作品里经常是有情节、有故事、有人物的，何况你早期在工厂时不是写过小说吗？"

是的，20世纪70年代，我在工厂当小青工时，曾经进入工人创作组，在《北京文艺》杂志社（今天的《北京文学》）派来的郭德润老师的指导下，以上海《朝霞》杂志中的作品为学习蓝本，编写了"三突出""高大全"式的短篇小说。后来在南开大学中文系读书时，乃至大学毕业后进光明日报社做了新闻编辑，我也在课余、班后"坚持业余文学创作"，发表过几个短篇和一部中篇小说。但始终，写小说对于我来说，是怎么写怎么没有，真的就像是挤牙膏，还是放久了的干牙膏，要用力挤呀挤，实在很费劲！

但是写散文，我却没觉得这么困难。虽然创作过程也不轻松或者也很艰难，可是它却像分娩一样，即使难产，最终也能把孩子生下来，而且还算是个好孩子。

五

最终帮我下定决心的，是中国散文学会的王巨才会长，他是"文革"前的老中文系大学生，写了一辈子，即使当了领导以后也没放下笔，尤其把散文写得炉火纯青。有一次我俩通电话，我跟王会长说起我的犹豫不决，他马上态度鲜明地表态说："当然要写纪实散文，不能写成小说。"

这真是拨云见日，我立即通透了——是的，读者要的是生活世相的本来面貌,对于协和大院来说,任何的虚构都只会给它减分。真实是作品最重要的要素,这是文学最有生命力、最具价值的所在。这也是很多年来相较于小说,读者更加喜欢纪实、非虚构、报告文学等体裁的原因吧?我这样说,当然一点儿也不是贬低小说、影视等虚构作品,高明的作品可以虚构得比生活还逼真,那是因为它们揭示出了生活和人性的本质真实,这在理论上叫作"文学艺术源于生活,又高于生活"。这种例子比比皆是,比如中国的四大名著。

一锤定音,《协和大院》将以纪实面目与读者见面。

我感觉自己来到了一片广袤开阔的平原。站在地平线上,看到旭日正冉冉升起,脚下是平坦的大地,一直延伸向天边,我的信心慢慢升腾起来,身上充满了力量。

六

我立即命令自己进入创作状态。

有了方向,一通百通,我可以开足马力、全力以赴了。然而即使贝聿铭心中已经有了埃及金字塔,他也还需要绞尽脑汁找到搭建起它的最佳施工方案。对于文学作品来说,这个"施工方案"是什么呢?我认为是结构。结构是地基,是脚手架,也是四梁八柱。相传在修建故宫时,永乐皇帝朱棣做了个美梦,醒来后便把管工大臣唤来,下令要在紫禁城的四个犄角上盖四座美丽非凡的角楼,每座角楼都要有九梁、十八柱、七十二条脊,期限三个月,做不出来就杀头问罪。管工大臣把八十一家大包工木厂的工头、木匠都叫来宣了旨,也是厉言做不出来就杀全家,但谁也拿不出办法。此时,鲁班爷化身一个小贩,给他们送来了一个小"蝈蝈笼",这其实就是故宫角楼的"施工方案"。

是的,即使是纪实作品,即使手上的素材全是真人真事,也存在着如何本质地反映生活的问题,这需要精心地加以取舍,结果如何全看作者的功力了。

我面对的,绝不只是一个居民大院的日常生活,而是涉及上百年的中外历史,涉及文明、文化、民族性、地域性、人心、人性、新旧观念的纠缠、发展和进步……最难的是,不仅要写出一个个人物的音容笑貌,而且要揭示出内在原因,并从中倾听到社会脉动的回声。大医们的事迹好写、故事好写、传说好写、逸事好写，其精神境界也能凑合着给描画出来，但他们的灵魂呢？

七

为此，我采取了"纵深掘进"和"横宽拓扫"两种模式。

要"纵深掘进"，就必须跳上历史的云端，像乘着一架时空的宇宙飞船，由远而近，由外而内，捕捉北京城的建城史及百姓的生活史，捕捉中华传统医药文化及现代医学的演变，捕捉李宗恩、黄家驷、聂毓禅、林巧稚等大医们和他们身后的众多医学家和医务工作者，捕捉大院、胡同、街道、街区、城市、土地、天空、日月星辰、风云雨雪、花草树木、虫鸟兽鱼……

而要"横宽拓扫"，则需要全方位、多角度，尽量以第一人称，以自己对世事人生的理解，去贴近人物，用生动的故事来有血有肉地塑造他们。因此，我曾数次推翻了引出人物的结构方式，尽量让每个人物的"出场"都不雷同，要好看，要像戏曲舞台上的人物一样，一亮相便能赢得一个碰头彩。

塑造人物有许多要素，比如最浅层次的，要写出人物的身世、事迹、贡献、家庭、家族、一颦一笑；中层次的，要写出人心、人性、真善美、假丑恶；高层次的，还要能从人物身上，体现出时代、政治和社会氛围，乃至人物的胸襟、理想、境界、追求，当然还有他们的坎坷、失败、烦恼、苦痛、不平凡……

写一个、两个单人还好，最忌惮写一群人，他们个个都是救人性命的大医、神医；个个都是中国某某医学学科的创始人和奠基人；个个都是放弃了欧美优渥的生活，回来建设新中国的海归；个个都是院士、专家、教授、研究员……每个人头上都闪着耀眼的光环，每个人身后都跟着大群的学生、病人、崇拜者，每个人走在大街上都会被患者认出来并被感恩戴德。写到这里，我想起一件轶事：小时候过队日时，听一个钱姓同学说起她妈妈即协和著名眼科大夫劳远琇阿姨。有一次，劳阿姨乘坐108路公交车回家，到了我们协和大院的米市大街站，起身就下车了，女售票员看了她一眼也没说话。劳阿姨下车以后，等车开走了，才突然想起来，自己忘记买车票了。一回到家，她赶紧给公交公司写了一封信，把车票钱附在信封里一并寄出……

对的，我要抓住的，就是这种有血有肉有温度的细节。为此，我让几十位大医闪亮出场，各自演绎出他们最精彩的"折子戏"：有的是在父母家里的日常琐碎，有的是在兄弟姐妹当中出类拔萃或不显山、不露水，有的是儿女眼里的严父慈母，有的是大院口碑中的"好人"，有的是病人感谢信里的"菩萨"，有的是照片被高高悬挂在医院的模范墙报上，有的是事迹被大篇幅记录在中国医学史档案中……

我自己颇为满意的是，我居然发现了深藏在他们身上的密码，从而把他们编织进一幅奇妙的星象图：一百年的协和大院，两位"华人第一长"、三位大医女神、四位世家子弟、五位寒门大医、六位领导干部……我抓住他们各自的特点，用归纳法加以集中、分类，取得了事半功倍的效果。我最喜爱的《三十朵金花》上下两章，用冰雪聪明的女儿们引出他们的父母，为大院的杰出人物榜增添了灵秀艳丽之气，也使这些大医的形象更加贴近生活，更加栩栩如生——这应该算是我的一个神来之笔吧，在过去的文学作品中，似乎未见过如此"倒叙"的。

八

但我还是有点焦虑不安。

《协和大院》里还有很多没有写到位的地方，比如对人物的深度挖掘，他们的灵魂到底寄托在哪片云朵之上呢？再比如在资料的运用上，有些片段还不够精巧，落入资料性的写作中，就像昨夜雨疏风骤中的落红，蔫了，干巴巴的不水灵，没有呈现出人物活生生的光彩。还有在历史钩沉中，对一些资料没有掌握好，在严谨性等方面还有存疑。最重要的是，对于思想的深刻性、时代的高度、历史的厚度等这些对写作提出的更高要求，我还远未实现心中的期待，这是最令我叹惋的！我生性愚笨，功力既欠深厚又欠博大，写作对我来说永远是前面不可企及的高峰，我永远在攀登……

对这些未解的问题，我冀望于时光的打磨，在随时随地的修改完善中，希望将来能够再出版一个令自己满意的修订本。

（作者为中国作家协会全国委员会委员、东城作家协会主席）

北京鸽哨，为你述说

——北京中轴线上空的声音

尚利平

您，想了解中国吗？您，想了解老北京的市井生活吗？那么，您就跟着一个声音走进中国北京的中轴线，走进中国北京中轴线的建筑群吧。

北京中轴线的申遗工作正在进行，这让生活在京城的百姓打心眼儿里感到自豪。

打小儿，作为京城的百姓，我就深爱着贯穿皇城南北中轴线上的古代建筑群，有多少回，我为那气势磅礴、巍峨壮观的紫禁城而感叹；登上景山，往南北望去，古老都城的风貌，一览无余。那中轴线上相对应的内外城门，那周边星罗棋布的四合院格局，那热热闹闹的市井生活风情，那说不尽又绕着弯儿的老北京土话，让人乐乐呵呵地、一段一段地收藏在自己的记忆里。诸位，这些可都是宝呢！

您说，最能代表北京城的景儿是什么？要我说，那就是老北京特有的声音，那盘桓在老皇城上空、响彻在蓝天白云下的鸽哨儿声。

一

养鸽子，那曾是居住在京城四合院、平房院、大杂院老少爷们儿的几大玩儿之一。

养鸽子的可都是玩儿主，这玩儿主可分闲玩和瞎玩、穷玩和富玩。有钱人玩个名、玩个份儿，没钱人玩个乐、玩个趣儿。您哪，不玩也没关系，看看活儿物，看看景儿，看看热闹，看看趣儿，一点也不打紧（不妨正事）。

旧时的四合院格局，把人分成了三六九等，三六九等又把人们的吃穿住行拎得清清楚楚。住四合院的人，其身份、地位决定了四合院的格局。金木水火土让四合院形成了大四合、小四合、三合，又分成几进的院落。府第、宅子，一排一串地连接；通风、采光的间隔带成为一条条的胡同；一条条一片片的胡同形成了北京城布局的命脉。随着时代的变迁，伴着四合院而形成的平房院、大杂院也在四九城外建成，展现出更加热闹繁华的市井生活。

花鸟鱼虫这几大玩儿可是水都够深的。老年候儿，花有黄土岗花洞子（温室）的花把式养，鱼有"金鱼徐"家族的鱼把式侍弄，虫儿自然也有像南城的寇家几代那一门灵儿的师傅去"份"（繁殖）。到时候，到季节，有钱人去淘换就行了！

可这鸽子不是这么回事了，得自个儿下手去养，自个儿琢磨这养鸽经，才能上手。一来二去，鸽子市扎堆儿出现在了京城里最显眼的地界儿，诸如农历初七、逢八的护国寺庙会，初九、逢十的隆福寺庙会，崇文门外的花市还专门有了鸽子市。后来北新桥、白塔寺也有了鸽子市。

鸽子的品种很多，拿寻常的说，就有玉翅、凤头白、两头乌、小灰、皂儿、紫酱、雪花、银尾子、喜鹊华、脖子、道士帽、倒插等；珍贵的有短嘴、白鹭鸶、白乌牛、铁牛、青毛、鹤秀、蟾眼灰、七星、凫背、铜背、麻背、银楞、麒麟、云盘、蓝盘、柴乌、紫点子、紫玉翅、鹦嘴子、玉环等。

二

玩鸽子是有记载的，您可以瞧瞧那《清宫鹁鸽谱》（故宫博物院编），那里面的鸽谱保准让您瞠目结舌。这鸽谱不但珍贵，而且着实让外国友人眼馋手痒得不行，那鸽经呢，可是咱老祖宗留下来的。

在四合院里，玩儿主们要给鸽子戴响儿，因为这北京鸽哨儿有名儿、有讲究、有来历、有字号（款底），还要有师传或家传。就拿最简单、最原始的初型二筒来说，它可是鸽哨谱系里的第一类——筒类。它的学名叫二筒，还有个俗名叫小闹子。二筒还有个寓意，比喻小两口过日子吵吵闹闹一辈子，谁也离不开谁。二筒由高低的两截竹筒粘在一起，抱在一起，发出的声音有时很吵，有时很和谐，这就要看您当时的心情了。继二筒之后，鸽哨儿手艺人又创作了三联，寓意着一家三口乐融融；继三联之后，又创作了五联，寓意着一家五口红红火火、人丁兴旺。

普通百姓可不论什么讲，换了、买了几只，能飞，飞得高，那就高兴，图一乐儿就行了。如今，那中轴线边上的四合院里，多少年过来了，依旧有成群飞着的鸽子，透着那份幸福和安逸，这就不用我说了！

三

说起鸽哨，年代已久，算起来也有几百年了，鸽哨为京城而生，伴随着北京中轴线而延续。

鸽哨的起源是鸽铃。民国时期于照所著的《都门豢鸽记》中即有如下记载：

> 鸽铃之制，不知起于何时，其原料则以竹管、苇节、葫芦等为之。上敷以漆，利用空气之吹入而宽仄其哨口，大小其容积，从而声音有强、弱、大、小、高、低、巨、细之不同……以吾所知，制铃名手，由所谓"慧、永、兴、鸣、忠"者，其人之姓名年代，言人人殊，莫可究诘。

著名文物专家王世襄编著的《京华忆往》一书中对鸽哨的制作有如下描述：

> 北京鸽哨，已有很长的历史，并早就有专业的生产者，不过史料和实物尚有待发现。入清以后，制作精良，音响绝妙，声名烜赫，被尊为一代宗师的，首推生于嘉庆初年署名"惠"字的制哨家。"惠"字以下，公认堪称名家的又有署名"永"（老永）、"鸣"、"兴"、"永"（小永）、"祥"、"文"、"鸿"等七人，共得八家。至于一般制者，人数尚多。

在人们的心中，鸽哨的声音独属于北京。鸽哨的声音令人愉悦，但人们未

图 / 鸽哨

必能见到鸽哨的模样。那成群的鸽子戴着哨子在天空上飞，人们压根儿就看不见鸽哨戴在鸽子身上的哪个部位。养鸽子的主儿说话了，鸽哨是戴在鸽子的尾羽上，可别说是绑在腿上。

据养鸽的主儿自述，在春天的朝阳里，在秋高气爽时，让蓝天白云衬着，让那金碧辉煌的宫殿晃着，让那青砖灰瓦的四合院托举着，闲暇之时，在城墙根儿下边，端碗清茶，仰望天空中的鸽群，嗡嗡嘟嘟，嘟嘟嗡嗡……鸽哨声似流动的音乐旋律，余音袅袅。那是什么成色？两只大嘴的鸽子，带上十只小嘴的鸽子，这边飞起一盘，那边又飞起一盘，盘旋、拔高、摔盘、撞盘、掰盘，高飞、低飞、近飞、远飞，云霄里飞，擦房顶掠着飞，在鸽主儿们的举臂挥舞中，人们的心情也融化在这鸽哨的声音里……

北京鸽哨的发展有完整的历史。鸽哨代表的寓意也有很多。北京鸽哨中二十四节气（二十四响）的创意来自天坛祈年殿，三百六十五天（三十六响）来自民间对祈年殿中三十六根柱子的寓意。自古流传下来的农耕文化，已经融入一代代非遗工匠的制作技艺当中，也让同在南北中轴线上的天、地二坛的建筑格外引人入胜。将天坛祈年殿的设计构思同"天圆地方""天有九重""天数"之说，以及我国独创的农业"二十四节气"密切融合，从而建造出祈年殿内中央四根高约九丈九的四根圆柱，象征着一年四季——春夏秋冬。将殿内中层和外层的两排柱子加起来，恰好是二十四根，象征着二十四节气。总之，北京中轴线上的天坛是为那古老的祭天礼俗而修建的，它所蕴含的文化也是逐渐演变出来的。

咱再说说这北京鸽哨。北京鸽哨分为四大类：筒类、葫芦类、星排类、星眼类。在这四类的基础上手艺精的手艺人还会别出心裁地炫出很多模样奇巧的

图 / 北京鸽哨传承人何永江

鸽哨。但是，这奇巧的鸽哨可不在哨谱里，因为它们有些是专为耍手艺，中看但不能让鸽子戴着飞。制作北京鸽哨的主要材料有竹竿、苇节、葫芦等，讲究的鸽哨还有用象牙、虬角、牛骨、牛角做哨口的。桂圆壳、荔枝壳、菱角壳、橘子皮壳也会被用来做哨身。

在古代，五音是由宫、商、角、徵、羽组成的，类似现代简谱中的1、2、3、5、6。在久远的鸽哨制作过程中，从老四家的"慧、永、鸣、兴"到近代的小四家"永、祥、文、鸿"，他们都在五音鸽哨的制作研究上下了功夫，

但到底研究得咋样，现在只有北京市市级非物质文化遗产项目北京鸽哨制作技艺代表性传承人、"永"字鸽哨第四代传人何永江（北京人，1949年出生）还能记得一二。当年王世襄、吴子通（"鸿"字传人）、王永富（"永"字第三代传人）这老三位在一起喝酒、品茶时切磋五音鸽哨的制作，经常争论得脸红脖子粗。王世襄对鸽哨的鉴赏有见地，吴子通做哨固守陈规，王永富剜哨敢于创新，每每做完比较之后，最后都是王世襄为鸽哨的制作一锤定音，并用文字真实地记录下来。吴子通的固守陈规，让鸽哨的制作技艺原班原样地保留了下来，而王永富的推陈出新又博得世人的喜爱。三个不同的人、三个世界观不一样的人，为了鸽哨聚在一起，为了几家鸽哨的传承、为了老祖宗留下的那点儿技艺，谁也离不开谁地走了一辈子。他们始终没有离开老北京中轴线，没有放弃中轴线上空的声音。

说到鸽哨五音的制作和传承，王永富当属鸽哨界的头份儿。作为民国初年的旧旗人后代，适者生存的道理让他学会了很多活计，为饭铺和办事人家垒

锅砌灶，为街巷的老街坊们帮忙，让他还成为红白喜事的"大了"。吃百家饭让他把京城里的人情世故、酸甜苦辣及大自然中的生存规律了解得不说包圆儿（全部）也差不离儿，因此，他创立了有收藏价值、历史价值、传承价值的二十四响鸽哨、三十六响鸽哨，并赋予它们"二十四节气"和"三百六十五天"的寓意。口口相传，这是许多老北京手艺的传承方式。手把手地教的都是行里的绝活，要记在心里、记在脑子里，这是谁也无法改变、谁也抢不走的。手艺是他们的饭碗，艺术是他们吃饱饭后的念想，可是技术和艺术的升华是什么样的谁又能分得清，谁又能将它们分离开呢？一个道理，就是把老祖宗留下来的活儿干好、干漂亮！

我们说北京中轴线是中华民族的魂，一点不为过；说北京中轴线的建筑群是无数个工匠用智慧和血汗修筑起来的经典，更不为过；说北京鸽哨是人类与鸽子相配合奏响的交响乐，想必也没有人不认可。愿这象征和平与幸福的鸽哨声永远在北京中轴线的上空回响。

（作者为北京东城作家协会原理事、北京民间文艺家协会会员、河北省作家协会会员）

一本《天坛传说》展示不同维度的天坛

李俊玲

在北京中轴线南端的东侧是世界文化遗产——天坛,它始建于明永乐十八年(1420年),又经嘉靖九年增建和清乾隆时期全面的改建、扩建逐步形成了我们现在所看到的样貌。想当初,皇上的大驾卤簿出前门,浩浩荡荡地来到这里,行"冬至"祭天、"孟春"祈谷和"孟夏"祈雨的仪式,算得上是皇家最隆重的礼仪盛典了,明清两代有22位皇帝在这里举行大典,次数多达654次。

天坛坛域北为圆形,南为方形,象征"天圆地方"。四周由两重坛墙环护,呈"回"字形。中心为内坛,两重坛墙之间为环状外坛。主要祭坛建筑"祈谷坛"和"圜丘坛"均设于内坛,两坛之间以一道大墙相隔,各自独立,自成一体,但两坛又共同构成一条建筑轴线。轴线上有一座高出地面约3米、总长360米、连通两坛的"丹陛桥"。两坛与"斋宫""神乐署"和"牺牲所"一起构成五大建筑组群,周边满布苍翠的柏树,尽显天坛的神圣宏伟和庄严肃穆。到过天坛的人都会被这些恢宏的建筑所折服。

然而,当我听过原天坛公园总工徐志长如数家珍般地讲述天坛在选位、规划和设计中,如何运用了"阴阳""五行""八卦""九宫""天圆地方""天青地黄""天文历法"等中国古代哲学理论,以及发生在天坛的一些故事后,更为其深奥的内涵所感染。因此,在2009年,当原崇文区非物质文化遗产中心要把《天坛传说》一书作为国家级非物质文化遗产项目进行推荐时,我自告奋勇承担了这个项目申报材料的撰写和整理工作。

在民间文学研究专家刘锡诚老师的指导下,我从寻找传说的讲述人到搜集

图 / 天坛轮廓图

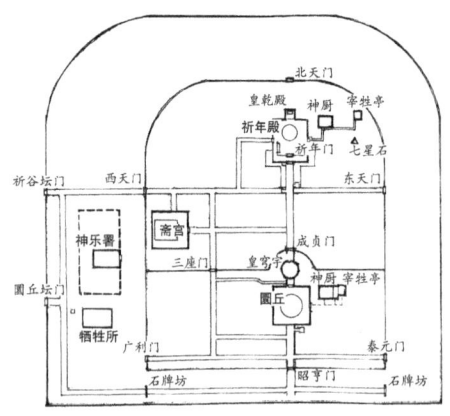

传说素材,从把口述的传说变成文字到查找史料寻找传说的根源,从总结传说的类别特征到分析传说的传承关系,整理出了比较有说服力的申报材料,终于使《天坛传说》入选了国家级非物质文化遗产名录。与此同时,我也对天坛、对民间传说有了更深的认知。

在整理天坛传说的过程中我发现,一些传说所描述的事件还真确有其事,并在历史文献中都有记载,只是具体细节被进行了文学加工。比如"祈年殿着火"这段故事,在清代许多文献中都有记载。《光绪东华录》载"光绪十五年(1889年)八月丁酉(二十四日)天坛祈年殿灾"。清吴庆坻所编《蕉廊脞录》中有"光绪天坛祈年殿灾"一节,其中写道:"光绪十五年八月二十四日申刻,天坛祈年殿灾,延烧斋宫凡七十余间,闻雷震而火作,旋大雨,火益甚,自申至寅始灭。"由此可见,天坛祈年殿着火确有其事,只是人们以此为背景进行了文学加工,形成了一段传说故事。

天坛建筑以宏伟而著称,以奇特而传世,而且寓意极深,是中华民族文化精髓的体现。在中国古代,人们认为"地"是实实在在的,看得见摸得着,而"天"则高远莫测,可望而不可即。因此人们在潜意识中就有了敬天、畏天、唯天为大的心理。另外,在中国古老的文化中,"九"是用来表达无限大的极数,所以在天坛的建筑中,不论是建筑尺寸,还是用材数量,九或九的倍数随处可见。据此,人们将天坛的建造过程进行了文学加工,并融入神话元素,又利用人们的好奇心理编成故事并口口相传至今。在《神童相助修圜丘》这个传说中,通过古代数学家秦九韶派神童相助设计"九九祭坛图"的故事,将圜丘以形状和数字象征"天"的寓意通俗地表现出来,正如民间所说,"天坛走一走,处处都是九"。这一特征在《大清会典事例》中有详细的记录。

第四辑 | 诗书寄情

图 / 天坛
赵瑞 / 摄

天坛几百年的建造史，造就了众多奇异的古柏，它们成为天坛的一大特色。这里既有明永乐年间初建天坛时所植的近600岁的侧柏，也有金中都时期"朝日大明坛"（今天的日坛）遗存的少量树龄为800多年的古侧柏，以及明宣德元年（1426年）、明嘉靖九年（1530年）所植的桧柏。在清乾隆十六年（1751年）和乾隆三十七年（1772年）时期种植的柏树，树龄短的也有200多年了。这些古柏历经几百年的风风雨雨，形状各异，人们在围绕古树展开想象的同时，也赋予古树人或神的性格，创作出《九龙柏的传说》《天坛古柏林与佛肚柏的故事》《槐娘和柏郎》等美丽的传说故事。

在天坛的传说中，知名度最高的莫过于《甘泉井是怎么来的》和《天坛益母草的传说》。《燕京今古琐闻录》中有"北京著名水井之略历"一节，特别描写了天坛的甘泉井。清朝诗人王士祯作诗："京师土脉水甘泉，顾渚春芽枉费煎。只有天坛石甃好，清波一勺买千钱。"清朝吴长元所著的《宸垣识略》、乾隆年间汪启淑所著的《水曹清暇录》以及道光时期完颜麟庆所著的《鸿雪因缘图记》都对天坛益母草有过详细的描述，学者金梁在其所著的《天坛志略》中也说，天坛内曾有益母草、沙参、天门冬、伞儿草四种特产药材，其中以益母草最为著名，它专治妇科疾病。天坛建好后，明朝神乐署的道士把野生的东陵益母草移到天坛里面种植，使其在天坛生长起来。他们把草熬成膏出售，使"天坛益母草膏"闻名天下。他们还在神乐观内开设了"济生堂"药店，专门出售益母草膏。在民间，人们把这一过程演绎出了《天坛益母草的传说》和《苗笛仙和天坛益母膏》的故事。

从上述实例可以看出，每一个传说都源于一个特殊的史实背景，或地点、或建筑、或景物，经民间擅长讲故事的人一编创，便形成脍炙人口、流传久远的传说。

在对天坛传说进行探究的过程中，我还发现由于讲述人不同、传说群体不同、最终整理人不同，同一个素材可以被演绎出不同的传说版本。

祈年殿的地面中央有一块圆形大理石，上面的花纹是自然形成的龙凤花纹，好像一条行龙抱着一只凤凰，人们称它为"龙凤石"。关于它的传说流传得十分广泛，因而也就生成了几个版本。

一是景物版本，这里又有两种说法：

说法一：嘉靖修大享殿时，生于云南大理山中的百鸟之王飞凤在一块大理石上睡觉时被不知不觉地运到了天坛，成了皇帝的跪拜石，而黑龙的后代金龙被刘伯温施计安排在大享殿的藻井上。夜深人静之时，金龙从藻井上下来，与飞凤互诉身世，抱在了一起，不想此时嘉靖前来行跪拜礼，金龙想回到藻井上已来不及了，就永远与飞凤一同待在这块大理石上，变成了"龙凤石"。

说法二：不知从哪代皇帝开始，朝廷既不祭天了，也不祀雨了，这大享殿殿顶上的金龙和地上的翔凤实感寂寞，有时翔凤飞上殿顶，有时金龙来到地面，它们竟成了情意绵绵难舍难分的情侣。转眼过了百年，改朝换代到了清朝顺治年间。某一天，顺治皇帝亲自来殿里举行祈谷大典。这一龙一凤正忙着谈情说爱呢，突然殿门大开，皇帝径直走向大殿中心，在圆石位置对天地行跪拜礼，把金龙和翔凤跪在腿底下不能动弹，从此石面上就形成了龙凤纹。

二是民间版本。同样是说龙凤石，民间版本却把它演绎成一个美丽的爱情故事《金龙和玉凤》。在故事中，金龙和玉凤是一对青梅竹马的情侣，它们长大后来到西北的一座大山里，发现一块非常漂亮的大石头，它们一个用爪一个用嘴，使劲地磨呀磨，终于磨出了一块圆圆的、亮晶晶的宝石。不想皇帝知道了，一定要获取宝石。皇帝派来的人趁金龙和玉凤离开石头去找水喝的机会，把宝石运到了京城，宝石因此变成了祈年殿里的跪拜石。金龙和玉凤喝水回来看宝石不见了，便四处寻找，最后在祈年殿里找到了，因为特别累，它们就在这石头上睡着了，没想到这时皇帝来了，皇帝一行跪拜礼，便把它们永远地跪在了石头上，它们再也飞不走了。

传说版本不一，也与时代的交替变迁有关。例如，关于"七星石"的传说就有很多。早年神乐署的道士们传说，这是嘉靖年间放在这儿的几块用于镇压风水的石头；天坛作为公园开放以后，人们根据"七星石"的传说，把它们说成是天上的北斗七星，或者说是天上的七块陨石；后来公园的管理者又在其中加入了中华民族的文化元素，说它们象征泰山七峰，而旁边那块小石头是乾隆时期加上的，象征长白山，代表满族，其中更深的寓意是中华各民族的统一、和谐。

我还发现，天坛传说的传承途径有邻里间传承、家庭传承和在天坛公园职工中传承三种传播途径。

早年在教育方面的薄弱、文化方面的缺失，加上大杂院儿的居住方式，使人们在劳作之余、茶余饭后喜欢与左邻右舍坐在一起谈天说地。天坛的传说也就在这种闲谈中被传承下来。

在采录天坛的传说过程中，有人对我们说："我听我姥姥给我讲过，天坛有座望儿台，就在天坛南边儿，那里有一个高台，传说娘娘在那个高台上往天坛里望。"根据他的讲述，我们整理了《天坛有座望儿台》的传说。

从明代建坛到清代中期，天坛都是历代皇帝与天对话的地方，普通百姓是根本进不去的。陪祭的大臣、守坛的官兵回来后便把天坛内的景物向亲朋好友描述一番，其中必然加入了一些神秘色彩。尤其是神乐署里的乐舞生，他们就生活在天坛里，平时闲来无事也给人讲一些天坛里面的故事。久而久之，这些故事便在京城百姓中传播开了。

在对天坛传说故事的收集中，我发现了一个叫"西门小楼"的微博博主，他写了很多关于天坛的传说故事，我在博客上给他留言没有得到回复，没想到当我向徐志长讲起这个"西门小楼"时，他却笑着说："这是天坛公园的老职工李维仲，我们一起工作了40多年，关系还特别好。"这真是"踏破铁鞋无觅处，得来全不费工夫"。于是，我与徐志长、李维仲共同组成了编写《天坛传说》的"小团体"，我们经常坐在一起，在聊天中成就了一本《天坛传说》，也让它进入了国家级非物质文化遗产名录。

天坛的传说因天坛而生，它是以天坛为中心、极具地方特色的民间文学遗产，它体现了由"天为阳，地为阴""天圆地方""天人合一""天人感应"等一系列观念构成的中国人的宇宙观，表达了以天坛为主体的一个区域内的文化特征；它与天坛的建筑和功能相关，与帝王的行迹相关，与礼俗相关，同时也反映了平民百姓崇尚勤劳勇敢、聪慧善良、尊老爱幼的道德观念，可以说天坛的传说是在中轴线上产生并留给后人的优秀民间文学作品。

（作者为东城作家协会理事、东城民间文艺家协会副主席）

《技艺：巧夺天工》
——在中轴线上行走的非遗故事

杨建业

一

《技艺：巧夺天工》这本书是"北京中轴线文化游典"丛书中的一本，这套书共16册，分别描写了中轴线的方方面面，其中关于非物质文化遗产的这册叫《技艺：巧夺天工》，我是这本书的撰写者。

我参与撰写北京中轴线的故事，真是一种缘分。

2020年5月，"北京中轴线文化游典"丛书的出版团队找到我，请我加入丛书作者群，并告诉我8月16日是交稿截止日。时间是有些紧，但他们不知道，8月17日是我的生日。这是任务，也是一份"厚礼"，它足以伴我生日独酌，将寂夜拟作良宵。

北京中轴线，是构筑北京这座城市的灵魂。中轴线，是很多人生活中的陪伴。而中轴线跟我的缘分，就更多一些。

当丛书的出版团队找到我的时候，我正在社区里值班。我们文化机构的工作人员从大年初二起，就到社区参加新冠肺炎疫情防控值守了。得知他们要请我撰写关于非物质文化遗产方面的书时，我真是很惊喜。其实要出版北京中轴线丛书的事，我一年前就知道了。2019年的5月，在北京2022年冬奥会倒计时1000天的时候，我组织了一个"非遗遇上冰雪"活动的启动仪式，号召非遗传承人制作与北京冬奥会和冰雪运动有关的作品，以实际行动迎接北京冬奥会。"非遗遇上冰雪"活动非常成功，在迎接北京冬奥会期间，非遗传承人制作了很多作品，就在刚刚结束的北京冬奥会和冬残奥会上，入选冬奥村和主媒体中心的非遗作品，大部分都是出自"非遗遇上冰雪"活动所汇集的作品。北京市文化旅游局非遗处的领导参加了"非遗遇上冰雪"活动的启动仪式。活动后，非遗处领导通知我，过两天在北京联合大学应用文理学院要召开一个有关北京中轴线丛书的专家研讨会，让我去参加。

那天到会的有多位研究北京文化、北京城建、非遗文化和出版行业的专家，还有我和晓辉——两个很熟悉东城区和西城区非遗项目的人。北京中轴线要申报世界非物质文化遗产，大家都很兴奋。出版中轴线丛书更是调动了参加研讨会各位专家的积极性，那天研讨会开得很热烈，最后说到丛书的名字，参会专家说了多个策划方案，一时难以达成共识。我提议，叫"北京中轴线行典"，意为文旅融合，让文化在行走中深入人心。中国有句古话，叫"读万卷书，行万里路"。我们要编写出版的是具有权威性的介绍北京中轴线的丛书，自然要称其为典籍。参会人员当时也都觉得这个名字很有意义，提议报给领导和有关专家定夺。一年后，当这套丛书正式进入编写程序时，名称更为齐整，叫《北京中轴线文化游典》，其中把"行"改为"游"，词义更加明确，而且保留了"典"这个字，使这套丛书的权威性得到了彰显。只不过，当出版社开始组织作者撰稿时，他们一开始并未找我写非物质文化遗产这本书，后来被邀请的那位作者因为写作上的难度没有签约，他们这才找到我。

要说写一本跟北京中轴线非物质文化遗产有关的书，可能没有比我更合适的人选了。

我是北京文化馆工作人员中最早一批从事非物质文化遗产工作的，从对非物质文化遗产项目进行普查开始到今天，我一直在从事这方面的工作。我主持成立了北京市第一个区级非物质文化遗产保护中心，成立了第一家区级非遗博物馆，组建了北京京城非遗人才创新发展联盟。对中轴线上的众多非遗项目和传承人我都很熟悉。

我是中国作家协会会员，出版了多部长篇小说，撰写了多部非物质文化方面的专著。我前些年出版的《前门和前门的传说》一书，写的就是中轴线上的故事。我编导的几部原创话剧，也都和北京中轴线紧密相关。《摔出一片天》演的是天桥的人和事；《同仁堂的传说之济世名言》演的是大栅栏的同仁堂；

《工匠的天空》演的是景泰蓝的故事——景泰蓝这一与故宫有关的工艺品，其名称都是源于皇帝的年号。

从事非遗工作，有创作能力，这是"硬件"。

要说"软件"，那就更多了。

我出生在北京前门外的天桥。小时候很长一段时间，我就住在北京中轴线旁。我最初读的书都是在前门大街上的新华书店买的。当年这条街从天桥到大栅栏，有四家新华书店，还有一家中国书店，每到星期天，我几乎都是在新华书店里度过的。很多生活用品，都是我在前门大街和大栅栏的商店里买的；要找好吃的，也是到前门大街上去找。当时在珠市口西南方，有一家卖天津包子的津风包子铺，师傅用大竹屉蒸包子，一个竹屉可以蒸好几斤，包子的味道特别香。我12岁生日那天，我妈给了我五块钱，我去津风包子铺端了两屉包子，和全家人一起分享。后来我调动工作到位于磁器口的原崇文区文化馆当创作员，住在太平街的中央芭蕾舞团，每天早晨上班时，只要时间来得及，我都会从鲜鱼口绕一下，到天兴居吃一碗炒肝。

2008年，重新修缮后的前门大街开街；2009年，鲜鱼口开市。在街上做非物质文化遗产项目的展示与宣传，都是由我组织的。2010年以后，在几届前门历史文化节的文化活动中，我都参与了策划和撰稿。为了举办"2012中轴诗会"，我们组织著名诗人和作家创作了一批与北京中轴线有关的诗歌，邀请了瞿弦和等一批著名艺术家在前门箭楼上进行表演，诗会活动盛况空前。

我在北京中轴线上行走的足迹还有很多，这里是挂一漏万。当收到让我撰写《技艺：巧夺天工》这本书的邀请时，我真是既兴奋又觉得义不容辞。这本书如果让别人来写，我还真有些意难平，而最终由我来书写，也算是天作之合。

二

中轴线虽然已经是我很熟悉的地方，但真要拿起笔来书写，我感觉还是有很多神秘的地方需要破解。

《周礼·考工记》载："天有时，地有气，材有美，工有巧，合此四者，然后可以为良。"这条举世无双的城市中轴线，乃至整个北京古城，之所以至今仍被人们赞美，正是因为它们汇集了四者之美。"工有巧"的故事自然是《技艺：巧夺天工》这本以非物质文化遗产为主题的图书所要写的内容。

中轴线美冠天下，构筑起了整条中轴线上的诸多奇门绝技。这些奇门绝技，有些留存在史书典籍中，有些流传在民间传说里，数量巨大、广博无边。拾取它们，好似大海拾贝，虽然艰辛，却也乐趣无穷。幸运的是，在我为本书撰稿时，众多的"工有巧"已经被列入各级非物质文化遗产代表性项目名录中。非物质文化遗产的一个重要标志就是活态传承。即使历经百年，我们今天仍然可以感受、触摸、品味和赏玩这些奇门绝技。

关于"非物质文化遗产"，联合国教科文组织发布的《保护非物质文化遗产公约》上说：非物质文化遗产是指被各社区、群体，有时是个人，视为其文化遗产组成部分的各种社会实践、观念表述、表现形式、知识、技能以及相关的工具、实物、手工艺品和文化场所。

社区没有统一的规格和模式，它可大可小，存在着不同的层次和内容。一般在城市中，社区分为三个层次，包括市、区和街道。中轴线南起永定门，北至钟鼓楼，其间贯穿了众多的社区。这里有很多文化场所，汇集了许多老字号和手工艺者，是一座蕴藏非物质文化遗产的富矿。

北京是古都，文化底蕴深厚。文化对于一个民族来说是精神之根，对于一座城市而言是活力和灵魂。文化建设最终决定着城市的知名度和美誉度，直接体现了整个城市的竞争力。没有特色的社区文化缺乏持久的原动力，而非物质文化遗产为城市和社区的特色文化建设注入的则是一针强心剂。

《保护非物质文化遗产公约》在定义非物质文化遗产的同时还指出："这种非物质文化遗产世代相传，在各社区和群体适应周围环境以及与自然和历史的互动中，被不断地再创造，为这些社区和群体提供认同感和持续感，从而增强对文化多样性和人类创造力的尊重。"

中轴线上历史遗存众多，非物质文化遗产项目数不胜数。为了让读者更方便、更惬意地赏读中轴线上仍在传承的非物质文化遗产技艺，我从几个重要路段入手，并按照区域，由南向北，一路展陈。其中，天桥、前门、故宫和鼓楼，是入选项目较多的地段。

三

  天桥是清朝末期至民国时期，北京城里最有代表性的娱乐和消费场所。甚至很多外地人将天桥的杂耍等同于老北京文化。一些名家对北京城的回忆，也大多是留存在天桥这里。例如，以写老北京民俗、人物而闻名的京味作家老舍的小说里，少不了天桥；以写富家子弟与民间女子情爱故事见长的"鸳鸯蝴蝶派"著名作家张恨水的多部代表作中，也少不了天桥。一些当年在天桥撂地的谋生手段，慢慢演绎成了可以登堂入室的舞台艺术；一些当年的民俗在焕然一新的天桥地区也逐步得以恢复；在以演出芭蕾舞而闻名的天桥剧场门前，立起了天桥"八大怪"的雕像；原来在万明路新世界那里的"四面钟"得以复建，也来和八大怪做伴。我们在很多社区文化活动中，都可以见到当年天桥绝技的影子。本书收入了曾经在天桥撂地活儿中十分红火的几项绝技。

  摔跤是人类最古老的体育项目之一，世界各国、各民族都有摔跤，只是名称、形式、摔法、规则各有不同，摔跤反映的是各地区的文化特色。摔跤的共同点是：双方徒手，接触对方后，使用技巧将对方摔倒，倒地者为输。中国式摔跤有两种，一种是竞技跤，另一种是表演跤，也叫买卖跤。当年在天桥这块地上撂地的，主要就是买卖跤。人们到天桥来看摔跤，奔的也是买卖跤。其实，不论是竞技跤还是买卖跤，它们都是从当年皇宫里的善扑营传下来的。

  元朝在北京建元大都。当时的蒙古贵族多数都有自己的摔跤手，摔跤手所穿的服饰、摔跤的规则都和今天无异。清朝宫廷内设善扑营，专门训练布库手（即摔跤手），其中高手如云。清朝皇室的重视，使摔跤这一项目得到了极大的发展。清朝后，摔跤项目回归民间。身怀绝技的高手为了谋生，有的奔了镖局，有的靠卖苦力。20世纪初期至20世纪50年代，北京有很多跤场，其中以天桥跤场为最盛。当年在天桥开跤场的有好几拨人，出名的前有沈三，后有宝三。

  在天桥这块"杂八地儿"上，很多艺人靠嘴哄人挣钱，摔跤最开始则是纯靠卖力气挣钱。摔跤本身就是个竞技项目，但在街头向走来走去并不固定的观众收钱，的确需要很特别的技巧，否则很可能会既受了累，又饿了肚子。

《天桥一览》中介绍天桥摔跤场时说得很实在：摔跤场上彼此摔跤时，目的既为金钱，其中自有真假，无可讳言。当入场摔跤，真摔跤多，至四五回合后将要钱时，则只图摔得漂亮，而参观者悦心。行话上呼真为"尖儿"，假为"理惺"，但此种假功夫，亦须锻炼。否则，手脚未到人先倒了，岂不露出马脚？

沈三经过多年研究和实践，形成了一套"惺加尖"的表演套路，它既突出了摔跤的技术，又诙谐幽默，让观众百看不厌。虽说摔的是买卖跤，但在天桥撂地摔跤的人的功夫都是出类拔萃的，他们在全国摔跤比赛中也曾多次拿到头名。后来国家在成立摔跤队时，天桥跤场的很多人都入选了国家队。

沈三跤场之后，天桥最有名的就是宝三跤场了。要说具有代表性的买卖跤，宝三跤场里的人传承得更多一些。宝三跤场一度成了天桥乃至北京摔跤的代名词。

宝三名叫宝善林，在家里排行老三，成名后人称宝三。他曾在善扑营扑户瑞五和宛八的跤场学艺。开始时，宝三的跤撂得虽不出众，但他聪明好学，所以瑞五、宛八两位师父对其格外关爱，毫无保留地传授技艺，没过多久，宝三就在摔跤界脱颖而出。宝三的学生众多，按旧传统磕头拜至门下的有陈金权、马贵保、傅顺禄、徐茂。马贵保是继宝三之后，宝三跤场的主要台柱子，当时人称"小宝三"。马贵保的基本功扎实、技术过硬，因为他本人酷爱曲艺、戏曲等，所以表演风格诙谐幽默，观跤者在惊心动魄之余，也常捧腹大笑。相声表演名家张喜林称马贵保表演的摔跤为"武相声"。这一用来褒扬买卖跤的说法，后来就在社会上叫开了。

宝三跤场的跤艺表演经过众多跤场名家的不断改进，借鉴、融合了多种艺术形式，逐渐形成了一整套独特的表演风格。在表演时，它以摔跤为载体，加入京腔京味的语言，人物关系虽然简单，但因跤手的形象、性格各异，矛盾冲突明显，小包袱不断，所以非常吸引观众。

民国时期的摔跤手在长期的演出中，逐渐掌握了一些圆黏子（招揽观众）的方法。在表演中掌握一定的"现挂"（即兴发挥的语言）能力，往往能更好地抓住观众，让观者融入其中，时而紧张，时而轻松，时而捧腹。可说的内容有很多，比如时事、摔跤前辈的逸事、武术名家的传奇经历等，有时还现场教授摔跤绊子，介绍基本功，总能让观者流连忘返。

宝三跤场的跤艺表演不同于实战比赛，两者最大的区别是，比赛场上的摔跤手都全力以赴，尽显各人绝技，谁也不愿意躺下。按中国跤的比赛规则，站者为赢，倒下者为输。赶上水平相当的对手，一般很难见高下，甚至看到最后也不明白谁输谁赢了。以表演为主的买卖跤就不然了，其动作准确到位，连环使绊，高起高落，真瞪眼，假使劲，输赢一看便知。因此，此类摔跤被圈内人称作"摔活跤的""摔花跤的"，言语虽显刻薄，但没有轻蔑的意思。

表演以假当真的宝三跤场跤艺要基本功过硬，站得住，躺得下，双方配合要默契。马贵保当年在天桥时，一天要摔好几十场，对手高、矮、胖、瘦各不相同，年长的扶着摔，年幼的拉着摔，哪下该输，哪下该赢，不用商量，全凭场上"听劲儿"（凭经验、感觉）。哪下跤"开杵门子"（要钱），哪下"攒底"（大轴儿），都有讲究。

每场跤艺表演的时长一般为 15 分钟。跤手先步入舞台中央行礼，介绍摔跤历史，自报家门，双方约法三章，然后"比赛"开始。双方用相对固定的套路来完成摔的部分，动作多为大绊子，如勾、别、揣、入等，套路部分多将小绊子化入其中，每招每式都能拆解开来，如搋闪、崴、大得合、小得合等环环相扣，动作逼真。每逢庙会演出，观者如潮。

著名评书表演艺术家连阔如在其所著的《江湖丛谈》中写道："宝三人品端正，并无嗜好，保养身体，能务本分，值得我老云佩服……"宝三跤场跤艺是中国跤界的一道风景线，也是具有鲜明北京文化特色的艺术奇葩。

2017 年 3 月，我编导的原创话剧《摔出一片天》在天桥艺术中心小剧场登台，连续演了五场。这部以老北京摔跤为题材的话剧作品，在创作期间和演出中，有多位宝三跤场跤艺的传人参与。宝三的弟子李宝如、首都师范大学传统体育系原主任苏学良、国家级摔跤教练徐良、东直门沾衣十八跌功夫跤传承人孟尊荣等多位北京跤坛名家和专家学者在观看演出后，都给予了好评。北京电视台的《晚间新闻》《文化娱乐报道》，以及北京人民广播电台调频 87.6 兆赫《演艺群英会》等栏目，都对演出进行了报道。

《摔出一片天》使宝三跤场跤艺重归老北京文化原生地，为喜欢北京文化的全国观众和世界游客提供了愉悦的观剧体验。天桥撂地的摔跤场虽然没有了，但在舞台上，人们依然可以感受到老北京天桥跤场的魅力。

图 / 流光溢彩的吴裕泰

四

过了天桥，就是前门大街。前门大街对于中轴线来说，更有特殊的意义。

前门地区是聚集着代表老北京多种文化和生活风貌的一块宝地。为了让读者更好地按"书"索骥，我将收入书中的前门大街上的项目分为前门品味、前门佳厨、前门妙手三大类。

前门品味中介绍了稻香村的京八件、吴裕泰茉莉花茶、六必居酱菜、红星二锅头、红螺果脯和金糕张的金糕。在这几个项目中，吴裕泰茉莉花茶、六必居酱菜、红星二锅头都是进入了国家级非物质文化遗产名录的项目。红螺果脯、稻香村的京八件和金糕张的金糕也都进入了市区级非物质文化遗产名录。

都说北京人喝茶，南城人喝张一元，北城人喝吴裕泰。吴裕泰在前门的旗舰店是在2008年前门大街经过修缮重新开街后才开张的，它的起源店在北新桥，那里是北城。但如今的喝茶人，不管是南城的还是北城的，都在喝吴裕泰。即便在全国的茶叶企业中，吴裕泰茶叶有限责任公司每年的销售额，也常常是排名第一的。

据说，茉莉花茶最初是从福建开始兴起的。在清咸丰年间，福建出产的茉莉花茶就开始销往国内外市场，至今仍被人们熟悉的品种有福州出产的大毫、银毫、崔舌，宁德出产的天山银毫、天山春毫，福安出产的白云，福鼎出产的太姥香云、太姥银毫，政和出产的雄峰银芽和寿宁出产的福寿银毫等特种茉莉花茶。当年京城的一般百姓是喝不起这些名茶的。安徽省也出产茉莉花茶，虽然历史上有名气的并不多，但安徽生产的烘青，是制作花茶的优质茶坯。

吴裕泰的创始人并没有留下完整的名字，后人只知道这位出自安徽省歙县昌溪乡的人姓吴。后来继承吴裕泰产业的吴锡卿，是创始人的儿子。吴锡卿的父亲陪同乡进北京赶考，随身带了一些茶叶。他送给京城的邻居们品尝，获得好评后，就留了下来，开始摆茶摊。从一个小小的茶叶摊起家，经过几年的时间，吴锡卿的父亲积攒了一些银两，把北新桥街边上一个闲置的门洞买了下来，经过一番修缮，将其改建成店铺的门面房，并在1887年挂起了"吴裕泰茶栈"的招牌。这个由门洞改造的铺面就是后来成为吴裕泰起源店的东四北大街44号店。

吴锡卿的父亲从安徽、福建、浙江等地买进的烘青原茶，经大运河运到通县（现北京市通州区），再用胶轮大车拉进东直门，最后落到北新桥。吴家人和吴家雇的伙计们，在44号院里对茶叶进行分级、拼配，然后上柜。从此，北京城里多了一家香飘天下的茶叶店，中国的茶叶行里有了流芳百年的"裕泰香"。

吴裕泰制作茉莉花茶，始终坚持"自采、自窨、自拼"的原则，以安徽、福建等知名产地的春茶为原料，并运用吴裕泰特有的加工技艺，最终形成吴裕泰茉莉花茶特有的"香气鲜灵持久，滋味醇厚回甘，汤色清澈明亮"的品质。

每到采摘春茶的季节，很多茶庄和产茶区的旅游点，都会在店门外或路边上支起一口炒茶锅，为人们表演炒青。观者眼见着鲜嫩的绿芽在炒茶工的手中被拨弄片刻，一锅茶就制作完成，并可即刻装罐或装袋销售。有些场所为了吸引顾客，请的炒茶人是年轻的女孩儿。她们穿着修身得体、地域特色鲜明的服装，和锅里的炒青相映成趣，看上去很是赏心悦目，新茶的促销也很见成效。

但是，茉莉花茶的制作过程，很少表演给顾客看。

花茶是所有茶类里制作周期最长的一种茶，从茶坯制作、鲜花养护，到窨制拼合，需要经历将近半年的周期。制作的复杂程度，除非亲眼所见，否则很难想象出来，其中每一步程序，都关系到最终成品花茶的特色。

吴裕泰茉莉花茶的窨制有很严格的工序要求。窨制拼合是整个过程的重点工序，目的是将鲜花和茶拼合在一起，让鲜花吐放的香气直接被茶叶吸收。窨花拼合要掌握好配花量、花的开放度、温度、水分、窨堆厚度和时间等六个关键要素。另外，拌和的力度和手法也颇有讲究，既要保证茶、花混合均匀、快速，又要保证茶叶的完整，尽量减少茶坯破碎的比例。窨堆的厚度一般为30厘米至40厘米，可根据茶叶的等级、气温、通风条件以及茶堆的大小等情况进行调控。头窨时的茶堆，可以比二窨、三窨的厚些。茶堆的大小、薄厚的选择，主要看是否有利于鲜花吐香和茶叶吸香。每窨的时间要严格掌握，一般在一小时内将茶坯和茉莉花拼合完毕，这样可减少茉莉花香在空气中的挥发量。从窨花到通花，需5至6个小时。从通花到起花，也需5至6个小时。整个窨花过程需要10至12个小时。手工窨制分为箱窨、囤窨，适宜特种花茶或小批量花茶的窨制。大批量窨制通常采用堆窨。堆窨时，将头层茶坯平摊在干净的窨花场地上，然后在上面均匀铺撒一层茉莉花，之后在茉莉花上铺一层茶坯，然后再铺撒茉莉花。这样一层茶坯一层花，相间铺撒几层后，再用铁耙从横断面由上至下扒开拌和。

从窨制拼合、通花散热、起花到烘焙，算是完成一个窨次。吴裕泰的茉莉花茶按等级高低，均要反复窨制多次，高档花茶的窨次更多。

在这之后就是"裕泰香"产品最关键的自拼环节。各种优质的花茶原料会被送到吴裕泰的拼配车间，质量技术部门对其进行审评检验，将每一个品种、每一个批次的原料在外形、香气、滋味等方面的特征逐一进行记录，再根据吴裕泰自拼花茶的品质特征拟制拼配配方，使其扬长避短，综合各种原料的优秀品质，形成吴裕泰自拼花茶的独特风格。

经过一系列传统工艺加工、窨制而成的吴裕泰茉莉花茶，既保持了浓郁爽口的天然茶味，又饱含茉莉花的鲜灵芳香，若冲泡品啜，则花香袭人、满口甘醇，令人心旷神怡。科学研究表明，茉莉花茶有着丰富的营养成分，不仅有绿茶的功效，还兼具茉莉花特有的保健功能，长期饮用可以舒缓紧张情绪、抑制人体脂质过氧化反应，具有降血脂等保健功效，是非常好的天然饮品。

吴裕泰前门旗舰店刚入驻前门大街时，店铺的位置在街的北头，挨着大北照相馆，对面是月盛斋和星巴克，开门就能看见前门箭楼。一段时间后，这家旗舰店搬到了前门大街42号，正处于前门大街同鲜鱼口街交会的楼口处，街对面是大栅栏的东入口。鲜鱼口和大栅栏在历史上都是有名的商业街区，这些年历经改造翻新后，大栅栏仍基本保持以前的业态，鲜鱼口则完全成为美食一条街，汇集了很多京城著名的小吃店。吴裕泰在这个交叉点上，算是占据了一个黄金位置。

前门店也同王府井的旗舰店构造相仿,一层主要用来售卖茶叶、茶具和网红花茶冰激凌。前门店的二层也是个茶室,但这个茶室与王府井的茶室又有所区别。顾客不仅可以在这里品茶,还可以品尝到以茶叶为原料制作而成的各种茶点。以茶粉为主要原料制作出的年轮蛋糕,是这里的主打产品,非常受顾客欢迎。这里还有一个抹茶体验区,里面放置了十几台从日本引进的手工抹茶制作器具,可以让顾客体验制作抹茶的过程,感受亲自动手的乐趣。

吴裕泰为了让顾客了解茶、热爱茶,并把每一位走进店里的客人,都培养成茶庄的忠实顾客,真是煞费苦心。前门店每年一届的"高碎节",对京城喜爱花茶的老顾客就充满了"黏性"。"高碎"也叫高末,其中品质好一些的也叫茶芯。不论叫什么,它都是花茶中的一个品种,是大多数老北京人对茉莉花茶最特殊的情缘所在。

鉴定茶叶的好坏和品级,按照相关行业的评审标准,要从茶叶的外形、香气、滋味、汤色、叶底等方面来判定。市场上,绿茶的价格要比花茶卖得贵,其中主要的一个因素就是:炒制出来的绿茶有各种各样的外形,被水浸泡后,可以被喝茶人欣赏、把玩。花茶则很少能给喝茶人这样的机会,被几番窨制后的花茶,从外形上看,基本形成了统一的模样,而作为花茶"下脚料"的"高碎"就更无形可供把玩了。

据说,"高碎"是茶叶店在卖茶叶时剩下的不成型的散碎茶。茶叶店老板为了能多赚一笔,就把这些散碎茶叶归拢起来,当作商品再卖一次。为什么这种茶叶能有市场呢?因为当年北京城里喜欢喝茶的不只是有钱人,更多的是一般的普通老百姓。他们想喝茶,又没有更多的钱买茶叶。茶叶店老板正是看到了这样一大群顾客的存在,才有了把本该扔掉的碎茶叶卖掉的"心机"。

对于很多老北京人来说,喝茶是一天中少不了的事,他们睁开眼就把茶泡上,喝"透"了才能开始一天的生活。好在喝花茶,不在"赏形",重在"闻香"和"品味"。说到"闻香"和"品味",则"高碎"又优于那些按不同价钱售卖的好茶。这是因为这些散碎末子里面既有一般的茶叶末子,也有很高级的茶叶末子,这些混在一起,反倒在茶碗里"拼配"出了"混合香"。这就比用一种花茶冲泡出来的花茶香气更浓厚。碎茶在用水冲泡后,更容易"出味",

这点又优于成型的茶叶。"高碎"的出现，对于老百姓来说，无异于是天大的福音。于是，"碎"字前面被加上了"高"。到茶叶店买"高碎"的人，也不像到商店里去买别的残次品那样遮遮掩掩，而是会大声地吆喝出来。相信很多北京的孩子小时候在胡同里玩闹时，都会被站在院门口的爸爸大老远地喊过："去，给我买一斤高碎来！"

正是因为"高碎"被很多人喜欢，大的茶叶店在卖"高碎"时，就不再是从店里收集卖剩下的散碎茶叶了，而是在茶叶制作的过程中，用颗粒型、短碎的茶叶进行窨制加工，再经过公司拼配后拿到店里出售。这样"精制"的"高碎"也就真正成了花茶中的一个品种，且真正体现了茉莉花茶"香高、味浓、色正、汤清"的精髓，更受顾客欢迎。20 世纪中叶，很多单位给工人发的福利茶叶，基本都是"高碎"。"高碎"也因此多了一个名称，叫"劳保茶"。这更扩大了"高碎"的受众群。于是，"高碎"也几乎成了北京人对花茶的代称。吴裕泰"精制"出来的"高碎"是喝茶人的最爱，所以店里常常缺货、断档。

2004 年，吴裕泰举办了一次"寻亲庆团圆"活动。北京四城八区的市民纷纷写来征文，诉说与吴裕泰的百年情缘。其中有不少文章都提到了吴裕泰的"高碎"。一名叫贾昆的顾客写了一篇题为《只喝高末的爷爷》的文章，文中写道："我爷爷是一个地道的北京人，一生与吴裕泰的高末结下了不解之缘……每天早上起床的第一件事，要先将炉子捅开坐上一壶水，然后刷牙、刮舌、洗脸。洗漱完毕，取一用景德镇细瓷烧制的提梁茶壶，放上二三匙吴裕泰的高末，待水开后沏上一壶，先闷着……我不知道什么原因，反正院儿里的老家儿都这么做，而且沏的茶都是吴裕泰的高末……1990 年，爷爷走了，那把伴随他一生的茶壶留给了我。从那时起，我也有了早上喝茶的习惯，而且也喝高末……"

还有一位爱喝高碎的老顾客，在参加吴裕泰组织的活动时，在留言簿上写下一首诗："裕泰高碎胜猴魁，饮罢三碗醉不归。借得太液仙家水，芳茗味共彩云飞。"

猴魁是产自安徽的名茶，与黄山毛峰齐名。吴裕泰的顾客称"高碎"胜过猴魁，可见对"高碎"的喜爱程度。吴裕泰的"高碎节"，正是把准了北京人的这根脉。生活在变，但北京人热爱"高碎"的心没有变。

吴裕泰用"高碎节"来提升前门店的销售，正是看中了"高碎"和北京人的这种特殊的缘分。吴裕泰用"高碎"把喜欢喝茶的人又召回到前门大街这个集合了老北京味道的街市上来。"高碎节"一经推出，顿时让京城茉莉花茶的忠实顾客扬眉吐气、神清气爽。每年到了9月1日，吴裕泰前门店还没开门，顾客就在门口排起了长队，看上去，队伍好像比铛铛车的轨道还要长。

吴裕泰深深扎根在了大前门，扎根在了北京人的心中。

五

在"前门妙手"这个分类里，《技艺：巧夺天工》一书介绍了隆庆祥的西服、内联升的千层底、廊坊二条的北京玉雕、盛锡福的手工制帽、大北照相馆的人工上色和四联美发。在"前门佳厨"分类中收入的多是名餐馆中的绝技，有东来顺的手切羊肉片、都一处烧卖、焖出来的便宜坊、挂起来的全聚德、天兴居的炒肝和月盛斋的老汤。北京城最有名的老字号几乎都聚集在前门，最出色的师傅也几乎都在前门各家的店铺中从业。

这里给大家介绍一位老字号里的传承人。

她叫吴华侠，1983年出生在河南省固始县洪埠乡，1999年初中毕业，高中没上半年，因想给家里减轻点负担，就出来学习点心制作，学了半年多之后，到了先达饮食集团公司。2001年2月14日，都一处需要人手，吴华侠就进了都一处。她看师傅们都在包烧卖，就想上手，但被师傅阻止了。

烧卖的制作工艺很复杂，也很有特色。都一处烧卖店里的老师傅们有这么一句话："烧卖好吃难和面，皮薄包馅打花难。"一只烧卖从制作到成品需要16道工序。与其他面点不同，擀烧卖皮、包烧卖的过程，既具技术含量，又有很高的欣赏价值。

都一处烧卖馆在申报非物质文化遗产项目的资料中，是这样介绍烧卖的制作的：一个三寸大小的白面皮，要用中间粗、两头细的"走槌"擀成二十四节气花褶。二十四个节气就得有二十四个花褶，缺一不可。面点师右手执"走槌"，左手把二三十个烧卖皮用面粉沾裹后开始擀，不大工夫，一张张整齐划一、四边皱起、花褶均匀、形似芭蕾舞裙的波浪花纹、荷叶花边或麦穗花

图 / 都一处前门店

边的烧卖皮就从手里飞了出来。装上馅后，手一扭一抹，手中就开出了一朵"梅花"。每只烧卖皮中装进的馅儿重量相等、大小一样，连扭成的花褶都一样。上笼蒸熟的烧卖清白透明，顶端泛着白霜，皱褶整洁清晰，酷似丛丛麦穗、朵朵梅花，香气扑鼻，令人赏心悦目、食欲大开。据说这就是为何在古时，人们多称此小点心为"烧梅"的原因。

烧卖制作的16道工序，主要包括和面、拌馅儿、揪面、擀皮儿、包制和上锅蒸等。其中最有特点的，就属"走槌"制皮。

"走槌"是制作面食时被广泛使用的普通擀面杖的一种变异工具。这种制皮工具与普通擀面杖的不同之处在于，它在原本粗细大致相同的一根短木棍中间部分套上了一个箍轴。箍轴所用材质与短木棍一样，但比原本的木棍要粗壮很多，直径大了一倍以上，表面的弧度也有所不同。

一根普通的擀面杖虽然也多是中间粗两头细，但差别不大。在擀面皮时，擀面杖的整体与被擀的面团下部的面板基本是平行的。擀面杖两个头部的悬空感几乎可以忽略不计，这样在擀制面皮时，使用的力道比较容易掌握。但对于很多中国人来说，用擀面杖擀面仍然不是一件驾轻就熟的事。而"走槌"由于中间部分特别鼓凸，使一般人在擀面皮时更是无从着力。

烧卖之所以选用不易掌握的"走槌"来制作面皮，主要是因为只有这种工具才能制作出如花朵般盛开的面皮。包包子时，封口的褶是往里收的，这样可以避免馅料和汤汁在蒸制的过程中外泄。而包好的烧卖在上屉蒸制前，顶部就是开口的。如果不是用走槌擀出的面皮来包制，既不可能防止馅料和汤汁的外泄，其整体形象也无法交代。或者说得严重一点，不用"走槌"擀面皮，就包不出真正的烧卖来。

要用"走槌"擀出花褶来，还需要特制的面剂子和用熟面制成的面粉。"走槌"擀面皮的过程叫"压花"，要将 10 张左右的面皮摞在一起来擀。"走槌"按逆时针方向在面皮上旋转，当面皮的边缘被擀出荷叶边或者叫花边的形状后，就可以弹去多余的面粉，准备填装馅料了。

一张标准的烧卖面皮的厚度，边的部分约 0.5 毫米，中间（也被称作"心儿"）部分约 1 毫米。用"走槌"在一个面皮上擀出 24 个褶来才算是合格的烧卖皮。这 24 个褶代表 24 个节气，人生一年的时光都融在了烧卖的一张面皮上。

吴华侠刚上手时，包出来的烧卖跟师傅包的没法比。她开始苦练。店里规定 10 点上班，她 8 点就到了，每天多练两个小时。怕浪费面，她就擀完一个皮儿先不放馅儿，而是包面团，这样包得不好可以毁了重新和面再练习。别人休息、出去玩的时间，都被她用来练习包烧卖了。三个月以后，吴华侠包的烧卖虽然还没有师傅包得那么好，但师傅已经容许她包的烧卖上屉了。到都一处半年时间，她的擀皮质量不仅达标，速度也飞速提高。一般情况下，一个人一小时最多擀出 10 斤面的皮，而吴华侠一刻钟就能擀出 10 多斤面的皮，一个小时能擀出 40 多斤面的皮，这导致至今她的左右两只胳膊还是一个粗一个细。不仅如此，吴华侠的烧卖皮从最初的 24 个褶逐渐增加，最多时能在一张皮上擀出 103 个褶。褶越多，烧卖顶上那团"花簇"也就"开"得越旺盛。

2005 年，前门大街要整修改造，前门都一处店关门停业。都一处在方庄还有一个店，店里的经理到前门店挑人，他手上拿着一张纸念名字，念到名字的去方庄店，没念到名字的老师傅都被安排退休回家了，名单上念到的第一个名字就是吴华侠。等到前门店重新开张时，吴华侠已经成为烧卖技艺的领头人了。她在做技艺表演时，一张烧卖皮上可以擀出 108 个褶。

吴华侠不仅丰富了烧卖的花褶，还在不断丰富烧卖的品种。"炫彩烧卖"是为了庆祝国庆而研制的，寓意祖国绚丽多彩。此烧卖用面粉本色、鸡蛋黄、巧克力、胡萝卜和菠菜汁分别和面，再将和好的五种颜色的面拼在一起下剂子，

图 / 六必居酱菜

擀制成烧卖皮,其馅料由虾仁、马蹄和鲍鱼粒组成,口味非常独特,深受小孩儿和年轻人的喜爱,此款烧卖自2009年推出,每年以200多万元的销售额延续至今。

吴华侠,一个走进北京的外来务工者,成为都一处烧卖制作技艺的代表性传承人,成为三八红旗手、优秀农民工的代表,被授予全国劳动模范称号。

非物质文化遗产的一个重要标志就是活态传承,也就是人与人的心手相传。

前门大街上很多成为北京代表的老字号,都是由当年从外地来京谋生的人创办的。都一处、六必居是山西人开的,比东来顺开得还早的涮肉馆一条龙是山东人开的,内联升是天津人开的,同仁堂是浙江人开的,全聚德是河北人开的……首都是全国人民的,北京也是海纳百川。只要能真正融入北京的生活,被这座城市所喜爱,都会成为北京的骄傲。

六

过了前门就是故宫了。作为世界上最大的、保存最完整的皇家宫殿,在故宫里留存的高端技艺真是数不胜数,其中的每一项都值得拿出来向世人炫耀一番,因此不管如何选择,都会有遗珠之憾。在这本书里,我从自皇宫走向民间的燕京八绝中,选择了雕漆、景泰蓝和金漆镶嵌三个项目进行介绍。以后如有机会,我会将故宫里的非物质文化遗产技艺单独撰写成册出版,以飨读者。

从故宫到钟鼓楼之间，还有一个非物质文化遗产项目和一个传承人值得向大家推荐，这就是《技艺：巧夺天工》一书在"鼓楼南望"这一辑里介绍的"地安门前金板寸"和他的传承人刘清池。

北京城里理发店众多，其中一些在店面上会标注"专剃板寸"。但在众多以剃板寸而闻名的理发店中，只有一家敢在店名上堂堂正正写上"金板寸"三个字。这家店就在故宫北边，往地安门方向走的那个路口旁。

头发需不断地进行梳理，主要是为了美观。由于性别需求的不同，女人管头发的梳理叫美发，男人则大多叫理发。男人理发的主要目的，就是把长出来的头发剪短了。所以，男人理发后，脑袋上的头发都要比理发前短一些。有的男人为了省事或是为了省钱，到天热的季节，会留一夏天的光头。但光头对大多数有职业的人来说，并不是一种得体的发型。很多男人会选择留短一些的发型，当剃头匠在京城里走街串巷时，他们提供给男人们的，就是一个基本捋着头皮的短发，即寸头。寸头在今天仍是很多男人的选择，但是这种寸头会暴露人脑袋上一些天生的缺陷，于是一种板寸发型就顺势而生了。

板寸的头发长度跟寸头相近，也只有一寸长短，头发上面是平的，并且上面与侧面棱角明显，近似方形，前边形似帽檐。这种发型可以适当掩饰头部外形上的缺陷，突出体现男人的个性。

男人留寸头，从全民铰下清朝强留给人们的大辫子开始。板寸在民国时期就已经广泛流传了。鲁迅先生留给人们的印象之一就是"头上直竖着寸把长的头发"。这是一个愤世嫉俗、誓不屈服的形象；这是一个与世抗争、永怀理想的形象；这是一个真正男人的形象。鲁迅先生曾在他送给好友的照片后题诗一首："灵台无计逃神矢，风雨如磐暗故园。寄意寒星荃不察，我以我血荐轩辕。"真是满满的青春热血，不带一丝奴颜和媚骨。

在民国时期，地安门一带曾经是剃头高手云集的地方。很多京城名流都来地安门刮脸、理发。一位叫李宝山的师傅，就曾经为李大钊、鲁迅、冯国璋等名人理过发。李宝山将手艺传给了李玉椿和李玉琪哥俩儿，他们在地安门东街开了家"兄弟理发店"。家在地安门的刘清池，其父亲是一位理发馆的师傅，他从小耳濡目染，长大后，拜了李玉椿为师，专攻板寸手艺。1988年，刘清池开了第一家属于自己的理发店。2000年，他创建了北京金板寸文化发展中心。流行百年的北京板寸，有了一家声名显赫的旗舰店。

北京的剃头匠身怀从老一辈传下来的"推、稳、平、准、梳、抄、毫、厘、剃、刮、剔、剪、修、掏、捏、拿"16技。剃板寸，重在其中的"推、稳、平、准、梳、抄、毫、厘"，讲究"握梳悬、下梳稳，行推畅、下推揉，行梳平、下梳抄，近推平、远看型，近梳度、远看神"。

早年的剃头匠走街串巷理板寸的时候，没有电吹风工具，要想把板寸理好就要使用传统的16技中的手法。因为人的头发生长是有走向、有旋转的，且每个人的发质都不一样。在理发之前，通过剃头匠在头部的推、拿、揉、按的手法，使头发从根部立起来，每一根头发都在可控范围之内，这样理出来的板寸才可保持长时间不变形。

当中国的神舟号载人飞船上天和返回时，全世界观众都从电视转播中看到了航天员的风采。为了在太空中打理方便，这些男航天员大多留的是板寸发型。从第一个上天的杨利伟，到神舟六号、神舟七号的航天员的发型都是由刘清池来设计和理剃的。

在神舟六号上天之前，刘清池突然接到航天训练基地的通知，请他为即将执行飞行任务的航天员设计发型。有关部门为了慎重起见，还同时找了其他几名理发师，要先看试装效果，再从中择优录取一名。领导告诉他们，理出的寸头必须达到两个要求：一是航天员的发型必须体现出国威、军威；二是必须最大限度地便于在太空驾驶飞船，这条尤为重要。最终，刘清池从候选者中脱颖而出，被指派为航天员的理发师。

在给即将上天的航天员理发前，刘清池又接到了两个要求：第一，航天员在太空中工作繁忙，没有时间打理头发，但他们在上天和回来时，都要在全世界人民面前亮相，所以在航天员从太空回到陆地上时，他们的发型必须保持和上太空之前的发型一样完好，不能变；第二，因为理发时用的电吹风、电剪，会影响航天员大脑神经的敏感度，所以要提前几天给航天员理发。这第二个要求是对第一个要求的强化。航天员的太空之行大约需要20天，这对保持发型不变无疑是一个巨大的挑战。

刘清池在给费俊龙、聂海胜理发前，又宁心静气地仔细核算了一下。一般来说，20天头发要长约8毫米，如果处理不当，航天员回来时头发就会"龇"

出来，那就变形了。最终他选择了"方圆寸"的板寸。"方"可以体现出航天员的豪气，"圆"则比较自然、不呆板。事实证明，他的这个选择非常正确。

神舟七号飞天前，刘清池也接受了为航天员理发的任务。

"金板寸"店里的墙上，有多幅刘清池和航天员们的珍贵合影。除了这些，还可以看到众多社会名人光临"金板寸"的影像。

刘清池为钻研板寸技艺，在炎热的三伏天往手臂上吊块砖头，手握推子一站就是半天，虽然大汗淋漓，但是握在手里的推子不滑、不抖，他练的就是这种稳、准、快的真功夫。推子在他手里上下翻飞、左右移动，如行云流水，梳子与推子配合得天衣无缝，哪怕是在毫厘之间也能准确到位。

经过多年的潜心钻研，刘清池针对不同形象、发质和特定需求的顾客，把板寸分成了方、青、圆三类。方寸，方方正正，突出硬朗的感觉，适合五官端正、浓眉大眼的男士，尤其适合方形脸和国字脸；青寸，指头顶上是"板寸"，周围推光，干净利索；圆寸，适合文质彬彬的男士和公司白领职员，越圆润越显出内涵和浓浓的书生气。

只要进店的客人在刘清池面前一站，他就能准确地判断出应该怎样给客人理出满意的发型，且无一失手。这使众多消费者慕名而来，刘清池也得到业内人士的普遍好评。

2016年，刘清池被评选为"北京榜样"人物。2017年，他又获得中国工商联合会颁发的美发行业最高荣誉大奖"美业年度金剪刀奖"。2018年，"金板寸"申报的板寸理发技艺入选了东城区非物质文化遗产代表性项目名录，刘清池也成为非物质文化遗产项目代表性传承人。

七

本书中还特别介绍了两种精绝的声音：老北京叫卖和北京鸽哨。

北京中轴线的北端是钟鼓楼，当年，全城的人都能听到钟鼓楼报时的声音。当然，要是在城市的南边、远一点的地方，可能对从这里发出的声音就听不大清楚了。但是，在北京城的上空，还有一种声音，它无处不在，这就是鸽哨发出的清脆、悦耳的声音。鸽子远去了，可它们留在空中的声音仍回旋在你的耳边，久久不去。钟鼓楼的身影和盘旋于空中的鸽子发出的哨音，是在人们心中最深刻的京城影像。

这是北京城的声音，也是天地间的回响。这种入骨的记忆，流动在城市的肌理间，游走在身体的血液中。

书写中轴线，是对我们曾经拥有的一种品质生活的再认识。今天我来介绍《技艺：巧夺天工》一书中行走在中轴线上的非物质文化遗产故事，也是一种声音。所有热爱北京这座城市的人，都要发出自己的声音——传递北京故事，讲述中国故事，让全世界的人们都了解北京中轴线这项世界文化遗产。

本书完成后，我会继续进行相关工作，力求把北京中轴线的故事一直讲下去，不只做好北京中轴线故事的书写者，也要做一个传播北京中轴线文化的行动者。

（作者为中国作家协会会员、东城作家协会副主席兼秘书长、全国文化和旅游系统先进工作者）

后　记

从策划《中轴线盛世情缘——"东城故事"2022》一书到收集稿件、审阅书稿的过程，都是非常令人愉悦和充满养分的。

北京中轴线申报世界文化遗产，是一件牵动众人心神的大事。近几年，东城作家协会在编辑每一年度的"东城故事"丛书时，都会结合国家正在进行的重大主题活动，组织会员进行创作，及时反映社会发展，关注现实生活。当策划2022年度的"东城故事"时，我和小蕙主席建议把书写中轴线的故事当作第一选择，这个想法得到了东城区文学艺术界联合会领导和东城作家协会会员的支持和认同。

我们在"征文启事"中跟会员讲，文章要以北京中轴线申报世界文化遗产为主脉，可说古、可谈今，可介绍一座建筑，也可描述一个人物，或是一段传奇故事，更好的是一次亲身经历。在纵贯南北7.8公里的中轴线这个广大的区域内，相信会有众多佳作呈现。2022年的这本"东城故事"将是东城区文学艺术工作者献给中共二十大的一份厚礼。

北京中轴线的创作主题得到了东城作家会员的热烈响应。消息传出后，很多生活、工作在东城区的热心民众也积极要求加入创作者的行列。在短短三个多月的组稿期间，众多独具匠心的文章纷至沓来，我们最终筛选出40多篇佳作汇编成书。

我也算是跟北京中轴线有很深渊源的人了，关于中轴线的历史与传说、人物和事件，有很多我都亲身经历和体验过。我曾以中轴线为题材，撰写出版了

《前门和前门的传说》《前门传说》，还有"北京中轴线文化游典"丛书中的《技艺：巧夺天工》一册，但当我审读这批稿件时，仍然有耳目一新、醍醐灌顶之感。

收录在本书中的文章，在审阅过程中，我看了不止一遍。人们常以为对身边的事都是熟悉的，但不同作者的不同视角呈现出的文字，总会给你打开一扇新的窗户，让你嗅到一丝原本就在但一直没有感觉到的甜香味道，看到另一幅一直被忽视的精彩画面，留下一个永远难忘的记忆。收录在本书中的每一篇文章，都有这般的魅力。对于渴望了解北京中轴线的读者来说，本书中的每一篇文章都值得仔细研读、好好珍藏。

在此，我要感谢参与《中轴线盛世情缘——"东城故事"2022》撰稿的每一位作者，感谢东城区文学艺术界联合会在本书编写过程中给予的支持，感谢为本书提供图片的东城摄影家协会、东城书画家协会。

7.8公里长的中轴线，是北京古都一道最美的风景。它构筑了这座城市的风骨，它的故事将世代流传。我们每一个文学创作者都是时代的记录者，《中轴线盛世情缘——"东城故事"2022》是我们用笔深耕火热现实生活的一个新收获，也是我们用真实的体验留给历史的一份宝贵典藏。

不忘初心，不负时代，是东城作家协会每一位会员的信念与追求。我们会继续努力，争取更丰硕的果实，营造时代的绚丽花环。

杨建业

2022 年 8 月 30 日